KB146101

짓눌린 발자국

정찬열 문집(수필)

혜존(惠存)

_____님께

정찬열 드림

시음사
시사랑음악사랑

작가의 말

첫 문집 "짓눌린 발자국" 출간이 저에게는 설렘이요 크나큰 영광으로 생각합니다만, 한편으로는 설익은 글을 세상 밖으로 내놓으려니 심히 두려움이 앞섭니다.

돌이켜보면 2008년 뜻하지 않은 감전 화상 사고로 한쪽 팔을 못 쓰는 장애인이 되고부터 몰입해온 문학의 길이었습니다. 늦깎이의 삶의 순간순간을 부족한 생각으로나마 틈틈이 써왔던 진솔한 마음을 담은 부족한 글도 있었습니다. 또한, 인생을 살아오면서 전남대학교 산업대원 제5기생, 정도회(正道會), 우보회(牛步會) 회원들과 초등 동창생들과 가족과 함께 해외를 비롯한 국내 여행을 다닐 때 틈틈이 기행문으로 남겼던 내용도 있습니다. 비록 두서없는 글이지만 용기를 내어 독자 여러분과 함께하고 져 조심스럽게 이글을 펴냅니다.

나는 과연 누구인가? 또 내 글의 원천은 어디인가? 이 글을 이해하고 이것을 독자들에게 이해시켜 줄 때 내가 전달한 것은 비단 이 글을 읽어주신 독자들의 몫이 아닐까 생각해 봅니다. 비록 이 글이 보는 시각과 관심의 초점이 다르므로 우리 모두의 사고(思考)를 불러일으켜 주지는 못한다 해도 내 심장에 갇혀 있는 자아(自我)를 털어내는 것임을 밝혀 두는 바입니다. 이 문집이 나오기까지 옆에서 늘 따뜻한 격려로 지적 영감을 선물하고 격려하며 위로해주는 아내 정애(貞愛)와 글을 쓰는 아빠의 일을 보람으로 응원해준 장남 명훈과 며늘아기 그리고 큰딸 보영이 막내딸 지영 그리고 두 사위와 나보다 먼저 한국문학에 등단하신 장형님과 형제들과 누님 그리고 동생들 또한 사랑으로 마음 써준 가족들과 저를 알고 있는 지인들께도 뜨거운 감사와 사랑을 보냅니다.

　설익은 글이지만 어느 한 편이라도 독자의 가슴에 남는다면 큰 기쁨이오. 이 문집을 발간한 저의 작은 소망입니다. 끝으로 이 글을 끝까지 배 독(拜讀)해 주신 여러분에게 무한한 감사를 드립니다.

2017년 05월 鳳岩
정찬열 드림

* 목차 *

* 목 차 *

프롤로그

燦悅(1949년 己丑생(陰) 04월 14일 / 號: 鳳岩)과 利川徐 씨 貞愛 (1955년 乙未년 07월 11일생) (양) 1975년 1월 14일 결혼 슬하에 1남 2녀를 낳았다. 일곡 병원 관리과에 근무(현 : 화순군 도곡면 바이오 메드 요양 병원 총무 팀 과장)하는 장녀 寶榮과 南平文씨 현종(유) 남광전력 총무 이사)과 2005년 12월 11일 結婚 2009년 9월에 아들 道俊(도준)을 낳아 우리 집안에 재롱을 한 몸에 받고 있다. 장남 明勳은 성균관 대학교를 나와 삼성전기 회사에 근무 중 인재들의 요람 카이스트 대학원을 나와 많은 사람의 선망의 직장인 KT에 250/5의 특채로 선발되었다. Korea Telecom 기업 고객전략본부와 기업 상품 전략을 담당하며 스마트 공간 사업 1팀에서 근무 후 융복합 LOT 사업팀/기업고객전략본부 사업단 차장으로 회사에서도 신임을 받는 장한 아들이다. 2008년 5월 29일에는 경기도 수원시 이의동 경기중소기업 종합 지원센터에서 중소기업청이 주최하고 대한중소기업 협력 재단과 매일경제신문사가 공동 주관하는 2008년 제3회 아름다운 동행 상을 받았다.

　수여식에서 U-City 환경의 위치 인식 시스템 개발과 환경 위치 솔루션을 국산화하고 빠른 서비스 개발 및 시범 구축 사업에 공이 많고 향후 두바이 및 카타르 U-도시 시장 확보에 수출실적에 공이 많아 (주) KT 정명훈 차장(현 : 기업고객 전략본부 차장) 위치에서 중소기업청 청장으로부터 표창을 받은 것이다. 아들 명훈은 1975년 乙酉 (陰) 09월 09일생 2010년 12월 26일 상산(商山) 김 씨 錫英(광주경찰청 근무 중, 육아휴직 중)과 결혼 2012년 12월에 손녀 연서를 낳아 지금은 직장 때문에 가족과 떨어져 서울 성동구 성수동에 살고 있다. 2013년 02월 16일 둘째 딸 담은을 낳았다. 막내딸 池英 (1981년 辛酉 (陰) 12월 28일생) 일찍이 관운을 타고나서 국가 직인 광주지방노동청에 입사한 지 2년이 조금 넘어 직장에서 모범직원으로 노동부장관상을 받았다. 지금은 광주 고용노동청(7급) 특별 사법 경찰관 업무를 부여받은 여장 근로감독관(현: 목포지청 산업 안전과)으로 2016년 05월 15일 같은 직장 동료 고시 준비 중 7급으로 노동청에 특채된 평산(平山)이씨 현철(현 : 6급 수원지청 근무)과 많은 친인척의 박수를 받으며 결혼하였다.

　일찍이 가난한 가정환경 탓으로 모두에 기록한 바와 같이 장형님의 도움으로 자의 반 타의 반 불가피 학비가 적게 드는 군내에 있는 호남 원예고등학교(園藝 高等學校)를 실습 장학생으로 졸업하였다. 그 시절 인기 좋은 무선전파사업에 기술을 배워 일찍이 자영업을 하다 1970년 3월에 해병대를 지원 1971년 도에는 파월 7진(陣) 8 제대(除隊)로 다낭에 청룡부대 사령부 근무하다 현지 훈련을 나가던 중 우기의 스콜로 인한 낙뢰로 터진 크레모아 후폭풍으로 대구 육군통합병원에 후송되어 병실에서 육군하사와 다툼으로 결국 해병대 포항사단으로 명을 받아 의병 제대를 포기하고 만기 전역을 하였다. 그 후 고향에서 전파사를 운용하고 운수업과 농약상을 운영하여 남부럽지 않은 젊은 시대를 보냈다. 칼러 Tv와 IC 시대에 유명 업체 제품 등장으로 전기공사업으로 직종을 바꾸었다. 1986년에 가족과 함께 지금의 광주광역시 남구 방림동에 이주하여 남광전력을 운영하며 1994년 전남대학교 산업대학원을 수료하고 한국 전기공사협회 광주지회의 협의회 2종 위원장을 지내고 1만2천여 회원사가 가입된 전기공사협회 본부에 전남, 광주와 제주도를 대표하는 본 협회 이사(1999~2001년)를 역임하였다.

 1999년 01월 서울의 63시티 대회의실에서 개최하는 전국 전기공사협회 총회의장에서 동력자원부 장관상 그리고 한전 지사장 감사패, 공사협회 회장 감사패 등과 그 외 다수의 감사패와 상장을 받으며 많은 사람 존경을 받으며 살았다. 지금껏 회사를 운영 중 불행하게도 2008년 2월 4일 구정을 이틀 앞둔 불운에 22.9㎸의 지락 감전사고를 당해 장해 2급의 아픈 팔의 고통을 떨치지 못하고 환갑을 넘겨 여생을 자녀들을 바라보며 살고 있다. 결국, 통증이 화근이 되어 겨울에 뜨거운 팩을 붙여 손가락에 큰 화상 끝에 2016년 2월에 한강성심병원에서 애초의 담당 의사와 타협 끝에 오른쪽 화상 팔을 절단하였다. 팔을 잃고 취미 생활을 잃은 끝에 2013년 8월 대한문학세계 시 부문으로 등단하고 그해 12월에 수필작가로 등단하였다. 부족한 문학생활을 보충하여 2015년 전반기에 (사)창작문학예술인협의회에서 운영하는 대한 창작문예 대학 제5기 온라인, 오프라인 과정을 이수하며 문예 창작지도자 자격증을 습득하였다.

1. 인생항로

가족(家族)과 나의 존재

　본관은 하동 정(鄭)이요 시호는 경렬공파(景烈公派) 시조(始祖) 도정(道正) 이하 27대손이다. 전라남도 나주시 봉황면 철천리 1028번지(지금의 선동 마을) 5남 2녀의 넷째 아들 태생이다. 모친은 1998년 戊寅(무인) (음) 1월 9일 83세를 일기로 별세하시고 부친 만채(萬彩) 씨(1915년 을묘년 (陰) 01월 29일 출생하시어 2000년 (陰) 12월 19일 22시 10분경 자시(子時) 광주시 동구 계림동 (久) 우성병원 707호 호피시스 병실에서 85세를 일기로 별세하셨다. 그날 전부터 많이 내린 눈이 채 녹지 않은 삼일장에 여러 곳의 장지를 검토하시던 풍수지리학을 연구하시는 장형님께서는 가늠 뱅 이와 성적 굴 사이에 등을 이룬 철천리 산 1028번지의 양 씨네 산과 경계가 모호한 곳이다. 자택이 내려다보이는 능선에 많은 친인척이 참석한 가운데 어렵게 산등성이에 운구하여 장형님이 모셔온 지관(地管)들의 도움으로 부친을 모셨다. 지혈(地穴) 적소(適所)를 파헤칠 때, 지켜보던 나 자신도 그 추위에 땅속에서 올라오는 하얀 수증기와 온열이 올라옴을 보았다. 지관들은 좋은 명당이라 이구동성이라 말한 기억이 역력하다. 하지만 그 광경을 목격한 나는 아쉬움이 있었다. 그러던 2007년 여름부터 산주라고 주장하는 양인수의 법정 고소로 광주지법(나주출장소)에 장형님이 출두하여야 했다. 결국, 산지 장례법과 산림 훼손 죄목으로 벌금 70만 원을 부담하고 우리가 생각했던 우리 산과의 경계지점이라는 생각만으로 부친을 모신 결과는 냉엄한 현실과 각박한 현대인들의 인심을 이겨내지 못하고 지리멸렬(支離滅裂)하였다. 모친 (黃禮)은 1915년 을묘년(陰) 12월 22일생으로 동 747번지 출생하셨다. 5개월째 병상에 계시던 어머님은 (戊寅) 1998년 02월 06일 (陰) 01월 10일 별세하신 모친은 출상일 전날부터 무던히도 많은 눈이 내린 날이다. 거의 교통이 끊긴 정도의 추위 속에 추위를 피하지 못한 체 여러 장지(葬地)를 물색하다 셋째 형님의 잿등 과수원과 도로가 마주 한곳에 안장하였다.

그러던 중 양위분은 2008年(戊子) 4월 12일 넷째아들인 내가 큰 사고를 당해 서울 한강 성심병원에서 사경(死境)을 헤매고 있었다. 나는 참관도 할 수 없을 때 영암군 신북면 유곡리 남 등(南嶝)에 합장(合葬)되셨다. 그렇게도 부모님을 산에 모시는 일에는 참여할 수 없을 때 형제간의 협의 끝에 2012년 음 03월 공달 때 상석을 놓기로 되어 2012년 6월 중순쯤이다. 나는 또 뜻하지 않게 화장실에서 샤워 중 넘어져 좌변기에 가슴을 다쳐 4개의 늑골(肋骨) 파열로 광주에 1개월 넘게 입원 중이었다. 그래서 양친 부모님 묘 앞에 상석을 놓는 것마저 지켜보지 못했다. 불효자의 마음이 한없이 가슴 아픔뿐이다. 양위분은 22세에 중매로 성혼하시어 1936년(丙子) 철천리 1028번지(旱陽 :햇볕이 일찍 드는 마을이라 하여 아버님께서 지은 마을 이름) 병자년에 5칸 초가 접 집으로 신축하여 이주하셨다. 우리 5남 2녀를 훌륭히 성장시켜 우리 형제들을 전부 결혼시켜 슬하에 증손자(曾孫子)까지 53명의 자손을 보셨다. 1984년 가을에는 광주 향교에서 삼백여 명의 귀빈과 하객을 모신 가운데 결혼 60주년을 기념하는 부모님 회혼(回婚) 잔치를 하여 향리와 지인들로부터 다복하시다는 찬사를 받은 바 있다. 기제일(忌 祭日)은 같은 해 먼저든 제삿날을 따른다 하여 어머님 기일 자인 음력 01월 09일을 양위분의 기일로 제사를 모시고 있다. 효성의 극찬을 받는 우리 형제는 부모님을 모시기 위한 부모님이 일구신 뒷산에 가족묘지를 2017년 6월경(5월 윤달) 조성할 계획을 하고 있다.

(서기 2017년 5월 1일 현재)

내가 태어난 고향

   내가 태어난 고장 봉황면은 삼한시대에 마한 땅으로 54개 부족국가 중 불미지국(不彌地國) 이라고 한다. 삼한시대에는 백제의 실어산현으로 명칭 하여 철야 마을에 현청을 설치했던 역사의 고장입니다.

   '실어'는 '金〈쇠〉'의 훈으로 실어 산은 '쇠산' 곧 철산을 뜻한다. 위도로는 동쪽 끝 동경 126도 49분 44초(송현리) 서쪽 끝 동경 126도 44분 14초(신동리) 북쪽 끝 북위(北緯) 34도 59분 49초(유곡리) 남쪽 끝 북위 34도 51분 54초(덕곡리)로 이것이 지구 위의 봉황면 땅 자리이다. 남북의 직선거리는 11.8㎞ 동서의 직선거리는 6.7㎞로 면적으로는 59.29㎢이다. 동쪽은 다도면(茶道 面), 서쪽은 세지면(細枝面), 북쪽은 나주시, 금천면, 산포면(山浦面), 남쪽은 영암군에 접한다. 광주광역시와는 직선으로 24㎞인데, 철천리 3구 선동 마을은 1,500년대 형성된 마을로 면 소재지에서 남쪽의 세지면으로 가는 지방도로를 따라 2㎞ 정도 가다 보면 좌측의 덕룡산 아래 서쪽으로 그

15

리 높지 않은 월봉산 자락에 4호로 아버님이 동네 이름을 지은 조양동(朝陽 同)이라고 한다.

주로 마을 앞에 평야가 발달하여 있는 선동 마을은 옛날 큰 성이 있어 거성 동이라 하였다고도 한다. 선동의 옛 지명인 '거성동(巨城洞)'이라는 이름이 처음 보이는 것은 1789년의 호구 총수로 이 당시 선동은 현재의 행정구역인 철천리의 영역에 포함되지 않았다. 즉, 철야리, 유 촌, 등 내 마을이 남평군 덕곡면에 속했던 반면, 선동은 봉황면의 남북 중심을 가로지르는 남평군 죽곡면 거성 동(巨城洞)에 신석벽리와 본 죽곡리와 같은 죽곡면에 속해 있었다. 이러한 점은 수백 년을 이끌어 온 철야 동계와도 무관함을 보여 옛날 이 마을은 철야 지역과 무관한 다른 생활권이었을 가능성이 크다 하겠다.

그러다가 1895년에 전국이 23부제로 바뀌면서 남평 현(南平縣)이 군으로 됨에 따라 역시 『거성(巨城)』이라는 지명으로 그 관할권에 들어갔다. 그 후 일제는 1909년 2월 1일 심남일(沈南一) 의병부대의 연합으로 철천리에 정도홍(鄭燾洪:1878~1951) 의병 활약으로 봉황면의 욱곡리에서 일본군 하마사키 등 10여 명이 살해당하고 동년 3월 8일 이 마을에서 수명이 일본군이 살해당하자 그에 대한 분풀이로 90여 호의 이 마을을 불을 질러 버렸다. 또한 의병장(義兵將) 심남일 공(沈南一公) 진지 록(盡至錄)을 살펴보면 1908년 6월경 이 마을에 사는 안방현(安芳炫)은 왜적(倭敵)이 창궐(猖獗)하고 을사

오조약(乙巳 五 條約)이 체결되자 의병장 심남일 부대원으로 있는 나주군 비음면 유곡리(현 신북면 유곡리)의 본관은 하동(河東) 정관오(鄭官五)의 부탁을 받고 의병장 군자금으로 백미(白米) 50석과 삼백 량을 보내어 거의(擧義) 할 것을 격려(激勵)하였다.

일제는 1913년 12월 29일 총독부령 제111호 관할구역을 대폭 조정하면서 남평군 에 속한 12개 면 중 덕곡면(德谷面), 죽곡면(竹谷面), 욱곡면(郁谷面) 일부분 등과 합쳐 봉황면이 되면서 나주군 관할이 되었다. 이때 거성 동(巨城 洞)은 선동마을로 그 명칭이 바뀌면서 철천리에 속하게 된다. 곧 이 당시의 개편이 오늘날까지 이어져 온 것이다. 현재 확인된 바로는 16세기 말경에 김해김씨(金海金氏)와 제주양씨(濟州梁氏)가 처음 마을의 터를 이루었으며, 경주이씨(慶州李氏), 광산김씨(光山金氏)가 주류를 이루는 가운데 19세기 초 영암군 신북면 유곡에서 하동정씨(河東鄭氏) 등 성씨가 입 향(入鄕)하여 마을을 형성하였다.

덕용 산의 정기를 받은 이 마을 김해 김씨 김홍의 아들 김석재 1980년대 무렵 판검사를 배출하여 수원지검 여주지청장(2015년 現) 재직 중이다. 이 마을에는 형제간 우애가 면내에서 소문난 조양동 정만채 장남 찬옥(燦玉)은 일찍이 한의 약사에 합격하여 의술이 부족한 관내에서 어려운 이웃들에 많은 의술을 전달하였으며 노후에는 시인(詩人)등단도 하였다. 또한, 그의 넷째 아우 찬열 봉암(鳳岩)은 노후에 장애를 이겨내고 2013년 시인과 수필을 등단 문학 활동을 정진하고 있다. 그의 막냇동생 찬문은 일찍이 기술고시인 자동차정비 기술사 고시에 합격 기아자동차 기술을 선도했으며 현재 여주 대학교 자동차 공학 교수로 재직하고 있으며 2009년 공학 박사학위를 받고 2007년 도부터 서울에 교통방송 기술자문으로 활동하고 있다. 이 마을 출신 안국현(만 정)은 2000년대 나주시에서 홍어 장인(匠人)으로 선정되어 나주시장 상인회장으로 활발한 활동을 하고 있다.

선동의 지명유래를 살펴보면 대체로 마을 주민의 상반된 견해에 의해 두 가지로 나누어진다. 첫째는 마을의 전체 지형이 배의 형국이라 '선동(船洞)'이라 했다는 것이며, 마을 입구에 40여 년 전까지만 해도 솟대가 있었는데 그것이 배의 돛대였다고 전하는 것이나, 선동을 큰 배로 보고 마을 앞의 논 가운데 있는 조그만 야산을 작은 배로 보는 점은 이 같은 배의 형국 지명설(地名說)을 뒷받침하는 것이다. 또 다른 하나는, 옛날 배가 선동마을 앞까지 들어와 선창 갓이라는 의미에서 '선동(船洞)'이라고 했다는 것이다. 마을 앞에 있는 4기의 입석을 옛날 배를 메던 자리로 보는 것도 이 때문으로 보인다. 양자가 모두 배와 관련이 되는 지명유래이지만, 확실한 기록이 없어 어느 것이 옳다고 말하기는 힘들다. 다만 옛날 육로가 발달하지 못했던 고대로 올라갈수록 바닷길과 연결되었을 선동마을이 발전되었을 것으로 보인다. 선동마을의 큰 자랑거리는 마을 앞을 지키고 있는 당산나무이다.

　선동마을 사람들과 함께 기나긴 세월을 함께 해온 당산나무는 그 자태만으로도 위풍당당하여 보는 이를 압도한다. 이 마을 사람들은 여기에서 당산제를 모시고 있는데 정월 14일 오후 3~4시경에 지낸다. 당산나무는 마을 입구 정자의 오른쪽에 있으며, 나무 종은 귀목 나무로 약 500년 정도로 추정된다. 당산제의 제사 음식으로는 돼지머리, 떡(시루), 과일(三 實果), 술 등이 올라가며, 지금은 농악놀이를 하지 않으나 예전에는 당산제 지내기 전에 농악을 하였다. 마을 사람들이 당산제를 지내는 목적은 마을에 해가 없고 마을 사람들이 무고하며 마을의 평안을 위해서이다. 그리고 선동마을에는 입석이 있다. 예전에는 입석이 세 개가 있었는데 농지정리 후에 1개가 사라졌다. 마을 입구 왼쪽으로 나란히 두 개가 자리하고 있으며 그중 오른쪽의 높이는 119m, 둘레는 163m이고, 왼쪽의 높이 51m, 둘레 53m에 해당한다. 마을에 남아있는 자생조직으로는 10여 년 전에 창립된 청년회가 친목을 목적으로 운영되고 있으며, 현재 참여 인원은 18명이다. 마을의 기본현황은 총인구 320명에 남자 170명, 여자 150명이며, 전 0.04㎢, 답 0.04㎢, 임야 0.20㎢로 총면적은 0.28㎢이다.

　총 56가구 중 농가는 53호가 비농가는 3호가 해당하며, 마을의 주산물은 쌀, 콩, 팥이 해당하며, 마을 사람들의 주 소득원은 특수작물로 재배하고 있는 잎담배이다. 성씨로는 김해

김씨가 30호, 제주양씨가 10호, 하동정씨가 4호 기타 12호가 살고 있다. 마을의 유적으로는 백제 성왕 22년(544년) 연기 조사가 구례 화엄사와 함께 창건하였으며 그때 애초는 '창룡사'라 하였는데 임진왜란 때 소실되어 조그마한 절을 지어 보물 462호로 지정되어있는 미륵불을 따서 미륵사로 개칭하여 존속하다가 1975년 무렵부터 백양사의 말사(末寺)로 대웅전을 새로 지어 현재에 이르고 있으며 사찰주위 산마루에는 일본 강점기에 금광 채굴을 한 동굴이 몇 군데 존재하기도 하며 '철천리 칠 불 석상'과 '보물 제462호 철천리 입불석상'이 있다. 또한, 마을 입구에 보호수 15-4-13-4로 지정된 수령 약 300년 이 된 느티나무 수고(樹高)는 약 14m로 이곳 당산나무에 매년 정월 대보름에 당산제를 모셔왔었다.

★.이상의 자료는 본인이 우리 고향의 유래를 수집하기 위해 수집된 자료를 옮긴 내용이다

나에 유년시절

  나는 꼭 이공계 학교에 다녀야 하는 사람이었다. 그러나 환경은 나를 그렇게 배려해주지 않았다. 내 위에 형님이 1960년대에 사놓고 놀려둔 서울통신 기술 강의록은 독학이 내 취미로 바뀌어 세상에 진출하는데 커다란 도움으로 작용했다. 그 무렵, 서울에는 전파통신 학원이 있었지만, 지방에는 없었다. 그도 그럴 수밖에 없는 것이 대다수 지방 농촌에는 전기마저 들어오질 않았다. 그곳에 더욱, 나를 빠져 들게 하는 원인이 있었다. 같은 학년 원예과에 동료인 강진군 대구면에 자취하는 임용택 친구였다. 그 친구 자취방을 갔었는데 태엽을 감아 돌리는 유성기가 그렇게 신비할 수가 없었다. 강진에서 어업을 하시던 부모님 덕에 구경하기도 힘든 축음기판이 돌며 노래가 나오는 신기함 말이다. 그 친구는 졸업 후 고향 강진 대구면에 유지가 되었다. 그 후 대구면이 마량면으로 분면(粉面)이 된 후 마량 수협이 생기면서 마량 수협조합장을 한다는 소문을 들었다.

나 역시 하루를 걸려 광주로 가는 시외버스를 타고 광주에서 구매한 전자 재료를 서울 통신 강의록을 보면서 실습을 자습할 때 일이다. 내가 사는 봉황면에는 아예 전기가 들어오질 않았다. 그 때문에 실습 중 납땜할 때는 숯불 인두를 불에 달구어 염산 수를 바르고 납을 녹여 땜을 하여야 했다. 어느 겨울철 소죽을 쓰고 딸린 아랫방에서 화롯불에 숯불을 많이 담아 납땜용 인두에 열을 달구었다. 얼마의 시간을 광석 라디오 만들기에 푹 빠져 있는데 자신도 모르는 사이에 화롯불 탄산가스에 중독이 되어버린 것이다. 마침, 어머님께서 점심때가 되어 서숙 죽(조 죽)을 쒀서 나를 부르니 대답이 없었다는 것이다. 문을 열고 보니 가스 냄새 속에 질식이 되어 쓰러진 아들을 발견한 것이다.

 어머님이 깜짝 놀라 누님을 부르고 나를 다리와 어깨를 들어 집 밖으로 마루에 옮긴 후 찬물을 먹여도 정신이 돌아오지 않아 난리가 난 것이다. 억지로 찬물을 먹이며 팔다리를 주무르고 온 힘을 다한 것이다. 한참 만에 혼미했던 정신이 돌아오고 깨어났단다. 하마터면 목숨까지 잃을 뻔한 순간이었다. 그 무렵 만든다는 제품이라야 무선 광석 라디오였다. 둥근 원통에 코일이 감겼고 거기에 다이오드를 연결하고 Ceramics condenser를 연결하고 거미줄처럼 연결하여 높이 세운 무선 안테나와 접지선을 연결한다. 그리고 CheriStal Reciber를 연결하면 Radio 소리가 들려 나오는 것이다. 이렇게 들려오는 라디오 소리는 통신 강의록과 함께 나를 공학도로 이끌어준 기초가 된 셈이다. 물론 혼선과 잡음도 많은 광석 라디오는 얼마 후 나를 공학도로 무선 전파사를 운영하는 기본이 되었다.

　그렇게 자전거 통학을 하며 농업 고등학교를 졸업하던 해는 1968년 3월이었다. 공학에 취미를 갖고 있지만, 조선대학교 이공대학을 가기에는 환경은 허락하지 않았다. 고향 철천리 선동 마을에서 금천면 원예 고등학교에 다니며 배운 것은 원예작물 재배와 과수원 관리 그리고 과수 통조림 가공 방법이었다. 내게는 작업 포 장학생 선발 약제 포를 관리하는 학생으로 학비 면제 장학생으로 한약재 포장 관리로 몇 가지 한약재 재배를 하는 것이 전부였나. 막상 진학은 할 수 없다 보니 부모님의 농사일을 거둘 수밖에 없는 실정이었다. 내가 부모님을 돕는 일은 가마니를 짜는데 새끼를 꽈야 하고 짚단을 메로 쳐서 짚 마대 짜는데 쉽게 짚을 부드럽게 해야 한다. 그리고 큰 재산으로 기르던 소의 꼴 베어가기며 소죽을 끓여 주고 때로는 소를 산이나 논둑으로 끌고 다니며 꼴을 뜯어 먹이는 일이었다.

　1968년 5월경이다. 지금처럼 규모 있게 특용 작물을 전문으로 재배하는 곳은 구경할 수가 없다. 오직 식량 위주의 농사가 농촌 환경의 주축이 되었기 때문이다. 수박을 재배하는 방법도 밭에다 구덩이를 파고 퇴비와 흙을 알맞게 섞어 그곳에 수박 씨앗을 심어 재배하는 방법이다. 그렇지 않으면 산속

에 구덩이를 파고 그곳에 위와 같은 방식으로 수박재배를 한
다. 그런데, 내가 사는 곳에는 황토가 아닌 검은 자갈밭 흙이
유일한 밭이기에 보리, 밀, 목화, 조 같은 작물이 유일한 생산
지이다. 생각하다 못한, 나는 기왕에 있는 땅에 참외를 심기로
하였다. 15㎞ 거리에 유일한 영산포 시장에서 참외 종자를 구
입해 왔다. 그 시절에는 참외도 노랑참외, 개구리참외, 왕관
참외 등 현시대에서 볼 수 없는 종류들이었다. 아마도 일본에
서 들어온 것들로 생각된다. 지금처럼 비닐이 흔하지도 않았
다. 아마도 특수 농업단지가 아니므로 시중에 흔하지 않았을
것으로 판단한다. 보리가 이삭이 나올 무렵인 오월쯤에 보리
밭 고랑 사이에 크지 않은 구덩이를 파고 퇴비를 넣고 흙을
고른 곳에 참외 종자를 심는 것이 유일했다.

그런데 문제는 전기도 들어오지 않고 지금처럼 수로시설도
없는 때기에 하늘에 맡길 수밖에 없는 실정이었다. 행여나 가
뭄에 심은 종자가 발아되지 않을까 노심초사하여 늘 보리밭
이랑을 돌아봤다. 계속된 가뭄은 보리마저 말라죽는 곳이 다
반사였다. 유월이 되어 보리를 베어내고 나니 참외 싹이 정상
으로 나온 것이 50%에 불과했다. 지금처럼 일기 예보도 들을
수 없고 말라 죽어가는 참외 모종을 그냥 두고 볼 수가 없다.
물이 없고 300여m 떨어진 저수지에서 밀 지게로 물을 날라다
참외 모종에 주었다. 양철통 두 개의 물통은 겨우 네 곳에 나
누어주어도 자갈땅인 토질은 금방 스며들고 말았다. 저수지
의 물 역시 가뭄이다 보니 저수지 바닥에 고여 있으니 한 지

게 메고 올 때마다 힘이 드는 것은 말할 수 없는 고충이었다. 온종일 이른 아침부터 길러 나른다 해도 30번 다니기가 벅찬 시간이었다. 500여 평의 밭에 절반밖에 살아남지 않은 참외 모종을 사흘 걸러 다 주고 나면 첫날 주었던 곳이 말라가고 있다. 아니 아예 발육마저 정상이 아니다. 그때 해가 역사 기록에 남은 68년 한해(旱害)였으니 말이다. 아무리 기를 쓰고 고생을 해도 결국 10%도 살려내지 못한 혹독한 가뭄이었다.

나는 손재주가 있어 적성에 맞는 광주에 2년제 이 공 대학교라도 가야 했지만, 가정환경은 어쩔 수 없었다. 꿈에 부풀어 남다른 특용작물로 참외 농사를 지었는데 절망만 앉은 채 결국 광주로 취직의 문을 두드렸다. 고등학교 동창인 관배 친구의 소개로 광주 구동 1번지에 있는 대한 전파사로 취직했다. 물론 그 무렵 기술을 배운다는 명분과 먹고 잠을 자는 월급 없는 취직이었다. 6개월이 지나도 사장님은 전혀 기술은 가르쳐 주질 않고 잔심부름과 가게를 지키고 청소하는 것이 일과였다. 어쩔 수 없이 주인에게 나로 인해 피해가 있으면 연락을 해주시라는 메모 한 장 남기고 야반도주를 하였다. 그리고 다시 취직한 곳 역시 같은 고등학교 동창생인 문동석 친구의 사촌 형이 운영하는 영산포 읍에 취직하여 2년간 현대 전파사에서 기술(技術)을 익혔다. 우리나라 최초의 흑백 TV가 탄생한 해는 1966년 8월 1일이었다. 부산 동래구 온천동 금성사(현 LG전자) 공장에서 VD-191이라는 진공관식 TV는 19인치 가격은 68,000원이었다. 그때 당시 대부분 경제가치가 쌀로 대변되던 때였으니 쌀 한 가마 값이 2,500원이었다. 그때 당시 머슴살이 1년 새경이 많아야 10가마였다. 그래도 추첨을 통해서 팔아야 했으니 생산 첫해 9,050대라는 것이고 40년 만인 2006년에 2억 대를 생산했다. 그 후 1975년 8월 진공관을 대체하는 반도체 TV가 생산을 시작 진공관식이 20초 만에 켜지는 것이 5초로 단축했다. 또한, 브라운관이 뒤로 불쑥 불거진 TV를 1990년대 후반 들어 평판 TV로 바뀌었다. 1977년 국내 첫 칼러 TV 시대가 열리며 발 빠르게 진보하였다. 또한, 1975년 삼성에서 이코노믹 TV를 생산해 대 히트를 했으며 1998년 삼성전자에서 세계 최초의 디지털 TV를 내놓아 일본 SONY의 아성을 깨고 세계 TV 시장 1위를 석권한 것을 최근 언론을 통해 알았다.

그 무렵 라디오가 유일하고 고관 부잣집에 겨우 진공관식 장롱 같은 전축이나 흑백 수입 TV가 있는 시절이다. 고향 땅 우리 면 소재지에 전기가 처음 들어올 1969년 8월 무렵 면 소재지 한약방을 운영하시던 형님 가게 옆에 전파사를 개업하였다. 그리고는 그동안 습득한 지식으로 나무 상자에 납땜하여 조립한 트랜지스터 슈퍼 라디오를 만들어 팔았다. 그 시절은 지방은 대부분 벼 한 섬을 위주로 한 시절이었다. 벼 한 섬(80kg)에 4,000원 하던 시절에 나무 상자로 된 트랜지스터 6석 set을 광주에서 구매하여 조립하여 팔면 6천 원~6천오백 원에 팔렸다. 구매 대비 이틀이면 조립해내는 Radio는 곱을 남기는 이익이 발생하였다. 또한 장롱(欌籠) 같은 커다란 진공관식 전축(電蓄)을 조립해 팔면 일만 오 육천 원의 이익을 창출하니 황금 시기가 따로 없었다. 지금처럼 금성이나 대우전자 같은 곳에서도 제품을 내놓아도 흔하게 구할 수가 없는 때였다. 그러니 조립 제품이지만 만들기가 바쁘게 잘 팔리는 돈 잘 버는 잘나가던 황금기였다. 물론 전기가 새로 들어오니 전구며 형광등을 설치해주는 작업 또한 쏠쏠할 수밖에 없는 기술 사업이었다. 그 무렵 우리 면내에는 TV는 한 대도 없었으니 말이다. 모두에 열거했듯이 금성, 대우, 삼성 등 가전 삼사의 빠른 행보에 황금기였던 1980년대 무렵에는 개인이 운영하던 전파사는 제조업체대리점이 되어야 했다. 그러나 그것도 오래가지를 못했다. 3단계를 거쳐야 하는 지방 대리점의 입지는 좁아지고 이익 폭도 없어 성황기의 폭은 좁아졌다.

그 무렵 농어촌에 전기가 차차 들어오면서 이윤이 많은 전기공사 쪽의 운신 폭이 커진 것이다. 때마침 사촌 매형의 형님 되신 분이 유일하게 나주 군에 제2종 한일 전업사를 운영하셨다. 법은 전기 공사 업자만이 공사하게 되었다. 나는 사촌 매형의 힘을 빌려 (합)한일 전업사 명의를 빌어 부금을 주면서 전기공사업에 본격적으로 뛰어든 해는 1976년부터였다.

해병대 지원

1969년 5월 어느 날 나주 중앙 초등학교 신체검사장으로 신체검사 통지서를 갖고 신체검사를 받으러 갔다. 그 대열에는 우리 면내 대상자들이 대부분이라서 낯익은 친구며 초등 동창생들이 대부분이었다. 일렬로 집합을 시킨 후 점호를 하고 신체 검사받는 절차와 요령을 설명한다. 그리고는 교실로 들어가 팬티만 입은 체 다시 집결하라고 지시를 한다. 부르는 순서 따라 신체검사를 받기 위해서이다. 그때였다. 팔각 모자를 쓰고 붉은 명찰을 단 멋진 유니폼의 중사 한 사람과 뒤따르는 해병대 병장이 대열 앞으로 나왔다. 오늘 신체검사를 받으신 여러분 저를 주목해라. 신체검사를 받을 여러분 중에 해병대를 지원 하고 싶은 분은 앞으로 나오라고 한다. 서로가 두리번거리던 신검자 중 두세 명이 앞으로 나간다. 나 역시도 머뭇거림 없이 앞으로 나갔다. 눈치를 살피던 사람들이 총 15명 정도 앞으로 나왔다. 잠시 후 더는 지원할 사람 없느냐고 재차 큰소리로 안내한다.

더는 없는 가 보다. 좋아! 지금 앞으로 나온 여러분들은 내 말을 잘 들어라! 열중쉬어! 차렷! 앉아! 일어서! 반복된 구호에 몇 번을 반복을 따라 한다. 그리고 난 후 지금부터 나의 구령을 따라 주기 바란다. 그리고는 앞으로 나온 지원자를 2열 횡대로 열을 세운다. 전열 5보 앞으로라고 한다. 앞줄 대열에 서 있든 나 역시 해병대 병장의 구령에 따랐다. 몇 차례 앉아! 일어서! 을 반복하더니 이번에는 팬티를 무릎 아래까지 내리라고 한다. 다음은 한 사람 한사람 남자의 그것을 살핀다. 그리고는 다음은 모두 다리는 벌린 상태에서 엎드려 90도를 유지 하고 항문이 잘 보이도록 양손으로 벌리며 엎드린다. 해병 병장이 살핀 후 대부분 일어서라 했는데 나와 또 한 사람만 그대로 유지 하라고 한다. 그 무렵 나는 3년간 17㎞ 자전거 통학으로 가벼운 치질이 있었다. 조금 후! 중사가 접근하더니 항문을 잘 보이게 하라고 한다. 그러더니 갑자기 엉덩이를 밀어 차며 귀관! 치질 있잖아, 라고 한다. 저만큼 꼬꾸라질 듯 앞으로 나가 가까스로 겨우 일어서며 나도 모르게 큰소리로 "괜찮습니다. 곧 나을 것입니다."라고 큰소리로 대답하니, 좋아! 됐어, 한다. 아마도 씩씩한 큰 대답에 합격이라는 뜻인가 보다. 그리고 다른 사람들과 똑같은 절차로 신체검사를 끝내고 돌아왔다. 그 후 10월 무렵 입영 통지서가 날라 왔다. 1970년 3월 5일 진해 훈련소로 입소하라는 통지를 받은 것이다.

입영 통지를 받고 나니 자신도 모르게 일손이 잡히질 않는다. 1969년 6월 무렵 고향 광주 쪽에 가까운 지금의 혁신도시가 있는 산포면을 거쳐 소재지까지 전기가 처음으로 들어온

해에 2년 가까이 무선전파사 기술을 습득 후 면 소재지에 "금성 전파사"를 개업하여 무척 분주한 때였다. 더욱 면 단위에서 아가씨들의 유혹이 심하고 먹지 못했던 술자리에 빠지기도 하였다. 1970년 2월 하순 무렵에는 친구들 동창생들 친척들 등등 어울려 여러 차례의 입영송별식 자리를 갖기도 했다. 그 시절만 해도 입대가 있는 사람들에게 흔히 볼 수 있는 송별식 광경이었다. 드디어 입영 이틀 전에는 면 소재지 상가나 지인 친척들한테 방문하여 입영 인사를 하는 것이 그 시절의 관례였다. 대부분 사람이 얼마 되지 않은 돈이지만 무사히 잘 마치고 오라며 많게는 1,000원 적게는 500원씩 주었다. 그때 벼 한 섬에 4,000원 정도였으니 큰돈인 시절의 이야기다. 광주까지 대부분 자동차도로는 비포장도로였다. 하루에 3차례 왕복 6차례 있는 시골 버스 중 오전 9시 무렵에 출발한 타고 드디어 입영을 위해 광주 금성여객터미널에 도착하였다.

해병대 신병 훈련소에 입대하다.
(훈련 생활)

1970년 02월 27일 남광주역에서 군용 열차에 몸을 싣고 출발한 지 여덟 시간 만에 드디어 열차가 진해 경화역에 도착했다. 바로 경화역 앞 큰길 건너에 입소자가 훈련소 안으로 들어가는 넓고 큰 개방문이 있었다. 정문 입구에는 "축" 여러분의 입소를 환영합니다. 나는 내일 아침 입소에 어려움을 덜기 위해 정문 근처 여관에서 잠을 자기로 하였다. 그곳에는 여러 곳의 숙박업소가 있었다. 평소에도 여관을 가보지 않은 탓도 있지만, 내일이면 기압이 세다는 해병훈련소에 들어간다고 하니 잠이 잘 오지 않는다. 나를 떠나보낸 부모님은 얼마나 걱정이 심할까? 과연 내가 무사히 훈련을 마칠 수가 있을까? 온갖 상념 속에 시간은 멎어주질 않았다. 밤잠을 설치고 6시경에 일어나 세면을 하고 근처에 음식점에 들어서니 나와 같은 많은 젊은이가 입소를 위해 아침 식사를 하려고 와 있었다. 간밤을 설친 탓인지 밥맛도 별로여서 몇 숟갈 뜨고는 큰 호흡을 하고 다른 입소자들과 함께 진해시 경화동 제6 정문을 통과하여 들어가는 발길은 한없이 무거웠다. 입영소 내 초소에 입영통지서를 제출하니 우리를 안내하는 병사가 열을 세운다.

　부대를 감싸는 3m 불록 담 울타리 위에 빙 둘러 처진 철조망이 더욱 위압을 주웠다. 근무자가 대기하며 근무하는 개선문처럼 생긴 곳 건물 위에는 둥그런 원을 그리며 커다랗게 배치된 "해병 진해 교육기지 사령부"라고 쓰여 있는 붉은 글씨가 위압감을 주었다. 입교일 아침 일찍부터 교육기지사령부 제6 정문 앞에는 전날 술에 취해 소란을 피웠던 장정들이 모두 벌건 눈을 하고 늘어섰다. 그때까지는 민간인이었으니까. 8시 정각이 되어 도열이 끝나자 교관들은 이런 우리 무리를 정문 안으로 인솔했다. 하지만, 맨 마지막 장정의 정문통과가 끝나자 바로 머리 위에서 몽둥이들이 날아다녔다. "너희들은 이제 민간인이 아니다." 이 말이 곧 구타의 시작을 알리는 신호였다. 곳곳에서 "억, 억 후, 악"하는 소리가 남과 동시에 몽둥이, 주먹, 발이 날아다녔고 몇 분 전까지 앙앙거리던 장정들은 여기저기서 쓰러지기에 바빴다. 이유도 없었다. 잘못에 대한 설명도 없었다. 그냥 "눈깔아" "어깨 펴" "깡패야?" "머리 봐라" "복장 봐라" "똑바로 서" 소리만 사방에서 들리고 그런 말과 동시에 퍽퍽 소리와 함께 "억" "억 후" "아이고"하는 소리가 섞이면서 30분 정도의 매타작이 끝났다.

[출처: 미디어 뉴스 일부 인용]

　집에서 입고 온 사복 차림으로 며칠간 기초 제식훈련을 받고, 낙오자는 귀향을 시키고 끝까지 버티는 동기생은 03월 05일 가입 대 선서식을 하였다. 연병장에서 도열을 한 후 일제히 발가벗고 나누어준 속옷부터 겉옷까지 전부를 군복으로 갈아입게 한다. 03월 05일부터 빨강 명찰이 아닌 하얀 명찰을 가슴에 부착한 군복으로 갈아입은 정식 훈련병이 된 것이다. 집에서 입고 온 흙투성이가 된 옷은 나누어준 시멘트 종이 포대에 싸서 집 주소를 기재한 후 아마 집으로 배송되었으리라 생각한다. 이제는 빨강 명찰이 아닌 하얀 명찰을 가슴에 부착한 후 해병이라면 누구나 거쳐야 하는 진해 신병훈련소에서 8주간의 기본훈련이 시작되었다. 아니 훈련이라기보다는 사회에서 보지도 못했던 각종 기압을 받았다고 해도 과언 아니었다. 대가리 박아! (머리를 땅에 처박고 두 다리를 붙이고 궁둥이를 하늘 높이 올리고 두 손은 허리 뒤에 열중쉬어자세를 한다) 누워 하늘 보기 (반듯하게 누운 다음 두 손과 다리를 하늘 높이 곧 세우는 체벌)이다.

　한강철교:(종대로 일렬을 서게 한 다음 땅에 짚은 팔을 펴고 뒷사람의 어깨 위로 다리를 올리는 체벌), 쪼그려 뛰기:(두 손은 양쪽 귀를 잡게 한 다음 양발을 지그재그로 옮겨가며 높이 앉았다 뛰기를 반복하는 체벌). 오리걸음:(쪼그려 뛰기의 자세로 앉아 오리걸음 하는 체벌). M-1 케런드:(M-1 소총을 머리에 쓴 파이버 위에 거꾸로 세워 오리걸음을 시키는 체벌). 매미훈련:(주로 상남 교육대에서 이루어지는데 훈련소 주위의 소나무에 메어 달리게 하는 체벌).총 물고 있기:(M-

1이나 카빈총의 총 끝 가늠쇠를 이빨로 물고 있기: 총 끝이 코를 심하게 누르고 이빨이 아픔). 누워 온몸 비틀기:(누워서 하는 보기와 같은 동작에 두 손으로 소총을 들고 받는 체벌). 그 외 피티 체조며, 기수 빠따 등 갖가지 체벌이 있다. 그때가 3월과 4월이라 무딘 추위에 가끔 비까지 내려 무척 고생이 이루 말할 수 없이 고통이 심했다.

바닷바람이 심한 진해만에 초봄의 칼바람의 추위 속에 갑자기 팬티차림으로 연병장에 집결시킨 후 춥다고 떠드는 소리가 들리면 교관은 조교를 시켜 물통으로 찬물을 퍼오게 한다. 그리고 퍼온 찬물을 가차 없이 전 훈련병에게 물세례를 펼친다. 그리고 계속하여 춥다면 한쪽에 있는 화장실을 선착순 돌아오게 하여 5명씩을 남게 하고 계속시킨다. 우리 224기는 4개 중대(6, 7, 8, 9중대)로 나뉘어 훈련을 받았는데 나는 9중대 32소대에 배속되었다. 우리 224기가 모두 1,105명 입대했는데 나는 그중에서 934번째의 군번을 받았다. 30개월 군 생활 후 우리 224기는 석 달에 걸쳐 나뉘어 제대했는데 이렇게 빠른 군번 덕택에 제대할 때는 225기의 처음에 매달려 우리 동기 중에서는 제일 늦게 포항에서 제대할 수 있었다.

고된 8주간의 훈련이 끝나기 전 수료식에 가족을 초청하라는 편지를 각자 집으로 쓰라고 했지만 나는 쓰지 않았다. 입소 때 입고 온 사복을 받은 어머님이 우편물 소포를 받고 기절했다는 소식을 들었기 때문이다. 8주 기본훈련 수료식 날,

▶진해훈련소 병사(점선 내)

▶해병대 상징 마크

면회 온 가족이 없는 나와 몇 사람들은 면회를 온 가족들과 점심을 먹으러 간 동료들 덕분에 배가 터지도록 먹을 수 있었다. 수료식 날 병과 발표가 있었는데 나는 통신 병과로 명령이 났다. 입대 때 기록한 신상명세서에 특기를 '라디오/전축 조립'이라고 써넣은 것이 그 이유인 것 같았다. 황당한 해병대다운 병과 배치였다. 우리 기수 때는 진해 훈련소 안에서만 훈련을 받지 않고 5주째부터는 창원 상남 으로 넘어가서 각개전투, 공수기초교육. 유격훈련을 2주를 받고 돌아와서 수료 준비를 하게 됩니다. 진해 훈련소에서 완전무장 꾸려 메고 진해 경화동에서 안민(安民)고개를 넘어가는데 이 안민고개를 해병대 출신들은 또 다른 이름으로 부르는데 '눈물고개'라 부릅니다. 왜 '눈물고개'라는 슬픈 이름이 붙었나 하면 고개의 길이가 좀 긴 편인데 그냥 올라가게 하지 않고 오리걸음으로 올라가게 하다가 하늘이 노랗게 될 정도로 얼추 다 와 간다 싶으면 다시 원위치해서 밑에서부터 재차 반복하면 악이 저절로 생긴답니다.

　오리걸음 시키고, 드러누워 뒹굴고, 선착순 시키는 교관들이 보통의 악한 마음이 아니면 5주간 사회의 기름기 홀쭉하게 빠져서 얼굴에 마른버짐도 핀 훈련병이 늘어난다. 그런가 하면 눌 어 팅팅한 피부에 제대로 씻지도 못해서 꼬질꼬질한 몰골에 장갑은 너덜거리고 그나마도 없는 사람은 양말을 손에 끼기도 한다. 거지가 그런 산 거지들이 있을까요? 차마 불쌍해서도 그리 못 괴롭힐 텐데 실실 웃어 가면서 훈병들이 힘들어 숨이 턱에 차서 헉헉거리면 "힘드나~~!!!" 물으면 힘들어도 "아닙니다." 하면 "그렇지" 하면서 선착순 한 번 더 시키고 기합받는 자세로 노래를 시킵니다. '울려고 내가 왔나,' '동숙의 노래' 같은 좀 구슬픈 가락으로 노래시키면 시작 후 조금 지나면 눈에 눈물 고이고 콧물까지 흘린다. 부르고 나면 뭔가 희한하게도 응어리가 풀리는 듯한 묘한 기분 그때 겪어 봤습니다. 안민고개 정상에서 창원으로 넘어가는 그 부분은 파서 길을 낸 곳에 올라가면 "힘내라 희망 있다."라 합니다. 그 희망이란 기름에 튀긴 '청룡 빵'이라고 월남 참전해병대 상이용사들의 자활 취로사업 목적으로 훈병들 한데 빵을 만들어서 납품하는 겁니다.

해병대의 요람 포항 운제산(대왕암)을 천자 봉 완전무장 구보는 귀신도 잡는다는 빨간 명찰의 해병대 사나이들이 32년 만에 진해 천자 봉(502m)에서 탄생하게 되었다고 한다. 해병대가 그동안 신병훈련을 받고 제2 천자 봉으로 지정해 훈련을 해왔는데, 앞으로는 32년 만에 진해 '원조' 천 자봉 에서 5주 간의 신병훈련의 대미를 장식하고 빨간 명찰을 받게 됐다고 한다. 천 자봉 행군과 빨간 명찰 수여식은 1949년 해병 1기 이래 60년 동안 유지돼 온 해병대의 오랜 전통 중 하나로 신병훈련의 마지막 단계에 시행되는 해병이 되기 위한 최후의 관문으로 불리고 있다. 빨간 명찰은 아무에게나 주어지는 것이 아니며, 또한 아무나 달수도 없다고 한다. 그야말로 피눈물나는 각고의 훈련과 전술 전기와 강인한 정신력, 무쇠와 같은 체력을 다진 사람만이 해병대의 상징인 "빨간 명찰"을 받게 된다고 한다. 어려움을 겪고 인내하고 참아서 이겨내다, 보니 훗날에 인생을 살아가는 데 큰 도움이 됐었다. 해병대 복무가 당시는 힘이 들었지만, 그 때문에 헤쳐 나올 수 있었음이 감사하기만 하답니다. 기초훈련 8주가 끝나고 병과에 따라 병과 훈련 교육이 4주간 있었다. 전자에 말했다시피 나는 통신병과 교육을 받았다.

마침 통신병과 교육장은 상남에 있었다. 병과 교육 역시 대부분 군기를 잡는다며 틈만 나면 기입으로 시작 기입으로 끝날 정도다. 교육장에는 높이가 10여m 정도 되는 나무 전주가 심겨 있다. 특히 유선 병과였던 우리에게는 전주를 오를 때 신발 위에 카우(나무 전주를 오를 때 착용하는 장구)를 착용하고 안전띠를 매고 전주 오르는 교육을 한다. 수없이 많은 사람이 오르내리는 전주는 특히 비가 온 뒤에는 훈련 중 자꾸 기울어진다. 그때 교관이 저 전주 위에 오를 사람, 한다. 평소에 사회에서도 나무타기를 잘하고 무서움을 모른 나였다. 저요! 신병 정찬열 입니다. 귀관은 저 전주 위에 올라가 끝쪽 기울어진 쪽에서 반동을 주어 전주를 똑바로 세운다. 나는 카우를 착용하고 재빠르게 올라가 교관이 시키는 일을 마무리한다. 내려온 내게 교육훈련 열외라며 나무그늘에 쉬게 한다. 그런 일이 몇 차례 나는 아무 일도 아닌 것처럼 해치운다. 이렇게 해서 4주간의 병과 교육도 끝나고 자대 배치를 받는 것은 5월 하순이다.

[집필 후반 이야기]
　내가 복무하던 시절의 해병대는 대원들 스스로 그 같은 악습이 강군 해병대의 전통으로 알고 감수했다. 또 어쭙잖게도 그런 전통을 자랑했다. 그래서 휴가나 외박 중 만난 타군들을 깔보고 멸시하고 사회인들에게 '개병 대'라고 불리는 것도 자랑스러워했다. 하지만 나는 지금까지도 해병대가 지난 악습들을 그대로 답습하면서 사회의 손가락질(指彈)을 받고 있음이 괴롭다. 나도 그런 악습을 전통이라는 이름으로 계승시킨 것 같아서 너무도 후배 해병들에게 미안하다. 그런데도 또 해병대가 멸시를 받는 것이 더 괴로운 것은 내가 타고난 해병이기 때문일까? 그래서 더 괴롭다. 하여 부탁한다. 후배 해병들이여. 이 못난 선배들이 남긴 구타에 대한 악습은 이제 떨쳐내라. 강군 해병대란 구타로 만들어진다는 우습지도 않은 생각들도 접어라. 강군은 강한 훈련으로 만들고 강한 훈련이라도 구타 없이 시킬 수 있다는 것을 증명하라. 당신들은 할 수 있다. 나는 그것을 믿는다. 당신들은 해병이기 때문이다. 내가 전역을 하고 난 후 1975년 무렵 3군에 헌병은 모든 군인을 단속할 수 있는 제도가 내려졌다. 막강을 자랑하는 해병대의 기강이 무너진 시기가 이때부터였다고 나는 감히 말씀드리고 싶다.

자대배치와 졸병 생활

내가 진해에서 8주간의 신병 훈련과 4주간의 통신병과 교육을 끝내고 자대배치 명을 받았다. 포항사단 2연대 2대대에 배속을 받은 것은 1970년 05월 하순쯤이었다. 진해에서 보급받은 보급품 백에 2벌의 군복과 훈련복 그리고 팬티 메리 셔츠 세면도구 등을 보급받아 230여 명의 동료와 함께 군용열차를 타고 포항으로 신병 배치를 받아 가는 것이다. 그 험난했던 훈련생활이 한 폭의 파노라마처럼 펼쳐진다. 진해에서 포항까지 형상 강을 끼고 부대 근처까지 이동하는 데는 불과 한 시간이 조금 더 걸렸다. 포항역으로는 군부대 트럭이 인솔차 나왔다. 호명하여 연대별로 차량에 탑승하였다. 생각해부니 또다시 철조망이 둘러 처진 서문(정문)으로 한참 들어가 남문이 가까운 2연대(5연대로 바뀜) 3대대로 배속을 받았다. 신병으로 2연대 배속 인원은 70여 명 여기서 다시 각 대대로 배속받은 것이다.

비록 이등병 계급을 달았지만, 이제는 대한민국의 해병대원

일원이 된 것이다. 얼마나 혹독한 신병훈련은 자대배치를 받았어도 군기가 바짝 든 신병 그대로였다. 물론 입소 신고식역시 곧바로 1 기수선임이 시키는 데로 가장 선임수병을 시작으로 수차례 신고식을 치르고 7소대 배치를 받은 것이다. 이틀 후 대대 통신 기자재실로 부름을 받았다. 나의 경력과 이력이 파악되어 통신기자재실로 오라는 것이다. 통신기자재실의 하사님과 신고식을 했다. 귀관 사회에서 무엇을 했냐? 네!이병 정찬열 무선 전파사를 했습니다. 그러면 라디오 나TV를 수리할 수 있다는 것이냐? 네! 힘차게 답변을 했다. 그렇게 자대배치를 받고는 내무실의 불침번이며 사역 등 쫄 병이 해야 하는 모든 일에 솔선수범하고 눈치껏 재량을 발휘했다.

그렇게 졸병생활도 익숙해져 갈 무렵 내 아래로 한 명의 후배만 들어왔다. 그러던 어느 여름날이었다. 갑자기 웅성거리며 전 대대원들은 완전 무장을 하여 연병장에 집결하라는 것이다. 졸병이 감히 선배들에게 물어볼 수도 없는 군기가 바짝들어 완전 무장을 하여 집합을 하였다. 그리고는 대대장의 훈련은 지금부터 간첩을 잡는 작전을 한다는 것이다. 이제 조금부대 생활에 익숙해져 갈 무렵에 당해보는 작전 출동은 살벌하고 위기감까지 들었다. 몇십대의 군용 트럭에 몸을 싣고 선임 수병은 앉아가지만, 졸병들만 전후방 각 2명씩 서서 총을앞으로 겨누고 계속 응시하고 이동했다. 낯설은 포항 구룡포산속으로 차를 타고 한 시간 넘게 진행하던 차량도 도로가 없자 그곳에 모든 부대원을 하차시켰다. 거기서부터 통신병인 나는 무거운 통신 드럼통을 걸머져야 했다. 전화 유선용 전화선 드럼통의 전선을 풀어가며 산속으로 걸어서 두어 시간 들어갔다. 그 무렵 장마철이 되어 비는 반복적으로 비를 뿌렸다 그치기를 반복한다.

저녁이 되어 더 많은 폭우가 쏟아졌다. 산속 깊숙한 산등성이에 밤을 맞이하게 되었다. 선임 병장의 지시에 따라 조명탄이 계속 불을 밝히는 산속에서 비를 피할 길이 없어 소나무에 판초 우비를 묶어 총으로 받침대를 대신하며 밤새우기를 하는 것이다. 늦게야 알고 보니 1970.7.22 영덕 해안 간첩선 격침사건, 경북 영덕 해안초소 앞 50m 해상에서 간첩선을 발견, 사격하자 응사하며 도주, 합동작진으로 격침. 17명 사살 추징하고 3명이 감포 28분 초를 뚫고 육지로 잠입한 간첩을 잡기 위한 작전이었다. 작전은 5일 넘게 계속되었다. 문제는 두 시간 정도 걸어가 부대원들이 먹을 수 있는 식량과 부식을 타오는 것이 가장 힘든 졸병 몫이었다. 한 기수만 빨라도 흙탕물이 흐르는 냇물 속에 우리 졸병에게 물속을 업혀 건네주는 것과 가장 힘든 작업만 계속하는 작전이다.

첫 휴가와 군용열차의 추억

그렇게 감포 28분 초 간첩침투 사건으로 인한 장마철 지루한 작전도 끝나고 9월쯤 일이었다. 그토록 그리웠던 첫 휴가는 평생에 처음 탑승한 군용열차를 이용한 휴가였다. 군용열차는 포항역에서 출발하여 대전에서 갈아타고 목포까지 가는 무궁화호 열차다. 물론 열차 운임은 휴가증이 대신한다. 포항 TM에서 휴가증을 제시하고 수많은 해병은 대전에서 서울로 가는 탑승자는 많았지만, 호남선으로 바뀌니 한 칸의 열차에 절반 숫자를 조금 넘는 해병탑승자와 해군 휴가병이 좌석을 채우고 있었다. 서대전역을 지나자 나보다 2기 선배 해병이 나와 우리 동기를 1기 선배 해병(223기)을 부른다. 나보다 1기 선배 한 명과 정 일병, 김 일병, 열중쉬어! 차렷! 몇 차례 반복을 시키더니 엎드려 받쳤을 반복시킨다. 일어서게 한 선임은 너희 졸병들 기압이 빠졌어! 한다. 너희들은 모처럼 휴가 가는 선임들 입을 즐겁게 할 줄도 모르느냐? 물론 휴가 전 부대에서 들은 풍문도 있어 짐작이야 했다. 지금부터 5분 내 우리 해병 칸에 있는 선임 입을 즐겁게 하는 방법을 수단껏 하라는 것이다. 나보다 1기 선배 박일 병이 부대에서 받은 휴가비와 가지고 있는 돈을 모두 내라는 것이다. 그리고는 다음 작전 계획을 제시한다.

　우선 모인 돈으로 소주 10병과 오징어를 열차 내 판매점에서 구해왔다. 그중 7병과 안주 일부를 우리에게 얼차려를 준 2기 선배에게 건넸다. 그리고 남은 세 병의 소주와 약간의 안주를 갖고 셋이서 옆 칸으로 가보니 서 있는 것조차 힘들고 빽빽하게 육군 휴가병들이 세 개 칸에 탑승하고 있었다. 셋이서 세운 작전은 지금부터 육군들에게 술을 팔자는 제안이다. 우리는 세 개의 육군 칸을 돌며 컵에 따른 술과 안주를 돌렸다. 대부분 눈치만 살피고 비운 술은 두려움에 대부분 사양을 하여 두 병도 다 못 권했다. 그리고는 여러분 이제 술을 드셨으면 술값을 내셔야겠다고 하더니 등치가 좀 있는 동기 김 일병이 재빠르게 육군 중사의 모자를 잠시 빌리자며 가져온다. 우리를 고운 눈으로 보지 못하면서도 울며 겨자 먹기로 조금씩의 돈을 내어 중사 모자에 담는다. 우리는 먼저 투자한 휴가비를 제하고 우리에게 얼차려를 주었던 선임에게 바쳤다. 나는 나 스스로 언제 이렇게 달라졌을까 하며 생각해본다. 어느덧 장성역에서 많은 휴가병이 내리고 나 역시 송정역에서 목포로 가는 동기와 악수를 하고 해남이 고향이라는 1기 선배와 함께 내렸다. 송정역 앞 식당에서 라면에 밥을 말아 소주 두어 잔의 기억은 지금도 잊지 못한다. 그리고는 해병대의 당당함에 나도 모르게 자부 감이 생긴다.

돌아와요, 부산항

이별의 부산 제 3부두

60년대 중반부터 70년대 초반까지 우리가 베트남 전쟁에 참여하면서 많은 젊은이가 부산항 제 3부두에서 미국 수송선 250톤급 '업셔호'를 타고 전쟁터 베트남으로 떠났습니다. 가슴을 찢어지게 부~웅 하고 뱃고동 소리가 울리고 육중한 수송선이 부두와 멀어질 때 조용필의 노래 "돌아와요. 부산항"이 흘러나올 때 떠나는 병사와 보내는 가족들 모두 울었습니다. 더구나 월남에 파월하는 것을 부모님께 들킬까 봐 가족 친지에게 연락을 끊고 아무도 모르게 파월하는 나에게는 어쩌면 이 뱃고동 소리가 영원한 이별의 소리인 것만 같았습니다. 아무리 참으려 해도 흐르는 눈물은 주체 할 수가 없었습니다. 수송선의 갑판이 높아서 부두의 가족과 말 한마디 못 나눔은 어쩌면 연락을 아니 함이 다행스럽기만 했습니다. 점점 부두가 멀어지고 환영 인파도 멀어지고 오륙 도가 순식간에 밀려났지요? 그러다가 부산마저 수평선 아래로 잠겼습니다. 다시는 부산 부두를 못 볼 줄만 알았습니다. 사방에 보이는 것은 바다뿐이었습니다. 출렁이는 파도만 철석일 뿐입니다. 배의 길이 150여m 거대한 수송선의 배 안은 그때 우리가 보기에는 바다에 떠 있는 고급 호텔입니다. 메일 고기반찬에 흰 쌀밥을 죽으러 가는 자에게 베푸는 것만 같았습니다. 밤이면 오직 조각달이 반겨주고 깜빡이는 별들만이 위로할 뿐입니다. 그렇게 6박 7일의 항해가 진행되니 그때야 갈매기도 마중합니다. 이따금 순회하고 돌아가는 전투기 편대가 점검하고 돌아갑니다.

대다수가 피하는 월남파병 지원 세 번째에 가족 몰래 파월하느라 부산항(釜山港) 제 3부두에서 2만5천 톤급 파월 함 갑판에서 모두가 출영(出迎) 나온 환송객뿐이었다. 부모님의 고심을 염려한 나는 파월한다는 연락을 취하지 않아 아무도 전송하는 사람 없이 떠나려는 뱃고동이 길게 울리며. "돌아와요. 부산항"의 그 시절 유행하든 조용필 가수의 노래가 흘러나올 때 사지(死地)로 가는 길이 나도 몰래 눈물범벅 후회(後悔)뿐이었다. 주어진 운명인가 6박 7일의 긴 항해 끝에 월남(越南)의 다낭에 도착하여 대기4일 만에 청룡부대 기지 사령부 통신대장 운전사 동기 장선주 상병의 도움으로 대체로 안전하다는 청룡(靑龍)부대 사령부 통신실에 배치받았다. 그것도 여단 본부 통신 기자재실에서 예하 부대에서 고장 수리 들어온 무전기를 고치는 것이 주 업무가 되었다. 직속 상관에는 통신부대 소령 한 분과 중사 한 분 병장이 내 위로 두 사람에 내 아래 졸병 두 사람이었다. 보직은 사단본부(청룡부대)에 큰 행사에 앰프 조작(操作) 병으로 행사 때마다 나는 불편 없는 방송 앰프 조작을 도맡았다.

이때 청룡부대 총사령관 여단장으로는 이동용 준장이었다. 한국이며 미군의 주요 귀빈들이 여단 본부를 찾으면 연례적으로 사열행사가 있었으며 그때마다 앰프조작은 내주업무였다. 또는 그 시절 70년대 미스코리아며 파월(派越) 위문(慰問) 공연단에 방송 앰프 조작 병(兵)으로 헬기를 타고 함께 예하부대 방문하였다. 지금 기억에 남는 미스코리아는 유영애 미스 진이 편한 마음으로 대해주었다. 그 무렵 호이안 부근의 작전에는 당시 월맹군의 제4전 방 지휘 본부를 캐 산 산악 지역에 두고 있어 아군 시설에 대한 교란작전을 계속했다. '베리아 반도 상륙작전' '승룡 15호 작전'부터 '승룡20호 작전' 그리고 '황룡 1호 작전'부터 '황룡 20호 작전' 등이 있었지만, 월남에는 양민과 베트콩을 구별하기가 힘든 데다가 양민이라 하드래도 대부분 회색분자라 갈피 잡기가 매우 힘들다.

그 때문에 여단본부에 근무하는 나로서는 밖으로 나들이 나가면 3명이 1개조로 반 무장으로 총을 들고나가지만 두려움 때문에 나가기를 꺼린다. 한번은 나들이 나가 죄 없는 들개한테 총질만 많이 하고 배가 후출하여 민가에서 음식을 사먹으려도 마음 놓을 수가 없었다. 결국 조그마한 동네의 가게에서 한국의 삼양라면이 진열 되어 있었다. 우리 일행은 타협 끝에 라면을 사먹기로 하였다. 그리고는 라면 끓이는 과정을 지켜보고서야 라면을 먹었다. 그런데 웬 그렇게 끓인 라면에 후추를 많이 넣어주어 땀을 흘리며 먹은 기억이다. 헬기로 이동하며 편한 생활 이였다. 밤으로의 외곽 경비 때는 시달리는 모기떼에 시달렸지만 고향에 부모형제 마음속에 헤아리며 밤이면 비춘 달이 고향에도 비출 거라며 향수를 달랜다. 파월에 철수 말경 부대자체 훈련을 나가든 중에 갑자기 내리는 '스콜'에 부대 안으로 철수 하던 중통신병의 임무 상 가장 후미에선 나는 "크레 무아" 후폭풍(後幅風)에 경미한 안면 파편부상을 입었다.

결국은 후송으로 다낭 야전 미군(美軍) 병원(病院)에 일 주간 입원 일주 후 자대 병원이 없는 해병대는 뚜이호아에 있는 백마부대 제209 이동외과병원으로 후송되었다. 이 병원은 제9사단이 월남에 파견됨에 따라 1966년 4월 29일 제209 이동외과병원이 파월부대로 개편되어 약 5주간 파월에 대해 교육을 하고 동년 6월 2일 부산항을 출발, 6월 8일 월남 동북방 '냐짱:(나트랑)'에 도착하였다. 동년 8월 23일 '냐짱'에서 '뚜이호아'로 이동하여 백마부대 28 전투단을 지원하였다. 대부분 환자는 헬기에 의해서 전투지역에서 직접 각 후송병원으로 항공 후송하였다. 후송병원은 월남지역에서 최종적인 의료기관이며 이곳에서 치료 불가능한 환자는 본국으로 후송되었다. 백마부대를 지원하는 제102 후송병원은 '냐짱'에 있는 미군병원을 거쳐서 항공편으로 필리핀의 클라크 미 육군병원을 경유 하여 본국으로 후송되었다. 환자 후송용 수송기는 통상 주 3회 운항하며 소요일수는 월남 출발 후 1~2일 정도 소요되었다. 이와 같은 환자 중계업무를 위해서 필리핀 클라크

병원에는 의무장교 1명과 3명의 위생병이 파견되어 있었다. 나 역시 일주 일만에 월남에 백마병원에 후송되고 자대 복귀 못한 체 이곳 백마병원에서 30여 일 만에 한국육군 대구 통합 병원으로 후송되었다.

왼쪽 가슴에 총상 맞은 환자

　가뜩이나 사회에서 자녀들의 취직에 보탬이 되는 전공 상(戰功 傷)의 혜택도 만기 전역을 해야 하는 1968년도 김신조 간첩 침투사건 이후 소식되었다. 향토 예비군의 기나긴 활동 현실에서 월남 참전용사면 인도차이나 반도에서 세계의 초일류 국가인 미국은 아시아의 작고 가난한 나라의 싸움판에 초대했다. 베트콩의 3불 정책의 세 가지 원칙인 적이 원하는 곳에 싸우지 않는다. 적이 원하는 시간에 싸우지 않는다. 적이 생각지 못하는 전술로 싸운다. 는 전술에 지쳐 170만 톤의 고엽제와 40만 톤의 네이팜탄을 쏟아부은 탓에 파월장병 대부분 고엽제(枯葉劑) 환자로 등급을 받아주었다. 나는 사회에서 받을 수 있는 수혜마저도 불의(不義)를 싫어하는 나의 성격 탓으로 1998년 2월 무렵에야 신청한 고엽제 신청을 했다. 그동안 부정으로 고엽제 대상자가 되어가는 탓으로 차츰 까다로워진 등급 심사에 떨어지고 말았다. 고엽제 신청 시 신청인의 의견수렵 난을 보던 광주지방 보훈청 담당자가 월남 파월 후 국내로 후송된 정황을 확인하고 나에게 말했다. 월남에서 후송되어 후유증이 있으시면 전 공상 신청이란 제도가 있다며 확인신청서 양식을 주었다.

그때야 알게 된 전공 상(戰功 傷) 심사 청구서를 작성하고 추가로 '병적기록부' "상이자 본인 지술 기록"과 운암동 피부과의 "조갑부 백선" 진료서와 하남 외과의 "말초신경 장애" 진단서를 준비하였다. 그리고는 삼군 합동 사령부가 있는 충남 계룡시 근덕면 부남리 해군 보훈 담당관을 찾아 민원을 접수하였다. 한국에 후송된 나는 대구 통합병원에서는 이비인후과 병실생활이었다. 그런데 파월에서 사상자나 중상자 그리고 파월 부상 장병을 한국이 미국의 원조를 많이 받기 위에 나의 월남에서 후송기록이 "우측 상완부 관통 총상"으로 병상 기록된 모양이다. '관통 총상'과는 인과 관계가 성립되지 않는다며 "비전 공상" 의결로 병상 기록이 처리 보관되어 내가 현실적으로 신청한 전공 상 신청도 기각당한 어처구니없는 현실을 맛보아야 했다. 내 인생을 되돌아볼 때 인생은 주어진 운명과 주어진 타고난 운을 져버리지 못하고 있음을 절감하는 인생 항로가 아닌가 생각한다.

전공 상 신청에 제출한 [상이자 본인 진술 기록부] 내용은 이렇다. 본인은 파월하여 청룡부대 2629부대 본부 통신 중대에 근무 중 매일같이 외곽 방어 초소근무를 하였습니다. 또한, 이따금 부대 훈련에 참석하든 날 가벼운 안면에 크레모아 후폭풍 경상을 입고 별일 없이 철수대비를 위한 철수 장비 정리를 하였습니다. 그러던 중 건강했던 본인에게 갑자기 콧속에서 피가 터져 2~3일 동안 흘린 피가 지혈되지 않고 심한 두통을 앓아왔다. 더는 지혈이 되지 않아 1972년 02월 02일 호이안에 주둔한 95 미 육군 병원에 입원하였습니다. 그곳에서 병명을 알지 못한 채 콧속을 레이저(Reader)로 치료하여 응급한 조치만 하여 일주일 정도 입원했습니다. 그러나 이틀 후 재발한 그간의 내용은 알 수 없었다. 그러던 중 1972년 2월 13일 나는 이송 된다며 육군 헬리콥터를 타고 2~30여 분 이동 뚜이호아에 있는 육군 백마병원인 209 병원으로 이송되었다.

그곳 역시 뚜렷한 병명을 알아내지 못한 채 가끔 지혈제와 힘에 부쳐 링거 정도 맞으며 입원 중이었다. 1972년 3월 3일 환자 상태를 고려하여 본국후송 결정이 떨어졌다. 군용 수송기를 탑승한 나는 3시간 만에 필리핀 미군 공항에서 1박을 했다. 그 이튿날 어제 탄 수송기에 탑승하여 고국으로 후송되어 대구 동촌 비행장에 착륙했다. 정확한 내용은 알 수 없으나 후문으로 내가 7급 판정을 받아 한국으로 후송된 것으로 알고 있습니다. 대구 육군 통합 병원에서는 출혈은 멎었으나 너무 심하게 흘린 출혈로 계속 입원 중이었습니다. 그러나 심한 두통과 어지러움의 증상을 계속되었다. 그러던 중 같은 병실에 있는 육군하사(대구가 고향이여 마음대로 외출을 나갔다 옴)가 해병의 자만심을 이유로 외출하여 술에 만취하여 새벽 2시경 당직 소위가 자리를 비운 시간을 틈타 깊은 잠에든 나에게 접근하였습니다. 정해 병! 정해 병! 하고 깨워 눈을 떠보니 접이식 큰 칼을 펴들고 협박을 하는 것입니다. 순간 팬티만 입은 나로서는 흉기든 술 취한 사람을 당해낼 도리를 생각하다 못해 살살 달래 당직 소위가 근무 때 앉는 철책 의자가 4~5m 거리에 있는 것이 눈에 들어왔습니다. 제 빠른 동작으로 접이식철제의자로 제압했던 것입니다. 그러나 결국 무기폭행으로 사달이 나 간밤 소동이 끝난 듯싶었습니다.

그 사건은 곧 당직 소위를 통해 병원장(대령)께 보고되었습니다. 3일 후 나는 병원장에게 불려갔습니다. 육군에 의뢰된 해병대의 구타행위는 괘씸죄가 적용된 모양입니다. 귀관! 옛! 구관은 힘이 남아돌면 군 생활을 더 해야지! 용서를 해봐도 소용없었습니다. 그날(1972년 5월 25일) 나는 군용 빽 을 싸 짊어지고 대구 시외버스를 타고 해병대 포항 사단으로 복귀되고 말았습니다. 포항 사단으로 복귀한 나는 사단에서 통신병으로 감내하기 쉽고 사단 해군파견 의무실이 있는 사단본부에 배치되었다. "충무대"라는 교환대는 낮에는 민간 여성들이 근무하고 밤에만 현역 통신병이 근무하는 교환대이다. 나는 거의 매일 누워있거나 의무병실에 근무하듯 나갔다 한의원을 운영하시는 장형님이 집에서 보내온 보약을 먹으며 어렵게 시간을 보내 결국 1972년 11월 29일 만기 전역을 했던 것입니다. 그러나 한결같이 10년 넘게 뒤통수가 띵하고 머리가 아프며 어지럼 증상은 계속되었습니다. 조그마한 사업을 하는 나는 기억력마저 좋지 않아 일기 쓰듯 중요 사항을 기록으로 남기며 생활하고 있습니다. 4~5년 전부터는 밤잠 자리에 팔다리 마비까지 시달리고 심한 가려움과 왼팔 오른 다리에 뼛속 어딘가 통증이 진행되었습니다. 그때마다 록소닌(진통제)을 먹고 있으며 첨부하는 내용과 같이 피부과를 계속 다니며 피부병 치료를 겸하고 있습니다.

지금은 자주 눈의 피로까지 겹쳐 영양제며 보약을 먹으며 시달리고 때로는 코피 속에 피딱지까지 가끔 묻어나온 현상입니다. 가장 억울한 저의 생각은 월남에서 7급으로 후송되어 온 제가 뜻하지 않은 자기방어용 폭행사건으로 의병 전역을 하지 못함이 억울합니다. 만기 전역까지 하면서 이토록 아무런 혜택을 받지 못하고 이제야 "고엽제 후유증"이든 "전공 확인 신청"이든 이제야 알게 되어 신청하오니 참작하시고 저의 억울함을 인지해주시면 감사 하겠습니다. 더불어 말씀드리고 싶은 것은 저의 박약한 생각이오나 당장 과학적 의학적으로 나타나지 않은 의사의 진단보다. 의료보험 처리 결과도 참고 하시기 바랍니다. 저의 경우 한약과 일부 처리 못 한 "담방약" 두통, 피부, 내과 치료에 시달린 결과를 참조하시고 도움을 요청하는 바입니다. 진술인: 정찬열 / 해군 참모총장님 귀하 [해군 본부](우) 충남 논산시 두마면 부남리 501-201호/ 전화 02-819-1422/ 인사 복지과 과장: 대령 팽** 담당자 6급 김**

문서 번호 : 인복:35110-1486호
시행일자 : 1998. 09. 17 / 수신: 정 찬 열
참조 : 광주시 광산구 월곡2동 488-1
제목 : 전공상 확인 심사위원회 결과 통보

1. 귀하의 전공상이 확인 신청서에 따라'98년 8월 심사한 해군본부 전공

상 심사 위원회 의결 사항을 아래와 같이 알려 드립니다./ (가). 의결사항: 비전공사 (나) 의결사유

(1)귀하께서는1972년 2월경 월남 초소외곽 방어중 심한두통으로 입원 하였다고 진술하였습니다.

(2).그러나 제반 (복무기록표, 병상일지)을 확인한 결과 진단서의 내용 (긴장성 두통, 말초신경장애)과 병상 일지의 상이처 (우측 상 완부 관통 총상)와 인과 관계가 인정 되지 않음으로 이를 비전공상 로 의결 하였습니다.

(다). 귀하께 도움을 드리고자 많은 노력을 하였으나 도움을 드리지 못하여 대단히 지송하며 , 귀하께서 이 결정에 대하여 이의가 있을 경우 이를 반증할 수 있는 자료를 갖추어 이 처분을 받은 날로 부터 60일 이내에 제출하여 주시기 바랍니다.

2. 기타 문의 사항이 있으시면 전화 02-819-1422 보훈 담당 에게 문의 하시면 자세한 안내를 드리겠으며 끝으로 귀하와 귀하의 가정에 언제나 행운이 깃들기를 기원 합니다. "끝"

해군참모총장 (인) "국민과 함께, 해군과 함께"

2012년 02월19일 입춘 날 오후 봉암(鳳岩) 기(記)

장애인이 된 사람

　나의 패행(悖行)은 그 누가 알아줄 사람 없다. 그렇다고 현재 건강한 삶을 살아가면서 정부를 상대로 투쟁할 수도 없는 현실이 비감만 따를 뿐 지금의 내 마음을 모른다고 할 수 없다. 근심스러운 가운데 낙이 있고 즐거운 가운데 남모른 근심이 있었다. 조화를 타고 돌아 그 무엇인들 기쁘게 생각하면 어느 곳인들 편안할 것이오? 만은 중년의 시절은 어찌 그리 힘든 인생이었는지 불혹(不惑)의 나이까지만 해도 날고 기는 인생이 화려함도 펑펑 쓰고 살아 보지 못한 아끼고 절약하고 부지런은 기본이었다. 남달리 청백하게 살아온 인생의 말로는 결국 뜻하지 않은 불행을 맞은 2008년 02월 04일 22.9㎸ 특 고압 감전사고는 현장에서 일하다 당한 사고도 아니었다. 한전에서 지원해주는 노후 아파트 변압기 교체공사대비 기존 설비의 변압기 파악을 위해 어느 때 정전을 할 때 조사하려 하니 연락을 부탁한 것이다. 그날이 바로 하루 후인 2008년 2월 4일 오후 2시였다.

현장에 도착 광주광역시 북구 용봉동 삼성 아파트의 상시 근무 전기 기술자의 에게 정전을 시킬 때 공용동력 부분을 자동 전환해주는 A.T.S의 자동이 잘 동작하느냐며 물었다. 그랬더니 이상 없다고 한다. 함께 나를 태우고 간 우리 직원은 지상 주차장 우리 차에 있게 하고 잠시 설치된 기존 변압기 파악만 하러 갔었다. 내가 도착했을 때는 이미 아파트 내 정전 방송도 하고 정전 스위치를 누르니 A.T.S가 작동을 하지 않은 것이다. 아파트 안전 관리자는 대부분 학교에서 자격증만 땄을 뿐 실무 경험이 없으므로 변수가 생기면 당황하고 대치를 못 한다. 이곳 삼성 아파트 전기 안전 관리자 역시 그편에 속한 사람이었다. 결국, 전기를 살린 상태에서 아파트 쪽에서 작업해야 할 주택용 변압기 탭 조절 공사는 수동 조작을 해야할 수밖에 없었다.

당황한 어린 아들 같은 아파트 자체 안전 관리자가 안타까워 안전 장비도 갖추지 않은 내가 그를 돕겠다고 나선 것이 화를 가져오고 말았다. 순간, 언제인가 보도에서 보아온 중국 사람들의 무관심 병의 거부감과 무관심이 싫어서일까 아니라면 아마도 측은지심(惻隱之心)이 발동했을 것이다. 이럴 때는 흔히 말하는 COS 조작 봉으로 수동 조작을 해야 하는데 어쩔 줄을 모르고 있는 변전실 운전을 대신해서 불행을 초래한 사람은 나였다. 평소의 경험을 토대로 현장 여건상 48㎝ 길이로 조작 봉을 짧게 잡고 C.O.S를 조작했다. 그중 한쪽 상은 수월하게 조작이 되었다. 그런데 또 남은 한쪽 상을 조작하려 조작 봉으로 당기니 16년 동안 지하에서 산화된 조작 부위가 열리지를 않은 것이다. 조금 힘을 주어 당기니 TR 반이 통째 움직이며 열어 젖혀둔 문짝이 우측 나의 등 쪽에 닿았다. 강력한 2종 접지가 된 철 문짝은 두꺼운 겨울옷 위로 닿았지만 어스(接地)에 강한 22.9㎸ 전압은 옷 위를 통해 땅으로 흐르는 감전사고로 이어졌다. 결론은 지하에 내버려 둔 조작 봉이 오래도록 쓰지 않았고 미세한 오물이 묻었는데 그것을 생각 못한 것이 크나큰 실수가 된 것이다. 급할수록 돌아가라는 속담이 있듯이 앞뒤를 살필 여유를 찾지 않았다. 아무리 강조해도 안전은 우리 모두를 이롭게 하는 것을 나는 그만 특고압 전기가 땅에 닿음(지락) 감전 사고로 정신을 잃고 쓰러졌다.

주위에 소문은 삽시간에 죽었을 것이라고 소문에 소문은 서울 한강성심병원에 입원이 된 나를 위문을 위해 열차를 타고 비행기를 타고 오는 사람도 있었다. 광주 부시장으로 퇴임하신 고명하신 N 회장님이며 목포대학교 학장까지 퇴임하신 K 교수님 수많은 지인이며 친인척 지인들이 문안을 왔었다. 그분들의 소망과 소원의 뜻을 받아 목숨은 연명하고 살아났지만, 의식을 잃은 나는 아내와 서울에서 대학을 다닌 아들과 타협 아래 오른팔의 수술을 위해 8~11시간 걸리는 전신마취 수술을 4회에 걸쳐 하는 중환자가 되어 버린 것이다. 몇십 년을 직원들의 사고대비 산재를 넣었는데 의무가입이 아닌 회사의 대표이사로 된 탓에 산업재해 처리도 산재 보상도 못 받았다. 결국, 5개월 만에 퇴원하였지만, 한쪽 팔을 쓸 수가 없어 2급 장애인이 되어 버렸다. 퇴원 후 고통(苦痛) 속에서 3년의 재활치료를 받았지만 결국 팔은 쓰지 못했다. 어제도 오늘도 8년이 넘도록 진통의 고통을 약으로만 이겨내는 내 현실이 일반장애 연금(年金)마저도 2~30여 년 넘게 넣은 국민연금이 단돈 1~2만 원 차이로 국민연금만을 받는 것으로 결정되었다.

　그렇게 통증의 고통에 겨울이면 피의 흐름이 원활하지 않아 아픔이 더해 왔다. 아픈 팔을 더 이상은 사용할 수가 없어 팔을 전문으로 치료하는 곳이라면 서울이며 안산이며, 대구 할 것 없이 찾았다. 어렵게 예약하고 순서를 기다려 면담을 하면 전문의는 나에게 어떻게 해 드릴 수가 없어 미안하다고 해주는 것이 전부다. 이유인즉 한쪽 팔의 뼈만 남은 팔을 내 몸의 근육이며 정맥 표피를 떼어 이식했다. 형식상 살려만 놓았지만 세밀한 세포조직 혈관 조직이 다르므로 신경이 자라나려 하므로 통증은 어쩔 수 없다는 것이다. 그렇다면 쓰지 못할 팔을 잘라 달라고 애원을 했다. 그러나 그것도 되지 않는다는 것이다. 현행 의료법이 아픈 장애 팔을 잘라 낼 수가 없다는 것이다. 사업에서도 인생에서도 혜택의 복이 지지리도 없는 내 인생을 무엇이라 표현해야 할지 모르겠다. 나를 믿고 백년해로를 맺은 집사람에게 호강 한 번 제대로 시키지 못한 채 오늘 현재까지 나를 의지하고 살아온 사람에게 장애인이 돼버린 나 때문에 앞으로 더 많은 고생을 시켜야 하는 아픔이 가슴 저릴 뿐이다.

　환갑도 삼 년을 넘겨버린 어릴 적의 기억, 아버님을 찾아 방문하신 그 어른 풍수님의 말씀이 귓전을 떠오르게 한다. 그것은 기골이 장대하고 한몫할 운(運)인데 환갑을 넘기기가 힘들것 같다는 두 분의 풍수 어른의 말씀은 허실이 아닌 주어진 운명이라 생각하니 차라리 다소나마 위로가 되는 것 같다. 인생을 보통 유년, 소년, 청년, 노년의 4기로 나눌 때 공자(孔子)께서는 나이 서른에 홀로 선다며 이립(而立) 마흔에 미혹하지 않는다 하여 불혹(不惑), 나이 쉰에 주어진 운명과 사명을 안다 하여 지천명(知天命)이라 했다. 그리고 예순에 세상일을 아는 때라 하여 이순(耳順)이라 표현했고 일흔에 마음먹은 대로 해도 탈선하지 않는다 하여 종심(從心)이라고 했다. 그런데 내 나이 이순(耳順)이 되어 마음대로 펴보는 세상을 만족하지 못한 채 이런 불운(不運)의 나날을 보내야 하고 가족은 물론 나 때문에 고충을 받고 살아야 하는 집사람에게 한없이 미안할 뿐이다. 가시버시 정애씨 인생은 운을 먹고 사는 것으로 속마음 나누면서 말년이나마 한가롭게 백 년도 이제는 꿈속만 같으니 기쁘게 생각하며 살아가면 마음 편치 않으리오? 아무쪼록 건강하고 남은 삶 즐겁게 살아갑시다. 퇴계 이황 선생이 말씀하신 "빈당익가락(貧當益可樂)=가난할수록 즐길 수 있어야 한다."을 되 세기며….

[2012년 02월 19일 입춘 날 오후 鳳岩.] 기(記)

문인에 입문하다

어려서부터 책과 친해 보지 않은 탓일까 아니었다면 숨 가쁘게 살아온 나의 일생이 그렇게 만들었을 것이다. 아무튼, 나는 소설책을 보면 눈이 피로해지고 졸린다. 그렇다고 남들이 즐겨보는 만화책 보는 것도 즐기지 않는다. 내가 읽어본 장편소설을 꼽는다면 박경리의 "토지" 조정래 작가의 태백산맥, 아리랑, 조선왕조 오백 년, 최인호 "상도" 등 대체로 역사 관련 서적은 배 독한 편이다. 그러나 2008년 2월의 사고 전에는 고등학교 졸업 후 변명 같지만 바쁘게 살아온 삶 그리고 오직 시간이 나면 취미로 즐기는 낚시를 하는 것이 유일한 낙이었다. 그렇지 않으면 테니스며 골프를 하는 것이 운동 중의 유일한 시간이었다고 말할 수 있다. 그러던 중 2008년도 회갑을 1년 남겨두고 당한 전기 감전사고는 나를 우울한 우울 증세까지 가져오게 했다. 자신도 모르게 노인들은 우울증에 무감각해 본인이 우울증에 걸린 사실을 인지하지 못하는 경우가 일반적이다. 노인 우울증은 신체적 질병, 재정적 어려움 등 다양한 사회적 요인에 의해 생기기 쉬운 질병이다. 대체로 외로움, 심리적 불안감, 소외감 등을 동반한다. 여러 증상과 함께 나타나는데 노화, 질병 등의 이유로 생긴 스트레스 호르몬 때문에 머리가 아프고, 온몸이 쑤시는 등 근육통이 생긴다. 또한, 기억력과 집중력이 저하돼 증상이 마치 치매처럼 보이기 쉽다고 한다.

노년기에 우울증이 오면 매사에 집중하지 못하고 금방 본 것도 쉽게 잊어버리기 때문이다. 그러나 노인 우울증은 치매의 초기 증상인 시 공간 능력 파악 장애, 계산착오 등을 보이지 않아 구분할 수 있다. 그런 내게 22.9㎸ 특고압 감전사고 끝에 4~5회의 거듭된 장시간의 전신 마취 수술은 내게 기억력 장애까지 가져 왔다. 먼저 당장 내게 시급한 것은 오른팔만 쓰던 사람이 오른팔의 장애로 왼손을 숙련해야 하는 것이 일상의 급선무였다. 밥을 먹는 수저를 잡는 습관이며 글을 쓰는데, 왼손 쓰기 컴퓨터의 자판 역시 모든 것이 쉬운 것이 아니었다. 조물주가 두 손을 달고 태어나 살아감을 깊이 느낀다. 나의 장애 탓으로 가장 힘 드는 사람은 누가 뭐라 해도 아내다 나의 오른손이 해야 할 일을 대신해야 하기 때문이다. 나의 장애로 또한 사람 불편해하는 사람이 있다면 틈만 나면 함께 낚시했던 관배 친구다. 우린 몇십 년을 낚시를 같이 해왔기 때문에 서로를 잘 안다. 그런데 낚시를 하는데 미끼를 끼는 일에 숙달이 되지 않기 때문에 가장 아쉬워한 친구 중의 한 사람이다.

그러던 중 나에게도 환경의 변화는 서서히 오게 된 것이다. 서투르지만 왼손으로 숟가락 젓가락 지레 익숙해져 가고 컴퓨터 역시 한 손으로 느리지만 숙달해갔다. 시간이 나면 평소에 읽지 않은 책도 읽었다. 어쩔 수 없는 선택이었다. 집사람이 매달 받아 보는 월간 "좋은 생각"도 틈틈이 보았다. 거기에는 좋은 독자들의 글이며 시(詩)도 올라와 있다. 문학에 거리가 멀었던 내게도 나름의 글도 써보았다. 오직, 40여 년간 생활 일기는 써 왔지만, 문학에는 거리가 멀었던 나에게 말이다. 나의 띠동갑이신 정축생 장형님께서 한국 문학에 등단하시어 가끔 서재 발간되면서 채택된 형님의 시가 실린 책도 보았다. 그러던 중 어느 날 한국 문학에 도전장을 내어 보았으나 끝내 아무런 연락이 없다. 우연한 기회에 장성문학 동인지에서 대한문학세계 (사)창작문학예술인협의회를 발견하였다. 그리고 시문학에 투고한 것이 2013년 8월이었다. "칠석 밤의 산책" 외 4편의 원고를 이메일로 투고한 것이다. 투고 한지 10여 일 만에 연락이 왔다. 보내준 시가 당선되었다고 말이다. 그렇게 나에게도 멀기만 했던 문학도의 길이 열린 것이다. 나는 문학에 부족함이 너무 많아 나름대로 기성 시집도 보고 시 쓰기 교실이며 문학 창작법도 익혔지만, 문학에 거리가 먼 이공계 출신이 그 방면으로 환갑을 넘겼으니 말 안 해도 뻔한 것이다. 나는 대한문학에서 개설한 문예 대학도 수료했고 광주교육청에서 실시하는 글쓰기 교실에도 출강했다. 그러나 파고들면 들수록 멀기만 하고 어려운 것이 글쓰기임을 자각한다. 그러나 장애인이 된 지금 내게는 유일한 낙이라면 낙이 되어 버린

것이 대한문학세계와의 인연이다. 비록 서재에서 주고받는
정이지만 내게는 유일한 시간 보내기다.

2. 아내에게 준 상처 외

아내에게 준 상처

버럭 화를 내고 말았다. "다 자기 때문에 이렇게 힘 드는데" 하면서 말이다. 2008년 2월 4일 구정(舊正)을 이틀 앞에 두고 아니 내 인생에 드는 환갑 이틀을 앞두고 일이었다. 전남대학교 병원 측의 긴급 전화를 받고 전남대학교 병원 응급실로 달려간 아내의 눈앞에는 의식을 잃고 누워 있는 나를 본 것이다. 아침에까지 아무 일 없이 출근했던 남편이 오른팔이 커다랗게 붕대에 감겨 응급조치했으니 빨리 구급차로 서울에 한강성심병원으로 가라는 안내를 받은 것이다. 아무런 대책 없이 서울로 빨리 가야 한다는 황당한 현실을 받아들이며 구급차로 올라오는 심경은 어찌했겠는가? 아무런 의식을 찾지 못한 체 다행인 것은 서울에서 아들이 직장생활을 하고 있었기에 아들을 성심병원 응급실로 오라 했단다.

대다수의 특고압 22.9㎸ 감전사고는 80~90%가 현장에서 죽임을 당한다. 주위의 모든 사람은 천운이 도왔다고 말한다.

일주일간의 응급실에서 보내고 일주일 후 일반 병실로 올라와 확인할 수 있었던 증상은 이러했다. 등 오른쪽 상부에는 지름이 대강 15~18㎝ 크기의 동공이 뚫렸다. 그리고 오른 팔 꿈치 아래서 팔목까지는 뼈만 남은 체 갈기갈기 찍혀나갔다. 그리고 손톱과 발톱 끝이 전부 터져 성한 곳이 없었다. 그리고 또 머리 정수리에는 엄지손가락 크기의 구멍이 뻥 뚫렸단다. 그 상태에서 의식에서 깨어나지 못한 상황에서 아들과 아내가 내린 결정은 어떻게 해서든지 살릴 수 있는데 까지 최대한 살려 달라고 담당 주치(主治)에게 협의했다는 것이다.

정신에서 깨어나지 못한 나는 우선 급한 오른팔을 살려내기 위하여 근육이며 정맥 피부 이식수술을 시작한 것이다. 참고로 내가 만약 온전한 정신을 차렸다면 그때의 오른팔을 절단해달라고 했을 것이다. 8시간~11시간 정도씩 걸리는 4회의 이식수술은 등 뒤에 커다란 구멍은 계속해서 소독만 했을 뿐 98일 만에야 급한 팔 수술이 이루어지고 침대에서 일어날 수가 있었다. 3개월 가까운 날들을 침대째 끌고 다니며 매일 하는 소독과 대소변을 처리해온 심정이 얼마나 힘들었을까? 수백 명의 병 위문을 오신 분들의 기도가 나를 살린 것으로 생각한다.

그렇게 해서 5개월 만에 광주 북구 용두동 희망병원으로 옮기여 2개월 입원에 3년을 그곳에서 재활 치료를 받아왔다. 3년이 넘고부터 더는 희망이 없어 재활도 접었다. 남은 과제는 계속 아파져 온 오른팔의 진통을 진통제로 버티고 살아왔다. 2012년 6월에는 전남대학교병원 통증의학과에서 희귀난치성 "산정특례 대상자"가 되었다. 추워지면 혈액순환이 되지 않아 차가운 손을 따뜻하게 하려고 전기 충전용 손난로며 발열 팩 등으로 겨울나기에 힘겨운 싸움이다. 그동안 해마다 몇 차례의 크고 작은 화상으로 오른손가락이 정상인 것이 거의 없다. 모두가 감각이 둔한 신경 탓으로 아침에 영하의 온도에 따뜻하게 해두면 따뜻할 때 못 느끼는 증상은 신경이 둔한 불가피한 현실이다.

그런데 2015년 12월 23일경 아침 온도가 영하 3도에 낮 온도가 21도가 되었을 때의 일이다. 저녁때 집에 와서 발열 장갑을 벗으니 검지와 중지가 커다란 화상에 약지 끝이 화상을 입은 것이다. 자꾸만 화상을 조심하라고 당부한 아내의 말도 헛수고가 되어버린 것이다. 나는 7년 이상 "H"병원의 통증약 처방을 받으러 간 병원 외과에서 화상 치료를 받기 시작했다. 광주 남구 끝쪽에서 북구 끝쪽에 있는 병원에 치료를 받기 위해 매일 외래를 가는 것이 너무 힘들었다. 마침 동네 의원에 문의하니 치료를 해보겠다는 자신감이다.

60여 일간의 동네병원 치료는 화상을 더 악화시키고 말았다. 중지와 검지 손톱은 통째 빠져나가고 문드러진 손가락은 끝 마디뼈가 돌출되어버린 것이다. 그때야 의사는 봉합 수술을 하기 위해서는 큰 병원으로 가야 한다는 것이다. 일단은 소견서를 받아서 광주에 새로 생긴 북구 운암동의 화상병원을 갔었다. 서울 한강 성심 병원에 근무한 경력도 있는 굿모닝 병원의 김종현 원장님이 상태를 보더니 아무래도 애초 시술한 성심병원을 가는 것이 좋을 것 같다는 것이다. 그래도 손가락 때문에 서울로 가는 것보다는 지방에서 하는 것이 좋을 것만 같아 오후에는 빛 고을 전남대학교 병원 외과에 의뢰한 결과 역시 할 수는 있지만 아무래도 애초 시술한 병원으로 가라고 했다.

손가락 손상이 급하고 당초에 나를 담당한 이종욱 교수님의 외래진료가 금요일 오후뿐이었다. 목요일 결과가 이러다 보니 다음 일주 후까지 기다리기에는 시간이 맞지 않았다. 급하게 서둘러 아침 일찍 입원준비를 대강하여 한강 성심병원을 찾은 시간 오후 3시 40분이었다. 내 차례가 돌아와 교수님께 화상 부위를 보시더니 고개를 갸우뚱하신다. 조금은 힘들겠다는 표시다. 손가락 수술의 완치에도 어려움이 있다고 한다. 오른손의 왜소한 상태에 신경과 혈관이 정상이 아니기 때문이란다. 나는 재빠른 판단으로 그렇다면 손목의 연골 탈퇴부위와 통증에 시달려 척수 자극기를 심었던 이야기 등을 하며 차라리 팔을 잘라내면 어떻겠냐고 제안을 했다. 한참을 생각하시던 교수님 그것이 좋겠다는 답변이다.

그때였다. 아내는 한사코 팔을 잘라 냈을 때의 문제점 등을 거론하는 것이다. 이대로 진행이 이루어지면 내가 뜻하는 바가 허사가 될 것만 같았다. 나는 순간 아내에게 이렇게 말을 막았다. "자기가 결정한 결과 때문에 내가 이렇게 고생하고 있다고" 그동안 남편을 위해 고생과 희생을 다 한 아내에게 말이다. 사고 당시 나의 병간호에 시달려 병까지 얻은 아내가 아닌가? 아내의 가슴에 상처를 크게 내버린 말 한마디의 탓일까? 아니면 잘라낸다는 충격 때문일까? 그만 눈물을 쏟아내고 만다. 그토록 오랜 세월을 충격적인 발언을 자제해왔던 나는 곧바로 후회를 크게 한다. 내뱉은 말 한마디는 주워 담을 수 없는 현실이 되어버렸다. 결과는 당연히 환자 본인의 의사가 존중되고 의사판단의 결과에 따라 9일 후의 예정된 절단수술도 원거리의 불편을 감수하시어 2일 후인 2월 29일에 강행해 주었다. 67년간의 나의 오른팔 분신은 굳어진 결심으로 내 곁을 떠났다. 그리고 병실에서 이 글을 쓰고 있다.

2016년 03월 06일 한강성심병원 병상에서 기(記)

아버지를 닮은 유전인자

내가 지난해 10월에 몇 년을 미루어오던 탈장 수술을 했다. 평소에 생활하는 데는 커다란 불편이 없었는데 나이가 먹다 보니 그것도 힘들게 하나 보다. 어느 날 두 시간 이상 걷고 서 있는 시간을 갖다 보니 견디기 힘들게 부어오르며 통증이 수반 되는 것이다. 이제 처음인 것이 아니고 가랑이 양쪽을 한 번씩 했는데 또 그것들이 재발한 경우라서 빨리 알 수가 있었다. 탈장이란 남자뿐 아니고 여자들도 발생하지만 대부분 남자에게 더 많이 오는 질환이다. 전문가 의견을 빌리자면 탈장은 창자를 감싸고 있는 횡격막이 터져서 살갗 쪽으로 밀고 나오는 주로 아랫배 쪽에 일어나는 현상이란다. 그중에 횡격막이 터져 밀고 나온 창자가 신체의 고환부위로 흘러넘쳐 고환이 크게 부풀어 오른 증상이 옛날 사람들이 말하는 태산 붕알(전라도 방언)이 있다. 또 하나는 횡격막이 터지면서 아랫배와 가랑이 앞부분 아랫배 쪽으로 부풀어 오른 것이 있단다. 두 가지다 그 증상이 심하고 오래 두면 창자가 상하여 위험하단다.

저희 아버지께서도 오래전부터 후자로 된 탈장을 알아 오시며 자식한테도 숨기고 살아오셨다. 그러던 중 83세 때 들에 일을 나가셨다가 그 증상이 너무 심하여 부모님 근처에 사시는 셋째 아들의 차에 실려 광주의 중소 병원에서 수술하는데 무척 힘든 경험을 하셨다. 아버지께서 들에 일하시거나 오래 걸의 시다가 가끔 쭈그리고 한참을 앉아계신 것은 횡격막 안으로 밀어 넣느라 그랬던 것을 내가 직접 경험하고서 알았다. 우리 가족은 5남 2녀의 자녀들이 있었다. 그중에 장형님을 빼고는 네 명의 아들이 아버지와 같은 탈장으로 모두가 수술했으니 말이다.

그중에서도 내가 제일 아버지 유전자를 많이 닮았는가 보다. 탈장 수술을 양쪽도 모자라 제발 하여 이번까지 네 번째 수술했다. 물론 재발을 한 것은 예전의 의술 방법은 탈장 부위를 절개하고 늘어난 횡격막을 잘라내고 꿰매고 나서 그대로 살갗을 꿰매는 수술 방법이었다고 한다. 그 후로 나처럼 재발 환자가 늘어나자 지금은 횡격막을 꿰맨 다음 보조 인공 보호막을 붙이고 마무리를 하므로 거의 재발이 일어나지 않는단다. 나는 또 아버지께서 백내장 수술을 받으셨는데 나와 내 아래 여동생이 백내장 수술을 하였으니 아버지 인자를 제일 많이 받고 태어났나 보다. 그런데 한 가지 탈장 수술 때문에 웃지 못할 일이 벌어졌다.

　내가 제일 처음으로 탈장 수술은 시골에 살고 있을 때 광주에 수술을 잘한다는 병원을 수배하여 입원 수술을 받았다. 그때가 그러니까 1979년도 무렵의 첫 번째 수술이었다. 수술을 끝내고 저녁때 무렵에 부부 동반한 친구들이 병문안을 찾아왔다. 그때의 병실은 지금처럼 칸막이 병실이 아니었다. 여관방처럼 개별 방을 쓰는 병실이었다. 한참을 이야기하며 놀던 중 평소에도 입담 좋고 웃기는 이야기를 잘하는 철수라는 친구가 배꼽 잡는 이야기를 한 것이다. 참을 수 없는 웃음은 그만 수술 부위를 아무리 누르고 눈물을 흘리며 웃었지만, 생살 찢어지며 아픈 느낌을 받은 것이다. 물론 지금처럼 수술 후 무통 주사도 변변치 않은 때의 시절이다. 절대 만류해도 함께 있는 모두가 박장대소하니 이야기를 그치지를 않는다. 아픈 것을 참을 수 없어 내가 밖으로 조심스럽게 상처 부위를 부여잡고 나갔다. 한참 후 아픈 수술자리를 진정시키고 눈물까지 흘리며 병실로 들어왔다.

　그런데 그 이튿날 소독을 하자며 환부를 보던 의사 선생님이 수술 자국 일부가 터졌다는 것이다. 그 일로 다시 꿰매고 하루를 더 늦게 퇴원하든 일이 있었다. 아무튼, 세월이 지나면서 주위를 보면 암 환자들도 그렇고 가족 중의 병력이 후세에게 많은 영향을 주는 걸 의사를 통해 알 수 있다. 우리 모두 부모님의 병력이 있는 유전인자를 닮은 곳을 자주 검진하고 사전 진단해야 함을 참작해야 할 것이다. 친구야! 네 탓을 하는 것이 아니다만 이번 재 탈장 수술도 그때 영향인 줄 모르겠다만 그래도 그때가 잊지 못할 추억의 시절이다.

2016. 02. 02 기(記)

누님의 일생

1,960대 무렵에는 응당 결혼은 맞선으로 중매쟁이에 의해서 성혼되는 예가 다반사다. 그리고 전통식 혼례를 치르고 나면 3일 후 신랑은 신부의 집으로 장인(丈人) 길을 떠난다. 어린 시절에 느껴본 지금은 희수(稀壽)를 맞은 누님에 대한 혼사 후의 이야기다. 지금처럼 교통편이 좋은 것도 아니기에 대부분 부유층은 가마를 타기도 하지만 서민층 대부분은 걸어서 다녔다. 신랑 신부의 맞선에서 결혼 그리고 장인 길도 다니던 이야기다. 전통 혼례를 마친 매형과 누님이 3일 후 장인 길을 찾았었고 2~3일 신붓집에서 머무를 때였다. 친인척 남매들이 새로 장가든 신랑 다루기도 하며 신랑의 모든 것을 파악하고 데려간 신부를 얼마만큼 보필할 수 있는가? 등을 테스트하는 것이다. 또한, 신부댁 가족을 파악도 하는 자리라고 보아야 하는 등 서로 이해하는 시간이 된다고 보아야 옳을 것이다. 즉 신부를 옆에 두고 신랑을 신부측 일가친척이 테스트하는 한 방법이다. 그 후 다시 사돈댁인 신랑 집으로 보낼 때는 떡과

고기 술 등을 최대한의 예의를 갖추어 보낸다. 그때는 양가 부락민들에게 나누어 돌릴 만큼 떡과 고기로 선물 이바지를 해 보내는 것이 양가의 예의로 되어 있기 때문이다.

　장인(丈人) 길을 방문 후 우리 집에서도 새 사돈댁에 보내줄 고기며 인절미 떡을 하고 밀주로 곱게 빚은 청주를 준비했다. 어른들이 한 짐 될 양의 선물을 보낼 준비 하였다. 우리 집에서 농사일을 수시로 거들어 주던 한마을 사시는 김*대형이 신혼부부의 귀갓길을 따라 선물 짐을 지고 가게 된 것이다. 그 무렵 내가 살던 나주군 봉황면 철천리 선동 마을에서 영산포까지가 40리 길이다. 영산포에 서는 서울행 열차가 다시면 소재지를 가는 이십 리 길 교통편이 유일하다. 그렇게 가는 계획으로 신혼인 우리 누나와 매형을 따라 눈이 많이 쌓인 겨울 길에 등 짐꾼을 따라 보낸 것이다.

　그런데 아침 일찍 나섰는데 저녁 늦게 등 짐꾼만 집으로 되돌아오는 이변이 생겼다. 알고 보니 평소에 시골생활만 했던 분이다. 영산포는 소도시지만 그래도 오 일 시장이며 영산포 선창의 번화가는 제법 규모다운 도시였다. 그분은 황홀경에 매료되어 앞서가는 신혼부부를 놓치고 말았다는 것이다. 그때야 당연히 공중전화도 있는 시절이 아니므로 한번 길을 잃으면 낭패다. 난생처음 보는 도시풍경 골목이며 사람 틈을 찾을 수가 없는 것이 현실이었다. 우리 집에는 내 위로 세분의 형님들이 계셨지만 두 분은 객지에 취직되어 집에 계시지 않았다. 그 때문에 사촌 형님의 수고를 빌어 그 이튿날 그 선물 짐을 지게하고 난 술병을 들고 그 형님의 뒤를 따라나선 것은 열세 살 때의 기억이다. 눈 쌓인 눈길은 고무신에 눈에 미 끌림을 방지하기 위해 세끼로 동여매고 형님을 따라나선 것이다. 아침 일찍 집을 나서 정오 사이렌이 울리기 전에 영산포에 도착하였다. 나 역시 난생처음 본 영산포는 상상 이상의 신기한 세계로만 보였다. 특히 영산포에서 다시면으로 가는 길가에서 지금도 잊히지 않은 난생처음 본 기차가 달리는 신기함이다.

검은 연기를 내 품는 시커먼 커다란 기차가 말 그대로 칙~칙~폭폭 칙~칙~폭폭 하고 하얀 눈벌판을 달리는 것을 처음 본 것이다. 그때의 감격은 무연탄으로 달리기 때문에 거기서 품어 나오는 석탄 타는 냄새는 내 기억을 지울 수 없는 한 추억이다. 쉬면서 걸고 걸어 다시면 소재지에서도 오리 길을 걸어 '샛골' 마을을 물어물어 찾아 도착한 것이다. 시계가 없어서 알 수 없지만 지금 생각해보면 오후 네 시쯤에나 도착한 것 같다. 마을 전체는 물론 매형님 댁 역시 대밭으로 둘러싸여 있는 초가 삼 칸 오막살이 집이다. 분명히 첫선을 보고 오신 우리 아버님 말씀에는 부잣집 기와 고택이라는 말을 들었는데 이것이 웬일이란 말인가.

세월이 흘러 알고 보니 술을 좋아하신 우리 아버지에게 속임수로 그 옆집이 신랑 집인 양 기와집에서 접대하고 선을 보인 것이다. 그때야 지금의 시절이 아니기에 신랑은 신붓집을 자기네 부모님과 함께 왔었다. 신부댁은 대체로 신부의 아버지만 신랑 집을 찾아 근황을 살피고 혼사를 결정하는 예가 대부분 이었다. 그래서 이처럼 속임수를 쓰는 예가 많으므로 중매쟁이의 역할이 제일인 시절이다. 누님 동네 정각 옆에는 야지(野地)에서 보기 드물고 깊은 산중에서나 자라는 제법 오래된 비자나무가 서 있다. 깊은 산중에 서식하는 비자나무가 이렇게 평야지에는 좀처럼 보기 드물다. 적응이 어려워서일까 잔가지가 많다 보니 전지(剪枝)된 가지를 잘라준 흔적이 뚜렷하다. 전지된 흔적마다 옹이로 변한 것이 어쩌다 야지(野地)로 시집온 누님 같아 마음이 찡하다. 열여덟 꽃다운 나이로 부모님 뜻을 거부하지 못하고 시집간 누님과 허장 대는 칠 척(七尺)으로 키가 크신 매형님이었다. 얼굴은 쾌남 형인데 농촌 형이 아닌 가난한 매형님 밑에서 2남 3녀의 시동생과 시누이 그리고 양친 시부모님을 모시고 갖은 고생을 마다치 않고 살아오셨다.

동네에서 인심 좋다고 호평받고 고생하시며 2남 3녀의 자녀를 낳으시었다. 자녀 키우시느라 뒷바라지에 농사일로 손에서 호미가 떠나지 않으셨다. 그때부터 마을 앞 비자나무는 60년을 더했지만, 고생으로 찌 들리신 누님의 가슴속에는 비자나무에 박힌 옹이처럼 겉으로는 표를 내지 않으신 옹이가 박혀있다. 세월의 주름살에 그토록 밝은 처녀 시절의 모습은 검게 그을린 체 희수(稀壽)가 되셨다. 자녀가 성장하고서부터 남은 삶 조금씩 박힌 옹이가 빠지나 보다. 부디 여생이나마 건강하게 살의 시고 수복(壽福) 강녕(康寧)하시기를 빌어봅니다. 누님!

2015년 02월 21일 기(記)

요양병원의 장모님

덜컥 들어오는 느낌은 2년 넘게 생사를 넘나들며 의식을 찾지 못하고 요양병원에 입원해계신 장모님 생각이 번뜩 난다. 어제 새벽 전남 장성군 모 요양원에 새벽에 일어난 화재로 인하여 주로 거동이 불편한 고령의 치매 노인 환자들이 요양치료로 입원하는 도중 21명이 연기에 질식해 숨지고 8명이 중경상을 입은 참사의 소식에 마음을 덜컹하면서 말이다. 84세의 장모님이 2012년 3월경 10분 정도 거리인 집 앞 학교 운동장에 아침 운동하신다고 나가셨다가 모랫바닥에 뒤로 넘어지셨단다. 손수 거동하신 상태로 집에 오셔 자초지종 이야기 끝에 다소 뒷머리가 뻐근하다고 하시더란 것이다. 그 말을 들은 효성 지극한 큰아들인 처남이 아침 출근해서 해야 할 회의도 미루고 여차로 가까운 광주 보훈병원에 직접승용차로 곧바로 모시고 갔단다. 그때 시각은 9시가 좀 넘은 시간이었단다.

그 무렵 회사 출근한 내게 집사람으로부터 전화가 왔을 때는 왠지 불안한 느낌으로 전화를 받고 보니 장모님이 병원응급실에 계신다는 것이다. 15분여 걸려 집으로 돌아가 집사람을 태우고 급하게 병원에 도착하니 10시경 2남 2녀의 가족과 사위들까지 대기실에 모여 있었다. 모두가 불안한 마음에 검사 결과를 기다린 끝에 X-RAY를 촬영하고 CT, MRI 등 할 수 있는 검사를 다 끝냈다. 초조하게 기다리는 우리에게 의사 선생님의 결론은 크게 염려할 것이 아니고 한 일주일 정도 입원경과를 보겠다는 것이다. 그러던 병원 측의 치료 결과는 2년이 넘어가는 지금까지 두세 곳의 병원을 전전하였다. 끝내는 의식을 찾지 못한 채 요양병원의 보호 치료를 받은 지 2년이 다 되어간다. 번뜻 내가 받은 충격은 요양병원에서 늘 보아왔던 거동 못 하시는 고령 환자들을 눈앞에 아른거려 내가 직접 받은 충격만큼이나 가슴을 짓누른다.

평소에 나는 장모님의 아픈 것에도 병시중에도 아무런 도움을 주지 못하는 존재임이 틀림없어 송구할 뿐이다. 예전에는 일주일이 멀다고 들려보면 장모님의 침상 전면에 관리 일지만 살펴보면 식사량 대 소변량의 상태 그리고 뒤집어주기 2시간 간격이라는 기록지가 붙어 있다. 한쪽 팔의 장애인인 나로서는 해 드릴 수도 더욱 없다. 의식을 찾지 못한 탓에 콧속으로 호스 줄을 넣어 미음이나 죽을 주사기를 통해 넣어 연명하시고 계신다. 이곳저곳 몸 전체가 마르고 굳어 한때는 오랜 침대에 시달려 욕창으로 고생이 심하기도 하였다. 널따란 병실에 여러 환자의 앓는 소리며 혼잣말을 하는 환자들이다. 그 중에서도 장모님은 말 한마디 못한 체 누워 계시니 큰딸인 집사람은 얼마나 답답할까? 매일같이 하루도 빼지 않고 병간호에 전념해준 처제의 효성이 한없이 고마울 뿐이다.

오늘은 처제가 엄마하고 귀에다 대고 크게 부르며 큰사위 왔어요. 하지만 그렇게도 눈꺼풀이 무거운 것인지 눈을 뜨지를 못하니 장모님의 눈꺼풀을 손가락으로 치켜 올려 나를 보게 해도 망자가 흐려져 반응이 없다. 그렇게도 눈꺼풀이 무거운가 보다. 장모님 손바닥에 내 손가락을 넣으며 꼭 쥐어보라고 귀에 대고 한번 꼭 잡아보세요? 하고 주문을 해도 아무런 반응이 없다. 담요 밖으로 뾰족이 나온 발끝이 뼈만 앙상하고 창백한 그대로 더는 어떻게 해 줄 수 없이 지켜만 봐야 하는 것이 가슴이 아프다.

고령화가 빠른 속도로 진행되고 치매 환자가 급증하면서 요양병원이 몇 년 전까지만 해도 인생 고려장이라며 꺼려도 지금은 당연시되어버린 시대다. 대부분 요양원이나 요양병원에 위탁하고 있는 것이 현실화되어 버렸다. 그러다 보니 늘어나는 규모에 비해 요양병원의 안전관리는 너무나 취약하다는 것이다. 평소에 내가 하는 조그마한 사업이 전기공사업이다 보니 새롭게 생긴 병원이나 요양원시설(다중이용시설) 등에 관여될 때가 있어서 조금은 판단이 서기 때문이다. 어제 같은 사고의 경우도 소방법에 방화 셔터와 스프링클러 설치적용이 되어 관리 되었다면 거동이 불편하고 침대에를 벗어날 수 없는 고령 환자들에게 이처럼 많은 인명피해는 없었을 것이다. 모두 노인 환자인 데다 화재가 나도 대피할 능력이 없기 때문이다.

더 더욱이 새벽의 침대에 누워 거동이 불편한 환자들 34명의 환자들을 간호조무사 1명이 지키다 일어난 사고다. 화재발생당시 힘든 간호조무사 일을 하면서도 화재진압을 위해 환자들을 자기 가족처럼 돌보며 자체 방화용 소방호스를 들고 치솟는 불길을 잡으려다 질식사 했다는 의로운 간호조무사가 있다. 그렇게 사고를 당한 의로운 소식은 더욱 가슴 저리게 한다. 40여 일전 진도에서 일어난 안산 단원고 희생자들을 보면 세월호 선장의 승객을 뒷전에 두고 먼저 빠져 나온 비겁한 어른의 행동에 비교 되면서 말이다. 뜻하지 않은 사고로 인해 고통을 받고 계시는 가족들에 위안과 함께 삼가 고인들의 명복을 빈다.

2014.05.29. 정 찬 열 기(記)

아내의 담석증

평소에 누워 있기를 싫어하는 아내가 며칠 전부터 거실에 깔린 전기장판에 의지하고 몸이 으슬으슬하다며 이불을 덮고 자주 누워 있는 시간이 많아졌다. 평소에 운동을 좋아하는 아내는 일주일이면 한동네의 아줌마들과 월요일과 수요일 2회의 산행을 한다. 저녁때 시간이 나면 나와 저녁을 먹은 후 철거된 철길을 남 구청에서 산책로로 만들어 놓은 곳에서 걷기 운동을 하는 것은 나와 집사람과 많은 대화의 의미 있는 운동의 시간이다. 특별한 일이 없는 주말이면 가족과 함께 산행하는데 어제는 우리 집에서 차로 20분 거리에 가면 화순읍에서 만 년산 중턱에 4㎞ 정도의 구간에 텍으로 만들어 놓은 곳을 찾았다. 아무나 걷기 좋은 등반 길을 만들어 틈틈이 찾는 등반을 하던 중인데 오른쪽 옆구리가 결리고 아프다며 걷기 좋아하던 길을 자꾸 싫어하는 기색이 있다.

쉼터 의자에 평소와 다르게 쉬는 시간을 많이 하며 어렵게

83

다녀왔던 기억 속에 오늘 아침 따라 7시 15분경이다. 아침 식사에 막내딸과 나의 밥만 차려주고 구토 증세에 자꾸 춥고 옆구리가 아프다며 전기장판의 온도를 올리고 누워 버린다. "엄마 그렇게 안 좋으면 병원에 가봐!" 하는 막내딸의 말이다. 물론 국가공무원 7급에 저녁이면 야근이다 회사회식이다 하고 밤 11시가 다 되어 집에 들어오는 날이 대부분이다. 혹시나 조금 일찍 들어 온 날이면 저녁 다이어트 운동을 한다며 킥복싱 운동을 하고 밤 11시가 넘어서 들어오는 딸이 안쓰럽기도 하지만 괜스레 이럴 때는 엄마가 하는 일을 거들어 주지 않았다는 야속한 생각이 든다.

　월요일 아침 8시경에 딸이 출근하고 난 후 나 역시 한쪽 팔을 쓰지 못하니 설거지를 대신해줄 수도 없고 아무것도 먹지 못한 아내는 힘들게 일어나 설거지를 끝낸다. 나는 병원에 갈 준비를 하라며 다그치니 마지못해 따라 나갈 준비를 한다. 어디 병원에 갈 거냐는 물음 끝에 아무래도 대학 병원인 조선대 병원이나 전남대학교 병원은 평소에도 대기 손님이 많다. 특히 오늘은 어제 의사들의 부분 파업이 있는 것도 이곳 병원만 찾는 환자들 때문에 많이 기다려야 하는 편인데 오늘은 더 심각할 것이라며 평소에 자주 집사람이 다니던 S 내과를 가자고 답변을 한다. 이 병원은 우리 집에서 불과 2㎞ 거리에 집사람이 당뇨를 치료한다며 단골로 다니는 병원이다. 아픈 부위도 아무래도 내과가 적격이라 싶어 S 내과를 택하고 집사람을 승용차에 태우고 그곳에 도착하니 9시 20분 전이다. 다행히 우리 부부가 제일 빠른 순서로 접수하고 대기실에서 기다리는 동안 아내는 무척 힘들어 하는 것이다. 나는 혹시 큰 병원으로 갔어야 하는 데 잘못 왔나 하는 생각이 불안스럽게 마음을 흔든다.

　진료는 9시부터 첫 번째로 시작되었다. 진료에 들어가던 집 사람이 대기하고 있는 대기실까지 아픔을 못 견뎌 하는 소리에 진료 중인 곳으로 들어서니 침대에 옆으로 누운 체 통증을 호소하며 힘겨워하고 있다. 내가 들어서니 내과 원장님이신 서 원장님께서 "담석증은 무척 고통이 심한 아픔"이라며 우회적인 병 증상을 설명하는 것이다. 원장 선생님 그러면 어떻게 해야 하는 겁니까? 하며 묻자, 여기서 우선 진통제 주사를 맞고 X-ray를 찍어 보자고 한다. 도저히 걷지를 못해 휠체어에 태워 주사실로 간 환자는 의사의 지시에 따라 진통제 근육 주사를 맞았지만 계속 진전이 없는 것을 확인한 의사는 주사를 한대 추가로 주며 간호 선생에게 알린다. 그 후 10여 분이 지나 조금 견딜 수 있는지 한쪽 팔을 쓰지 못하는 나를 본 간호 선생이 나를 대신해서 휠체어에 부축해 3층 X-ray 실로 휠체어에 태운 채 안내를 한다.
　30여 분이 흐른 뒤 X-ray 판독을 한 원장님은 희미하게 X-ray 사진을 가리키며 방광 위쪽에 작게 보이는 담석인 것 같다며 소견서를 써줄 테니 큰 병원으로 가 보라고 한다. 진료비를 정산하고 소견서를 챙기고는 119구급차를 부를까 하다가 진통제 주사 기운에 견딜 수 있다는 것을 확인한 후 나는 간호 선생님께 부탁한다. 병원 앞차도 까지만, 휠체어로 바래다주라며 부탁하고 주차장에서 내 승용차를 끌고 나와 그곳에서 한 3㎞ 정도 거리인 전남대학교 병원으로 차량의 비상 깜빡이를 넣은 체 달린다.

전남대학교 병원 응급실 앞에 Parking을 하고 아내를 부축하여 안으로 들어가니 수많은 환자가 벽에다 환자 명찰만 붙여놓은 의자에 앉아 Ringer를 꽂고 있다. 대다수의 환자 대열에 두고 접수를 우선 하고 빨리 차를 주차장으로 옮겨 달라는 경비원들의 성화에 지하 2층 주차장에 주차했다. 응급실로 들어오니 몇 가지 상태를 점검하고 아내에게도 주사 걸대를 옆에 세우고 수액 링거주사를 꽂는다. 돌이켜 보니 내가 지난해 6월경 화장실에 샤워 중 넘어져 늑골 3~4개가 부러져 이곳 응급실에 119구급차에 실려 왔을 때도 응급실 침대는 만원이었다. 그때 역시 복도에서 침대에 누워 응급 치료를 받으며 절차에 따라 각종 검사를 받는 것은 그때나 지금이나 마찬가지다.

아내 역시도 오기 전에 1차 병원에서 찍은 소견은 참고만 될 뿐 이곳 절차에 따라 X-ray며 초음파 등 아무리 아프다고 힘들어해도 날마다 수 없는 환자를 맞는 이분들의 태도는 너무나 차분한 것은 때로는 급한 성질이 튀어나올 심정이다. 지켜보노라면 어떤 환자는 원내 지인인 듯 친척인 듯 의사들의 도움을 받는 것을 느낀다. 이럴 때 잘 아는 의사라도 있어야 하는 건인데, 하며 자신을 달래본다. 10시가 좀 못되어 응급실로 들어간 우리는 나의 오른팔의 장애 때문에 보호자로서 큰 역할을 할 수 없다며 처남에게 전화한다. 얼마 후 신협 이

사장으로 있는 큰 처남과 1년 7개월째 요양원에서 의식을 찾지 못하고 있는 장모님 병시중에 간호하고 있는 처제까지 빨리 찾아왔다.

　나는 결국 몸 수발 보호는 처제가 대신하고 몹시 아파하는 집사람의 병증도 진통제로 다스린다. 그렇게 몇 시간 째 수많은 응급 환자 틈에서 진찰받은 최종 결과를 기다린다. 최후의 비뇨기과 담당 의사 선생님의 소견은 신장 옆에 커진 결석이 3㎜밖에 되지 않아 6~7일분의 조석으로 식후에 먹는 진통제와 그리고 잠자리 전에 먹는 소변 위 화제와 진통이 심할 때 먹는 약을 처방해준다. 대다수 진통제는 조석 식후에 경구 투여하라면서 하루에 3L 이상의 물을 먹어야 한다고 한다. 권장 안내와 진통제 그 외 약품을 정산 후 받아서 지하 2층의 주자장에서 차를 가지고 오르는 시각 오후 2시가 되어버렸다. 고생하신 처제는 병중에 계시는 수완지구 SK 병원에 장모님 수발을 한다며 한사코 내 차로 태워다 준다고 해도 병원 앞에서 탑승하는 시내버스 편으로 가셨다는 것이다. 나 역시나 매 끼니 정시에 식후 5년 넘게 신경계 진통제를 먹어야 함에도 때를 놓쳐 아파지는 몸을 이끌고 운전을 하며 집으로 돌아왔다. 아침도 먹지 못하고 빈속으로 시달린 환자인 집사람의 대용식을 본죽 대리점에 가에서 전복죽을 사서 집으로 함께 왔다. 왠지 모르게 쓸쓸한 노부부의 허전함을 느끼며 40년을 동고동락한 아내의 고단한 생활이 생각이 든다.

　21세의 어린 나이에 양장점 재단사로 일 하든 그 시절 나라는 사람과 알게 되어 백년가약을 맺고 일찍이 시골의 전파사

기술자의 아내로서 농약을 파는 농약 판매상의 힘든 장사 길이었다. 그리고 80년대에는 젖소를 기르고 4,000여 평 농장에 사과와 감나무를 기르는 농부의 아내로서 생활이며 갖은 고생을 다 이겨 내고 살아온 1남 2녀의 엄마다. 그래도 시골보다는 좀 더 나은 도시에 나가 살자며 아파트를 사 광주로 이사 후 30년 넘게 전기 공사 업체를 운영하는 남편의 뒷바라지를 하면서 부진한 경영난으로 오늘날까지 숱한 고생만 했다. 그나마 2008년 2월 4일에 2만 2천 v의 특 고압감전 사고를 당해 생사를 넘나드는 나 때문에 서울의 한강 성심병원에서 까맣게 속을 태우며 사경을 헤매는 5개월의 병간호를 했다. 그런 혹독한 고생 끝에 잔병까지 갖고 살며 지금도 한쪽 팔 장애인의 아내로서 고충을 안고 사는 사람이다. 남들처럼 호강 한번 해보지 못한 삶을 살아온 아내에게 하느님도 무심함이 행여 오늘 같은 이런 고충을 주었을까? 라며, 나 자신이 한없이 작아짐을 느껴보는 하루였다.

2014년 03월 10일 전남 병원 응급실에서 돌아오던 날 기(記)

꼬마 외손자가 붙여준 별명
[외손자의 황진이 할아버지와
네네! 할아버지가 된 사연]

　맞벌이 부부가 대세인 세상이다. 취직 못 하면 남자는 말할 것도 없고 여자도 결혼하기 어렵다. 부모 등골 빼먹는다는 소리 들으며 힘들게 대학 마치고 바늘구멍 같은 취업 문 통과해 결혼까지 했다. 막상 아기를 낳자 맡길 곳이 마땅치 않아 염치 불고하고 양가 부모님께 부탁할 수밖에 없는 현실이다. 아니 부탁하기 전에 결혼 후 둘이서 한 푼이라도 더 모아보자는 속셈에서 결혼 후 불임도 하고 생긴 아이까지 낳지 않으려 한다. 큰딸애가 결혼 후 어언 4~5년이 흘러서야 양가 부모님 걱정이 쌓이자 어렵게 병원의 신세를 지어서 외손 주를 보았다. 2009년 07월 30일 10시 27분(양력 9월 18일) 양가 부모님이 직접 지켜보는 전남대학교 병원 산부인과에서 말이다. 나와 꼭 만 60년의 띠 동갑내기 기축 생(己丑 生) 되는 해다. 태어났을 때부터 이목구비가 또렷하여 귀염 태를 듬뿍 받아 본 인큐베이터에서 본 나의 기억이다.

그 후 예전에 미치지 않았던 유아원 제도가 생겨 그 혜택까지 받은 복 받은 아이다. 2011년 초여름에 내 생일을 축하 겸 우리 온 가족과 동서 내외를 포함하여 장남이 예약해둔 강원도 용평 리조트에 여름휴가 겸 스타렉스 12인승 차량을 랜 터하였다. 2박 3일을 보내면서 대관령 스키장 정상이 있는 곳에 케이블카를 타고 올랐다. 이제 겨우 걸음마가 서툰 외손주를 데리고 더 높은 곳도 오르면서 이제 말도 겨우 터져 한마디 말마다 웃음을 자아내는 외손주 덕분에 시간이 허락되어 하루를 더 시간을 내어 평창에 있는 KT 수련관에서 하루를 더 보냈다. 하루를 더한 덕분에 1982년도에 목장 견학을 했든 삼양 목장을 가기로 했다. 차량으로 30여 분 이동하여 빽빽한 주차장에 어렵게 주차를 하고 입장권을 사서 우리 가족은 산 정상을 오가는 셔틀버스에 탑승했다. 예전에 넓은 초원에 뛰놀던 그 많던 젖소들은 7~80여 마리에 불과했다.

그 넓은 초원 곳곳에 대형 풍력 발전기가 돌아가고 있고 그것이 관광코스가 되어 많은 사람이 다녀간다. 산 정상에서 보는 동해안 바닷가 전경은 그야말로 환상의 경치였다. 내려올 때 왜 손자에게 젖소와 젖양들 구경시키기 위해 걸음마도

시켰다 안기도 하고 함께했다. 그 많은 젖소는 타산이 맞지 않아 지금은 대폭 줄였다는 관리자의 말이었다. 그곳에서 하루를 보내고 광주까지 거리를 생각하여 10시경 귀갓길은 더 많은 구경을 해보고자 동해안을 따라 내려왔다. 경북 영덕까지 내려가 그곳에서 안동을 거쳐 구경삼아 내려오는 길고 긴 험한 여행길 속에서도 어린 외손자의 재롱은 계속되었다. 그때 피곤함에 지쳐 잠시 선잠이든 병근이 동서에게 몇 차례 할아비를 거듭 불러도 손자의 부름에 대답이 없었다. 대뜸 그 어린 돌이 갓 지난 왜 손자는 할아버지를 부르면 네! 네! 하고 하는 말에 차내의 우리 가족은 박장대소가 되었다.

결국, 이모할아버지 되는 동서는 "네! 네! 할아버지"의 호칭이 돼버렸다. 모든 차에 관심이 많아 나이에 비해 차를 보는 눈이 어른을 상상하지 못한 차명 알아맞힌다. 어린애가 대부분 그렇지만 그중에서도 내 차를 타면 마냥 좋아한다. 그 무렵 트로트 황진이 노래를 들려주면 왠지 좋아하는 외손 주 때문에 으레 황진이 노래를 들려주다 보니 외할아버지의 별칭이 그만 "황진이 할아버지"가 되어버린 것이다. 그건 그렇고 이렇듯 요즘 젊은이들은 어렵사리 꺼낸 얘기에 "네 인생만 소중하냐? 내 인생도 소중하다."며 거절당하는 경우도 드물지 않지만, 우리 딸의 경우는 다르다. 너무 여러 해를 지나고 나서 애를 갖다 보니 힘들게 낳은 것도 그렇지만 사위가 나와 함께 근무하며 후계수업을 받고 있다. 시댁 역시 큰아들은 딸 하나 낳고 애들 키우는 어려움 때문에 그만 단산(斷産)했다는 소식에 둘째 아들이 부모로서 은근히 기다리는 두꺼비 같은 아들을 낳았으니 친할아버지 할머니는 더욱더 애지중지하신다.

더욱 애를 봐주는데, 신경을 써 매주 월~수요일은 시댁에서 목~토요일은 친정에서 돌보는 것으로 서로 타협이 된 것이며 그래도 양가가 서로 광주 시내에 사는 것이며 우리 아들 역시 좀 늦게 딸을 둘이나 출산했다. 하지만 서울에 직장과 집을 두고 있으니 큰딸네한테는 절호의 기회이지만 그보다 외손주의 영리함 과 남다른 제치며 조롱을 피는 것은 어린애를 가진 모든 조부모(祖父母)가 다 느끼는 부분이지만 별로 애들을 예뻐하지 않은 나까지도 자꾸 보고 싶어지는 현실이다. 이모할머니 할아버지 역시 아직 손자를 보지 못한 현실에서 더욱 예쁨을 독차지한 외손 주다. 누구나 자식들을 결혼시킨 후 그럴 수밖에 없는 것이 이해는 간다. 그날까지 오는 동안 웬만한 부모들은 탈진했을 것이다. 엄청난 사교육비에 비싼 대학 등록금, 좀 더 나가 해외연수비며, 취업 때까지 비용에 결혼자금을 대느라고 노후자금까지 다 써버린 부모가 많을 것이다. 그리고는 이제는 결혼을 시켰으니 안도의 한숨이 그치기도 전에 손자 손녀까지 키워 달라니 마음이 참참할 수밖에 없는 것이 아들딸을 키워온 부모의 마음이다.

그러나 외손자를 키워보고 성장하는 과정을 지켜보니 내 인생 이란 게 몰래 감추어둔 달콤한 사탕을 먹는 심정이다. 미운 네 살이 되고 보니 때로는 필사적으로 밥 먹기를 거부하는 손자 녀석과 치열한 전쟁도 치러야 하고 지칠 줄 모르고 날뛰는 녀석이 행여나 다치기라도 할까 봐 신경 쓰이는 것 등 모든 할머니 할아버지들의 마음이라고 생각한다. 요즘 지켜보면 집사람의 삶이 더욱 활기차고 즐거움을 느끼는 것은 외손주를 보는 재미와 외손 주와 함께하는 시간이 오히려 생활의 활력소를 느끼는 것을 종종 느끼는 것이다. 전원생활을 하며 여행이나 다니는 것도 좋겠지만 그런 것들은 경제적인 부담이며 환경이 가져다준 현실 때문에 그렇게 되지는 않지만 그렇다고 가야 할 때 여행을 못 가는 것도 아니다. 양가 사돈끼리 타협하며 여행계획이 있어 시간이 필요할 때는 날짜를 바꾸어가며 손자를 돌본다. 요즘에야 정부 정책이 좋아서 어린이집을 네 살에 졸업하니 곧바로 유아원에 들어가 아침 9시에 유아원에 데려가 오후 4시에 집에 돌아온다.

  어린 손자와 함께하는 시간이 얼마 되지 않으니 크나큰 애로가 되는 것도 아니다. 이렇게 애들을 돌봐주니 딸이나 사위의 직장생활을 하는데 큰 도움이 된다고 생각해본다. 직장 생활도 열심히 할 수 있고 노년의 양가 할머니들의 즐거움도 함께하고 국가를 위해서도 좋은 유아정책이다. 외손 주의 재롱과 기특함에 푹 빠져 이따금 남편의 불편도 뒷전이 돼 버린 때도 있다. 저물어가는 인생에 집사람이 더욱 아름다워 보이는 것은 나 뿐은 아닐 거라는 생각이 든다. 나의 뜻하지 않은 사고 때문에 받은 충격과 고통에 잔병을 떼지 못한 집사람에게 내 딸의 인생마저 불편해진다면 여생이 괴로웠을 것이다. 우리 사위와 딸 그리고 외손자 도준이의 인생도 틀림없는 우리 부모의 몫이고 행복이냐 불행이냐를 가감해주는 결과가 될 것이다. 외손주가 태어나지 않았다면 어디서 내가 황진이 할아버지라는 호칭과 내동서 역시 네네 할아버지라는 특별한 호칭을 받을 수 없었을 것이다. 아무쪼록 무럭무럭 병치레하지 말고 지금처럼 똑똑함이 계속된다면 한몫하는 국가의 제목이 되리라 내심 생각해 본다.

2013년 07월 18일 기(記)

나를 수소문한 사람

　이따금 울려대는 휴대전화 벨 소리가 울리면 습관처럼 발신자가 누구인지 들여다본다. 너무 많은 스팸 전화번호가 기승을 부리니 함부로 받기가 겁이 나서다. 누구에게나 다 그렇겠지만 조그마한 사업체를 갖고 있다 보니 감히 전화번호를 바꾸지 못한 채 오래도록 사용하고 있는 탓이다. 그나마 수없이 돈을 받고 많은 사람의 정보를 넘기는 현실에서 자칫 잘못하면 사기를 당하기 때문이다. 또 하나 함부로 받기를 꺼리는 것은 받으면 광고성 전화 또는 대출을 해주겠다느니 보험가입을 권유하기도 하고 전화기를 구매하라 하기도 하여서다. 그래서 그런 광고성 전화를 다음을 위해 저장을 해두면 또 다른 전화번호를 사용하여 오는 일반 전화는 대부분 서울이나 대구 경기도 지역 번호가 주류를 이룬다. 그다음 받기를 거절해야 하는 전화번호는 인터넷 전화인 070-전화번호다. 다음은 1588, 1577, 1566, 등이다. 다만 내가 사는 지역에서 오는 062는 대체로 사업 관련 전화가 되어 다소는 안심이다. 그리고는 실명 가입 탓일까 휴대전화로 걸려오는 전화는 대체로 안전하다고 봐도 무리는 아니다.

 2016년 10월 11일 오전이었다. 010-4577-6***노 걸려온 휴대전화가 있었다. 조금은 망설이다가 통화 버튼을 눌렀다. 수화기로 들려오는 굵직한 남성의 목소리는 혹시 정*열씨 핸드폰이 맞습니까? 하며 경상도 억양으로 들려오는 전화였다. 네 맞습니다. 제가 정*열입니다, 고 하니 상대방은 반가운 음성으로 혹시 저를 기억하실는지 모르겠는데요. 저! 40여 년 전에 봉황 파출소에 근무했던 조*현이란 사람입니다. 누구에게나 검찰이나 경찰, 세무서 등의 사람들은 왠지 모르게 거리감이 앞서는 것은 누구에게나 마찬가지일 것이다. 상대방도 그 의식을 파악했는지 모르겠으나 아니 어떻게 알의 시고 이렇게 오랜만에 전화하셨습니까? "순간 뇌리에는 갖가지 생각이 파노라마처럼 스치는 잡념들" 그때 그분이 하시는 말씀이 자기 평생 사는 동안 자기한테는 "딱 두 번째 좋은 사람으로 기억되어 꼭 한번 찾아봐야겠다는 생각이었다고 전 한다." 그때야 다소 안도의 생각으로 정말 오랜만입니다. 하면서 자초지종 안부를 물으니 나의 고향 봉황 지서에 근무할 때가 광주에 5.18이 나던 해가 4년째였는데 5, 18 이후로 광주사태에 충격을 받아 현직을 그만둘까 말까? 몇 차례나 망설이다가 낯설은 부산으로 전근 지망을 하였다고 한다.

 통화하면서도 머릿속으로는 상대방을 생각해 내느라 지난

날을 되돌려 생각해본다. 그러니까 내가 1986년 무렵 광주로 이사 오기 전까지 나는 나의 고향에서 1969년도에 고향 땅에 전기가 처음 들어올 무렵부터 전파사를 운용하며 열심히 살아온 젊은 시절이었다. 그 덕분에 젊은 나이에 돈도 많이 벌었고 고향 땅 수많은 분 앞에 선망의 대상이 되었다. 열심히 살면서 객지에서 오신 분들한테도 깍듯한 친절과 예절을 다하며 살아왔기 때문이다. 그 후 70년 3월부터 1972년 11월까지의 군 생활을 빼고는 줄곧 고향 땅을 지키면서 명절이면 각 마을 노인정을 찾아 위문도 하였다. 또한, 1975년 1월 결혼 후 더욱 사업을 확장하여 관내 농약 상점을 하면서 농촌의 농사짓는 지도사 역할까지 하였으니 말이다. 그뿐인가? 직접 45여 평 되는 농장을 사들여 손수 우리 고향 황토밭에 잘 자란 수박, 무, 배추 농사 등까지 젊음을 불태운 시절이었다. 82년도 무렵에는 부모님이 사시는 선동 마을 뒷산 5,000여 평을 목축농원으로 허가를 받아 이탈리아에서 수입해온 젖소를 키우기도 하며 동분서주하는 것도 모자라 1983년도 무렵에는 나주화물 4.5톤과 2.5톤 영업용을 사들여 기사를 채용하여 운수업을 하기도 하였다.

순간순간 기억을 더듬으니 알 듯도 하면서 조*현이라는 순경 생각이 떠오른다. 내 첫 번째 아들이 3살 무렵 무척 예뻐하는 순경이 있었으니 말이다. 조*현 선생님 그런데 어떻게 내 전화를 알 수 있으셨지요? 옛날 같으면 쉬운 일이지만 요즘 시대는 신상의 비밀 보호 때문에 쉽지가 않기 때문이다. 그분은 한사코 나를 찾은 흥분에 들떠 이야기를 계속한다. 인터넷으로 정찬*이라는 사람을 찾으면 수많은 사람이 나오기는 하는데 정작 내가 어디에 사는 것을 몰라 찾을 수가 없었다는 것이다. 생각다 못해 유선 전화로 봉황 파출소에 전화를 걸어 자초지종을 이야기하고 내 이름을 대며 그 무렵 지서에서 10여m 지점 네 번째 북쪽 도로변에 살았다며 찾아 달라고 했다는 것이다. 거기에는 내가 광주에 사는 것만 알뿐 지금도 사는 양*정 후배가 있다. 그 사람한테 묻고 내 당질 상환이가 살고 있어 그곳을 가르쳐 준 모양이다. 그 당질은 당연히 내 전화번호를 알고 있어 알려 주었다는 것이다.

그럼 조 선생님은 지금 어디에 살고 계십니까? 하고 내가 묻자 그때 아무 연고도 없는 부산을 자원하여 처음 발령지가 부산 구포 파출소였다는 것이다. 전라도 사람이 부산에 적응하기가 쉽지 않은 시절이었다. 그 어느 때보다 지역 편파주의가 심하던 1980년 후반기 때였으니 말이다. 지역을 평정해보겠다고 전라도와 경상도를 잊는 2차선 88고속도로는 1988년 전두환 대통령이 개통식을 했을 때니 말이다. 그곳에 가서 남모르는 설움과 괄시를 받아가며 성심껏 열심히 살아 지금은 경찰을 퇴직 후 부산의 사상구에 아담한 2층 주택에서 1남 1여를 낳아 딸은 혼인을 시키고 이제 아들은 사귀는 여자 친구가 있어 머지않아 결혼을 시킨다는 것이다. 그러면서 부업으로 애들 서예(書藝)를 가르치고 있다고 하신다. 참! 부지런하신 사모님께도 꼭 안부를 전하라는 것이다. 나는 집으로 들어와 자초지종을 예기하며 살다 보니 세상에서 내가 좋아 수소문 끝에 찾는 사람이 있었다고 했다. 그랬더니 조*현 순경 생각이 잘 안 난다며 사진을 좀 보내보라고 한다.

아차! 그 생각을 못 했구나! 나는 예의상 우리 가족 사진과 우리 부부가 찍은 사진을 먼저 휴대전화로 보냈다. 얼마 후 그쪽에서도 그 시절의 부부간 사진과 현재의 본인 사진을 보내왔다. 그리고는 잠시 후 전화가 왔다. 세월이 많이 흘러 정 사장님은 많이 변했는데 사모님은 그대로라며 참 너무 반가우니 한번 놀러 와달라고 한다. 지금도 노부모님은 순천에 살고 계신다고 전한다. 그래서 내가 말했다. 언제 순천까지 오시는 시간 있을 때 이곳 광주까지 전화 사전에 주시고 들려주시면 감사하겠다고 말이다. 서로가 얘기하다 보니 나보다는 두 살 아래였다. 낯설은 타관에서 적응을 위해 현직일 때는 기독교도 다녔단다. 말년 무렵에는 종교에 관한 공부를 하고 싶어 불교며 천주교도 열심히 공부해보니 종교는 거의 거기서 거기여서 지금은 조상의 제사도 지내면서 침술이며 약제 공부도 곁들여 소일하고 있다고 전한다.

나 역시 내 이야기를 감출 수가 없어 광주로 이사 후 직업을 전기공사업으로 살아오다 2008년 회갑 일을 일주년 남겨둔 2008년 2월 4일에 전기 감전사고로 사경의 문턱에서 지금도 약을 먹으며 살아오고 있다고 했다. 그 후 팔을 쓸 수가 없는 장애인이 되어 취미 생활로 좋아하던 낚시며 골프도 할 수가 없어 문학에 등단하여 글이나 쓰면서 살고 있다고 전했다. 시간이 허락될 때 꼭 한번 제2의 고향 같은 오래전의 근무지도 볼 겸 찾아오겠다고 했다. 우리는 2~3일이 멀다 하고 안부를 전하며 전화를 한다. 내가 과연 그분한테 기억이 남을 만큼 그런 사람이었는가를 몇 번이나 생각하면서…!

2016.10.25. 기(記)

아내의 생일

발악하는 매미 소리와 함께 아침 9시가 좀 넘은 시간인데 간밤에 끌어올린 수은주에 더하기만 하였는지 등줄기에 땀이 흐른다. 내 서재에 있는 선풍기마저 어제 밤늦게 서울에서 내려온 아들네 가족이 사용하고 있어 가져왔으면 하면서도 어린 손녀들이 있어 마음 접는다. 너무 더워서일까? 아침 6시가 좀 못되어 평소에 아침 목욕탕에 가지 않은 아내가 오늘따라 목욕탕에 간다더니 돌아오지 않는다. 아침 7시가 넘어 시어머님 생신상을 차리고 밥을 하겠다며 며늘아기가 쌀 있는 곳을 묻는다. 오랜만에 미역국도 끓여 놓고 기다려도 오시지 않으니 전화를 해보려 한다. 아니다. 좀 더 기다려 보렴. 기다려도 올 때가 지났는데 오지 않아 휴대전화로 문자를 넣어둔다. 혹시 간밤에 잠을 설치더니 목욕탕에서 잠이 들었을까? 갖은 생각이 머리를 스친다.

사실은 우리 집에는 1남 2녀를 올해 5월까지 출가시키고 우리 내외만 살기 때문에 우리가 잠을 자는 큰방에만 에어컨을 설치해 두었다. 올해 들어 유례없는 무더위에 가정용 전기의 누진세 때문에 에어컨을 대부분 장식용처럼 달아두고 쓰지를 못하는 실정이다. 그 때문에 각종 매스컴에 가정용 전기의 누진세를 손질해야 한다고 정치권 안팎으로 시끄럽다. 우리 집 역시 누진세 요금 폭탄 문제로 거의 에어컨을 별로 사용을 못하는 처지다. 그런데 어린 손녀들까지 딸린 아들 내외가 미안스러워 간밤에 잠시 틀었다가 꺼버렸다. 아내가 이불을 덮는 것을 지켜보면서 말이다. 그리고 또 한두 시간 후 더위를 감지하고 에어컨을 틀었다. 아내는 추위와 더위에 민감하지만 나는 무척 추위를 못 타는 서로가 양극 형이다. 간밤에 나는 밤잠을 설치며 에어컨 작동에 신경을 썼다.

어제 밤늦게 서울에서 내려온 후 자정이 좀 못되어 아들은 약속이 있다며 집을 나갔다. 그리고는 새벽 3시가 좀 넘어 들어 왔는데 술을 많이 먹었는지 위통도 벗어던지고 코를 골며 자고 있다. 새벽 4시경 거실로 나와 아들에게 홑이불로 배만 덮어주고 창문을 열어젖히고 큰방 에어컨을 꺼버렸다. 열대야도 그치고 시원해진 것 같아서였다. 그랬더니 아내가 버럭 신경질을 부린다. 좀 더 틀어두지 에어컨을 꺼 버렸다고 말이다. 그리고는 얼마 안 있다가 평소에 가지 않은 아침 시간 때 목욕탕을 가버린 아내에게 가뜩이나 신경이 쓰인다. 오늘 아침이 아내의 생일이 아니라면 좀 더 신경이 덜 쓰일 텐데 말이다. 그 후 세 시간이 지난 아침 9시가 되어서야 아내가 돌아온다.

아침에 목욕탕을 가지 않은 사람이 웬일로 갔냐며 묻고 싶지만, 꾹 참고 눈치만 살핀다. 늦게 오면서 아무 일도 없는 것 같은 표정이다. 하얀 쌀밥에 오랜만에 며늘아기가 끓여놓은 미역국이 올라온 시어머니 생일상이다. 평소에 한 번도 밥을 하려는 생각이 없는 며늘아기 다른 음식을 모두 준비해두고 겨우 밥과 미역국만 끓여준 생일상이다. 밥을 먹으면서도 내색을 전혀 하지 않은 속 넓은 시어머니와 대수롭지 않게 생각하는 며늘아기의 속내가 답답하다. 엄마의 생일이라며 아들 딸이 이때를 휴가 겸 맞춘 탓으로 시어머니가 다 준비해둔 휴가준비를 차에 싣고 휴가 겸 길을 나선다. 아들이 예약해둔 휴가지는 광주에서 한 시간 좀 더 걸리는 강진 바닷가에 있는 원래 야구 야외 연습장이었다. 이곳은 애들이 물놀이할 수 있는 수영장과 야구부 선수들이 사용했던 숙박소가 실내장식을 마치고 관광객이 사용하기 좋게 해놓은 전망 좋은 바닷가 풍경이 여름철 사용하기에는 좋은 곳이다.

외할머니와 함께 가겠다며 목이 쉬도록 밤새 울었다는 여덟 살 초등학교 1학년에 다니는 외 손주만 오게 하여 태우고 막내딸 내외와 2대의 승용차는 강진리조트를 향해 11시경 집을 나섰다. 2박 3일의 일정에 맞춰진 아내의 생일 겸 하계 휴가가 스트레스받지 않는 시간 들이여야 할 텐데. 모든 것이 조심스러워진 일정을 분위기 조성도 겸해 처제 내외까지 함께

103

하기 위해 초청하니 그곳에 도착하였다. 좀 늦은 저녁에 큰딸 내외도 도착하여 딸들이 준비해온 깜짝 선물도 전했다. 그리고 외손자 손녀들의 재롱과 생신 축하 행사에 가족여행의 밤은 모처럼의 가족이 함께하여 마음에 앙금이 풀어진다 생각하니 다행이라는 생각 속에 포근함에 젖는다.

2016년 08월 13일(陰, 07월 11일) 아내의 생일 기(記)

회혼식(回婚式)

지난 2월 16일(정월 초아흐레)이 날 저녁은 우리 형제자매 칠 남매가 모두 한자리에 모였다. 18년 전 작고하신 아버님과 20년 전에 고인이 되신 어머님의 합동 기 제일(제삿날)이다. 물론 해마다 장형님 댁에서 모셔온 제삿날이지만 이날은 다른 해보다 특별했다. 지난봄에 넓은 건물 단독 주택으로 이사를 했기 때문이다. 해마다 우리 칠 남매 내외만 참석해도 앉고 설 자리가 마땅하지 않았다. 그런데 이사한 넓은 집은 손자 손녀들까지 함께해도 좁지가 않았기 때문이다. 시대가 바뀌면서 4대만 지나도 시제로 바뀌어 적당한 공휴일을 택하는 시대다. 그런가 하면 부모님이나 조부모님 제사마저 종교를 앞세워 또는 한자리에 모이기가 힘들다며 제사를 생략해버린 후손들이 종종 있는 것으로 알고 있다.

그러나 대다수의 우리 국민은 유교 사상이 결집이 되어 합동 제사를 택해서라도 조부모님을 비롯하여 우리를 낳아 주신 부모님 은덕을 기르기 위해 제사는 지내고 있다. 특히 우리 집안은 한학을 많이 하신 장형님께서 제사의 의식을 후손들에게 가르치며 절차를 따라 제사를 지낸다. 내아래 막내아우는 방송국 계획표를 대치시키고까지 참석을 했다. 산수를 맞은 장형님께서 이번 기일 날에는 정성껏 제사를 다 지낸 후 모두가 자리에 앉으라며 오랜만에 한자리에 부모님을 보자고 하신다. 알고 보니 23년 전 부모님의 회혼식 장면을 비디오로 담아 재생을 하여 화면으로 보는 것이다.

그러니까 1993년 02월 20일 광주광역시 남구 서동에 있는 광주 향교에서 우리 가족과 친지들을 모시고 부모님의 회혼식을 했었다. 전통 혼례 방식으로 진행되었는데 사모관대를 한 신랑(아버지)과 원삼을 입고 연지 곤지를 바른 신부(어머님)의 행복한 모습은 잊을 수 없다. 그때 어림잡아 300여 명의 친인척이 성황을 이룬 가운데 두루마기 한복을 입은 향교 집사의 도움을 받아 결혼 60주년 회혼식을 성대하게 진행되었다. 예쁜 색동 한복을 입은 손자 손녀가 화 등 불을 밝히고 사회자의 전통 혼례식에 대한 해설이 있는 다음에 신랑 신부의 살아오신 경력, 가족 소개가 있었다. 전통 방식으로 진행되는 행사는 신랑 신부의 맞절로부터 시작되었다. 그리고는 길게 색동 실로 묶어진 2개의 표주박으로 술을 마시게 하고 표주박을 포개놓은 것으로 하나 됨의 의식을 마치고 사회자의 성혼선언문 발표를 했었다.

회혼식은 결혼 60주년을 축하는 결혼 의식으로 금강혼식(金剛婚式) 또는 환 혼식이라고도 한다. 회혼식은 부부가 해로하고 자손 중에 사망자가 한 사람도 없어야 할 수 있다. 또한,

좀 더 기준을 열거한다면, 자손 중 형벌을 받은 사람이 없어야 하고 미혼자가 있어도 안 되며 팔다리가 잘려나간 장애인이 있어도 안 된다는 것이다. 그러니 보기 드문 사례며 흔한 일이 아니란다. 요즘이야 수명이 많이 늘어 백 세 사시는 분도 계시니까 더 많은 대상자가 있을 줄 모르겠다. 하지만 지금부터 23년 전 일에다 더욱이 우리 형제가 칠 남매나 되므로 더욱 그렇다. 그때 당시 기준이 합당하여 호남의 유교를 대표하는 광주 향교의 검증을 받은 행사였으니 말이다. 그때 당시의 생생한 장면을 비디오로 보는 우리 가족은 시간 가는 줄 모르고 한자리를 즐겨봤다.

그런데 더 중요한 것은 그때 축하연에 참석하신 분 중 1/3 정도가 다 고인이 되신 분들을 볼 수가 있기에 더욱 값지고 알찬 시간이었다. 회혼식 1부가 끝나고 음식을 함께한 2부 행사 에서는 내가 때마침 사회를 보면서 밴드에 맞추어 유흥을 즐기는 시간이었다. 어릴 적 청년 시절 면내 노래자랑이 있을 때면 가끔 사회를 보았던 터라 그리 어려운 일은 아니었다. 춤과 노래가 어우러져 막내아들이 어머님을 업고 셋째 형님이 아버지를 업고 신이 난 장면이 눈에 선하다. 평생에 어머님은 노래하시지를 않으신다. 오늘따라 흥에 겨워 '놀 새 노세 젊어서 놀아 늙어 지면은 못 놀 아니.' 노래하여 행여 노래가 중단될까 함께 불렀던 기억이 선연하다. 23년 전의 젊음과 지금 현재가 역력히 비교되는 순간은 잊을 수 없는 과거로 돌아가는 시간 들이었다. 한자리를 한 우리 칠 남매 중 다들 무탈(無頉)한데 나만이 8년 전 한 팔의 장애인이 되어버려 나도 모르게 긴 한숨만 내 품었다.

부모님의 60회 회혼 식(回婚式)
글/정 찬 열

부모님의 합동 제삿날
온 가족이 한자리에 모였다.
5남 2녀의 칠 남매 가족이
장형님이 산수(傘壽)이고
막내가 3년 후면 회갑이다
10년 전에 함께 모신 합동 제삿날
부모님의
영향일까 칠 남매는 건재하다
아버지의 유전인자 탓일까?
4형제가 탈장 수술을 했다
어머님의 유전인자로, 세 분이
가벼운 당뇨가 있을 뿐이다.

20년 전
세상을 이별하신 어머님이 그리워
2년 뒤 어머님을 뒤따르신 아버지
일본 강점기 구주 탄광이 귓전에서 맴돈다
위 아랫집에서 눈이 맞은 결혼이란다.
원삼에
연지곤지 찍은 노신부 어머님
사모관대 노신랑이 되신 아버지
친인척의 박수 속에 거행된
생전에 자녀가 지켜본 회혼식
전통적
유교 집전으로 진행된 행사
비디오는 생생하게 알려주었다.

2016. 02. 16. 기(記)

영화 인천 상륙 작전을 보다

뜨거운 열기가 밀집된 도심의 아스팔트 열기가 뜨겁게 달아오른 일요일 날이다. 이렇게 뜨거운 열기에 발악하듯 울려대는 매미 소리는 아파트와 아파트 사이를 메아리 되어 울려됨일 것이다. 평일이면 그래도 사무실에서 시원한 에어컨 아래서 시간을 보낸 탓인지 별로 더위를 느끼지 못하고 넘어가는 삼복더위다. 너무 더운 탓에 산행을 가는 것도 무리다. 그런가 하면 어린애들이 없어 더욱이 바닷가나 물가를 찾아가는 것도 생뚱맞다. 선풍기를 틀어놓고 오랜만에 문학 서재에 댓글을 달고 있는데 아내가 영화를 보러 가자고 한다. 너무나 더우니 극장에서 시간 보내기를 하자고 하는 것이다. 올봄 막내딸을 결혼시키고 나서 부부만 사는 처음 맞는 여름이다. 그렇다고 부부가 에어컨을 틀어놓고 TV만 보고 있는 것도 지루함이다.

나는 평소에 영화를 좋아하지는 않는다. 그걸 알기 때문에 아내의 제안도 조심스럽게 말하는 것 같다. 그럼 그렇게 합시다. 어디로 가서 무슨 영화를 볼까요? 하니 아내는 휴대전화로 이미 검색을 해놓은 모양이다. 수완지구 롯데 시네마에 "인천 상륙작전" 보러 가겠느냐고 한다. 최근 심심찮게 TV에서 예고하는 광고를 보았다. 그럼 그렇게 합시다. 그때 시간이 11시 20분이다. 부랴부랴 준비를 서둘러 11시 30분경에 집을 나선다. 사전에 예약해둔 영화 표가 없으므로 일찍 서둘러 현장에서 표 예약을 해야 하기 때문이다. 집에서 그곳 영화상영관까지 가는 시간은 대략 2~30분 정도 걸린다. 예정대로 11시 55분경에 도착하여 먼저 영화매표소가 있는 4층으로 가라 하고 나는 자동차 주차를 위해 좀 늦게 4층에 도착했다.

많은 사람이 줄을 서서 있었고 매표 열에 합류하여 어렵게 12시 40분 상영하는 표를 구매했다고 한다. 그런데 점심이 참 애매했으나 부부가 간단하게 가까운 곳 백화점 음식점에서 냉면을 시켜 먹었다. 그리고는 6층 상영관에 숨 가쁘게 도착하니 이제 막 시작 직전이었다. 휴~하는 한숨이 나온다. 인천 상륙 작전하면 대부분 사람이 시커먼 선글라스를 낀 맥아더 장군과 유엔군을 떠올린다. 상영관 앞 포스터 역시 마도로스 담배 파이프를 입에 물고 시커먼 선글라스를 낀 맥아더 역에 '리암 니슨'의 영화 포스터가 그렇게 떠올린다.

1950년 6월 25일 북한군의 기습남침으로 사흘 만에 서울을 함락당하고 한 달 만에 낙동강 지역을 제외한 한반도 전 지역의 전세를 뒤바꿔 놨다. 영화 속에서 맥아더는 6.25 전쟁 발발 직후 비밀리에 한국을 방문한다. 거기서 혼자 참호를 지키고 있는 소년병을 만나 대화를 나누며 작전 성공의 결의를 다지는 장면을 볼 수 있다. 여러 문헌에 따르면 맥아더는 6.25 전쟁 발발 직후 1950년 6월 29일 한강 전선을 시찰하면서 한국군을 만났다고 전한다. 영화 속에 등장하는 신동수 씨(6.25 전쟁 당시 일등병)는 '왜 후퇴하지 않느냐'고 묻는 맥아더에게 '상관의 명령이 없으면 죽어도 후퇴할 수 없다'고 말한다. 이에 맥아더는 '꼭 지원군을 보내겠다.'고 화답했다. 당시 육군 3사단(백골 부대) 소속으로 서울 영등포 진지를 지키던 그는 총상으로 인한 상처 때문에 한쪽 다리를 절단해야만 했다.

영화 속에서 연합군은 태풍 캐지 아(Kezia)를 뚫고 인천으로 향한다. 해상에서 태풍의 세력권에 들어간 연합군 선단은 높은 파도로 어려움을 겪지만, 태풍을 뚫고 인천 앞바다에 무사히 도착하게 된다. 역사기록에 따르면 실제 인천상륙작전에 영향을 미친 태풍은 제 인(Jane)과 캐지 아(Kezia) 두 개로, 두 태풍의 이름이 모두 영화 속 대사로 등장한다. 인천상륙작전을 연기할 수 없었던 맥아더는 9월 11일, 태풍의 영향권이 가장 약한 방향을 골라 전 함대의 인천 진군을 명령했다. 함대는 거친 항해를 했지만, 예정대로 인천에 도착할 수 있었다. 또한, 사전에 계획된 팔미도의 등대를 밝히는 것을 신호로 인천에서 북한군의 병참선을 공격함으로써 북한이 우위에 있던 전쟁을 반전시킨 상륙 작전이다.

이 영화를 실감 나게 연기한 사람은 이정재, 이범수, 리암 니슨, 진세연, 정준호 등 쟁쟁한 스타들의 연기력이 흥행을 이끌게 한 것 같다. 특히 이범수의 연기력이 뛰어났듯이 어쩌면 이번 '인천상륙작전'에서 새삼스레 놀란 이범수의 연기력 역시 당연한 결과일지 눈길을 끈다. 평소에 영화관에 앉으면 중간에 재미가 없어 잠을 자 버린 데. 이날 따라 끝까지 볼 수 있었던 것은 실감 나는 연기력 때문일 것이다. 우리 부부는 좀 더 시간을 영화관에서 보내자는 속셈에서 같은 영화관에 상영하는 또 한 편의 영화를 택했다. 그로부터 1시간 50분 후에 상영하는 액션 영화 맷 데이먼에 "제이슨 본" 영화였다. 내 평생 하루에 두 편의 영화를 감상한 것은 처음으로 기록된 날이다.

2016년 07월 31일 기(記)

외래어의 지나친 범람

가끔 텔레비전을 볼 때나 컴퓨터 휴대전화에 뜨는 문자를 보면 평범한 사람이 알기 힘든 외래어 단어들을 종종 발견하다. 우리나라에 딱히 이름이 없거나 표현하기가 어려운 것들은 외래어라 해서 쓰는 것이야 어쩔 수 없다. 하지만 우리글로 써도 되는 외국어까지 쓰고 있으니 문제인 것 같다. 가득히나 인터넷을 통한 한글파괴가 정도를 벗어나고 있는 상황에 외국어의 범람으로 인해 우리 한글이 퇴색되어야 함이 안타깝다. 우리는 주위에서 참 많은 외래어를 보고 살고 있습니다. 본래 외래어는 외국말을 한국어와 동화시켜 만든 일종의 차용어입니다. 그러나 요즘의 실상을 보면 오히려 주객이 전도된 모습이 많이 보입니다. 우리의 말이 있는데도 불구하고 외래어를 남용하여 사용하고 있습니다. 이것은 비단 일부가 아닌 언론사 및 대중매체까지 모두 남용을 합니다.

예를 들어서 얼마 전 인기리에 끝난 드라마 굿 닥터의 경우에 굳이 좋은 의사라는 우리말이 있는데 '굿 닥터'라는 제목을 지을 필요가 있을까? 생각한다. 또한, 대중음악에서는 대부분 아예 영어를 집어넣고 있습니다. 거의 모든 노래에서 후렴은 대부분 영어입니다. 제목 또한 아예 영어로 짓는 경우가 많아졌습니다. 이런 현상 때문에 요즘은 아이들도 좋아하는 아이돌 가수의 노래를 들으면서 자연적으로 습관이 되어 외래어를 남발하게 되는 것 같습니다.

[잘못된 외래어 범람 hwp 5209일부 인용]

　세계화라는 시대적 흐름에 생활 속으로 파고드는 것은 오래 전부터의 일이다. 일제 36년 치하에 있을 때 우리말 사용을 금지하고 모든 말들을 일본어로 성까지 개명했던 기억을 할 것이다. 그 시절의 잔재로 우리 시대에 지금까지도 얼마나 많은 말들이 일본말을 답습하고 있다.

　학교에서 영어를 주요 과목으로 가르치고 있는 것은 지구촌의 모든 나라의 소통을 통해 국제적으로 국력을 키우자는 목적이라 이해할 수 있다. 그러나 요즘 대중매체에 범람하는 외국어 사용실태를 보면, 마치 우리말을 열등한 것으로 내비친다. 아니 외국어를 사용하지 않으면 유식하지 않거나 세련되지 않은 사람으로 생각하는 경향마저 들어 개탄스러울 때가 많다.

　일례를 들어 우리 주변에 흔히 쓰는 텔레비전, 커피, 카메라, 라디오, 컴퓨터, 피아노, 등 명사로 이루어진 이름이야 불가피하다. 비록 대한문학세계 사단법인 창작문학예술인협의

회에서는 몇 년 전부터 분기별 행사 중 가을 행사를 순우리말 시 쓰기 대회를 협회 주 행사로 진행하고 있다. 우리글을 지키고 국어를 빛내고 더욱 바람직한 방향으로 순우리말로 된 '순화어'의 행사는 우리글을 지키는 바람직한 발상의 행사라고 본다.

나는 아침형이다. 그래서 일과 중 일찍 일어나 꼭 조간신문을 탐독하는 것이 버릇처럼 배어있다. 신문을 읽을 때마다 지나친 외래어가 나오면 과연 우리나라 국민 가운데 몇 퍼센트나 신문에 주제 또는 부제로 나오는 외래어를 이해할까? 하고 생각해본다. 일례로 "CEO &스마트 컨슈머" 기획 지면을 본다. 내가 너무 무식을 탈로 내는 것 같아 조심스럽다. 대충은 아래 내용을 보면서 이해를 하지만 좀 더 정확히 알고 싶어 '우리말 사전 편찬회편' "우리말 대사전"에서 찾아봐도 그 단어가 없다. 그래서 요즘 흔히 모르는 것은 컴퓨터를 켜고 들어가 '네이버'라는 곳에서 검색해본다. '컨슈머'라는 단어를 치니 그에 관련된 컨슈머 리포트, 컨슈머 아이디어패널, 컨슈머 인사이트, 컨슈머 타임스, 컨슈머치, 스마트 컨슈머, 컨슈머 월드, 컨슈머 볼, 등 많은 단어가 열거되어있다. 이토록 많은 단어가 사용되고 있는데 이제야 정확한 정답을 알기 위해 찾는 자신이 부끄럽다. '컨슈머'라는 곳에 들어가 좀 더 자세한 것을 알기 위해 접속하니 로그인하라고 메시지가 뜬다. 백과사전을 찾아보니 '대한민국 소비자 정보 포털 사이트'이다. 아니. 소비자 정보 포털사이트, 라고 주제를 달면 독자들이 적어지는 걸까? "컨슈머 바로미터"를 찾아보니 소비자 분석 데이터 제공이다. "컨슈머 인사이트" 또한 소비자 평가 리포트이다.

또한, 대목을 지목하자면 "뉴-티타니아" 주목하는 광고가 있다. 이 역시 일차 산업을 지키는 생명수 "천연성분 미네랄 기능 수"라고 하면 얼마나 더 친근감이 가는가 말이다. 신문에 기사 내용도 그렇다. k모의원 우병우 "셀프수사방지법" 발의 또한 수사상 우월지위를 이용해 검찰수사에 부당하게 개입하지 못하게 하는 내용을 "검찰수사 부당방지 개입 법"이라고 하면 어떨까 하는 생각이 든다. "샤이보 수" 반영 때 M 주자 42.3%, H주자 30.0%, A주자 19.1%라는 기사도 그렇다. 요즘 샤이(shy)라는 단어가 많이 등장한다. '부럽다.' 라는 단로 정치용어로 사용하는 "숨은 지지자"라는 뜻이다. 이렇듯 어느 조간신문을 헐 뜻 고자 하는 의도가 아니다.

우리나라에는 한글이 있듯이 세계 여러 나라에도 각자 자국어 언어가 존재한다. 영어, 한자, 일본어, 등 다양한 언어가 존재하지만, 훈민정음은 1910년대 한글 학자들은 훈민정음을 한글이라고 부르게 했고 그 뜻은 큰 글이라는 뜻이라고 한다. 한글은 세계 문자 중에서 가장 많은 발음을 표기할 수 있는 문자라고 한다. 무려 8천 800개의 소리를 적을 수 있는데 중국의 한자는 400여 개, 일본의 히라가나는 300여 개밖에 표현하지 못한다고 한다.

한글이 표음 문자이지만 새로운 차원의 "자질문자"로 분류하였고 이러한 분류 방법은 세계최초의 일이며 가장 우수한

문자임을 증명하는 것이다. 이에 1971년 10월 01일 훈민정음
이 유네스코 세계유산으로 지정되었으며 1987년부터 유네스
코가 "세종대왕상"이라는 이름의 상을 제정하여 인류의 문맹
률을 떨어뜨리는 데 이바지한 개인이나 단체에 그 상을 수여
하고 있다고 한다. 이렇듯 세계가 인정하는 좋은 우리글을 신
문이나 방송 등에서 선도적으로 앞장서기를 기대해본다.

2017.02.23 기(記)

3. 기행문

벌교 태백산맥 문학 기행
(제 1부)

문학 기행 가던 날

　문화체육관광부가 주최하고 한국 도서관 협의회가 주관하는 작가를 꿈꾸거나 자신이 살아온 이야기를 글로 옮기고 싶은 시민을 위한 특별한 프로그램이다. 광주 학생 교육 문화회관 문헌정보과에서 지난 7월 하순에 시민을 대상으로 20명을 선발 모집하였다. 독서와 글쓰기 프로그램 "언젠가 한 번은 쓰고 싶었던 이야기"라는 목표로 2014년 08월 06일 개강하였다. 매주 수요일 오전의 시간으로 9시 30분에 시작하여 12시 30분이면 학업이 끝난다. 세계독서 코치 협회 김봉학 교수님의 코치로 강의한다. 유효적절한 수업 진행을 어제까지 16회 차 문학작품 창작을 위한 실내 수업을 진행해왔다. 이어 학생 자신에게 글을 쓰게 하고 써온 작품에 대한 학생 서로에게 평가의 기회도 주며 활발한 수업으로 진행되었다. 오늘은 문학작품을 쓰는 연장선으로 한 차원 높은 문학 기행이다. 탐방을 위해 당일 코스로 관광버스를 전세 내어 떠나는 날이다.

　노란 은행잎이 나뭇가지 매달리다 손을 떨구어 도로변 한쪽으로 내몰려 있고 버틸 힘이 다한 늦은 낙엽도 갈 곳 몰라 허둥대며 나뒹군다. 아침 9시에 광주 학생 문학회관 앞 넓은 도로변에 아침 안개를 뒤집어쓰고 우리를 기다리는 빨간 관광버스가 기다린다. 참가인원 20명에 문헌정보과의 여직원 선생님과 보조원 코치 선생님 모두가 탑승했다. 보아하니 남자는 4명뿐이다. 그도 그럴 수밖에 없는 것이 애초 모집 때부터 유일하게 남자 지망생은 3명 중 나이가 어린 대학생이 나이에 눌렸는지 엄마를 대신 보낸 탓에 남자는 두 명이 되어버린 것이다. 시내를 벗어나 제2 순환도로를 따라가 다 화순방면 출구로 벗어났다. 4차선으로 넓게 뚫린 주남마을 앞을 지나 일주일 전 개통한 화순 너릿재 새길을 통과했다. 주암호를 끼고 가는 벌교방면으로 달리는데 계속된 안개는 시야를 어지럽히고 있었다. 미처 떨구지 못한 가로수 단풍들은 찬 서리에 시달림을 당한 체 볼썽사나운 자태를 드러내고 있다. 예전 같으면 한 시간 30분이 넘게 소요되었다. 현재는 광주와 벌교가 지금은 한 시간 정도면 당도할 수 있다. 달리는 길옆으로 지금 한창 화순과 벌교 간을 공사 중인 차도가 개통되면 3~40분이면 당도할 것이다.

　오늘 진행을 담당한 이금남 선생의 안내에 이어 김봉학 코치 선생이 말씀하신다. 수업의 연장선으로 각자 개인이 자랑할 수 있는 본인의 매력 포인트를 세 가지씩 발표하란다. 맨 먼저 홍은하 선생님을 시작으로 고등학교 영어를 담임하시고 정년퇴직하신 박영자 선생님이 발표한다. 현재는 사회에 적응하기 위하여 색소폰 악단과 오케스트라 합주단에도 참가하고 더욱 보람 있는 것은 학생 문학 작가수업의 제일 기쁨이란다. 벌교 가까워져 오는 시간에 내 순서가 지목되었다. 마침 어제 수업 휴식 때 어느 분께서 준비해온 군고구마를 먹은 일이 있었다. 귀가 후 간밤에 군고구마라는 시제로 습작한 시가 있어 탈고는 안 돼 조금은 미숙하지만, 시문학에 등단한 한 사람으로 써온 시를 낭독하였다. 흔들리는 차 속에 한쪽 팔을 쓰지 못한 어려운 와중에 마이크를 잡으랴 시문을 보랴 힘들어하고 있었다. 바로 그때 주위에서 마이크를 잡아주는 도움으로 시낭송을 무사히 끝냈다. 모두가 힘찬 손뼉을 쳐주어 잘한 일이라고 스스로 생각해본다. 그리고는 나 자신의 매력 포인트 발표에는 내가 생각해봐도 장점보다는 단점이 앞을 가린다. 차가운 인상과 말수가 적어 사람들이 나를 꺼리는 경향이 매력 없는 포인트로 자백하고 고백했다. 사람은 태어나서 세 살 무렵 환경이 평생의 70%를 좌우한다는 말이 있듯이 내가 태어난 산골에 4호만 사는 탓이다. 비슷한 또래가 한 명뿐 사람 구경하기 어려운 산골 태생은 오늘의 현실을 어렵게 한다. 그리고는 참으로 오랜만에 가요 곡 한 곡을 부르려니 반주와 자막이 없는 음악에 결국 마무리를 못 한 채 끝을 냈다. 어느새 차량은 오늘의 목적지 벌교읍에 도착한 것을 느끼고 자기 자랑순서를 잠시 중단했다.

오늘이 평일인 탓일까? 태백산맥 문학관 주차장에 들어섰다. 그리 크지는 않았지만, 주차장에는 다른 한 대의 관광버스와 우리 일행 그리고 서너 대의 승용차만 주차장을 자리 잡고 있다. 이곳은 소설 태백산맥이 출간되기까지의 배경과 그 후의 실제적인 사건들, 작가의 정신을 살펴볼 수 있는 곳이다. 조그마한 벌교읍 제석산자락 한쪽에 있는 벌교읍 "태백산맥 문학관" 조정래 문학관에 도착한 것이다. 오던 길에 앞을 가리던 안개도 사라지니 꽤 무더운 햇빛이 내리쪼이고 있었다. 예전에도 몇 차례 이곳 벌교읍을 찾아 왔지만, 오늘처럼 문학 기행을 목적으로 한 것은 처음이다. 장소와 건축물에 마음이 가는 것이 건축가 김 원의 마음이다. 건물 입구 외벽에 그의 자전적 설명이 세심을 기해 쓰여 있다. 얼마 후 우리 일행에 다가선 사람이 있었다. 멋에는 조금은 뒤지지만, 현대식 계량 한복을 입고 나와 우리를 맞이하는 중년 아줌마, 바로 관광문화 해설사분이다. 사 층 높이로 2008년 11월 21일에 주 무대인 이곳에 태백산맥 문학관을 완공했다는 태백산맥 문학관은 벌교읍 홍암로 89-19에 있다. 문학관 건물은 세계적인 건축가 김원 씨의 디자인을 바탕으로 과거 아픈 역사를 치유하기 위해 벌교읍 제석산의 등줄기를 잘라내고, 2전시실은 공중에 매달려 있는 형상으로 건축되었단다. 또한, 우리나라 건물이 남쪽을 향하는데 통일을 염원하는 마음으로 이 건물은 북쪽을 향하고 있다고 소개를 한다.

벌교 태백산맥 문학 기행
(제 2부)

[소설 속의 「태백산맥」을 건축으로 말하다]

작가는 왜 이 작품을 썼을까 하는 본질적인 물음 속에서 '태백산맥'은 작가 조정래의 역작이다. 1948년부터 1953년까지 5년간의 시간적 흐름을 배경으로 해방 공간과 "6. 25전쟁을 겪으면서 분단된 우리의 근원을 풀고 싶은 의지가 작용했을 것"이라는 나름의 답을 내렸다. 작품 내용을 보면 여순사건 이후 농지 개혁에 대한 저항. 6. 25전쟁이라는 민족상잔의 비극을 몰고 온 근대사의 중요한 공간을 심도 있게 다루었다. 그래서 자신이 느낀 대로 건물을 만들고 싶었지만, 사람들에게 자기의 생각이나 감동을 강요하고 싶지는 않았다. 건물은 통일을 염원하는 차원에서 남북으로 갈라진 상징으로 백두대간 낮은 언덕을 잘라 그 위에 지어졌다. 4층 높이의 이 건물은 통일을 바라는 마음으로 북쪽을 향해 건축하였으며 북쪽의 잘린 축대 벽에는 크나큰 의미는 없지만 일랑 이종상 화백의 작품이다. 통일을 염원하는 마음으로 북쪽을 향해 집을 지었다고 생각하니 한국인들의 오랜 삶을 거부한 것 같은 생각이 든다. 잠시 김상용 시인의 "남으로 창을 내겠소" 라는 시제가 생각나지만, 그것과는 차원이 다른 통일의 염원을 갈구함을 느낀다. 만주에서 보성에 재석 산까지 구해온 재료 3,842장을 축대 벽화로 땅을 파내려 만든 토목 축대 벽이 건축물의 장식 되었단다. 하지만 '언덕 위의 하얀 집'처럼 건축물이 두드러지게 하고 싶지는 않았단다. 건축가의 기념비가 아니라 문학작품을 기념하고 담아내는 건물이기 때문이다. 소설이 그려낸 분단의 아픔은 산의 등줄기를 잘리는 아픔과 비견될 것이다. 건축가가 산자락을 잘리는 결과는 결코 해서는 안 되는 일이지만 그 등줄기가 잘리는 아픔을 그대로 보여준 것이라 했다.

　건축물 앞에는 억새를 심고 뒤편으로는 대나무 숲을 두를 생각이었다. 비싼 나무를 옮겨다 심는 수려한 조경은 의미가 없다. 언덕 아래에서 볼 때 건물의 앞면이 억새로 조금 가려지고 바람 속에서 흔들리는 황량한 느낌이면 더 좋겠다. 뒤편의 대나무 숲은 무당 소화네 집에 심겨있는 대나무들의 연장선이라 느끼면 될 것이다. 건물은 한발 물러선 듯, 멀리서 보면 그저 언덕에 유리 탑 하나가 서 있어서 밤에는 지하의 억울한 영혼들을 위로하는 불빛이 새어 나올 듯한 탑이 하나 보였으면 했다. 건물의 옥상은 그저 펑퍼짐한 해원굿의 무대다. 산줄기를 잘라낸 상처 자리를 건물로 메꾸며 생겨난 엉성한 흔적이다. 이 위에서는 치유와 화해의 대동 놀이가 있어야겠다. 건물 안에 무엇을 많이 채울 생각은 전혀 없었다. 작가가 현재 살아있는 사람이고 앞으로도 『태백산맥』 관련해서 수 많은 평가와 연관 작업이 이루어질 것이기 때문에 두고두고 필요한 부분들을 채워갈 수 있도록 하려는 것이다. 즉 된 것이 아니라 '되어가는' 개념의 공간으로 만들고 싶어 될 수 있으면 기둥이 없이 천장에서 커다란 동아줄에 매달린 철 빔에 매달려 있는 2층 공간이다. 우리는 아직 역사 속 어둠을 다 지나온 게 아니고 통일 이후에도 풀어야 할 문제들은 쌓여 있다. '태백산맥 문학관'에는 그러므로 여전히 풀어야 할 숙제가 많은 오늘의 현실을 담아내야 한다는 소망도 남아 있다.

  2층 건물에서 동북간 방향으로 내려다보이는 거대한 기와집은 애초 박씨 문중의 1939년에 건축된 별장과 제 각(현 부자네 집) 그 뒤쪽에 문학관이 들어서면서 문중에서 2002년 보성군 당국에 기부하였단다. 문학관과 현 부자 집 사이 조그마한 기와집은 애초는 초라한 태백산맥 등장인물인 2007년 복원된 소화네 집으로 봉건 사회의 폐해를 고발하고 있는듯한 초라한 초가집이 있었다. 남쪽으로 내려다보이는 철교며 중도 방죽(일본 사람 이름 중도나카시마) 등이 내려다보인다. 남에게 권하고 싶고 다시 보고 싶은 책 1위로 설문 조사 되었다는 "태백산맥"은 1986년 10월 5일이 되면 올해로 29주년이 된다. 그 소설이 유명하여 그리 크지 않은 벌교는 그 후 벌교 꼬막과 함께 명성을 얻었다. 지금은 벌교 하면 꼬막요리집이 오십여 업소가 넘는단다. 이 층 전시실에는 1943년 선암사 대처승의 4남 4녀 중 막내아들로 태어난 '조정래 작가'는 어려서 이곳 벌교로 이사를 와서 살았다. 16,500여 장의 집필 원고와 집필 당시 입고 있던 각종 유류품 등 작품 관련 자료 719점이 전시되어 있다. 눈에 띄는 건 86세의 할아버지, 54세, 41세, 50세, 38세 되신 분들이 손수 쓴 소설의 필사본이 가지런히 전시되어 있었다. 4층까지 해설사의 안내를 받았다. 계속되는 해설사의 해설 중 일제강점기에 핍박받은 '태백산맥' 관련된 일본인의 이야기 도중 공인된 해설가로서 일본 '놈'하는 지나친 어원은 다소 민망스런 장면이었다.

문학관과 함께 벌교 읍내에는 현부자 집과 제각(祭閣), 소화의 집, 홍교, 금융조합, 남도여관(현재 보성여관), 김범우의 집, 벌교 포구의 소화다리(부용교), 중도방죽, 철교 다리, 등 소설 속 무대를 그대로 꾸민 문학의 거리가 조성되어 있다. 문학관 앞으로 현 부자네 집과 소화의 집을 직접 찾아 나선다. 현 부자네 집은 소설 첫머리에 등장하는 장소의 배경이 되는 곳으로 한옥과 일본방식이 섞인 건축물이다. 모두 일본 자재로 지었다는 5칸 겹집에 한식집과 일본방식이 혼합된 건물이다. 건물 양쪽에는 온돌 구들방이며 건물 중앙에는 널따란 일본식 대청이 자리하고 있다. 습기를 방지하려는 일본식 건물은 건물 전체가 50㎝ 정도가 떠 있어 공기가 유통되게 되어 있다. 중앙입구는 일본전용 출 구식 구조가 눈에 띈다. 대문 출입구 이 층에는 망루처럼 전면이 유리창이 달려 그때 당시 농경사회의 소작인을 관망하는 처소로 쓰였다고 한다. 돌아나오는 길에 소작인이며 핍박에 눌려 살아온 소화의 집 구조를 들르니 어렵고 힘들게 살아온 우리네 살림살이가 그대로 여 보인다. 소화는 소설 속의 무당이면서, 정하섭이라는 인물에게 정을 주는 여인이다. 소화의 집은 소설에 묘사된 그대로 소박하고 순수한 풍경이 눈에 들어온다.

점심시간이 다 돼가는 시간 우리 일행은 사전에 예약된 문학관 앞에 있는 꼬막 정식 집으로 안내를 받는다. 직업의식일까? 한사코 천정에 노출로 시공된 전기시설로 눈이 간다. 조금만 신경 써서 관광지 면모를 생각해 깔끔하지 못함을 느낀다. 사전에 준비된 밥상에는 꼬막 전이며 삶은 꼬막 그리고 꼬막 무침이 나왔었다. 언제부터 이렇게 꼬막 음식이 고급 음식이 되어 버렸을까? 남자 주인이 한사코 꼬막 하나에 580원이 단가라며 몸에는 좋다며 자랑을 늘어놓는다. 잔칫상이나 재사 상이며 행사 때는 빠지지 않은 꼬막! '태백산맥' "조정래 문학관은" 이제는 꼬막까지 귀한 몸값이 되어 버렸다. 점심 후 우리 일행이 이동한 곳은 꼬막 거리와 식당가를 지나면 근대 문화 거리가 나온다. 그 중심에는 소설 속 많은 일이 벌어졌던 벌교 초등학교가 있다. 소설 속 "남도 여관" 1912년 지어 여관으로 실제 이어져 오던 건물 2004년 등록 문화재 제132호로 지금은 보성 여관으로 이름이 바뀌었고 바로 옆에 벌교초등학교가 자리 잡고 있어 학교 정화법에 묶여 문화재 청에 팔게 되었다 한다. 지금은 2007년 3월 25일부터 시행된 문화유산과 자연환경 자산에 관한 국민신탁 법에 따라 2007년 4월 출범한 문화유산 국민신탁으로 운영되고 있다 한다.

  그 옆 일본식 건물이 보성 여관이다. 소설에서 이곳은 남도 여관으로 등장한다. 현재까지도 보성 여관 명칭 그대로 사용하는 숙박 시설이면서, 벌교와 보성 여관에 대한 역사를 소개하는 전시실, 다양한 차를 판매하는 카페, 4칸으로 나누어진 회의나 문화재 체험장으로 활용되는 전통 일본식 다다미방과 소극장 등이 운영된다. 우리 일행이 잠시 여장도 풀 겸 여관 내를 관람하고 카페(소극장)에 자리한다. 실내 분위기가 멋스럽다. 벽체 한쪽에 몇 편의 시들이 붙어있다. 그중에서도 눈에 띈 시(詩) 내용이 좋아서 안성현 작곡가가 곡을 붙인 박기동 시인이 쓴 시(詩) '부용산' 내용을 옮기자면 '부용산 오리 길에/잔디만 푸르러 푸르러/솔밭 사이사이로/회오리바람 타고/간다는 말/한마디 없이/너는 가고 말았구나./피어나지 못한 채/병든 장미는 시들어 가고/부용 산봉우리에/하늘만 푸르러 푸르러//그리움 강이 되어/이 가슴 맴돌아 흐르고/재를 넘는 석양에/저만치 홀로 섰네/백합 일시 그 향기롭던/너의 꿈은 간데없고/돌아서지 못한 채/나 외로이 예서 있으니/부용산 저 멀리엔/하늘만 푸르러 푸르러.///'

  문학에 열중하는 우리 일행을 본 '보성여관'의 곱게 단장한 주황색 저고리 한복을 입은 해설 안내자가 고운 목소리로 '부용산' 노래를 열창해준다. 더한층 힘 이난 우리 일행은 그곳을 뜰 줄 모르고 있으니 끝내는 보성 녹차 밭 박물관 관람 코스를 바꾸어 이곳에서 다 보지 못한 소설 속에 등장하는 곳을 둘러보기로 했다. 1919년 건립된 벌교 금융 조합으로 일제 식민지 수탈의 대상이 돼 기도한 금융 조합이며 문학의 거리 부용 교, 벌교 철교, 벌교 갈대밭, 관람 지로 남은 한 시간을 둘러보기로 하여 보성 여관을 뒤로하고 읍내로 발길을 옮긴다. 나름대로 가꾸어진 문학의 거리, 물론 평일인 탓일까? 자동차도 함께 통행하여 좀 아쉽다. 또 하나 아쉬운 점이라면 기왕 거리조성을 할 바에는 어지럽게 늘어진 전선을 지중화를 했으면 한 아쉬움이다. 물론 재정 이 뒤따른 문제라지만…! 거리에는 솥 공장, 술도가, 포목상 등 지금은 다른 업종으로 사용되고 있는 소설 속 가게들도 있고, 현대에 들어선 매장들도 거리 풍경에 걸맞은 외형으로 자리한다. 골목 끝에서 벌교여중 방향으로 들어가면 자애 병원까지 이어진 문학 거리를 걸을 수 있다. 주민들이 거주하는 주택가들까지 근대적 풍경을 지닌다. 길 끝에 홍교와 마주한다. 홍교는 뗏목다리라는 뜻으로 벌교라는 지명의 배경이기도 하다. 일제 강점기에 일본에 의해 철거위기에 놓였다가 주민들의 힘으로 지켜낸 다리인 만큼 벌교의 상징이 되고 있다. 홍교를 건너면 개인적으로 가장 마음에 쓰이는 인물인 김범우의 집이란다. 다리 끝에서 왼쪽으로 가야 표지판을 볼 수 있다. 좁은 골목 안 돌담을 따라 오르면 커다란 나무가 보인다. 그곳이 김범우의 집. 설명 판만 온전할 뿐 건물은 황폐하기만 하다. 1931년 건립된 철근 콘크리트 다리로 원래는 부용 교(芙蓉橋) 라는 이름이었지만 그해가 일제 소화 6년이라 언제부터인가 대부분 소화다리로 불린 이 다리의 출생 업(業) 탓인지 여순사건과 한국전쟁 이 남긴 우리 민족의 상처와 아픔을 고스란히 품고 있다. 국군과 인민군이 밀고 밀릴 때마다. 이 다리 위에서 서로 부역자들을 끌어내 총살형을 집행했던 곳이란다. 조정래 작가가 소설 『태백산맥』이 전하는 그 처참함은 우리가 영원히 기억해야 할 민족의 아픔이다. 그 무렵 "소화다리 아래 갯물과 갯바닥에는 시체가 질펀하니 널이었다는데, 아이고 인자 징 혀서 더 못 볼 것 구만 이라우…. 사람 쥑 이는 거 날이 날마다 보자니께 환장 허 것 구만요"라는 대목은 이 다리를 지날 때 기억에 질펀하다.

 냉전을 빌미로 한 독재체제 아래에서 강요된 억압의 사슬, 이를 끌어내기 위해 그토록 희생과 피를 흘려야 했던 어쩌면 민주화를 향한 응집력이 질풍노도처럼 맞붙은 시기, 그 한복판을 가로 지른듯한 태백산맥의 열기가 새삼 느껴진다. 다리 밑을 지나는 강물은 그때를 기억이라도 하라는 듯 흙탕물이 되어 흐르고 그물은 어쩜 그때의 핏물이 섞여 흐르는 듯 불그스레하다. 은빛 갈대가 바람에 출렁 일 때는 그때의 한탄을 흐느낀 듯싶다. 계절의 감각을 놓쳐버린 한 없이 펼쳐진 냇물과 갈대가 어우러진 천변을 따라 내려간다. 가는 곳마다 꼬막 정식 집이 눈에 많이 띈다. 한 시간 가까운 시간을 소설 속의 무대를 나름대로 엮어가며 지금은 강진에서 순천으로 연결되는 자동차 전용 새 도로가 놓인 교량까지 걸어가니 옛 자취가 사라진 아쉬움을 뒤로 하고 우리는 관광버스에 탑승한다. 벌교를 뒤로하고 광주로 돌아오는 길을 택한 시간 15시였다. 저마다 오전에 차내에서 못다 한 임무를 진행하며 한 시간 정도 걸려 아침 출발했던 장소였던 학생 문학 회관 앞에서 우리는 서로 헤어져야 하는 아쉬움의 인사를 나누며 문학 탐방을 무사히 끝내고 각자 집으로 헤어진다.

2014년 09월 24일 문학 기행을 마치고 기(記)

신안 증도의 추억
(등단작)

    나는 증도의 섬을 생각하면 생각나는 것이 있다. 『밴댕이 회 쌈』이다. 그러니까 지금이야 신안군 증도가 육지로 연결 된 섬 아닌 섬으로 누구나 쉽게 찾아 증도의 갯벌체험이며 증 도에 세워진 휴양지를 즐기고 올 수가 있다. 지금부터 20여 년 전에는 광주에 사는 나로서는 무안 해제에서 지도를 건네 는 도선을 하고 또한 지도 면에 도착하면 소재지에서 가까운 송도 항 에서 배를 타고 30~40여 분 배를 탔다. 증도의 선착 장에 내려 간척지로 생긴 광활한 염전과 농지가 조화 있게 펼 쳐져 있으며 넓디넓은 염전을 끼고 울퉁불퉁 비포장 길을 30여 분 달려 현재의 증도의 생태공원을 지나 우전 해수욕장 과 엘도라도 리조트(그때는 없었음) 앞을 지난다. 자동차로 5분여 달리면 아직도 비포장 농로 끝 바다와 인접한 곳이다. 조그마한 부두에서 광주에 지방신문 국장으로 재직하는 조 국장의 인솔로 증도 지인의 초청으로 바다 낚시차 함께한 그 곳의 기억이 생생하다.

그때가 6월이 끝나는 그날따라 잘근 비가 오는 그때의 기억이다. 준비해간 낚시야 명분에 불과했으나 사전에 약속된 그곳 어민이 갓 잡아 온 "밴댕이" 그 어류는 성질이 급한 어류로 그물에 걸려 나오면 곧바로 죽어버린단다. 어릴 적에 멸치젓갈 속에서 종종 보았을 뿐 살아있는 고기를 보기도 처음이다. 횟감으로 먹기 위해 그곳 한가한 해변 어귀에서 바닷물 속에 비늘을 벗기여야 잘 벗겨지는 것도 처음 알게 된 사실이다. 성질이 급해 오로지 현지에서만이 회로 먹을 수 있다 하여 그곳 섬에서 외지로 시집간 아줌마도 돌아온단다. 밴댕이 철에 밴댕이 생각에 친정을 왔다는 친정 찾은 젊은 아줌마와 함께 그곳에서 신나게 깻잎에 회를 싸 먹었던 기억이다.

썩어도 준치보다 맛이 있다는 오뉴월에 별미다. 그때를 회상하며 음식 전문가 윤덕노 씨의 음식 이야기를 옮겨 보기로 한다. "밴댕이 소갈딱지"는 속이 좁고 너그럽지 못한 사람을 흉보는 말이다. 밴댕이는 성질이 급해서 그물에 걸리면 스트레스를 이기지 못해서 파르르 떨다가 육지에 닿기도 전에 죽는데 이 때문에 생긴 속담이다. '오뉴월 밴댕이'는 변변치 못하지만, 때를 잘 만날 경우를 빗대는 말이다. 작고 볼품없는 생선이지만 음력 5~6월이 제철이라는 뜻에서 생긴 비유한 말이다. 옛날에는 밴댕이를 젓갈로 담그거나 바닷가에 가야만 맛볼 수 있었지만, 요즘은 그다지 어렵지 않게 먹을 수 있다. 특히 밴댕이를 양배추 잎이나 깻잎, 거기에 초고추장과 함께 빨갛게 무친 회무침을 많이 먹는데 양력 7월이 밴댕이를 즐길 수 있는 마지막 시기란다.

광해군 때 시인(詩人)이 응해가 오뉴월 밴댕이 맛에 반해 옥담 시집(玉潭 詩集)에다 이렇게 시(詩) 한 수를 남겼다. 『계절이 단오절에 이르니 /어선이 바닷가에 가득하다/ 밴댕이 어시장에 잔뜩 나오니/ 은빛 모습 마을을 뒤 어 폈다/상추쌈에 먹으면 맛이 으뜸이고 /보리밥에 먹어도 맛이 달다 /시골 농가에 이것이 없으면 /생선 맛 아는 사람 몇이나 될까?』하고 보면 밴댕이는 보통 생선이 아니다. 밴댕이 소갈딱지라는 불명예스러운 속담으로 기억되지만, 예전에는 맛있는 생선으로 명성이 높았다. 썩어도 준치라는 말을 남긴 준치보다도 더 맛있는 물고기로 대접받았을 정도이다. 밴댕이는 탕과 구이도 맛이 있지만, 회를 치면 시어(鰣魚)보다 낫다며 젓갈로 담갔다가 겨울에 식초를 쳐서 먹어도 일품이라고 증보산림경제(增補 山林 經濟)는 적었다. 시어(鰣魚)는 보통 우리나라에서는 보통 준치, 또는 웅어를 뜻하는 단어이고 옛날 중국에서는 팔진미의 하나로 꼽았던 생선이다.

1592년 을미(乙未)년 5월 21일 자 난중일기(亂中日記) 기록에 충무공 이순신(李舜臣) 장군이 임진왜란 전쟁 중에도 고향 집에 불이 났다는 소식을 듣고 어머니 안부를 몰라 답답해하다가 밴댕이젓과 전복, 어란 몇 점을 챙겨 어머니께 보냈다고 적고 있다. 진미로 꼽히는 밴댕이였으니 조선 시대에는 임금께 올리는 진상품이었다. 그 무렵 경기도 안산에는 밴댕이를 관리하는 관청인 소어소(蘇魚所)까지 설치했을 정도란다.

서어(小魚)는 밴댕이의 한자 이름으로 예전에 안산 앞바다에서 잡힌 밴댕이가 지금은 개발로 없어진 사리 포구로 들어와 한양으로 유통되었다고 한다. 옛날에는 더위 때문에 신선도를 유지하기 위하여 겨울에 캐낸 얼음을 동방고, 서빙고, 에 보관했다가 여름에 꺼내 썼다. 조선 시대에도 밴댕이는 요즘처럼 여름이면 얼음을 채워 신선도를 유지했다. 궁궐의 음식재료 공급을 담당하는 관청인 사옹원(司饔院)에서도 오뉴월 밴댕이만큼은 귀한 얼음으로 신선도를 유지했을 정도로 특별대우를 했다. 해마다 오뉴월이 되면 서울에서야 각지의 진품을 교통의 발달로 가장 질 좋은 것을 돈만 있으면 맛볼 수 있지만 그래도 싱싱함이 묻어나는 밴댕이회는 인천이나 강화군 화엄 포, 후포항 서산, 이지만 전라도 근처 하면 증도에서 잡히는 초여름의 진미의 특산품이 머릿속을 지울 수가 없다.

2012년 07월 21일(陰) 6월 21일 기(記)

해저 유물 섬에서 본 초분(草墳)

나는 증도의 섬을 생각하면 생각나는 것이 있다. 육지에서 볼 수 없고 말로만 듣던 『초분』이다. 그러니까 지금이야 신안군 증도가 육지로 연결된 섬 아닌 섬으로 누구나 쉽게 찾아 증도의 갯벌체험이며 증도에 세워진 휴양지를 즐기고 올 수가 있다. 지금부터 30년 전에는 광주에 사는 나로서는 무안 해제에서 지도를 건네는 도선을 하고 또한 지도 면에 소재지에서 가까운 송도 선착장에서 승용차를 싣고 증도로 가는 배에 승선한 시간은 10시가 조금 지난 시간이다. 이날따라 섬지방에는 안개가 바다 위에 끼어있다. 어제부터 나린 비가 가끔씩 햇빛이 보이는 것이 곳 개일 증조다, 광주에서부터 내차를 타고 함께 간 그곳이 고향이라는 분이 사전에 연락을 한 것인지 배를 타는 곳에서 40대의 젊은 사람을 소개를 시킨다. 송도 항에서 배를 타고 30~40여 분 배를 탔다. 증도의 선착장에 내려 간척지로 생긴 광활한 염전과 농지가 조화 있게 펼쳐져 있으며 넓디넓은 염전을 끼고 울퉁불퉁 비포장길을 30여 분 달려 현재의 증도의 생태공원을 지났다. 우전 해수욕장과 엘도라도 리조트(그때는 없었음) 앞을 지난다. 자동차로 5분여 달리면 아직도 비포장 농로 끝 조그마한 어선이 드나드는 선착장이다.

그곳에다 주차를 하고 크고 작은 바위들이 널려있는 바닷가로 낚시가방을 메고 갔다. 마침 바닷물이 들고 있었다. 가끔씩 내린 비가 방해가 되었지만 모처럼의 바다낚시에 두세 마리에 크지 않은 돔과 잡어 몇 마리를 잡았다. 한 시간 정도 흘렀을까 어선 한 척이 들어온다. 송도항에서 함께 승선한 분이 부둣가에 그 배가 닿는 곳에 가더니 우리를 부른다. 그리고는 빨리 그곳으로 오라는 것이다. 알고 보니 이철에 가장 맛을 내는 밴댕이회를 먹자는 것이다. 우리는 폈던 낚시를 거두고 차량이 있던 부둣가로 갔다. 은빛 비늘을 뒤집어쓴 밴댕이를 어부들이 주로 쓰는 플라스틱 상자에 담아 왔다. 난생처음 먹는 회를 된장과 초고추장, 상추에 싸 먹는 맛은 별미 중의 별미였다. 차를 운전한 나는 술을 마실 수가 없어 아쉬웠지만 모두가 점심을 대신해서 사가지고 간 김밥 몇 줄에 점심을 대용했다.

오후 2시쯤 되는 시간에 우리를 안내한 곳은 여기까지 오셨으니 보물섬 낙조 전망대를 가자는 것이다. 비포장길을 따라 15분 정도 달리니 잠시 포장길이 나오면서 허허로운 산모퉁이를 돌아 그곳 역시 넓은 바다가 확 트이는 산자락에 정각처럼 우뚝 서있는 건물이 있었다. 이곳은 해가지면 낙조의 노을

이 장관이지만 몇 년 전 뉴스거리가 풍성했던 신안해저유물 "보물섬 낙조 전망대"라고 일러주었다. 신안해저유물은 1975년 5월 전라남도 신안군 증도면 방축리 앞바다에서 고기를 잡던 한 어부의 그물에 옛날 도자기 몇 점이 올라왔다. 그후 계속 몇 차례에 걸쳐 이 사람 저 사람 어부들이 간간이 그릇을 건져 올렸다. 처음에는 어느 것이나 조개와 굴 껍데기가 붙어 있어서 별 볼품이 없어 보였기 때문에 어부들은 "옛날 사람들이 바다에 빠져 익사하거나 어선이 좌초하여 어부가 수장(水葬)되면 죽은 이를 위해 저승길의 밥그릇"이라며 던져진 것으로 오해했다. 그러던 중에 어떻게 알았는지 1976년 전후해서 몇몇 전문 도굴꾼들이 몰래 잠수부를 동원해 불법으로 도자기를 인양하기 시작했다. 이들은 전문가들이라 이곳 바닷속 보물이 700여 년 전의 원나라의 그릇이라는 것을 알고 서울 인사동에 밀매하기도 하고, 어떤 때는 일본 관광객에게 팔기도 했다. 심지어 일본에 사람을 보내 대량 밀반출할 것을 모의하기도 했다. 그러나 꼬리가 길면 잡히는 법. 인사동에서 원(元) 대의 청자가 밀매된다는 첩보를 받은 경찰이 내사에 들어가고 밀매업자와 도굴꾼(잠수부)을 검거하기에 이르렀다. 신안 해저에 중국 원나라 무역선이 가라앉아 갯벌 속에서 보물들이 700년씩이나 잠자고 있다고는 상상도 못했던 우리나라 문화재 역사상 대형 사건이 일어난 것이다. 이 밀매 도굴꾼 검거로 문화재청에서는 긴급히 "신안해저유물 발굴조사단"을 설치하고 1976년 10월 26일 정식으로 유물 발굴 인양에 들어갔다. 그때부터 1984년까지 약 9년여에 걸쳐 대규모 해저 발굴을 했다. 우리나라 문화재 유물 발굴 사상 최초이고 전문가가 하나도 없는 무지한 상태에서 국가적 역량을 총동원한 대단한 사업이 시작되어 정부에서 관련자들이 오면 직접 바다를 보며 안내 설명을 하는 곳이란다.

또 하나 그곳에 보물 청자를 건져 올린 기념탑을 구경 하고 나서 바로 산 옆 근처를 란(蘭)이나 캐 보겠다고 헤매다가 마주친 토속 장례문화인 초분(草墳)이다. 초분 장을 초빈(初殯)·가빈(家殯)·초장(草葬)이라고도 한다. 입관 후 출상한 뒤 관을 땅이나 평상 위에 놓고 이엉으로 덮어서 1~3년 동안 그대로 둔다. 해마다 명절이나 기일에는 그 앞에서 간단한 제사를 지낸다. 초 분의 이엉은 해마다 새것으로 바꿔준다. 초 분에 모신 시신은 탈골(脫骨) 되고 나면 뼈만 간추려 일반 장례 법과 동일하게 묘에 이장한다. 초분 장을 하는 경우는 호상일 경우에 많이 행하며 임신 중인 부인이 죽었을 때도 반드시 초 분으로 한다. 난생처음 눈앞에 펼쳐진 초가 움막 요즘은 찾아보기도 힘든 주로 남해, 섬 지방에서 내려오는 풍습으로 죽음을 받아들이는 하나의 의식이다. 그의 뜻은 사람이 죽으면 시신을 바로 매장하지 않고 산속이나 평탄한 장소를 잡아 바닥에 돌이나 굵은 나무를 깔고 그 위에 시신(屍身)을 넣은 관을 안치한다. 초가지붕을 엮듯이 이엉과 용마름으로 덮은 임시 무덤으로 기일 날에는 망자의 혼을 달래듯 제사를 지내고 지붕 이엉도 새로 갈고 하여 사자(死者)에 대한 예의를 갖춘단다.

초 분에 모신 시신이 자연과 해풍에 탈골(奪骨) 된 것을 확인되면 관을 해체하여 뼈만 추려서 일반 장례풍습으로 매장을 다시 한다. 이장하는 시기는 대개 2월 영등할머니가 오는 달을 택한다. 이런 풍습은 최종적으로 죽음을 확인하는 하나의 과정이며 고인의 뼈를 깨끗이 씻어 묻음으로써 고인이 다시 환생하여 사람으로 태어난다는 의미가 담겨 있다고 한다. 우리를 안내해준 그곳 주민이 들려주는 예기는 나에게도 처음이자 마지막 대면한 우리의 토속 장례 문화를 느껴본 것이다. 세월의 흐름에 따라 국토의 1.2%가 산야를 차지해가는 장례문화의 규제 론이 대두되어 개선책과 유교문화가 희석되어 조상숭배 사상도 허물어져가고 시대의 흐름이 달라지니 납골묘나, 가족묘나 수목 장으로 달라져가는 장례문화는 잊지 못할 증도에 추억이 절여오며 아슴아슴 가슴 깊이 저려온다.

1989년 07월 21일(음) 6월 21일 기(記)

4. 여행기

유럽 여행기

DATA : 1993년06월23일 ~ 1993년06월30일(10박11일)
PLACE : 유럽 6개국
(이태리: 로마/스위스: 샤모니.제너바/프랑스:파리.에펠탑.
/영국: 옥스퍼드대학. 런던 /네델란드 /독일: 프랑크푸르트)
TOUR NAME : 영국 옥스퍼드대학 연수 및 유럽 6개국여행
주　　관 : 全南大學校 산업대학원 제5기 (원 우회)
주　　최 : (주)낙타항공 (대표 채송기씨 제5기 원생)
인　　원 : 旅行社 안내자 포함 16명
경　　비 : 2,280,000원/1인당 (여권수속비 : 50,000별도)

1993년 6월 23일 水曜日 맑음 [여행 첫째 날]

　오늘부터 장마가 있다는 기상 예보에 장마를 예고라도 하려
는 듯 초여름 날씨가 무척 후덥지근함이 조금은 짜증스럽게
한다. 사람이 살아가면서 해외여행을 가는 기회가 뜻대로 주
어지는 것이 아니기에 시기적으로 사업의 부진함도 있지만,
선택해야 했다. 무엇보다 결혼하여 밤낮으로 고생만 하는 아
내에게 조금이라도 보답과 위안이라는 차원에서 시간을 짜

맞추어 가기로 했다. 마침 장모님께 애들 학교 문제도 있어 조심스럽게 말씀을 드리니 흔쾌히 승낙하신 것이다. 이번 여행의 총무를 담당한 채송기 대학원 총무에게 여행비를 송금시키고 여행안내를 받고 나니 나 자신도 설레 임이 앞선다. 제주도 여행과 국내 여행은 여러 차례 기회를 얻었지만, 해외여행은 나로서는 처음이기 때문에 더욱 그렇다. 드디어 출발의 날짜가 다가와 여행이라는 설렘 속에 아침밥을 먹는 둥 마는 둥 예정된 시간에 맞추기 위해 준비를 했다. 9시 20분 김포공항 비행기를 타기 위해 집에서 일찍 출발하니 광주 공항에 아침 7시 20분에 도착을 하였다. 전남대학원 산업대학 교학처장과 서무과장님이 공항에 도착하셨다. 40분이 되어서야 여행을 참여할 원생 전원이 부부 동반하여 한자리에 모였다. 그런데 이 여행을 주관해야 할 회장단이 보이지를 않는다. 잠시 후의 분위기는 학교 측이야 당연히 전송차 나왔다고 하지만 낙타 항공(광주시 동구 금남로 4가 81-2) 대표이자 원생의 부총무이고 여행사를 위임받았다는 채송기 씨마저도 여행에 동참하지 않는 것을 알았을 때는 무척 심산하고 거부감마저도 일어났다.

작금의 사유는 생략…. 6월 28일 08：19분경 낙타 항공의 안내자인 문은경 양이 소개되었다. 미스 문양의 주선과 안내로 광주공항 1층 계산대에서 여행 가방이 점검되고 탁송시켰다. 탑승장이 있는 2층에 탑승 절차를 마치고 서울행 비행기에 탑승했고 우리를 태운 국내선 대한항공 KE- 312는 09 : 20분경 김포공항 국내선에 착륙하였다. 트랩을 내리기가 바쁘게 공항버스에 몸을 실은 우리는 국제선 제2청사로 이동하여 다음 출발지를 위해 대기실에 대기했다. 대기하는 국제선 제2청사는 벌써 이국땅에나 온 것처럼 서로 피부가 다르고 복장이 특이한 이색민족이 많이 앉아있어 색다른 감회를 실감케 했다. 우리가 유럽행 비행기를 타기엔 다소 많은 시간이 남아있어 여행 중의 경비와 여행문제 등을 숙의하였다. 잠시 공항면세점에서 쇼핑도 하고 대기하는 시간은 지루하지 않았다. 13:30 분발 대한 항공점보 여객기 KE- 915편에 몸을 실은 것은 13시가 조금 지나서였다. 300여 석 되어 보이는 좌석을 가득 메운 여객기는 예정된 시간대로 이륙했다. 나에게 장거리비행기를 탄 경험을 내세운다면 1972년 3월 파월하여 귀국할 때 환자의 몸으로 후송이라는 불명예를 안고 귀국할 때였다. 베트남에서 필리핀 클라크 미군공군기지에 비행시간 8시간 중 필리핀에서 일박하고 다섯 시간 만에 우리의 조국 대구 동촌 비행장에 후송되었든 일이다. 그리고는 몇 차례 국내선 탑승경험이 전부라고 할 수 있다. 2~30분이 지났을까 비행기 안내판 멀티비전엔 비행고도 일만 미터에 시속 800~1,000㎞ 속력을 알렸다. 우리나라 동해안 속초 상공을 빠져나가는 것이었다. 지금 고도를 나는 비행기는 창밖엔 멀리 흰 구름만 가려 있을 뿐 일본의 오사카~샷 보루 상공을 지나 시베리아 상공을 걸쳐 나른다고 한다. 현지시각 19 : 20분 한국시각 6월 24일 02 : 20분경 스위스의 취리히 공항에 잠시 착륙(着陸)을 하는 것이었다.

비행기가 스위스 여행객을 내려주고 점검을 하는 한 시간 동안 우리 일행은 공항 구내매점에서 시계의 고향다운 갖가지 시계와 진열품을 구경하였다. 한 시간 후 다시 비행기에 탑승했을 때 우리 일행처럼 잠시 내렸다 탑승해야 할 한국인 4명이 탑승을 하지 않아 파악하고 점검하느라 비행기는 30분이 늦은 21시가 되어서야 우리의 기착지인 로마를 향해 이륙하였다. 어둠이 짙어 버린 23 : 00시에 로마 공항에 내린 우리는 현지안내자가 타고 온 이탈리아 버스에 짐과 몸을 싣고 어둠 속을 드문드문 밝혀주는 가로등 불빛을 따라 이동했다. 불빛이 환한 시가지로 질주하더니 10여 층 되어 보이는 호텔로 안내되었다. 잠시 후 일층 로비에 기다리는 동안 줄리 호텔 444호 실의 카드 키를 건 내받고 444호실로 찾아갔을 때는 우리의 짐이 벌써 도착하여 있었다. 모든 것이 새롭기만 하고 신기한 유럽식 호텔에는 일인용 침대 두 개가 하얀 카바를 뒤집어쓴 채 잘 정돈되어있었다. 될 수 있는 대로 시외통화와 실내 냉장고 제품이용은 3~4배의 돈을 내야 한다고 알

려 주었다. 우리는 피로한 온몸을 샤워로 대신하고 14시간의 장거리 시달림이 곤한 잠자리는 얼마 후 왁자지껄 떠드는 소리에 깨어났다. 자동차 소음 소리에 눈을 떴을 때는 서서히 여명이 밝아오는 새벽 시간이었다. 베란다 창문밖에는 밤을 지새우고 떠나려는 관광객이 서성이고 호텔 손님을 받기 위한 노란색 영업용 자동차에 몇 명의 택시기사들의 떠드는 소리가 아침을 맞으며 요란스럽다.

1993년 6월 24일 목요일 비/흐림 (여행 둘째 날)

차차 밝아져 오는 창밖 베란다에 나가 준비해온 망원경으로 내려다보아도 선명치 않은 엷은 안개 낀 아침의 전경뿐이다. 로마 현지시각 08시간이 조금 넘어 호텔 지하에 있는 식당에서 우리의 아침 식사가 시작된 것이다. 서양식사에 서투르기만 하는 우린 자꾸만 옆 사람들의 눈치를 살펴 무엇이 입에 맞는지조차도 생각 못 하고 버터 치즈를 발라 먹고 있었다. 유난히도 시끄럽게 떠드는 한국인들의 소란은 무안한 시선을 느끼게 하며 후식으로 열대과일과 커피를 마시는 뷔페 식사였다. 잠시 휴식시간 일층 입구에 있는 호텔매점 모든 것이 값이 엄청나게 비싼 것을 느낀다. 1,000리라에 한화 600원 정도인 이탈리아 화폐와 원화를 절약하는 마음으로 사는 것을 미루고 호텔 주위를 구경삼아 나갔다. 때는 언제 내렸냐는 듯 내린 비가 그치고 있었다. 열대성 스콜이라는 기후인 듯싶다. 비가 내린 탓인지 조금 전보다 맑고 선명한 하늘을 보면서 우리 일행은 09시경 호텔 앞에 대기 중인 관광버스에 탑승했다. 현지안내자의 점검에 맞추어 관광버스는 시내를 여유롭게 빠져나가고 있었다. 자신이 한국인 유학생 신분에 아르바이트 하는 박원규라고 소개하는 안내자는 boonjoolra(본쥬라: 아침 식사)를 현지 말로 시작한 안내자는 특별나게 유머 하지는 못했다. 그러나 이탈리아의 유적과 사적 그리고 고대이집트 문화의 발상지인 로마에 대해서 줄줄이 외우는 듯 설명해 주었다. 이곳 Vatican city에 대해서는 교황을 포함 2,000여 명이 살고 있으며 교황이 대통령이고 대통령이 곧 265대 교황인 분이며 한국에도 얼마 전 방문한 적이 있는 유일하게도 이탈리아사람이 아닌 폴란드 출신이라고 소개한다.

고궁에 궁전 같은 건물이 로마 시내의 중심가에 있는 Vatican 박물관에 입장한 것은 09 : 45분경이다. 역사책에서나 배웠고 들어왔든 고대 역사의 현장들, 직접 눈으로 보고 듣는 설명엔 꿈속에 헤매는 듯했다. 중세기 천지창조를 했다는 미켈란젤로의 화상(畵像)과 전 세계 추기경이 모여 교황을 선출한다는 회담 장소와 4년 5개월에 걸쳐 그렸다는 아담의 창조는 저렇게 높은 천장 화폭에 담아있다. 지금까지 전해오는 모든 것이 상상을 초월한 웅장하고 표현마저 할 수 없는 거대한 수많은 조각상과 약 6,000여 명을 수용한다고 한다. 우리의 건축 35층과 맞먹는다는 이 베를린 성당은 120여 년의 역사 속에서 만들어졌다 한다. 그렇게도 크고 높은 건물이 철근도 쓰지 않고 오직 대리석을 깎아 석조물로 만들어졌다 한다. 그의 크기는 사방 186m에 높이는 36m로 서기 1,506년에 시작하여 120여 년 동안 만든 건물이란다. 수천 년이 지난 지금까지 전해 내려오고 있는 광경은 눈으로 확인하지 않으면 이해가 가지 않는 뛰어난 예술 작품이었다. 보다 구체적으로 구경한 다면 일주일이 걸린다는 박물관과 성당의 관람은 다소는 아 쉬움이 남는다. 그 많은 유적물이 관광객이 만지고 망가뜨리 지 못하도록 대책을 했다면 하는 생각이 머리를 스친다. 13 : 00시가 넘어 점심을 먹기 위해 Vatican 박물관에서 그리 멀 지 않는 시내 어느 중국집 식당으로 안내되었다. 중국식의 점 심은 동양식이었던 탓인지 아니면 밥이 곁들인 한국인체질 탓인지 우리 일행은 맛있게 잘 먹어치웠다. 15 : 30분 애천 분수를 찾아 시내로 향하는 전경들은 한결같이 건물과 건물 의 공백이 보이지 않는 거의 모두가 5~6층 건물이다. 1층에 는 주로 상가요 2층 이상은 주거 주택이라는 그것 정부에서 지어 관리해주고 주민은 살기만 한다고 한다.

옛것을 그대로 간직한 이 건물들은 관광의 대상이 되게 하 는 이곳 이탈리아의 로마시가지의 거리를 둘러보아도 우리나 라의 거미줄처럼 연결된 전화선, 그리고 전기배전 선로는 보 이질 않는다. 우뚝 솟은 가로등 주 아니면 건물과 건물 사이 에 보조선을 쳐놓고 그 중심에 가로등이 매달려 있는 전경 이 그곳 유럽의 좁은 가로(街路)의 활용이라고 할까? 좁은 공간을 효과 있게 활용하는 방법인 모양이다. 물론 배전용 변압기가 설치된 것조차 눈에 보이질 않으니 시내의 한곳에 자리한 애천 분수대 앞에 철철 흐르는 맑은 물을 관전하고 사진촬영도 하고 안내자의 소개를 받고 16 : 25분경에 그리스의 고대 원형 경기장에 안내되었다. 그곳을 들렀을 때는 지하 1층 지상 3층의 지붕은 간곳없고 경기장 형체만 남겨진 대형 원형경기장은 서기 80년대 지은 건물이다. 고대 로마의 원형 경기장 콜로세움(Colosseum) 원형 경기장은 고대 로마 시대의 건축물의 하나로 로마제국 시대에 만들어진 원형 경기장이다. 콜로세움(Colosseum)이라는 이름은 근처에 있었던 네로 황제의 거상(巨像)에서 유래되었다고 한다. 이 거대한 원형 극장은 4층으로 되어있었다고 한다. 1층의 높이는 10.5m의 도리아식 반원주며 2층은 높이 11.85m의 이오니아식 기둥, 3층은 11.6m의 코린트식 기둥으로 되어있다. 타원형 평면의 장축과 단축은 각각 188m와 156m, 둘레가 527m라고 한다. 그동안 전쟁을 당하면서도 성당을 짓기 위한 대리석이 파손되어 지금은 한낱 보잘것없이 부서진 벽체 모형만 남은 고대 그리스의 경기장이다.

17 : 00시가 넘어서 기독교 성지인 까따꼼빼를 방문한다. 지하 20m 속에 자리한 기독교 성지의지하속 묘지 사방팔방으로 요새의 굴처럼 뚫려있었다. 시신을 지하에 안장했다는 토굴이 더더욱 신기한 것은 세월이 흐르는 오늘날까지 그곳

땅속 토굴이 허물어지지도 않고 습기가 차지도 않은 것은 석회암층의 단단한 토층 때문이라고 설명한다. 까따꼼베는 900㎢가 넘는 아주 넓은 곳이고 그중, 극히 일부를 개방하며 기독교 박해 시대에 중요한 피신처 역할을 했는데 이는 묘지에 아무나 출입할 수 없게 한 로마법을 이용한 것이었다고 한다. 그 굴속에서 숭상하고 생활하고 끝내 그 땅속에 시신까지 안치된 잔해를 볼 수가 있었다. 19 : 00경 우리는 까따꼼빼에서 그리 멀지 않은 시내에 자리한 KOREA HOUSE (한국의 집)에서 한식 김치찌개로 저녁을 마치고 어젯밤 여장을 풀었던 줄리 호텔로 안내되었다. 나의 숙소 444호에 들어가 샤워를 끝내기가 바쁘게 피곤함에 젖어 잠자리로 떨어져 버린 둘째 날의 일정은 오늘 하루가 즐거웠든 여행일정을 돌이켜 생각하지도 못한 채 그렇게 저물어 갔다.

1993년 6월 25일 금요일 (셋째 날)

어제도 그랬듯이 우리의 기상은 모닝콜의 벨 소리로 시작되었고 패턴과 환경이 익숙지 않은 서구식 호텔의 실내 분위기에 관심을 두고 보아도 새삼스럽기만 하다. 쾌청한 하늘의 창을 보며 오늘의 여행을 위하여서는 분주하게 서둘러야 했기에 7 :25분 경 어제와 같은 식당에서 빵에다 버터를 바르거나 우유나 커피를 그리고 입에 맞지 않은 듯 과일을 많이 먹는다. 아침 식사를 끝내기가 바쁘게 레오나르도다빈치 공항을 향해 버스는 출발했다. 공항에 도착하자 얼마 후 이탈리아 항공기

슈퍼80에 탑승을 마쳤다. 기내 석 약 150여 명 정도 사람을 태운 비행기는 영어와 일어로 안내방송을 하더니 얼마 후 곧바로 우리가 탄 비행기는 이륙했다. 얼마지 나지 않아 육지를 벗어나고 곧바로 해안선이 눈에 들어온다. 희미해진 구름 사이로 얼마를 달렸을까 우뚝 솟은 산이 가까워 보이고 또 어떤 산에는 산봉우리가 온통 하얗게 눈 덮인 설경이 전개되오니 아마 스위스의 영토에 들어온 모양이다. 높은 산과 비행기는 가까워 내려다보았을 때는 나무도 숲도 보이지 않는 빙설로 된 산봉우리가 눈에 들어왔다. 산 중턱 아래로는 푸르게 숲이 보이고 또 바둑판 같은 평야가 보이기도 했다. 군데군데 밀집된 민가를 보면서 10 : 10분경 우리 일행은 스위스의 제네바 공항에 도착한 것은 기내안내방송을 듣고서였다.

트랩을 밟고 내릴 때는 시계의 나라답게 시계광고판이 눈에 띄었고 공항 로비를 빠져나왔을 때는 이곳을 안내해줄 유학생 임 군이 마중 나와 우리 일행을 맞이하고 안내하였다. 역시 공항의 관문은 그 나라의 분위기를 읽을 수 있듯이 이곳에 승객을 기다리는 영업용 택시기사들은 무슨 고급승용차 운전사처럼 말끔히 빼입은 정장에 단정한 모습이 한층 품위를 돋보이게 했다. 우리를 태운 고급관광버스는 공항을 빠져나와 곧바로 시내를 향하고 있었다. 어제의 이탈리아 시내 전경을 달리는 듯 좀 더 여유 있고 부드러운 시내 전경이며 녹색 공간이 우리의 시야를 즐겁게 해주니 여행이 즐겁다. 우리가 탄 관광버스는 스위스의 간단한 역사와 관광 코스를 귀담아 안내자의 설명을 들으며 창밖을 보았을 때는 녹색 공간만 연출되고 농장이 넓게 전개되었다. 우리나라 농부처럼 땀 흘리며 일하는 사람은 보기 드물고 가끔 기계화되어 가꾸는 목초지와 그리고 밭작물이 푸르게 자라고 있다. 또한, 군데군데 소떼들이 무리를 지어 한가롭게 햇빛을 즐기고 있다. 쭉 뻗은 2차선 포장도로를 따라 프랑스의 국경 지에는 별도의 검문 없이 통과하는 것을 보았을 때는 우리나라도 언제나 남과 북을 저렇게 통과하는 통일된 날이 있을는지 하는 생각이 든다. 푸른 초원을 보니 문득, 저 푸른 초원 위에 그림 같은 집을 짓고 사랑하는 우리임과…. 라고 하는 남진 씨 노래의 현장 같기도 한 전경을 마주하면서 1시간 30분 동안 달리는 차는 관광지 샤모니 마을에 도착한 것이다.

12시 30분 주위의 드높은 산의 상봉에 눈 녹은 물이 석회석이 많다는 희뿌연 물은 절벽에서 곤두박질하여 폭포를 이루고 날리더니 곧 커다란 시냇가를 이루고 희뿌옇게 흐르고 있다. 시냇물은 산 아래 골짜기를 끼고 돌아 그곳에 도착했을 때는 일 년을 통틀어 이렇게 좋은 날이 몇 날 없다고 한다. 이곳은 오늘따라 날씨가 무척 좋다며 우리 일행은 대단히 운이 좋다고 안내자는 말하였다. 샤모니 마을 입구에는 우리가 관광할 케이블카를 타는 출발지점이 있고 그 건물 앞에는 우리나라 태극기와 함께 다른 나라 국기가 함께 게양되어 있다. 그 현장을 보았을 때는 대한민국의 이미지가 세계 속에 자리하고 있다고 하는 반가운 생각이 앞선다. 잠시 이동한 건물 속에서 서양식 식사와 과일로 점심이 이어졌다. 점심 후 해발 4,807m나 된다는 몽블랑 산의 관광은 2단계 케이블카와 1단계의 엘리베이터를 타고 3,840m까지의 정상을 갈 수가 있었다. 케이블카에서 내려다본 창밖의 풍경은 쭉쭉 뻗은 푸른 전나무가 사람 손길 한번 가지 않은 자태로 우리를 맞이했다. 깎아지른 듯 바위 절벽은 바라보니 못내 빙설의 절벽이 차가운 창밖의 공기가 살결에 닿으며 오르고 있었다. 이 높은 산은 19세기 '발마'라는 사람이 정복했다고 한다. 그러나 지금은 이렇게 케이블카로 오른 관광객 그리고 먼저 왔던 스키어들이 저 멀리 능선에서 신나게 스키를 타고 내달리는 모습이 장관이다.

건너편 높은 산에 케이블카 시설이 보이는 곳에는 창공 높이 나비처럼 새처럼 나는 엘리베이터를 타고 상봉한 관광객 한참 꿈속에 헤매는 것이 아닌지 생각해본다. 추어진 몸도 시려 내려오는 케이블카에 몸을 싣고 출발지인 샤모니 마을에 내려왔을 때 우리 일행 중 '강숙자' 여사가 그만 약한 심장 탓으로 큰일 날뻔한 일이 있었다. 그러나 우리 안내자의 재빠른 부축을 받아 다행히 응급치료를 받고 우리를 기다리고 있는 것을 보았을 때는 이것이 고국이 아닌 타국에서의 한국어 소리가 통했다는 결과였다. 왔던 길을 되돌아오는 동안 안내자의 여행 설명에는 스위스에 대한 자랑과 설명이 이어졌다. 이

155

곳 스위스는 지하자원이 없는 대신 제1위로는 굴뚝 없는 관광산업과 그리고 토산품으로 주류를 유지하고 있다. 네 개 나라 이상의 국민이 사는 곳에 철저한 교통질서가 대단히 잘 지켜지고 있단다. 우리를 태운 관광버스는 상가가 밀집되어있는 시내 중심상가에 안내되었다. 어제 이탈리아에서 접한 건물 풍경이 재현이나 된 듯 일 층은 상가요 이 층 이상은 주거 주택인 밀집도시의 건물 속에 스위스에서 유명한 시계면세점에 안내되었다. 셀 수도 없는 수많은 각종 시계를 구경하고 살 계획이 없는 우리 부부는 가까운 주위의 현지상가를 구경삼아 돌아 나와 RAMAN (레만) 호수 옆 잔디에서 쇼핑하고 돌아오는 일행을 기다렸다.

이곳 Raman 호수는 세계에서 두 번째 크다는 길이 78km 폭이 10km 깊이가 300m나 되는 호수다. 분수대의 물기둥이 80m 정도 높이 솟은 분수대의 장관 그 호수를 가로지르며 달리는 모터보트에 꼬리를 물고 따르는 윈드서핑 유람객을 태운 유람선 모든 것이 한가롭기 그지없다. 또한, 한여름 햇볕 아래 일광욕을 즐기기 위해서 잔디 위에 누워 있는 낭만이 깃든 서구풍의 전경이다. 얼마 후 우리 일행이 돌아왔다. 약속된 시간의 버스는 주정차 질서를 지키느라 어느 곳엔가 돌아와 우리를 싣고 Raman 호수에서 그리 멀지 않는 DeberRein(데버레인) 호텔에 안내되었다. 여장을 푼 우리 일행의 저녁은 실내장식이 중국풍을 연출해 놓은 중국식당에 안내되었다.

지금까지 구경도 해보지 않은 깔끔한 식사가 마련되어 있어 서양식에 시달린 우리 일행에 입맛을 돋우어 주었다. 어느 때보다 많은 식사를 하게 되었다. 식사를 끝낸 우리 일행은 저녁 산책 겸 시내를 가로질러 Raman 호수에 접근했다. 그곳 역시 수많은 젊은이가 쌍쌍이 거닐고 있었고 노래하며 떠들고 스스럼없이 연인들이 포옹과 키스를 하는 그런 풍경이었다.

　서구식에 어색한 우리네 일행은 이상하다는 듯 소곤댄다. 저편 한쪽에 간이무대인 듯한 장소에는 이제 막 시작하려는 듯 하나둘씩 모여든 관광객이 무리를 지어 무대 앞 객석에 자리한다. 우리도 한쪽에 끼어 앉을 때는 아코디언 연주 단원이 2~30여 명이 신나게 연주하고 지휘하며 아코디언 야외 음악단인 듯 샹송 같은 연주곡이 끝날 때마다 우리 역시 박수를 보내는 것을 잊지 않았다. 노을이 져가는 호수의 풍경 물고기가 떠돌아 놀고 물오리가 함께 놀지만, 우리나라와 대조적인 것은 누구 하나 그 오리와 물고기를 잡겠다고 낚시하는 사람 하나 구경할 수 없다. 새삼 낚시를 즐기는 내 마음을 산만하게 한다. 마시고 놀고 즐기기 위해서 사는 듯한 착각을 느낀다. 여장을 푼 우리의 호텔로 돌아오는 길은 대체로 도시의 질서의 정연함을 엿볼 수가 있었다. 어제의 이탈리아는 시내를 달리는 소형자동차 일색이더니 이곳 제네바에는 반대현상이다. 고급승용차들이 도로변의 무인 주차 대 앞에 세워진 차량을 보면서 호텔로 돌아오는 오후 10시 서서히 어둠이 깃들어 오는 것이다.

　호텔 방을 배정받은 침실에 돌아온 나는 샤워로 몸을 풀고 침대에서 어슴푸레 잠이 들려는데 문을 두드리는 노크 소리에 나서보니 거나하게 취기가 있는 동료였다. 아마도 진작부터 술자리가 시작된 모양이다. 취기가 있는 임준택 씨, 김재무 씨와 잠시 자리를 같이해주고 주고받는 양주잔을 들이키며 이국땅에서 희비애락의 정을 나눈다. 이런 저런 얘기를 나누며 밤이 늦은 시간에 대강 잠자리 정리를 해주고 나의 호실로 돌아와 잠자리를 청해본다.

1993년 06월 26일 (넷째 날)

DeberRein 호텔의 간밤 새벽 03시까지 사람들의 떠드는 소리 자동차의 엔진 소리 온통 혼잡스런 새벽은 우리의 잠자리를 설치게 했다. 커튼을 밀치고 창밖을 보니 중심가라고 하는 곳 주위는 엊그제 이탈리아의 로마에서나 이곳 유럽에서 흔히 보아온 건물들은 크게 다를 바 없었다. 얼마 후 아침은 호텔 내 식당에서 이루어졌고 한국인 취향에 맞지 않은 서양식 빵과 우유 과일 등 이젠 다소는 익숙해진 서양식에 불편 없이 끼니를 때웠다. 버스가 오는 시간까지는 조금 시간 여유가 있어 이곳 스위스 시내의 거리는 09시 정도 되어야 상가의 문을 연다고 한다. 마침 이제 막 문을 연 듯한 조그마한 가게로 들어서 가게의 상품들을 구경하였다. 마침 진열상품인 우리나라에서 3백 원 정도 하는 가스라이터와 볼펜 몇 자루를 골라 서툰 영어 실력을 구사하며 주머니에 있는 달러를 환산하여 샀다. 서둘러 호텔에 돌아오니 우리 일행이 벌써 버스에 오르고 있었다. 아침시각 8시경 우리를 태운 버스는 안내인의 인원 점검이 끝나기 바쁘게 출발하였다.

버스가 Raman호수의 가까운 장자꾸 동상을 돌아 옛날 영국의 귀족이 살았으나 현재는 제네바시가 인수하여 관리하는 관광지로 유명한 장미공원에 안내되었다. 광주의 도로에 비유한다면 광주~송정 리 간 도로처럼 확 트인 도로변 중앙은 차량분리선으로 양쪽에 분리도로가 삼분되어 있다. 분리선이 한차선 정도의 넓이에 정원과 수목으로 조성되어있는 호수 옆을 평행이 달리는 도로라고 표현해야 옳겠다. 확 열린 철창 대문안으로 넓은 뜰은 온통 오랜 역사를 인정하는 수목이 키를 맞대고 있었다. 뜰엔 온통 새파란 잔디가 넓게 깔려 있었고 뜰 한쪽 연못에 요란스럽게 울어대는 개구리 소리가 들린다. 주둥아리를 날개 품속에 감춘 체 한가롭게 앉아있는 물오리가 한층 자연의 운치를 더해 주는 곳이다. 우리가 다시 오기 힘든 이곳을 오직 한 장의 사진에 담기 위해 서로가 카메라 셔터를 눌러 기념사진 찍는다. 짜여진 일정 어쩔 수 없는 시간 속에 다시 버스에 올랐다. 그곳을 빠져나올 때 얼마 안 지나 시내의 가로는 웅장한 고대 로마식 건축이 즐비하게 어울려져 있는 시내를 지났다.

전차정거장이 교문 앞에 있으며 스위스 정부에서 운영하는 유명한 국립제너바대학음악원의 오페라하우스에 대한 설명을 들었다. 스위스 취리히 연방 공과대학(ETH)의 경우, 1990년대부터 일자리 창출과 연구 결과 상업화를 목표로 대학 내 연구 성과를 기반으로 한 소규모 신생기업(Spin-off) 지원을 시작해왔단다. 교정에서 기념사진만 남긴 채 10시경에 출발하는 고속열차를 승차하기 위해 jenerba(제네바)의 꼬나 방역으로 이동하다. 이곳 역은 유럽 국가 어느 곳이라도 연결된다는 그리 크지 않은 역사다. 예매된 열차에 우리 일행을 태워준 이곳 안내자는 이곳에서 작별을 고했다. 시속 260km로 달리는 파리행 떼제베는 1981년도에 개통된 프랑스의 초고속열차 T, G, B는(Train Grande Bitesst)의 줄임말로 "aoidn 빠른 열차"라는 뜻이 있다. 안전성문제로 상용운행 속도는 320km이지만 그 미만으로 운행 중이며 2007년에는 시속 574.8km를 기록해서 세계에서 제일 빠른 기차로 기네스에 등재되기도 했단다. 고속열차는 레일에 이음 틈새가 없는 것인지 미끄러지듯 달리고 있다. 열차 내의 객석 이래야 한 칸에 약 40여 명 탈 수 있고 우리나라의 새마을호의 열차보다 편치 않은 의자다. 생각보다 호화스럽지 않은 열차다. 오직 차창 밖으로 전개되는 논밭 들 농사 목초지가 전개되며 가끔씩 방목된 소 떼만 무리를 지어 있을 뿐 민가를 지나도 들녘에서 일하는 사람 볼 수 없다. 포장된 도로에는 길 따라 질주하는 차량만 눈에 띌 뿐이다.

얼마를 달렸을까? 그동안 찾아보기도 힘든 전기배전설비가 가끔 눈에 뜨일 뿐이다. 15 : 30분경 초고속 기차여행 객차의 앞자리에는 파리의 귀부인인듯한 갈색 머리의 중년 부인이 이제 막 네 살 정도 되어 보이는 딸애와 육 세 정도로 보이는 사내를 데리고 제네바 역에서부터 동행하더니 재롱부리며 놀아대는 것을 보니 지루함도 잊었다. 우리네 시선도 그곳에 꽂혔다. 모여 웃고 즐기는 가운데 어느덧 프랑스 파리역이 가까워졌나 보다. 광고물 간판이 스위스 제네바에서 본 것과는 딴판이었다. 높이 솟은 아파트 건물이 가끔 눈에 들어왔고 멀리 숲속으로 서구에서나 볼 수 있는 지붕모형의 이층집들이 자연스럽게 펼쳐진다. 기차의 속도가 조금씩 늦추어지는 것을 느낄 때는 13 : 30분 여러 갈래의 열차 레일이 쭉쭉 뻗어 있고 유선형의 머리를 단 초고속 열차가 낮잠이라도 자는 듯 많이 대기하고 있었다. 열차가 멎고 플랫폼에 내려설 때 수화물용 미니 열차가 우리의 짐을 실기 위해 왔었고 역사를 빠져나가자 이곳 파리에서 우리를 안내해줄 미스터 최는 신사답게 정장 차림으로 반갑다는 인사로 우리를 맞이했다. 수많은 인종 시장처럼 느껴지는 파리 역을 빠져나오니 역 앞 건물 옥상에 우리나라 금성사의 골드 스타의 선전용 간판이 친근함을 느낀다. 첫 번째 안내된 곳은 전통 파리식 식사가 준비된 도로변 식당유리창 하나로 도로와 접해있는 시내의 중심가였다.

서툰 한국어를 구사하는 콧수염이 유별난 주인인지 지배인인지 유머러스하게 우리를 대해주는 자칭 김흥국이라며 우리 일행을 맞이한다. 이것도 역시 관광객을 위한 행위구나 하는 것을 느끼며 조금은 별미를 느끼는 음식 맛에 점심을 마쳤다. 우리는 오늘 보조 안내원이 연수차 함께 탄 파리의 유학생이자 부부 화가로 활약한다는 추가안내원 한사람이 더 늘었다. 달리는 버스 속에서 프랑스로 가는 여정에 안내자의 안내를 들어보면 이곳 프랑스는 라틴계에 인구 5,600만 명 면적은 55,100㎢를 지금 달리고 있다. 이 도로는 140여 년 전에 만들어진 보도블록으로 만들어졌고 보도와 차도의 경계 쪽에는 우거진 가로수가 정렬해있다. 스위스나 로마보다 건물이 다소 웅장함이 덧보기는 건물들을 끼고돌아 파리의 대학촌이라고 일컫는 솔로몬대학을 지났다. 북부 프랑스 디종 근처에서 시작하여 파리를 지나 영국 해협으로 흘러가는 센 강을 끼고 남쪽에 있는 룩셈부르크 공원 상 의원국회의사당이 있다. 이곳 파리 시는 세로가 12㎞에 가로가 8㎞ 인구 240만 명이 사는 파리 시내다. 우리의 관광버스는 우리의 여인 성모 마리아란 뜻을 지닌 루이 7세기 때 모리스 쉴 리 주교의 지시로 1,163년부터 1,345년까지 3세기에 걸쳐 지어진 대표적인 고딕양식을 지닌 노트르담 성당을 지났다. 파리 시청 옆 센 강 가운데 놓인 시테 섬에 자리 잡고 파리가 태어난 곳인 노트르담 사원은 12세기에 착공되어 완성되기까지 2백 년이 걸린 고대 로마인들이 제사를 지내던 장소다.

고딕식의 이 건축물은 전면에 남북으로 2개의 탑 모양이 높이 솟아 있는데 그 높이가 69m에 달한다고 했다. 4세기경 가톨릭이 국교로 되면서 성당이 세워졌다. 그리고 그 유명한 샹베리 거리가 있는 높이 50m에 폭이 40m의 개선문이 있는 꽁꼬드 광장은 1757년~1799년(22년간)쟈크 앙쥬 가브리엘의 설계로 신축되어 루이 15세기께 바쳤다. 1799년 프랑스 혁명 당시 단두대가 설치되어 1,300여 명의 목숨을 잃은 역사적인 장소로 말로서 표현하기엔 조금은 힘든 거리다. 고대의 문화와 유적이 생동하는 파리 시내를 구경하였다. 일요일인 내일은 쇼핑 街家(가가) 휴무란다. 그래서 우리 일행은 화장품과 안경이 주로 진열된 쇼핑점에 안내되어 귀국하여 전해줄 선물 구하기에 바쁜 쇼핑시간이 진행되었다. 우리가 쇼핑하기에는 어려움이 없는 것은 안내된 매점마다 우리 한국 유학생들의 아르바이트 안내 학생이 있었기에 대화에 어려움 없이 쉽게 쇼핑할 수 있는 것은 이곳 역시 매한가지였다. 나는 망설임, 끝에 큰맘 먹고 집사람의 선글라스를 은행카드로 사줬더니 마냥 흐뭇해하는 것이었다. 한 시간여 후쯤 쇼핑이 끝난 우리는 한국인이 운영한다는 한인 식당에 안내되었고 오랜만에 한국풍이 다분한 불고기백반에 맛있는 식사로 배불리 저녁을 끝내고 식당에서 20여 분 달리던 버스는 파리의 전통 호텔에 여장을 푼다.

1993년 6월 27일 일요일 (다섯째 날)

어제의 일정이 피로한 탓인지 간밤의 잠자리는 상당히 곤하게 잠을 갔다. 새벽 05시에 일어나보니 날이 밝아오는 창밖 날씨는 간간이 떠 있는 구름 사이로 비라도 뿌릴 것 같다. 아침 시간 샤워를 하고 책상머리에 앉아 사진필름을 보며 어제 하루를 연상하며 여행기를 쓰기 시작한다. 세월이 가면 잃을 것 같아 기억을 더듬기에는 오직 이렇게 메모라도 해두는 것이 유일한 것이었다. 7시가 넘어서 호텔 식당으로 내려가서 서양식 뷔페에 아직은 익숙하지 않은 솜씨로 눈치를 살피며 요령껏 식사하는데 조해근 씨 사모님이 가져온 고추장으로 일행들은 좀 더 한국 맛에 겨운 식사를 했다. 서양 사람들이 이 광경을 봤을 때는 웃기는 장면이기도 했을 것이다. 식사가 끝난 우리 일행은 호텔 로비에 기다리고 있다가 막 도착한 관광버스에 몸을 실어 시내로 접어들었다. 일주일 중 주5일 일하고 토요일과 일요일에는 휴무한다는 이곳 파리 시내 아침 시가지는 퍽 한산함을 느낄 수 있었다. 얼마를 갔을까 한국의 한국관광공사(서경대)가 주재한다는 봄베 가스 빌딩을 끼고 지났다. 이곳은 나폴레옹의 모든 전시품이 전시된 나폴레옹 전쟁 박물관 중앙의 돔 아래에는 실제로 나폴레옹의 관이 묻혀 있으며 박물관에는 역사적인 유품들이 많이 전시되어있단다.

기념관 내에는 정말 정쟁과 관련된 다양한 모형들 실제 전시되어있는 물품, 그리고 전쟁 관련 시뮬레이션을 만들어놓은 모습 등 정말 다양하게 있다. 기념관 앞에서 촬영하고 순금으로 옥탑이 장식된 나폴레옹 무덤이 안치된 건물을 지나 루브르 박물관에 안내되었다. 세계 3대 박물관 중 하나로 손꼽히는 루브르 박물관은 원래는 바이킹의 침입으로부터 파리를 방어하기 위해 세운 요새였다. 이후 16세기 때 르네상스 양식의 궁전으로 새롭게 개조되었고, 이어 많은 왕족이 4세기에 걸쳐 루브르 궁전을 확장하고 개조했다. 초기에는 왕실에서 수집한 각종 미술품을 보관·전시하는 소극적 의미의 미술 전시관이었으나 나폴레옹 1세가 수없이 많은 원정 전쟁을 통해 매입, 약탈한 예술품이 모이고 나폴레옹 3세 때 1852년에 북쪽 갤러리를 완성하면서 오늘날과 비슷한 루브르의 모습을 갖추게 되었다. 그 후 1981년에는 미테랑 대통령의 그랑 루브르(Grand Louvre) 계획으로 전시관이 확장되고 1989년 박물관 앞에 건축가 페이(Ieoh Ming Pei)의 설계로 유리 피라미드가 세워지면서 대변신을 하게 되었다. 대충 훑어보아도 일주일이 걸린다는 이곳 박물관에는 독일 나라와도 바꾸지 않는다는 프랑스를 대표하는 거장들의 그림이 소장되어있단다. 다빈치의 모나리자, 밀레의 만종, 씨 뿌리는 여인들 그리고 수많은 장서 그림들과 유물이 보관전시 되어 있다. 이곳 박물관을 돌아보며 두 시간이 넘도록 관전하니 12 : 10분 점심시간이 되어 중국식 식당으로 안내되었다.

어제 먹은 중국식보다 또 다른 맛을 음미하며 이렇게도 중국식에도 무궁무진 종류가 다양한 맛을 느껴본다. 점심 후 우리는 로마, 영국, 그리고 이곳 파리에만 있다는 obernis(오브리즈) 탑을 관람하였다. 파리 최대의 걸작이며 유일하게 십자가가 없으며 지금은 한창 보수 중인 마드리드 중심에 있는 마드리드 성당을 지났다. 안내자는 이곳은 sexy가 허용되고 개방된 koolgael(콜걸) 지역인 풋수길을 지나갔다. 베르사유강화 조약을 맺었고 루이 14세의 전격적인 궁과 골프장이었다는 외경 20㎞~60㎢의 궁을 지나 tolnggadred 에펠탑을 구경하고 우리 일행이 몽마르트르 언덕을 찾은 시각은 16 : 50분경이었다. 센 강 서쪽 강변에 드넓게 펼쳐진 샹 드마르스 공원 끝에 있는 에펠탑은 1889년 프랑스 혁명 100주년을 기념하여 개최된 세계 박람회를 위해 세워진 구조물이다, 세계 박람회를 보러 오는 사람들이 비행기에서도 박람회 위치를 잘 볼 수 있도록 하기 위한 것이었다. 구스타브 에펠(Gustave Eiffel)의 설계로 세워진 에펠탑은 원래는 박람회가 끝나면 철거될 계획이라고 한다. 에펠탑이 처음 세워졌을 때는 세계에서 가장 높은 건축물이었다. 건물 전체가 철골 구조로 되어 있고 그래서 강한 바람에도 13㎝ 이상 흔들리지 않고, 기타 위험으로부터 탑을 잘 고정해 준다. 또한, 철골이기 때문에 더운 여름에는 15㎝가 더 길어진다고 한다.

수많은 관광객이 엉클어진 아수라장 같기도 하고 아차 하면 날뛰는 치기배의 전유물이 되기도 한다는 몽마르트르 언덕이다. 몽마르트르(Montmartre)는 프랑스 파리 북부에 있는 지역으로, 오래된 파리의 전형적인 골목길을 거닐고 싶어 하는

166

관광객이 꼭 들르는 곳이다. 사크레쾨르 대성당(Basilique du Sacré-Cœur)은 프랑스 파리의 몽마르트르 언덕 위에 있는 대성당입니다. 창작과 예술의 장소로, 이곳에서는 관광객들은 항상 계단 한편에서 그림을 그리는 무명화가들을 볼 수 있고, 또한 영화 촬영 현장을 발견할 수 있다. 유명한 이곳은 그리 높지 않은 언덕의 계단을 따라갈 때는 관광객을 상대로 물건을 팔겠다고 늘어선 갖가지 거리의 장사치들이 장사진을 치고 있었다. 정상의 언덕에는 파리의 자유화가 시장이라 고 할까? 즉석 초상화를 그리겠다고 말을 붙여오고 유혹을 하고 그것에 크게 관심이 없는 우리는 구경과 사진촬영으로만 시간을 소진했다. 잠시 엇갈린 우리 대원을 찾느라 헛된 시간만 30여 분 지연시킨 이곳 시각 18 : 30분경이다. 친절함이 요구되는 한국관에서의 저녁은 어찌 그리도 고국에서 관광 온 사람들에게 저토록 친절성이 없을까 하는 아쉬움을 느낀다. 입맛 돋우는 한식의 저녁을 즐겁게 하고 숙소로 돌아오는 길 차내에서는 안내자의 요청을 받아 우리 대원 중 몇 분들은 쇼를 구경한다고 1인당 120$를 갹출해 밖으로 나갔다. 함께하지 못한 몇 사람들은 허전한 호텔숙소에서 피로한 몸을 씻고 아직 어둠이 오기엔 이른 시간이었기에 우리 부부와 임준택, 김재무 동생과 동행하여 산책 겸 호텔을 중심 삼아 나들이를 나갔다. 서툰 영어 솜씨로 슈퍼에서 산 캔 맥주를 마시며 우린 서로 얘기를 주고받으며 한 시간 이상 동안 걸어서 돌아왔고 피곤한 행보는 각자의 호텔 방 잠자리로 여행 다섯째 날의 끝

167

맺음이었다.

1993년 6월 28일 月曜日 (여섯째 날)

기상 시간 05 : 20분 창밖 어둠이 풀려오고 호텔 주위로 유난히 높은 푸라터나스 숲 사이로 밤새 불빛을 발한 가로등이 소등되는 맑은 아침이다. 그리 멀지 않는 빌딩을 헤집고 짙붉은 해가 둥글게 여미는 일축의 경지가 나도 모르게 창문을 열개한다. 파고드는 맑은 공기와 함께 가일층 장관이라고 표현하고 싶다. 오늘은 파리 여행의 마지막 날이라고 한다. 조반이 끝나면 다음 일정 지인 런던으로 가기 위한 짐을 꾸리는 아침이다. 07 : 30분 어제보다 익숙해져 가는 서양식으로 식사를 끝내고 잠시 로비에 있는 시간 고국으로 오랜만에 전화하기 위해 환전을 했다. 사무실로 전화한 시각 한국시각으로 14 : 40분경 김양이 자리에 없는지 통화를 하지 못하고 집에 있는 아들애와의 감도 좋은 통화로 간단히 끝냈다. 우리가 이동해야 할 버스를 타는 시간 08시 파리의 국립병원(Sheng furling) 옆에 자리한 호텔을 떠나 파리에서 북쪽으로 약 20㎞ 떨어진 드골 공항으로 이동했다. 월요일 아침이라서인지 시내를 벗어나니 들에서 일하는 사람이 가끔 눈에 띈다. 10 : 30분에 출발하는 비행기 시간 전에 잠시 공항면세점에서 쇼핑도 하고 휴식을 취한 후 탑승한 비행기는 10 : 40분이 되어서야 드골 공항을 박차고 드맑은 창공으로 이륙했다. 이국의 하늘에서 내려다보는 시내의 전경은 밀집된 도시의 거대함과 잘 정돈된 들을 지나 높은 산하나 없는 육지를 지나더니 금시 바다

위를 나르고 있다. 오후 1 : 30 여분 후 비행기는 회항하며 저공 하던 비행기는 착륙을 시도하고 있었다.

이곳 영국의 티모르 공항에 도착한 것이다. 공항 대기실에서 우리를 맞이한 안내자와 함께 안내되어온 버스에 옮겨 타자 우선 낮 12시에 있는 시간을 시차 때문에 11시로 맞추라는 것이다. 보기 드물게 좋은 영국 날씨부터 소개하면서 다음 소개가 시작되었다. 환율 1,250원 미화 1.6 $ 우리나라 지도와 비슷한 점이 많은 인구 6,500만 명에 남쪽에 있는 런던시의 평야 지대가 우리나라와 반대란다. 950만 인구가 사는 런던 시내를 달리는 관광버스는 갤싱턴 공원을 지나 Wellington (윌링턴) 장군의 동상이 서 있는 곳이었다. 그다음 willed(윌랫) 개선문을 지나 하루 단 한 번 근무 교대식을 한다는 버킹엄 궁의 정오의 근위병 교대식 머리 위에 굽 높이 세운 깃털을 달고 빨간 제복에 긴 칼을 차고 절도 있는 근위대의 교대 행사는 어느 영화에서나 보았던 한 장면이었다.

얼마 후 그곳에서 그리 멀지 않는 중국식 요릿집에 중식이 준비되었다. 그렇게도 다양한 게 중화요리인지 또다시 먹어 보지도 못한 먹음직한 식사는 허기진 배를 채워주었다. 식사

후 13 : 20분 시내에 자리한 국회의사당 옆으로 돌아 런던 시내를 가로질러 흐르는 teems(템스) 강을 건너는 우리를 태운 관광버스는 ranginess(랭기네스) 다리를 지나 자그마한 공원에 하차하였다. 템스 강은 글로스터셔의 코츠월즈에서 발원하여 동쪽으로 영국 남부의 6개 주를 지나며, 그레이터런던 바로 아래 틸베리에서 북해로 흘러든다. 총 길이는 338㎞, 유역면적은 9,873㎢이란다.

지류로는 천·콘·윈드러시· 에벤로드·처웰·옥·템·케넷·로든·콜른·웨이·몰 강이 있다. 템스 강은 런던과 서쪽 교외(또한, 옥스퍼드와 페링던 주변의 행정구들)의 주요 식수원이므로 가뭄 또한, 심각한 문제이다. 담수 구간은 1857년 이래 템스 강 관리 보호 위원회가, 테딩턴 하류로 조수의 영향을 받는 구간은 1908년 이래 런던 항만청이 관리해오고 있다. 이 강은 옥스퍼드까지 거룻배를 이용해 항행할 수 있게 되었지만 1624년 이후 1771년 스테인스 상류에 수문이 건설될 때까지는 어려움이 있었다. 강 건너 저편 국회 의사당 건물이 확 트였고 시곗바늘의 길이가 4m나 되어 세계에서 가장 큰 buck bean(북 벤) 시계탑 오르내리는 선박 탓으로 암갈색 흐린 teems 강변의 전경은 더없는 한 폭의 그림이다. 승차한 버로 10여 분 후 우리가 안내된 곳은 한국 고대 유적물이 있음을 입구에서 우리 눈에 띄게 하는 런던의 대학박물관은 고고학 및 민속학의 수집품들이 소장되어 있으며 런던의 블룸스베리 지역에 자리 잡고 있다. 이 박물관과 부설 도서관은 1753년

170

한스 슬론 경(1660~1753)이 소장하고 있던 예술품과 장서를 정부가 매입하면서 설립되었다. 의회법에 따라 설립된 이 박물관은 1759년 대중에 공개되었으며, 당시에는 몬터규 백작의 저택에 소장품들을 전시했다. 현재의 건물은 로버트 스머크 경에 의해 신 고전 양식으로 설계된 것으로 1823~52년 몬터규 백작 저택의 부지 위에 건설되었다. 이 박물관의 소장품들은 고대 및 중세의 공예품과 예술품들이다. 민속학적 수집품들은 런던에 있는 인류박물관에 따로 전시되어 있다. 1973년 이 박물관의 도서관은 다른 몇몇 주요기관들의 장서를 합하여 영국도서관으로 창설되었다.

갖가지 유물과 유적이 그리고 서적이 전시된 박물관관광이 두어 시간 가까이 관람 되었고 또다시 우리가 안내된 곳은 teems 강 교각이 열렸다가 닫힌다는 타워브리지를 관광하고 난 후 이곳에서는 의류면세점인 쇼핑가에 안내되었다. 호기심에 찬 쇼핑도 끝나고 조금 남은 시간을 활용하여 입장 마감 시간이 되어버린 때에 영국의 역대 장군과 영웅들의 혼이 안장된 웨스트링 사원(寺院)을 관전하였다. 아직 해가 중천에 떠 있는 18：30분 아마도 시차 탓인가 보다 오늘 저녁의 식사는 사원에서 그리 멀지 않는 한 장이라고 간판이 걸린 한국관에서 불고기 백반으로 저녁이 이루어졌다. 식사 후 우리가 안내된 곳은 영국전통 호텔이며 일류에 속한다는 외모만 보아도 호화로운 6층쯤 되어 보이는 시내 중심가에 있는 reabssean(리아베션) 호텔이란다. 각자 배정받은 호실로 헤어

171

졌고 샤워를 끝낸 우리는 22시경에 동행한 박병렬 대학원 동기님의 회갑축하연(回甲 祝賀宴)을 하고 내일의 여장을 위해 각자 호실로 돌아와 피곤을 침대에 맡기는 시간이다.

1993년 6월 29일 火曜日 칠 일째- 맑음 -

우리 일행의 여행은 행운이 많은 여행인가보다. 안개가 유명하다는 런던 날씨도 맑은 아침으로 시작되었고 07시 서구식 뷔페 식사는 어느 때보다 퍽 고급스럽고 다양해서 안내자에게 식사비를 알아보니 대략 약 25$ 정도란다. 우리 한화로 약 2만 원 정도인데 골고루 먹어보지도 못한 아쉬운 식탁이었다. 오늘은 우리 유럽여행의 가장 목적이 되고 중대사인 옥스퍼드대학 연수가 있는 날이다. 08 : 20분경 우리 일행을 태운 버스는 번화한 시내를 빠져나가 한적한 시외로 빠져나갔다. 런던에서 북쪽으로 약 90㎞를 달려 09 : 30분이 넘어 당도한 옥스퍼드 도시였다. 지명이 옥스퍼드요 40여 개의 단과대학이 산재해 있다는 대학의 도시란다. 이 옥스퍼드 대학은 영국의 명문 대학으로 1249년에 개교한 유럽에서 1위의 위치를 자랑하는 명문 대학으로 버스가 정차한 곳에서 10여 분 걸어 조그마한 구내로 접어들었다. 도로변에 접해있는 단과대학 대학 건물이라기에는 초라한 잔디가 뜰 앞을 차지한 교정에 들어서 조그마한 강의실에 안내되었다. 70여 세가 다되어 보이는 Tellan st ednalholl교수라고 본인의 소개를 한다. 그 옆 젊은 한국인 유학생은 우리말 통역을 하려는 사람인 듯했다. 약 28살 정도 되어 보인다. 강의실엔 커다란 책상을 가운데 두고 마주 보는 의자가 20여 개 강의 자세로 둘러앉아 강의는 시작되었다. 영국의 정치사 문제 그리고 노사문제 등심도 있는 강의에 통역사의 번역으로 교수님의 강의가 점심때가 되어서야 끝이 났고 우리 대학원에서 준비해온 박병렬 대학원 동기님의 동양화 액자의 전달식, 그리고 잔디밭에서 교수님과 기념사진 촬영으로 진행되었다.

점심시간 우리의 식사가 준비된 곳은 강의실에서 10여 분 걸어 좁은 공간에 탁자가 여러 곳 배치된 후 덥고 비좁은 레스토랑에 안내되어 한참 동안 식사가 나오기를 기다렸다. 간이식사 같은 식사로 점심을 대신한 우리 일행은 13 : 40분 버스 편으로 한 시간 남짓 달려간 곳은 몇 개월 전 한국 매스컴에 보도된 화재로 인한 수억 원의 손실을 보았다는 황실 윈저 성으로 안내되었다. 쨍쨍 내리비추는 맑은 날씨 속에 성(城)으로 가는 길가 호수에는 야생 오리가 관광객이 주는 먹이를 기다리는 듯 한가롭게 호수를 노닐고 있다. 10여 분쯤 걸어 안내된 윈저 성은 영국 잉글랜드 버크셔 주 윈저메이든헤드 행정구의 북동쪽 끝의 백악층 구릉에 자리 잡은 잉글랜드 왕이 사는 곳이다. 면적이 5㏊이며 인공제방 위에 세운 거대한 원형 탑이 성의 궁정을 둘로 나누고 있다. 수㎞ 뻗어 있

는 주위의 평지가 이곳에서 훤히 내려다보인다. 9세기경 색슨 시대에 윈저에는 왕이 사는 곳이 있었고, 1,070년 경에 정복왕 윌리엄 1세가 울타리와 함께 방어용 제방을 쌓아 이곳을 발전시켰다.

헨리 2세가 이것을 허물고 돌로 원형 탑을 쌓았으며 북쪽·동쪽· 남쪽에 벽을 추가로 건설했다. 13세기에 헨리 3세가 남쪽 벽보다 더욱 낮은 곳에 있는 서쪽 울타리의 끝을 완공했으며, 지금의 앨버트 기념 예배당이 있는 곳에 왕의 예배당을 지었다. 1348년 에드워드 3세가 이곳을 새로 결성된 가터 기사단(騎士團)의 중심지로 만들었으며, 위쪽 울타리에 있던 요새 건물들을 주거지로 개조했다. 이 주거용 건물들은 찰스 2세가 개조했으며 그 후 조지 4세가 방문객용으로 개축했는데, 여기에는 세인트 조지 홀, 워털루 체임버, 대형 영접실 등이 있다. 영국 역대 왕의 유물이 전시되어 있었고 왕실의 내부를 생생히 볼 수 있는 곳에 화재복구현장이 그대로 공개되고 있음을 관전했다. 돌아오는 시내의 넓은 공원에 일광욕을 즐기는 70여만 평이나 되는 하이드로 공원을 끼고돌아 흩어져있는 한국의 유물을 한곳에 전시했다는 박물관 옆을 지나 어제저녁을 먹은 한식집에서 평소보다 일은 식사를 끝냈다. 아침 출발 시 챙겨 실을 짐을 싣고 22시에 이륙하는 공항으로 이동한다. 우리가 도착한 공항은 일 분에 한 대의 비행기가 이착륙한다는 유럽 공항의 요지 hitero(하이드로)공항의 네 번째의 홈이었다. 저녁노을 빨갛게 물들인 늦은 오후 아쉬운

174

영국과 작별은 우리를 안내해준 안내자와도 석별해야 했다.

　우리를 태운 비행기는 바다 건너 풍차의 나라 네덜란드로 향하고 있는 시각 21 : 20분 k.i.m 항공기에서 내린 네덜란드의 sukerpl(슈카레플) 공항이다. 이곳의 현지 시각은 22 : 20분으로 앞당겨진다. 이곳에 마중 나온 안내자는 이곳에서 유학한다는 정필원 군으로 반갑다는 인사와 더불어 시작되는 이 나라의 소개를 한다. 이곳 공항부터 바다보다 7m나 낮은 곳에 있는 네덜란드의 지리적 여건부터 입헌 군주주의로 영국과 크게 다를 바 없다. 전 국토의 38%가 바다보다 낮은 일명 hol land라고도 소개했다. 어둠이 오는 시각 안내자는 공항에서 그리 멀지 않는 한적한 어느 시외에 자리한 10여 층 되어 보이는 Altea(엘티아) 호텔로 안내되었다. 우리가 배정받은 5,005호실은 가로등 불빛에 호수의 물결에 떠 있는 배와 어울려서 보이는 우거진 숲 사이로 불빛과 차량이 이동하는 피로가 몽땅 감싸 안은 네덜란드의 밤으로부터 시작된다. 잠자리에 들기 전 고국의 궁금증 때문에 06+022+0082+ 062+ 951+1144번의 수신자 부담으로 전화를 해보니 크게 문제 되는 바가 없어 샤워를 마친 나는 편안한 마음으로 잠자리에 들어본다.

1993년 06월 30일 水曜日 팔 일째

모닝콜 07시이지만 나의 기상 시간은 05 : 30분 날이 밝아오나 어젯밤에 보았던 호텔주위의 경관은 높은 전망대라도 내려다보듯 호수 위에 떠 있는 배와 한가롭게 노니는 오리들이 한가롭다. 창밖에 맑게 내리쬐이는 아침 햇살 상쾌함이 자못 마음을 풍요롭게 한다. 치즈와 버터의 기술이 뛰어난 네덜란드의 아침 식탁은 서양식에 갖가지 유제품이 다채로웠다. 우리 일행의 불평 없는 아침도 끝나자 09시경 안내자가 대기한 고급형 벤츠 고속버스에 무거워진 가방을 옮겨 싣고 관광길에 오르는 것이었다. 언제나 버스 기사가 바뀔 때마다 인사의 박수로 답례하는 우리 일행, 오늘 기사님은 연세가 지긋한 평온을 잃지 않는 인상에 이곳 네덜란드인으로 내일의 관광 일정까지 함께해줄 기사님이란다. 국토가 4,000㎡에 남한 인구의 삼 분의 일이 산다는 이곳 암스테르담의 교외를 빠져나가기 위해 버스는 해저터널을 지나 주말농장이 밀집된 농촌을 빠져나갔다. 유럽에서 지대가 가장 낮고 GNP가 2만$의 낙농 산업이 발달한 3대 농업국에 속한 네덜란드 풍차 마을로 향했다. 관광객의 유치를 위한 것인지 멀리 곳곳에 풍차가 많이 있었고 치즈 제조를 하는 것까지 정말 난생처음의 견학이다.

이곳 네덜란드는 부동산 투기하는 것은 기대할 수 없다 한다. 모든 토지를 국가로부터 사고팔아야 하는 제도 때문이다. 창밖으로 보이는 양 떼들 널따랗게 전개되는 평야의 농촌 모습 복잡함을 없애는 전기 배전선로가 구경조차 하기 힘든 것도 직업의식에서 보는 시야일 것이다. 10 : 30분경 시내 중심가에 있는 운하관광을 그곳 관광 당국이 배려해준 탓에 우리 일행만 실은 거대한 배는 네덜란드의 중심을 돌아주는 강을 따라 운하관광은 계속되었다. 30~40여 분의 유람선 운하관광이 끝난 우리는 다음 안내지인 네덜란드에서 유명한 보석가공, 공예보석 쇼핑점에 안내되었다. 콩알만 한 보석하나에 몇백 불씩 하는 것을 보면서 우리 부부는 일찌감치 쇼핑을 나와야 하는 것은 접어야 했다. 쇼핑점에서 그리 멀지 않은 한국식당에서 점심이 시작되었고 점심 후 잠시 시간을 식당 옆 지하에 있는 쇼핑점에서 쇼핑의 시간이 주어졌고 13 : 10분경 우린 이제 관광버스 편으로 독일의 코 프렌치로 떠나야 했다. 물론 안내자와도 헤어짐의 짧은 시간이었다.

4시간 반 동안의 네덜란드에서 독일로 가는 길에는 계속되는 풍차와 이따금 와 닿는 양 떼 녹색 공간이 연장된다. 숲 사이로 가파름이 없는 고속도로 아웃 토반의 길을 따라 국경이 언제인지 검문조차 하지 않는 유럽의 국경을 보며 우리 일행들 만의 시간은 한국인만의 유일한 차내 노래시간이다. 유머도 재치도 없는 서툰 솜씨로 사회를 진행하며 지루한 시간을 달래며 가고 있을 때 지형이 좀 높은 언덕을 맞이했을 때는 독일의 안내자와 만나기로 된 코푸레치 시에 도착했다. 17 : 40분 안내자 미스터 강이 기다리고 있었고 함께 탄 안내자의 안내를 받으며 우리를 실은 버스는 기적을 나왔다는 라일 강변이 눈에 들어온다. 가파른 언덕에 많이도 재배하는 포도농장 유럽의 5개 나라의 무역통로 수많은 화물선이 무거운 짐들을 싣고 운항 중인 1,320㎞의 라일 강 스위스 중부 지방에서 발원하여 독일과 네덜란드를 가로질러 북해로 유입하는 중부 유럽의 대 하천 의으로 강 전장은 1,390㎞이다. 가항 수로는 870㎞ 정도에 유역 면적 또한 매우 넓어 남북한을 합친 면적 (약 22만㎢)과 같으며 강을 따라 경치에 젖어 찾은 곳은 강폭 150m에 급류가 있다는 로렐라이 언덕에 전설처럼 앉아있는 소녀의 동상을 그 언덕에서 관전했을 때는 심한 가뭄이 계속 되는데 나뭇잎이 말리고 있음을 보면서도 계속 강을 따라 내려간 양편 강 언덕에는 계속되는 포도농장이 연출되었다.

오후 7시 강변이 넓어지는 곳에서 고속도로를 따라 20여 분 갔을 때 시내에 자리한 한인 식당에 저녁을 먹었다. 어쩜 우리는 비록 반찬이 요란스럽지는 않아도 한식이면 마냥 즐겨 먹는 탓인지 모두가 좋다는 호응뿐이다. 이곳에서 유명하다는 맥주도 곁들이며 식사를 끝낸 우리는 20여 분 시내로 향하더니 우뚝 솟은 몇 개의 빌딩이 보이는 크라운 호텔에 안내되었다. 프랑크푸르트 중심부에 편리하게 위치한 이 호텔은 주요 기차역, 프랑크푸르트 메세(Frankfurt Messe) 박람회장, 금융 지구와 많은 유명 명소에서 가깝습니다. Crown Hotel에서 불과 100m 떨어진 하우프트반호프 유반 지하철역 (Hauptbahnhof U-Bahn underground station)에서 지하철에 탑승하면 이 도시의 인기 있는 대다수 명소까지 편리하게 도달하실 수 있습니다. 중앙 기차역인 하우프트반호프를 이용하시면 약 20분 만에 프랑크푸르트 공항(Frankfurt Airport) 까지 이동 가능합니다. 17층의 사각 면이 반달형인 호텔에 호실을 배정받아 오늘도 피곤한 하루를 보내서 밤에 바깥에 나가보려는 생각도 잊은 채 샤워를 마치고 곧바로 잠자리에 들었다.

1993년 07월 01일 목요일 맑음 (구 일째)

아침에 눈이 뜨기가 바쁘게 창 너머로 들어오는 전경은 그리 멀지 않는 들녘에 열심히 일하는 농부들을 볼 수가 있었다. 가뭄을 이기기 위함인지 스프링클러의 물 뿌림 몸부림을 보면서 한동안 망향에 젖어본다. 해맑은 아침 산책길 집사람과 운동 겸 가까운 강변을 따라나섰고 길 따라 숲속을 노니는 산토끼 산딸기가 군을 이룬 곳곳은 자연의 감동이 서려온다. 유럽에서 유일하게 보기 힘든 바다낚시 하는 곳이 눈에 띄어 호기심 탓인지 가까이 까지 접근하여 보았다. 물고기를 잡아 매운탕이 없다는 유럽 낚시꾼의 이야기로는 아마 잡는 취미로 하는지 릴낚시 장비 2대씩만 강물에 덩그러니 넣어 놓은 채 한가롭게 무엇이라 옆 동료와 이야기에 열중이다. 호텔로 돌아온 우리는 1층 식당에 마련된 식당으로 갔다. 이제는 조금 익숙해진 서구식 아침을 하고 어제부터 동행해준 고속관광버스에 짐을 싣고 첫 번째 목적지의 관광이 시작된 것이다. 확 뚫린 8차선 고속도로 계곡이나 산악이 없는 평지가 대부분에 이곳 지리적 여건 때문인지 주~욱 뻗은 고속도로에 시속 제한을 받지 않는 유일한 고속도로다. 이것을 보고 흔히 아웃도반이라 하던가? 100㎞를 유지하며 달리는 우리의 버스가 무색하게 150~200㎞로 앞질러버린 차들을 본다. 어차피 최저

속도가 80㎞라는 안내자의 말대로 렌터카를 빌려서 멀리 유럽 다른 나라 여행도 하며 드라이브하는 모습이 부럽다. 이곳에서 차를 빌리면 하루 전세 100$, 일주일 이상이면 30% 감해주는 혜택이란다.

가도 가도 끝이 없이 조그마한 언덕의 푸른 숲만 연속될 뿐 우리를 실은 버스가 10 : 30분이 되었다. 도착한 곳은 세계적 노벨상 수상자를 12명이나 배출했고 독일의 수상도 이 학교를 나왔다는 유명한 하이델베르크 대학교를 방문했다. 선제후 루프래 히트 1세가 1386년에 창립한 독일에서 가장 오래된 대학이란다. 설립자인 선제후 루프래 히트 1세와 이곳을 최초의 바덴 주립대학으로 만든 카를 프리드리히의 이름을 따서 루프래 히트-카를 대학이라고도 한다. 16세기 말~17세기 초반, 독일 문화·종교 혁명의 중심지였으며, 18세기에는 자치권이 커져, 경찰의 간섭을 받지 않고 문제 학생을 다스리기도 했다. 학교인데도 관광지가 돼 버린 곳은 옛날 고전의 미를 그대로 간직한 건축물에 세계최대의 맥주 통이 있다. 대학로를 옆으로 돌아 대학가 쇼핑은 서툰 회화 실력이지만 물건을 사는 데는 크게 어려움이 없었다. 짙은 녹색의 숲을 배경으로 고풍스러운 옛 성들의 모습이 인상적인 낭만주의의 중심지 하이델베르크는 네카어 강과 라인 강이 합류하는 독일의 서남쪽에 있다. 1142년 쇠나요 수도원을 세우면서 보름스성곽을 발판으로 조그만 촌락인 하이델베르크로 발전하게 되었다. 1196년 처음으로 쇠나요 수도원의 문서에 하이델베르크라는 말이 나타났다. 1386년 제국의 7대 선제후 중의 하나였던 궁중 백 루프래 히트 1세가 하이델베르크 대학을 설립하기 시작하면서 하이델베르크는 젊음의 도시 대학가가 되었다. 2차 세계 대전 중 폭격을 면할 수 있어서 아름다운 고성들을 고스란히 보전하고 있다. 따라서 하이델베르크를 방문하는 관광객에게 낭만적인 독일의 숨결과 청춘의 아름다움을 느낄 수 있게 해준다.

13 : 20분경 점심이 준비된 곳은 한적한 시내에 자리한 한인 식당이었다. 오는 길을 따라 프랑크푸르트에 돌아오는 고속도 변 주말농장이 정부에 의해 대여되는 곳이다. 본인의 의사에 따라 임대되는 휴식처인 주말농장을 끼고 지나 시내 중앙역 옆에 있는 쇼핑가에 나는 직원을 위한 공구(전공용 펜치) 몇 개를 샀다. 남은 여백의 시간이 있어 프랑크푸르트 시청 광장을 관광하고 마지막 식사가 되는 저녁밥은 한인 식당으로 안내되어 저녁을 먹게 되었다. 17 : 30분 이젠 유럽 여행을 끝내야 하는 프랑크푸르트로 이동하였다. 세계 각국 인종의 다 모이는 교착인지도 모르는 독일공항 탑승하기 전의 공항매점에서 쇼핑은 이젠 더는 마지막일 것으로 생각되어 너도나도 서로가 고국에 가져갈 선물들을 사려는 바쁜 시간이었다. 프랑크푸르트 공항[Frankfurt Main Airport]은 독일뿐만이 아니라 유럽을 대표하는 허브 공항으로 한국에서 독일로 오는 직항 편은 모두 이 공항을 거친다. 2개 터미널이 있으며 이곳에서 국내선으로 갈아타고 독일의 다른 도시로 갈

수 있다.

일찍 짐 가방을 수화물 편에 탁송시키고 공항 대기실에서 전광판은 21 : 10분에 이륙할 비행기는 다소 늦은 40분경 이륙했다. 비행기는 우랄산맥을 지나 시베리아 상공을 지나는 지루한 비행기 속의 여행이 가장 힘들고 어려운 시간이었다. 한국시각 07월 02일 07 : 30분 우리를 실은 비행기는 일본 삿포로 상공을 알리는 멀티비전 안내판 순서 중 착오로 흡연석에 내가 자리한 기내 상황은 담배를 피우지 않는 일행들은 가장 어려움이 컸다. 우리를 실은 비행기가 김포공항에 도착하니 오후 4 : 30분이었다. 국제선 청사의 대기실에서야 우리 일행이 한자리에 모였고 그간의 여행 관련해 박병렬 원로님의 치사와 간단한 차 마시는 시간이 있었다. 07시 10분 발 광주행 724편 대한항공이 10박 11일의 유럽여행 차 귀국하는 우리 일행이 광주공항에 도착 한때는 어둠이 깃들어 오는 08 : 10분 마침 마중을 나와 있던 김원규 대학원 동기의 도움을 받아 집으로 돌아올 수가 있었다. 이렇게 해서 11일간의 유럽여행 대단원의 막이 내려졌다.

[먼 훗날 다시 한번 돌이켜 볼 수 있는 旅行을 위하여]
1992년 07월 15일 정찬열 기(記)

182

동 남 아 여 행 기

여행지 : 싱가포르 , 인도네시아(반탐섬), 말레이시아(조호바루)
여행일정 : 서기 1994년 7월 13일 ~ 7월 17일 (4박 5일)
주   관 : 우보회 모임 (부 부 동 반) 총 16 명
K Kawn Ber, J HeaSun / K ChualShu수
K MeJoja / K YoungNam / J ChanYoul, S Jung Eea
h jungSeun, J YeongSuen / B KungJun, B HuoSuck
S YeungHuhn, K KungNim / J KwangSeek 부부
여행사 : 낙타항공 여행사
비용 : 1 회원 당 75만원 (공동경비 . 여권 수속비 별도)

당초의 여행일정보다 하루를 늦게 출발한 것은 한정선 회원
장인의 출상일이 12일 이였기에 우리 우보회원 전원이 참석
하게 하는 의지 때문에 어려운 사정을 여행사에 부탁한 결과
다행히도 낙타항공 여행사의 특별한 배려로 하루가 늦추어진
대신 광주공항의 국내선 비행기 시간까지 바뀌어 우리 우보
회원 전원은 고마운 마음으로 여행여정에 들어가게 되었다.

첫째 날 7월 13일 수요일 날씨 맑음

회원들이 공항에 나오도록 통보된 시간은 08시 50분 광주에서 출발한 우리 회원 12명은 예정된 시간에 전원이 공항 대기실 한자리에 모였다. 낙타 항공 여행사에서 우리를 4박 5일 안내해줄 가이드는 엊그제 여행사에서 소개받은 함평이 고향이라는 김영표 안내원이 우리보다 먼저 나와 우리를 기다리고 있었다. 나는 우리 회원 중 해외여행 경험도 있으려니와 우보회의 회장을 맡은 탓으로 이 여행이 있기까지 추진에 최선을 다했다. 지금부터는 우리의 안내자와 총무에게 일임한다며 안내원에게 회원들을 일일이 소개를 하고 절차를 밟는데 도와주었다. 김포 국제공항으로 출발하는 대한항공 KE631 여객기에 출국 절차를 밟고 비행기에 탑승한 시간은 09시 35분이었다. 우리를 태운 비행기는 광주공항 활주로를 박차고 이륙하여 고도 약 8~9천m 상공을 시속 약 800㎞의 속력으로 창공을 떠올랐다. 현재 시각 10시 15분경 김포공항 활주로에 가슴 조이는 조바심 속에 무사히 착륙했다. 몇 개월 만에 변화된 공항의 탑승구는 국제시대에 발맞추어 설치된 탑승구를 이용 개찰구로 나온 우리 일행은 짐을 찾아 장내 순환 버스를 갈아탔다. 국제선 제2청사 2층 외환은행 앞에 나와 있게 한 서울의 회원 일행을 찾아 외환은행 앞으로 갔을 때는 두 회원 부부가 기다리고 있었다. 우리 회원 전원은 안내자의 안내를 따라 절차를 같이하고 11시 45분에 출발하는 비행기 시간에 차질 없이 공항 내 면세점에서 공동으로 사용할 필름과 위스키를 준비하였다. 11시 30분 KL729 대한항공에 탑승하니 친절한 스튜어디스의 안내방송은 한국어 영어 일본어로 연신 기내 안전수칙과 안내 방송을 하고 나니 기체는 서서히 활주로의 레일을 따라 움직이기 시작했다.

하늘로 치솟은 동체는 제주도 남쪽 상공을 벗어나 오후 2시 30분경 일본의 시카고 상공을 지나고 있는 것이 이따금 스치는 구름 사이로 보인다. 기내의 모니터 판에는 고도 1,200m에 시속 900㎞ 속도를 안내하고 있었다, 비행기 속의 지루함이란 장거리 비행을 해보는 사람들만이 알 수 있는 것은 구름 속을 나는 망망 상공의 지루함은 어쩔 수 없다. 김포공항을 이륙한 지 5시간이 지나서부터 내려다보이는 육지가 보였고 한국 시각 오후 6 : 00 현지시각 오후 8시에 경유지인 방콕의 상공에 동체가 내려올 때는 밀집된 건물들과 주~욱 뻗은 도로 유달리 많아 보이는 저수지가 시야에 접혀왔다. 고도를 낮춘 비행기는 "돈므앙" 국제공항은 태국의 수도이자 방콕의 국제공항은 2006년까지 '돈므앙' 공항이었다. 방콕의 북쪽에 위치한 이곳은 1924년에 개항해 82년간 태국의 관문 구실을 해 왔습니다. 태국은 '1수도 1 공항' 원칙을 내세운 태국 정부의 방침에 의해 2006년 9월경 방콕의 동남부에 '수완나품' 공항이 문을 열게 된단다. 이곳 "돈므앙 공항"은 일부 국내선과 군용기들이 이용하고 민간 승객 서비스는 거의 이뤄지지 않을 것이라 했다. 고도를 낮춘 여객기는 '돈므앙 공항'의 비행장에 무사히 착륙했다.

서서히 어둠이오는 방콕엔 종착지가 아니었기에 우리 일행은 비행기 정비하는 동안 공항 청사에 대기하는 동안 잠시 틈을 이용 내가 취미로 하는 각국의 돈 모으기를 위해 면세점 환전소에 갔었다. 서툰 나의 영어 대화는 역부족에 한국에서부터 동행한 초면인 방글라데시인을 데려와 통역으로 어렵게 대화는 이루어졌으나 그것도 신통치가 않게 고액으로 환전했다. 종류도 다양하지가 못했으나 어쩔 수 없이 탑승 개찰구로 갔었고 얼마 후 싱가포르행 비행기를 탑승한 것은 방콕공항에 기착한 지 1시간 20여 분이 지난 후 였다. 어둠을 가르고 이륙한 비행기는 두 시간 후인 현지시각 21 : 00시경 싱가포르 중심부에서 북동쪽으로 약 20킬로 떨어진 '창이'에 있다. 싱가포르 민간 항공국(CAPS)에서 운영하고 있으며 싱가포르 항공의 허브 공항이자 다른 78개 항공회사가 이용하고 있다. 항공편은 매주 4천여 편에 달하여 세계 177개 도시를 연결하고 있다. 공항 직원 1만3천여 명이며 매출액은 연간 약 45억 달러에 달한 싱가포르 창이국제공항에 무사히 착륙했다. 승강구를 통한 출구는 국제공항 제2청사의 출구였다. 낯선 이국 땅 한글의 풋말을 들고 있는 아가씨를 보니 언듯 반가움과 함께 현지에서 나온 안내자임을 짐작할 수가 있었다.

새로 현지에서 만난 안내자를 따라서 대기하고 있는 버스를 탑승하고 버스가 출발하자 안내자는 반갑다는 인사와 함께 미스 조양이라고 자기소개를 해주었다. 깨끗한 도시 벌금 천국의 싱가포르는 세계 최고의 교통요지인 도시국가라며 설명을 이어간다. 1786년 페낭 이후 영국은 해협 식민기지를 확보했으나 1810년 유럽에서 나폴레옹이 네덜란드를 점령하자 네덜란드가 차지하고 있던 자바 섬(인도네시아), 수마트라 섬, 등 네덜란드 점령지를 차지했다. 1819년 1월 29일 '프레스가(Thomas Stamford raffles)' 센토사 섬에 왔을 때 싱가포르는 인구 1,000여 명일 때도 프랑스가 점령할까 두려워했다. 영국은 통치비용을 줄이기 위해 동인도 회사를 세워 '프레스'에게 그들의 식민지를 다스리게 했다. 인디아와 거대 중국을 잇는 말레이반도 해협인 싱가포르에 눈독을 들인 영국은 1819년 '조호르 술탄'에게 이 섬을 사들이는 데 성공하였다. 1926년 영국의 식민지가 된 싱가포르는 놀라운 발전을 거듭한다. 1942년 2월 15일 2차 대전이 터지고 일본은 싱가포르를 점령했다. 그 무렵 76%에 달하는 싱가포르에 중국인은 3년 동안 혹독한 고초를 겪었다. 1945년 일본이 패망하고 영국이 막대한 무역이익을 포기할 수 없어 다시 싱가포르를 점령했다. 실제로 1948년에 공산당이 폭동을 일으켜 영국은 이를 빌미로 12년간 비상사태를 풀지 않았다.

1959년 6월에 싱가포르를 지배해온 국민행동당이 창당되어 새 헌법에 따라 자치령이 되었다. 1963년 말레이연방·사바·사라왁과 함께 '말레이시아'를 결정하였으나 1965년 8월에 연방을 탈퇴하고 분리 독립하였다. 적도 상에 위치하고 경도 105도에 있는 면적 641만㎡에 4색 인종에 280만 명의로 광주(光州) 인구보다 3분의 2가 많은 인구에 1959년 12월 3일 싱가포르 공화국을 수립한다. 얼마 전 우리나라 매스컴에 몇 차례 소개된바 있는 자유와 풍요의 선진 부국을 이룩하고 엄청난 발전을 가져다준 이콴효(李光耀 : 1923.9.16.~1990년) 수상은 싱가포르 자치정부 총리를 지냈다. 그 뒤 독립 싱가포르 총리로 40년 넘게 재집권하여 세계수준의 교육과 물류중심도시로 탈바꿈시켜 세계최대의 깨끗한 정부를 만드는데 이바지했다. 그 뒤 고척동(1990년~) 수상이 통치한 금연구역이 대부분인이나라에서는 담배를 피우면 우리 돈 벌금 25만 원~50만 원까지의 벌금을 내게 한다. 또한, 담배꽁초를 아무데나 버릴 때 200만 원 이내의 벌금을 공중화장실의 용변 후 물 스위치를 아니 내렸을 때 최고 55,000원의 벌금을 물린다. 그리고 가장 중요한 것은 10g 이상의 마약을 소지할 때는 사형을 처한다는 제도와 공무원의 부정을 전혀 찾아볼 수도 없고 지금까지 교도소에 현재까지 죄수가 없다는 나라라고 소개한다. 안내자의 안내에 이어 대형건물에 우뚝 선 이 건물은 창이국제공항 제1청사란다. 이 청사는 4년 전 한국의 현대건설에서 건축한 동남아에서 현재까지 규모가 제일 잘된 공항 청사란다.

GNP 8,000달러인 우리나라가 GNP 13,000달러의 선진국에 이렇게도 훌륭한 건물을 지었다는데 어깨가 으쓱해짐과 자부심을 느낀다. 우리를 태운 버스는 공원 숲 속 같은 거리를 가로등 불빛을 따라 25분 정도 달려서 우리가 여장을 풀어야 할 호텔에 당도했을 때는 21시 40분 정도였다. 고층의 높은 건물의 일층 로비에 들어섰을 때는 우리를 반갑게 맞이했고 짐을 내리고 잠시 대기하니 우리 일행은 11층 방을 배정받았다. 우리의 방은 1122호의 객실 10여 평 남짓한 방에는 잘 정돈된 두 개의 침대가 놓여있다. 시원스럽게 에어컨이 가동되어 습한 기분을 상쾌하게 해주었고 작은 책상 두 개의 안락의자 대형 TV 옆 냉장고 속에는 위스키와 음료수가 들어있다. 화장실 겸 욕실엔 전화까지 설치되어 있어 욕조를 가리는 커튼은 서구식 욕조설치와 흡사했다. 시내의 야경이 한눈에 들어오고 조용하고 깨끗한 이 호텔의 이름은 Impartial 호텔이다. 여장을 푼 우리는 간단한 복장으로 갈아입은 후 경과보고와 타협도 겸 1134호실의 총무 방에 모이게 했고 곁들여 준비해온 술이라도 한 잔씩 먹기 위해서이다. 우리네 술의 풍토는 독한 위스키를 의식하지 않고 소주 먹듯이 따라 먹는 습성으로 40도가 넘는 위스키를 네 병이나 비웠다. 오늘 이 시간이 있기까지 너무도 많은 고충과 시련 오해 등의 얘기를 나누다 보니 끝내는 불협화음이 높아졌고 언쟁까지 오가게 되었다. 결과는 밤이 늦고 술에 취해 이튿날 모닝콜의 소리에 깨어나서야 간밤의 술자리가 심했다는 것을 돌이켜본다.

둘째 날 7월 14일 목요일 날씨 맑음

07:00 시 모닝콜 후 8시부터는 서양식 뷔페가 일층 로비 옆 식당에서 시작되어 술 취한 친구는 늦게야 도착했다. 어제 방 열쇠와 함께 받은 식사권을 건네주고 나에겐 서양식에 경험이 있는 탓으로 부담 없는 식사지만 한국에 해장국이 간절하

다. 속 쓰림을 받으면서도 아침 식사를 끝낸 후 09:00 시경 호텔 앞에 대기한 에어컨이 시원하게 해준 25인승 관광버스에 탑승했다. 어제 공항에 도착하여 우리를 안내해준 분은 반가운 인사로 우리를 맞이했다. 인원을 점검한 후 관광버스는 싱가포르 시내로 향하고 마이크를 잡은 안내자는 남쪽에 있는 호텔과 시내를 달려도 깨끗하게만 보이는 것은 전봇대를 찾아보아도 보이지 않았다. 질서 있게 달려주는 차량 행렬 탓인지 교통순경마저도 없는 것을 안내자는 자랑한다. 이 나라의 주 언어는 말레이시아 어(영어)가 통용된다고 일러주었다. 웃기는 안내자의 용어 소개에는 우리가 이번 여행에도 준비해온 오징어를 소퉁(원 어음은 소동) 이란다. 옥수수를 자궁이라고 이렇게 세계의 언어와 표현이 다른 것을 실감 할 수 있었다.

이곳 싱가포르는 대학교가 두 곳뿐인데 국립 4년제 대학 1개와 단과 대학 하나뿐이라 대학에 입학한다는 것이 무척 어려운 관문이라고 한다. 차분하고 재치와 유머를 섞어가며 안내하는 동안 싱가포르의 대표적인 관광명소인 주롱지구 중앙에 있는 주롱 새 공원으로 안내되었다. 세계 최대 규모의 야생조류 공원이다. 면적은 약 20만㎡이며 400 여종에, 3,500마리의 새가 서식하고 있는데, 특히 동남아시아 지역에 서식하는 조류가 많기로 유명하다. 공원 내부는 친환경적으로 꾸며져 있는데 세계에서 가장 높은 인공 폭포가 조성되어 있다. 싱가포르의 대표적인 관광명소의 도시에 도착했고 공원처럼 조성된 대자연의 숲 속에 각종 새와 숲 속에 울타리를 만들어 레일 열차를 이용하여 관람하게 만들어진 곳이다. 우리 일행이 열차를 탑승하고 돌아보았을 때는 숲과 갖가지 조류 정원에 연못 그리고 군데군데 휴식처를 만들어 조화를 시켜놓았다. 그리했기에 관광객을 많이 유치하는 굴뚝 없는 산업이 있는 부국의 나라 싱가포르를 만들었다 할 수 있다.

11 : 30분경 반달경기장 모형에서 새들의 쇼 시간에는 말 못하는 짐승들을 어떻게 그렇게 잘 길들여 놓았는지 감탄과 박수만이 자아내면서 관람했다. 30분간의 새의 쇼가 끝나자 또 한곳에 밤에만 활동하는 야행성 새들의 관람 지가 어두운 건물 속에 전개되었다. 우리는 예정된 관람을 마치고 자원은 부족하여 주로 원료나 원자재를 도입 가공이나 완제품을 생산하는 진일보 산업이 주가 되는 주롱 공업지구를 나서니 이곳에 대한 설명을 한다. 이곳의 노동시간은 주 42시간 30분 하루 8시간 3교대인데 야간의 어려운 일들은 주로 이곳에서 육로로 30여 분 걸리는 말레이시아인들이 주로 조업을 한단다. 건설 현장 역시 어렵고 힘든 일에는 말레이시아나 방글라데시인 인도네시아 등지에서 얼마 되지 않는 임금을 받고 일을 한다고 전해준다. 다음의 우리의 행선지는 대규모 주롱 악어농장은 2,500여 마리의 악어가 사육되고 있으며 흥미진진한 악어 레슬링 쇼가 공연되는 악어농장이란다. 우리에겐 그렇게 탐탁지 않은 악어 비위에 거슬리는 냄새가 풍기고 더럽혀진 물속에 죽 늘어져 있는 악어들이 눈에 들어온다. 한쪽

출구 쪽에 악어로 만든 갖가지 제품으로 관광수입을 올리는 이곳에 잠시의 쇼핑시간이 주어졌다.

13시경에 한식 식당으로 이동하기 위해 시내를 통과할 때 안내자는 우측의 높이 솟은 건물을 설명했다. 높이는 서울 63빌딩보다 낮지만, 층수 면에서는 동남아에서 제일 높은 빌딩을 우리나라의 쌍용 건설에서 건축했단다. 그리고 거기 옆에 규모가 매머드급에 속한 국회의사당을 쌍용과 현대건설 합작으로 공사 중에 있는 곳을 안내해주었다. 이곳에서는 크고 굵직한 대형건설은 우리나라 업계들이 도맡아 하고 있다고 소개할 때는 뿌듯함을 느낀다. 어느덧 한식집에 들렀을 때는 대부분이 한국 관광객과 현지 한인들이 자리인데 고국에선 삼류식당에 불과하다. 하지만 벌써 고국의 음식이 그리웠는지 메뉴도 별로인 식사에 공깃밥을 추가하며 먹어대는 것은 어쩔 수 없는 고국을 떠난 식사 시간이었다. 김치와 백반으로 식사를 끝낸 우리는 오후의 일정 지인 센토사(Sentosa) 섬으로 이곳은 싱가포르의 유명한 휴양지이다. "센토사"는 말레이어로 "평화와 고요함"을 뜻한다. 싱가포르의 남쪽에 위치하며 동양 최대의 인공 해양 수족관(언더 워터 월드)을 비롯하여 분수 쇼를 볼 수 있는 곳이다. 예쁜 난(蘭) 꽃을 가꿔놓은 오키드 가든, 아시아 사람들의 생활상을 그대로 재현한 아시안 빌리지 등 다양한 볼거리가 가득하다. 그 밖에도 어린이들을 위한 판타지 아일랜드, 넓고 흰 모래사장이 펼쳐지는 중앙비치와 자전거 하이킹을 즐길 수 있는 코스가 눈에 띈다.

화산 땅 등 센토사 섬은 '작은 놀이 왕국'이다. 관람을 끝내고 가는 도중 12시 40분경 중국계 인이 많이 사는 약방 촌에 안내되었다. 그곳에 들어서니 4~5십대로 보이는 하얀 가운을 걸친 한국인 약사가 있는 곳에 쇼핑이 시간이 주어졌다.

반갑게 맞이해준 안내에 이어 시원한 냉수를 한 컵씩 건 내준 후 약사의 설명이 이어진다. 풍습 관절환(골다공증 허리 아프고 결리는데 19만 원 정도) 남정네가 주로 먹어 좋다는 '남보환' 산후 부인에게 좋다는 '부보환' 모두가 19만 원 정도 우황청심환의 단점을 없게 해준다고 설명한다. 두 사람이 일개월씩 복용으로 평생 중풍을 막아준다는 우황(牛黃)은 한국에서 보통 110만 원 현지에서 350달러(29만 원)에 제공된다고 한다. 솔깃한 약사의 선전 탓일까? 부모님이나 본인들 건강의 관심일까? 덧붙여 안내한다. 바가지나 속이지 않는다며 만약 가짜를 팔아 신고 되어 확인될 때는 그 업소는 다시는 장사를 할 수 없고 3,000달러의 보상을 정부로부터 받는다고 일러준다. 싱가포르 강경 정책도 외국인이 쇼핑하는데 한몫을 할 것 같다는 생각이 든다. 믿음은 결코 의심을 멀리하고 나까지도 없는 돈을 카드로 결제하여 몇 개의 약을 구매한 것은 이 나라 관광 정책 역시 감탄할 수밖에 없는 것이라는 생각이 든다. 선전한 약의 효능을 입증하게 한 것은 간밤에 과음한 술에 시달려온 우리 일행 대부분이 처음 적은 숟가락으로 서비스한 약의 효능이 생기를 찾은 도움을 받은 탓이다.

쇼핑이 끝난 후 우리가 안내된 곳은 싱가포르에서 가장 높다는 언덕에 해발 110m 된다는 포트캐닝 공원 [Fort Canning Park]의 면적은 약 40만㎢이다. 시가지 중심부에 있어 '센트럴파크'라고도 한다. 이곳은 산이 없는 싱가포르에서 군사적으로 중요한 역할을 했던 곳으로 예전에는 말레이 왕이 요새를 쌓기도 했다고 한다. 1822년에 래플스 경(Sir Stamford Raffles)이 주거지로 삼으면서 행정상의 중심지가 되었고, 제2차 세계대전 때에는 다시 요새로 사용되었다. 예전에는 대포를 쏘아 시간을 알렸다고 한다. 주위에 국립미술관, 박물관, 도서관 등이 있다. 일명 해보 동산이라는 언덕에 안내되어 시내와 강(江)으로 시원스럽게 미끄러지는 케이블카가 바라다보이는 언덕에서 자연관광을 즐겼다. 사진촬영을 한 다음 센토사 섬으로 가기 위한 케이블카 탑승지로 안내되었다. 약 1.5㎞ 정도의 강을 지르는 케이블카는 6명이 한 조가 되어 탑승한 인간의 조화로 만들어진 관광의 명소 센토사 섬 자연이 만들어준 숲을 조화시켜 만든 관광지다. 이곳저곳 관광시설을 만들어 놓고 바닷속의 신비를 옮겨놓은 금방 보아도 다시 보고 싶은 장관 속의 장관을 연출하는 터널형 수족관은 예정에 없다 하여 한 사람당 10불이라는 관람료를 추가하여 관람했다. 갖가지 모형을 다한 신기한 돌을 수집해 전시해둔 수석박물관 대부분이 대만산이 많았고 한국산도 몇 점이 있어 구경하기엔 쫓기는 시간이 무척 아쉬웠다.

관광버스는 이곳저곳을 돌아주었고 임비아 역에서 섬 주위를 일주하는 순환 버스 레드라인 열차에 몸을 맡기고 센토사 섬을 일주한다. 한국의 관광자원도 이처럼 개발하면 많이 있다는 것을 일깨워 주었다. 30여 분간의 쾌도 열차 여행은 경치 좋은 센토사 섬을 약 5분 정도 소요되는 즐거운 코스였다. 이 여행을 끝내고 유일하게 이 섬에서 하나 놓여있는 다리를 건너온 버스는 우리의 저녁 식사가 준비된 세계 각국의 요리가 취향대로 먹게 되어있는 식당가다. 우리는 고기 뷔페가 나오고 말로만 듣던 개구리고기가 나오는 코너 테이블을 차지하여 식성이 좋은 몇몇 회원이 감식한 저녁 식사였다. 20시가 되어 어둠이 전등 불빛과 가로등 불빛이 밝은 시내를 달려 숙소인 호텔로 내려졌다. 하루의 피로에 젖은 우리 일행은 어제의 술 취한 여독과 강행군하는 관광 일정 탓인지 타협이라도 한 듯 모두가 자기들의 방으로 헤어졌다. 나 역시 하루의 피로를 샤워로 끝내고 설레는 잠을 청하며 내일의 일정을 위해 깊은 잠으로 들어간다.

셋째 날 7월 15일 금요일 날씨 맑음

모닝콜 시간 전 간밤에 피로가 풀린 탓인지 06시경 눈을 뜨니 창밖엔 조용하고 상쾌함이 함께 아우러져 밝아오는 이국의 아침이다, 샤워하고 소파에 앉아 호텔 방에서 내려다보이는 시내의 전경을 보니 무엇인가 풍요와 여유를 느끼게 하는 전경 속에 빠져 있을 때 엷은 구름 사이로 한국의 아침과 견주어본다. 오늘도 아침 식사는 호텔 식당에서 호텔식으로 있었고 정각 09시에는 우리의 관광을 안내해줄 버스와 안내양이 도착하였다. 탑승한 우리를 태운 버스는 어느덧 인도네시아 출항 부두인 '월드 트레이드' 센터에 우리를 내려주었다. 대기실 의자에 앉아 대기하는 동안 열심히 뛰어서 오는 안내자가 왔을 때는 하나씩 나누어준 여권을 받았다. 신분이 확인되는 대로 쾌속 유람선에 탔고 뱃고동이 엔진의 진동과 함께 서서히 싱가포르의 빼어난 항구 도시를 벗어나고 있었다. 뱃머리에서 바라다보이는 싱가포르의 도시 부(富)의 상징인냥 빌딩이 높이 솟아있는 풍경이 전개되었다. 컨테이너 부두 우측으로 멀리 보이는 정유 탱크들 어제 오후에 관광했던 '센토사 섬'의 전경이다. 모두가 감탄만 연발하기엔 아쉬워 우리 일행은 서로가 배경을 놓칠세라 열심히 사진을 찍어주고 시원한 바닷바람이 엉글어질 때 한국의 어느 섬을 연상케 한다. 나지막한 산과 부두가 가까워져 옴을 보았을 때는 아마 이곳이 우리가 목적하는 인도네시아의 '바 탐' 섬인 듯싶다. 희미한 안갯속에 도시가 멀어진 시각은 우리가 배를 탄 지 40여분 쾌속선은 부두에 접합했다. 쾌속선에서 내린 우리는 선착장 밖으로 나갔을 때 느끼는 모두의 심정은 허전하고 불길한 예감을 느꼈을 것이다.

허룩한 복장에 무리 지어 서 있는 젊은이들 30m 정도를 나가자 버스와 함께 콧수염이 유별난 한국에 가수 김흥국을 연상케 하는 인도네시아의 현지 안내자를 소개한다. 그 현지 안내자는 "반갑습니다." 라고 서툰 한국말로 인사하는 자칭 김운국 이란다. 법정 결혼 나이 27세 안내자의 나이 25세 아직 장가를 들지 않았단다. 서툰 발음으로 해대는 한국말이 더욱 친숙함을 불러준다. 안내자는 우선 인도네시아부터 소개하는 데는 거침없는 능변가였다. 1945년 8월 17일 독립선언이 채택되었으며 이슬람교를 주로 숭배하며 300개가 넘는 종족들이 모인 일억 팔천의 인구를 가진 나라 육지만 해도 한반도 8배에 가까운 190만㎢의 면적에 내해까지 합치면 850만㎢ 넓이여서 미국과 비슷한 나라다. 원유와 천연가스가 생산되고 고무나무가 풍부한 나라 일찍이 풍부한 자원 탓에 모든 사람이 근면을 잃어버린 사고력 때문에 지금은 GNP 1,000불의 후진국이란다. 인건비가 무척 싼 나라 더욱이 인구가 많은 것은 일부 4처를 공식인정한 나라 인도네시아는 17,508개의 크고 작은 유 무인도가 있고 우리가 안내받고 있는 곳이 인도네시아에서 세 번째 큰 면적 415㎢이며. '시조리 그로스 삼각주'의 일부이다. '카리문섬' 및 '불란섬'에서 서쪽에, '빈탄' 섬에서 동쪽에, '렘 팡'섬에서 북쪽에 싱가포르에서 남쪽에 위치한다. '리아우해협(Riau Strait)'을 사이에 두고 바탐(Bantam)과 빈탄(Bin tan)이 분리되어 있다. 소수의 '오랑라우트(Orang Laut)'의 토착 부족민이 아직도 이 섬에 살고 있다. 싱가포르 바로 옆에 있고 값싼 노동력 덕분에 몇몇 싱가포르 회사공장이 있다. 산업 지구와는 별도로 휴양지와 관광지가 여러 곳 있다.

인도네시아에서 세 번째로 큰 바탐섬이다. 쨔삐에 까바레 (안녕하세요)가 있는가 하면 뜨르르마카씨 (감사합니다) 준

빠라기 (안녕히 가세요) 등 우리에게 현지 언어를 일러주는 안내자의 유머가 재미나는 반탐섬이다. 18만 명의 인구 중 남자가 40% 여자가 60% 비율로 살고 있다. 이곳의 후진국엔 아직도 전기는 집단촌으로 형성된 집단 개발 촌에나 있을 뿐이다. 싱가포르에서 찾아볼 수도 없는 전봇대는 한국의 통신 전주보다 약한 CP 전주 고압선의 결선방식으로 보아 3,300V의 고전압이다. 배전 선로가 한국의 어느 발전 설비로 되어 있는 섬 지방을 연상케 한다. 그것도 원시 촌이나 산간 독립 촌에는 밧데리로 전기를 쓰고 간혹 있는 칼러TV는 부유층의 상징이란다. 산이나 들을 봐도 기름지기는 찾아볼 수도 없고 말라 죽은 나뭇가지가 이곳저곳에서 더욱 허전함을 말해준다. 이곳에는 중국계가 30%를 차지한다. 힌두교와 이슬람교가 주종을 이룬다는 나라 대학교가 존재하지도 않고 초. 중. 고 학교만 있단다. 안내자의 설명이 열심히 하는 동안 중국 마을에 도착한 시간은 11시 20분이 되었다. 화장실에는 화장지가 필요치 않고 왼손을 사용 용변 처리를 하고는 옆에 준비되어있는 물에 손을 씻어버린단다.

향불 냄새가 진동하는 중국계 사원에서 향불을 붙여 이마에 대고 무엇인가 열심히 주문을 외우더니 소각장 같은 곳에 부적 같은 종이를 불살라 버리는 광경이 이색적이다. 언어가 통하지 않아 구경만 하고 11시 45분경 열대 야자나무가 번성한 야자 촌에 안내되어 우리 관광객을 상대로 커다란 칼로 야자를 잘라서 하나에 1달러 씩을 받는 야자 관광이다. 우리는 한

조에 한 개의 야자수를 서로가 이마에 맞대고 빨대로 목을 축이는 시간이었다. 버스에서 내리자 우르르 몰려드는 현지의 아이들 사전에 준비한 과자를 줄 때는 약삭빠르지 않게 순서를 찾아 고마움을 표시하며 받아간다. 쌍꺼풀진 귀여운 어린애들 언제부터 버릇이 되어 사진 촬영을 같이 해주고 꼭 1달러를 요청한다. 이렇게 순진한 어린애들 보면서 6.25 때 처절했을 당시의 우리나라 어린애들을 연상케 했다. 12시 무렵 우리가 야자 촌을 떠나 버스가 10여 분 달려 내려준 곳을 걸어간다. 우리보다 조금 먼저 도착한 한국인 관광객과 우리 일행을 맞으며 10여 명의 현지 아가씨들이 처음 보는 타악기를 두드리며 한국의 가요 곡을 합창하며 300여m 정도의 진입로를 안내 퍼레이드를 한다. 바닷가에 수상의 집처럼 지어진 현지 식당이란다. 이곳 인도네시아엔 숟가락이나 젓가락이 없이 오른손으로 음식을 먹는 것이 현지식이라 걱정도 했었다. 관광객을 위한 식사는 수저와 젓가락을 주기에 걱정을 놓아도 되었다. 안남미 쌀밥에 죽도 나왔고 그런대로 입맛에 싫지가 않은 것은 배가 좀 고팠나 보다.

식사가 끝나갈 무렵 마이크가 있는 무대에 한국인이 즐기는 가라오케에 멀티비전까지 설치되어 식사 후는 잠시 노래 부르는 시간을 만들어 주었다. 우리가 즐겁게 노래 부르고 있는 사이 우리의 노래를 열심히 따라 적고 있는 그곳의 종업원을 옆에 가서 보았다. 아마 가라오케에는 자막의 곡이 나오지 않아 우리도 따라 메모하기 힘든 곡을 따라 적어주었다. 대한민

199

국이 어디에 어떻게 위치한 줄도 모르는 그들에게 서툰 영어를 구사하고 한자를 잘 이해하는 것 같아 한자도 적어가며 한동안 설명하니 연신 고맙단다. 국력이 신장하여야 해외에 나가면 대접받고 관심을 더 준다는 사실을 실감한다. 아쉬운 떠남의 시간에 우리 남자 일행 몇은 현지의 고기 낚는 모습을 보고 아직은 미개함을 실감한다. 굵은 낚싯줄에 미끼와 납덩이만 달아 바다의 큰 고기가 나타남을 보면서야 고기 앞에 노려대는 미개한 낚시방법이 답답하다. 시간이 허락한다면 아니 이걸 알았다면 우리의 낚시 법을 일깨워주고 싶다. 아쉬움속에 15시가 되어 우리 일행은 싱가포르에 귀환하는 배를 타기 위해 버스에 올라 40여 분 달린 후 16시경에 승선했다. 올 때보다 조금 적은 쾌속선에 배를 탔고 하루의 피곤 탓인지 선실의 의자에 앉아 자꾸 졸음이 몰려온다. 40여 분 달린 배는 우리를 싱가포르 항에 내려주었고 어제의 관광일정보다 조금 이른 시간에 어제 점심때 한식을 먹은 식당에 안내되었다. 식사 중 한인 식당에서 파는 두 홉들이 진로소주 한 병에 우리 돈 일 만 원을 주고 마시는 곳이다. 이곳의 정책은 자동차. 술. 담배 이 세 가지만은 두 세배의 관세를 주어 무척 비싸다고 일러주었다.

호텔에 들어온 우린 20시 30분경 여장을 풀고 자유 복장으로 남자 회원들만 로비 휴게실에 잠시 모였다. 그동안의 문제점 등을 토의도 할 겸 타협하고 호텔 후면에서(야간에만 시작하는 주류나 차를 팜) 티와 차를 주문하여 마신 것은 이대로 잠자리에 들기에는 아쉬워서였다. 우리는 시내의 야경을 구경 겸 호텔 앞 힌두교 사원이 있는 거리에 나갔으나 이미 불이 꺼져버려 공원 쪽으로 나갔다. 밤에 보아도 잘 정돈된 잔디 공원 옆 도로에 앉아있는 두세 명에 접근 서툰 영어를 구사하며 대화를 청하고 보니 초라한 사람은 현지근로자로 일하는 방글라데시인이란다. 몇 번 말로 시도해보지만, 자꾸 회피하고 대화가 통하지 않아 우리 일행끼리만 잡담도 오래도록 하고 나니 시간이 흘렀다. 끈적끈적한 더위도 짜증스러워 호텔로 들어가는 것을 재촉하여 호텔에 돌아온 우리는 각자 방을 찾아 셋째 날을 끝내는 밤이었다.

넷째 날 7월 16일 토요일 날씨 맑음

싱가포르의 웅장한 도시의 아침은 시골과 같이 조용하게 밝아온다. 오늘은 호텔에 투숙한 방을 비워주고 마지막 여행지 말레이시아를 관광하는 날이다. 그동안의 짐을 꾸려 갈려면 바쁜 아침 일정에 06시 30분경 머리 감고 세수하고 기행문을 쓰는 것조차 바쁘기만 했다. 하지만 먼 훗날 여행 속의 사진도 좋지만 생생한 기억은 기행문이 더 없을 것 같아 어제의 일과를 메모해 두었다. 오늘도 호텔식으로 아침 식사를 끝내고 양치 후 일행의 초인종 소리를 받고 나는 더욱 바쁜 마음으로 나갈 준비에 서둘렀다. 예정된 09시에 우리는 말레이시아 '조호바루'를 가기 위해 730번 대형버스를 타고 30여 분 차로 달려가니 큰 다리를 건너기 전 싱가포르 여권 국에 내려 출국 절차를 밟았다. 우리는 다시 그 버스에 승차하여 '조호바루' 해협에 놓여있는 1.5km 정도의 다리 하나를 두고 '말레이시아'와 국경이란다. 이 다리와 나란히 세 개의 큰 관이 있는데 '말레이시아'에서 생산되는 물 그리고 원유가 지나고 또 하나는 유입된 물을 정수하여 다시 보내는 송수, 송유관으로 싱가포르에 유일한 물과 기름의 수송로인 것이다. 우리가 승차한 버스는 금방 다리 하나를 건너 '말레이시아'와 '쿠알라룸푸르'의 발전 과정은 동남아시아 특유의 복합적 구조적인 특성을 나타낸다. 말레이시아 민족 국가의 수도 임에도 불구하고 주민의 2/3가 중국계이며, 말레이계는 15%, 인도계 10%이고, 그밖에 유럽인들도 있다. 이들은 저마다 역사적으로 거주 구역을 달리하고 종교·언어·직업·생활 수준 등에서도 뚜렷하게 구별되고 있다. 예컨대 상공업 종사자는 중국계가 압도적으로 많으나 하급관리·경찰·군인은 말레이계, 운수업 종사자는 인도계가 많단다.

말레이시아는 말레이반도 남부와 600km 떨어진 '보르네오 섬' 북부 영토 즉 '사라왁주'와 '사바주로' 이루어진 나라다. 말레이시아와 보르네오 앞의 말라카 해협은 세계에서 가장 많은 교통량을 자랑하는 해협이다. 옛날부터 중국, 일본, 타이, 베트남 인디아를 이어주는 중요한 뱃길이다. 그래서 더욱 세계의 열강 침략에 시달리는 나라이다. 말레이시아의 수도가 된 후로 시내에 국회의사당, 원수(元首)의 궁전, 이슬람교 사원, 스타디움, 대학, 박물관 등 근대적인 건물이 잇달아 건설되었다. 시를 둘러싸는 열 대수 녹지와 함께 아름다운 도시를 이루고 있다. 중심부에 시티센터빌딩(1998년 완공)을 한국의 삼성 건설(주)가 일부 건설하였다. 또 각종 교통기관이 잘 정비되어 있으며, 남쪽 교외에는 영국의 '뉴-타운'을 모방한 위성도시 '페탈링자야'가 있다. 주변에 말레이시아의 새로운 공업지대가 조성되어 있다. 여권 국에 내려 입국심사를 마치고 대기한 버스에 승차하니 25~6세 되어 보이는 얼굴이 검은 이국 아가씨가 승차해 있었다. 버스가 출발하자 미스 조양의 소개가 끝나기가 바쁘게 한국어로 감사 합니다(슬라마 다랑). 아빠 가발(안녕하세요)라고 하고는 고무나무 세계 1위인 개발도상국인 말레이시아를 소개한다.

남북한 합친 1.5배 면적의 넓이에 13개 주가 있으며 그중 9개 주가 주의 왕이 있는 입헌군주주의로 다스리는 나라란다. 이곳은 '이조호바루주'로 GNP 3,000불에 1,800만 명의 인구가 사는 이 도시는 '제이비'도시라 한다. 말레이시아 반도는 11㎢ 버스로 4~5시간 걸리며 이곳은 한국인이 약 300여 명이 사는 나라라고 소개한다. 도로변에 무궁화 꽃처럼 보이는 코코아나무 꽃을 수없이 구경하면서 이슬람교 사원(아브방카)으로 향하면서 안내자는 연신 자기 나라 자랑을 잊지 않는다. '이조호바루주'는 1963년 독립되어 현재 4번째 국왕이 다스리는 회교도 국가 중 가장 자유스러운 국가라고 일컬어준다. 우체국과 시청과 법원을 지나 지금은 정부 청사로 있으나 일본 '야마시장군'이 썼다는 청사를 지나 1900년경 8년에 걸쳐 지었다는 초승달 모양의 '아브방카' 왕궁 자랑한다. 사진촬영을 마친 우리는 말레이시아 원주민 마을인 감봉마을로 이동하였다. 원주민들에게 생업이 무엇이냐고 질문한 우리에게 어부나 정부청사에 종사하고 중국계는 주로 상업을 한단다.

우리가 이동하는 주위에는 600여 마리의 호랑이가 있다는 동물원을 지나 11시 20분경 일 층 거실에 주방이 같이 있고 화장실 방 그리고 반 이 층에 별개의 방이 있는 원주민 촌이다. 일찍이 서구 문명이 들어와 냉장고 TV 선풍기 등 원주민이라기에는 이해가 되지 않는 구조에 사는 실내 분위기였다. 마을 뒤 언덕에 공동묘지는 사각 테두리 내에 조그마한 비석만 두 개씩 서 있었다. 알고 보니 이슬람교에서는 사람이 죽으면 24시간 이내에 깨끗이 몸을 씻어 팝 유 기름을 발라 남자는 2m 깊이 여자는 3m 깊이에 묻는다. 또한, 머리는 사우디 메카를 향해 45도 각도로 비스듬히 세워 묻은 다음 머리와 배꼽 위치에 남자는 뾰족하게 여자는 세모꼴을 하여 부자는 상위에 사각 테의 석각을 설치한다. 반면 없는 자는 그대로 두는 이슬람교 창시자 마호멧 교 계율을 지켜 만든 공동묘지를 구경하였다. 다음 바쁘게 이동한 곳은 '마쓰권'이라는 조그마한 전통 박물관을 들어서니 원주민들이 사용하던 문물들이 진열되어있었다. 관람 후 서둘러 탑승한 버스에 가이드는 이슬람교를 믿는 이 나라는 술 소고기 돼지고기 개고기 등 먹지 않는 풍습에 고양이는 애완동물로 많이 기르고 있다고 한다. 쉬지 않고 소개하는 동안 바라보이는 창밖 시내는 이제 한창 건설의 소리가 발돋움하는 것이 눈에 들어온다. 좀 아쉬워하는 것도 아랑곳하지 않고 짜인 스케줄에 '준 빠 다라기'(다시 만나요)하며 헤어지는 인사가 끝나자 11시 50분 우리를 태운 버스는 벌써 말레이시아 출국을 하는 여 권 국에 와있었다. 밀리지 않는 시각이라 빨리 출국절차를 밟을 수가 있었다.

  마이크를 건네받은 미스 조양은 어느덧 싱가포르에 대한 설 명이 한창이었다. 이곳 나라의 병역관계는 대학을 가지 않는 한 만18세가 되면 의무적으로 군대에 가야 한다. 훈련은 주로 대만이나 말레이시아에 원정 훈련을 시킨 다음 복귀하여 국 방의무를 한다. 싱가포르의 또 하나의 특징은 여관이란 게 없 단다. 시내를 달리던 버스는 낮이 익은 한식집 식당 앞에 우 리를 내려주었고 그곳 식당에서는 고춧가루가 있는 듯 마는 듯한 김치와 몇 가지 한식 나물로 식사했다. 우리는 잠시 이 곳의 특이한 과일이라도 먹어볼까 하여 과일 슈퍼에 내려 난 생처음 보는 과일을 골라 선을 뵈었으나 우리 입맛엔 우리 과 일이 제일이라는 생각뿐이다. 13시 20분~50분까지 우리에게 주어진 시간은 예정에 없는 시내 진주방 백화점에 시간을 주 어 내가 구하고자 하는 테니스라켓 Will Sun 제품을 이곳에 서 구했다. 우리가 다시 이동한 곳은 14시가 되어서 국립 식 물원은 영국령 시대에 창립된 공원 식물원이다. 넓이 약 328㎢, 대략 3,000종의 식물이 식재되어 있다. 식물 표본관에 는 1만 5천 종의 표본이 있으며, 전임 학자들이 상주하고 있 어, 연구보고를 게재하는 학술잡지도 발행한단다. 오전 6시에

205

서 오후 7시까지 연중무휴로 공개되며, 특히 난초과, 식물, 야자나뭇과의 대나무류가 많다. 특히, 관내에는 '국립 오키드가든'이 자리하고 있는데 아름다운 400여 종 난초와 2,000여 종의 특이 종 교배종이 많아 관광객들의 발길을 끌고 있었다. 따가운 햇볕을 피해 그늘을 따라 넓디넓은 공원을 따라 열대의 희귀식물 우리나라에서 귀하게만 여겨지는 관음 죽은 야생 식물로 많았다. 수많은 동양란 역시 일 년 내내 무더위가 계속되는 열대림을 짐작할 수가 있었다.

다시 우리가 이동한 곳은 일본이나 북한 그리고 각국의 대사관이 있다는 관제를 끼고 근대 문명의 아버지라 불리는 '머라이언 공원' 쪽에서 낚시하는 곳을 구경하였다. 낚시를 좋아하는 나와 관 배 친구는 안내자 김 군과 함께 낚시쇼핑을 하겠다고 하였다. 우리의 뜻을 받아들여 헤맸으나 낚시 제품을 파는 곳을 찾지 못해 결국 허탕에 그친 것은 낚시 인구가 많지 않아 낚시점이 흔하지 않은 것을 알고서였다.

평소보다 저녁 식사를 일찍 하게 된 것은 이젠 우리의 여행 일정도 마지막으로 귀국하기 위해서 공항으로 나가야 했다. 창이 국제공항에 가는 도중의 우리는 짧은 3박 4일간의 우리의 안내를 해주었던 안내자 조 양과 이제 헤어져야 하는 안내자와 맺은 정을 뒤로하고 헤어졌다. 우리가 탑승할 비행기는 22시 50분 기다리는 시간 우리는 귀국을 위한 쇼핑을 하고 22시 30분에 대한항공 K1632 편에 탑승하였다. 23:00시가 다되어서 탑승 절차를 밟는 데는 어려움이 없었다. 우리는 언제 또 오게 될 줄도 모르는 이곳에서 작별을 악수로 고하였다. 2~30분 후 탑승한 우리를 태운 비행기는 창이 국제공항 활주로를 미끄러지듯 이륙하였다. 어둠 때문에도 방향을 알 수 없어 비행기 의자에 기대어 피곤함에 젖어 깊은 단잠을 청하였다.

마지막 날 7월 17일 일요일 날씨 맑음

창이국제공항에서 이륙한 비행기는 새벽 1시 우리는 방콕의 국제공항에서 대형 기종인 제트여객기로 바꾸어 타게 되었다. 아마도 태국에서 귀국하는 사람이 많아서인지 훨씬 소음이 적고 흔들림이 직음을 직감할 수 있는 것은 먹먹하던 귀아픔도 느낄 수 없었다. 안락함이 더한 탓인지 그만 마지막 기내 면세 쇼핑도 곤한 잠 때문에 놓치고 말았다. 흔들리는 기체에서 눈을 떴을 때는 서서히 밝아오는 구름 사이로 얼마 지나지 않아 햇빛을 볼 수가 있는 곳이었다. 구름이 잔뜩 낀 태국의 상공 아니 일본의 상공에도 간간이 뭉게구름을 볼 수가 있었는데 한국이 가까워져 오면서 맑은 하늘이다. 고도 1,200m 상공에서 바다에 떠다니는 배까지도 내려다보였으며 제주도 한라산 상공에서 내려다보이는 아래는 무척이나 맑기만 하였다. 비행기는 08시 50분 김포 공항에 착륙하였고 짐이 많지 않은 우리 일행은 쉽게 짐을 찾아 나올 수가 있었다. 이곳에서 서울의 일행과 다음 달 7일로 모임 일정을 약속하고 작별을 고했다. 우리는 국내선 청사로 이동한 것은 11시에 광주로 가는 비행기를 타기 위해 순환 버스를 이용 안내자의 안내 절차에 따랐다. 광주 공항으로 와야 하는 우리는 아시아나항공으로 바꾸어 탄 것은 10:45분 예정된 비행기는 11시가 되었다. 김포공항을 이륙한 지 40여 분의 일정은 아무런 탈이 없이 모두가 무사하게 5박 6일의 아쉬운 여정을 남겨야 했다. 우리가 언제 또다시 이렇게 즐거운 여행을 할 수 있을까를 입에 담으며 광주 공항에서 모두가 각자의 가정으로 헤어졌다. 4박 5일의 일정과 우리 여행으로 수고해준 낙타 항공의 안내자와도 고생 많았다는 인사와 함께 두서없는 여행기를 마무리한다.

서기 1994년 7월 우보회 동남아 여행을 마치며

中國, 桑海, 張家界, 旅行紀

參席者 名單 : na moo suk(kim yeon ja) /jang jae pil(yang ha kyung)
choi seok jung(kim boo ja) /park yong chul(yang sung ja)
lee kwang hyun(baek jeong ja)/cha jong yeol(song kyung hyo)
lee jeong il (kim hyun sook)/ cho kyung suk(shim heong yi)
joung chan yul(seo joung ae)/ kang soonja / kim mee sook
park jong taek /jang dong chul (이상:22명)

* 日　時 : 西記2003年 09月29日~2003年 10月 02日(3박 4일)
* 여행 경비 : 부부동반 일백오십 만원 (1,500,000 원)

여행 첫째 날 (2003년 09월 29일)

아침으로 운동 목적으로 나가는 골프 조기 회에서 회장님이
신 전 광주광역시 행정 부시장님으로 정년퇴직하시고 현 광
주광역시시 행정 동우회 회장님이시고 광주광역시 생활인체
육회 회장님으로 지역사회 덕망이 높으신 나무석 회장님과
사모님의 권유를 받았다. 최근 사업 부진으로 지난 1992년 유
럽(독일, 프랑스. 영국. 스위스. 네덜란드) 와 1993년 친구들
과 맺어진 우보회에서 동남아 지역인(싱가포르. 태국. 인도네

시아)의 여행을 끝으로 해외여행을 자제하고 있었다. 때마침 4년 전부터 이번 여행 준비를 해 오셨다는 열한 분의 전직 고위공직을 퇴직하신 사모님들 이번 준비한 프로그램에 급한 사정 의로 한 부부가 못 가시는 형편에 처했다. 충분히 이해가 가는 부분은 연로하신 분의 건강 무제는 갑자기 애로가 발생하기 때문이다. 여행사와의 난제도 해결할 겸 그래도 그 고명한 모임 자리에 선택받은 영광 된 자리다. 불편 없으리라는 나 회장 사모님 권유를 받아들여 훌륭하신 분들과 함께하게 된 영광이 여행을 동참하게 된 동기가 되었다.

 여권 실효 만기로 추진하는 지구촌 여행사의 협조로 우리 부부의 복수 여권을 급하게 다시 만들고 2003년 09월 29일 오전 업무를 정리하고 12시 광주공항청사에 도착하였다. 나 회장님 내외분을 비롯하여 얼마 전 정년으로 퇴임하신 이정일 전 광주광역시 서구청장님 내외분, 보성군수를 지내시고 전 광주광역시 도시 개발 사장님을 정년퇴직하신 장재필 사장님 내외분 전 광주광역시 북구 청장님을 지내신 박종택 청장님 등이 먼저 와 계셨다. 한쪽에 있다가 함께 하실 여러 어르신 앞에 간단한 저의 부부 소개를 나무석 회장님께서 해주셔 나로서는 더없는 영광의 자리였다. 이번 여행안내는 직접 지구촌 여행사회장이신 장동찬 회장님(062-223-4416)의 안내와 순서절차에 따라 여행 가방을 계산대 수화물 창구에 절차를 밟고 항공권 검사를 하였다. 상해행 운항 기에 탑승한 것은 13 : 25분 발 광주공항을 이륙한 비행기가 드넓은 활주로를 박차고 어느새인가 서해를 건너 기내 창문으로 보이는 커다란 구름 사이를 헤 짚고 날 기를 한 시간 20분 지났다. 벌써 중국 상하이에 있는 푸둥 국제공항 동쪽에 있는 푸둥 국제공항 상공에서 내려 다 보이는 풍경은 드넓은 평야지에 죽죽 뻗은 도로를 가로수에 무친 체 길 따라 주택과 건물이 사진 속의 그림처럼 늘어져 있다. 잠시 후 기내안내 방송에 따라 멀리 서해를 옆으로 하는 푸둥 국제공항에 요란스런 엔진 소리 타이어 굴러가는 동체의 흔들림을 느끼면서 무사히 활주로에 착륙하였다. 우리 일행은 리무진에 옮겨 타니 5분여 만에 공항청사에 도착 조금은 까다로운 입국 절차를 끝냈다. 공항을 나가려 하니 지구촌여행사의 피켓을 든 30대의 안내자를 따라 중형급의 리무진 버스에 몸을 실었을 때는 현지안내자의 첫 대면 인사와 함께 이곳 시간은 한국 시각보다 한 시간 늦은 15시 10분이란다.

안내자는 공항을 뒤로하고 달리는 버스의 창밖에 도로 옆으로 나란히 고가 철로처럼 되어있는 세계에서 유일하게 시공된 자기부상열차를 소개한다. 버스로 상해까지 90분 정도 달리는 거리를 7분이면 주파하는 최첨단 초고속으로 중국이 자랑하는 괘도 열차로 지금은 시험 운전 중이나 특별행사 때에만 운행하기 때문에 전동차는 볼 수 없는 아쉽다며 설명한다. 이곳 상해는 한국의 전라도 광주 기온보다는 다소 더우며 습도가 높고 년 중 영하 1~2도에서 섭씨 38도를 오르내리는 무더운 편이며 한국처럼 맑고 청명한 날을 거의 볼 수가 없으며 희뿌연 황사가 시야를 답답하게 하는 기후란다. 5년 전부터 주5일제를 시행하는 곳이며 주거생활은 주택 대부분이 난방 시설이 되지 않는 특수성 때문에 경제 사정이 좋은 사람 많이 살기 좋은 나라라고 부언에 설명한다. 달리는 차로 변에는 한국처럼 많은 차량은 아니지만, 대한민국의 현대차와 기아자동차 쌍용차도 가끔 눈에 띄지만, 일본의 도요타와 독일의 폭스바겐이 대체로 많은 편이란다. 중국 상해는 약칭하여 '후(沪)' 또는 '선(申)'이라고도 부른다. 중국 동부 해안의 중간 부분에 양쯔 강(揚子江)이 바다로 들어가는 입구에 있으며, 해안선 길이는 220㎞이다. 전국시대 초(楚) 나라 춘신군(春申君)의 봉읍 이었으며, 송(宋)나라 때 진(镇)을 설치하여 상하이(上海)라고 부르기 시작하였다. 1927년 시가 설치되었고, 현재는 중국의 4대 직할시가운데 하나로 중요한 공업기지이며, 항구와 무역, 과학 기술, 정보, 금융의 중심지이다. 면적은 약 6,000㎢이며, 행정구역은 황 푸(黃浦)·푸둥 신(浦東 新), 자 베이(闸北), 창닝(长宁), 양 푸[杨浦], 푸퉈[普陀], 루완[卢湾], 징안[静安], 바오산[宝山], 쉬 후히[徐汇], 홍커우[虹口], 자딩[嘉定], 민항[闵行], 쑹쟝[松江], 진산[金山], 칭푸[青浦], 난후의[南汇], 펑셴[奉贤] 등 18개 구와 충밍[崇明]의 1개 현(县)으로 이루어져 있다.

이곳 상해는 습기가 많은 아열대성 기후에 7~8월에는 섭씨 40~50도가 보통이며 겨울에는 영하 1℃ 정도가 평균 기온이며 상해는 일찍이 굴뚝 없는 성장산업인 관광산업에 눈을 떴다. 1842년 남경 조약으로 개항된 국제적 상업 도시이며 항구 도시로 빌딩은 높고 기발한 디자인에 미가 없는 건축물은 허가해주지 않아 개성적인 패션 건물로 미래를 내다보며 성장하고 있단다. 중국 상해에 있는 국제공항 푸둥 공항은 1999년 10월에 개항한 신공항으로, 상하이 도심에서 남동쪽으로 약 30㎞ 떨어져 있고, 홍차오[紅橋] 국제공항으로부터 약 40㎞ 거리에 있다. 아시아 최고의 허브(Hub) 공항을 목표로 현재도 공사가 진행 중이다. 제1기 건설은 1997년 10월 전면적으로 착공하여, 1999년 9월 항공기 운항이 가능하도록 하였는데, 길이 4,000m 폭 60m 크기의 활주로 1개소와 항공기 76대가 동시에 머무를 수 있는 80만㎡의 계류장을 갖추고 있다. 항공 노선은 32개의 세계 도시와 52개의 국내 도시로 연결되며, 항공사로는 중국 국제 항공, 중국 남방항공. 중국 북방항공, 중국 동방항공 등 중국 항공사가 있다. 또한 대한항공(주), 아시아나항공(주), 일본항공, 전 일본항공, 유나이티드항공(ULA), 노스웨스트 항공, 스위스 항공, 네덜란드항공 등 외국 항공사가 취항하고 있단다. 크고 작은 수많은 다국적 비행기가 이착륙과 격납고에 대기하고 있는 거대한 공항을 보면서 달리는 버스의 차창밖엔 3~4층의 처마가 적게 나온 다세대주택에 창문 앞엔 장식처럼 빨래건조대가 설치되어 있다. 이것은 습기가 많은 탓으로 불가피한 현상이며 가끔은 고층아파트에 상위급에 속하는 아파트는 매매가격이 한국 돈 3억을 훗가 한다고 전한다.

얼마를 달렸을까 고층건물과 아파트가 많은 중심가에 들어
서는 교차로엔 신호등이 많지 않음을 볼 수 있다. 대체로 자
동차의 흐름 이적은 탓인지 신호질서가 과히 좋지 않은 상황
속에 중국에서 제일 길다는 630m의 남포 대교를 지나 상해
임시정부 청사가 있는 곳에 안내되었다. 이곳은 우리나라 독
립운동의 근거지 "임시정부 청사"로 1945년 광복 때까지 항
일운동의 대표기구 임무를 수행한 대한민국 임시 정부의 중
국 내 마지막 청사다. 임시정부는 1919년에 조직된 뒤 상하이
에 청사를 두고 활동해 왔으나, 윤봉길 의사 의거 직후 일제
의 탄압을 피하려고 1940년에 충칭으로 청사를 옮겼다. 임시
정부가 1945년 8·15광복과 더불어 27년간의 여정을 마치고
귀국한 후에 임시정부청사는 충칭시의 도시개발계획으로 한
때 사라질 위기에 처했다, 하지만 국내의 대기업들과 정부가
힘을 모아 복원작업을 시작하였으며 1995년 일반 대중에게
공개되었다. 이곳은 상해시 로만구 마당로 306통 보경리 4호
(지금은 마당로 306통 4호)에 1919년 4월 13일 상해에서 창
설된 대한민국 임시정부를 수립 1925년에 중국 근대식 석조
문 구조의 건축으로 3층으로 건설되어있다. 수차례의 임시 건
물에 이전을 거쳐 1926년 이곳 보경리 4호로 옮겼다고 한다.
1932년 홍구공원 폭발사건이 있을 때 불가불 상해를 잠시 떠
났다가 다시 이 집에서 7년간 공무 활동을 하였다. 1990년부
터 임시정부청사의 복원 사업은 상해시 로만구 정부 및 수많
은 관광객과 한국의 삼성물산 주식회사의 금전 지원을 받아
현재 상태로 복원되었다는 것이다. 일층회의실 한쪽에는 고

"이승만 대통령" 박은식, 이시호, 김구, 이동영, 씨 등 애국지사의 사진과 빛바랜 대한민국 태극기가 엑스(X) 자로 벽에 붙어 있다. 목재로 된 계단을 따라 이 층에 올라가니, 김구 선생의 집무실과 임시정부집무실이었고 3층에는 목재로 된 침대가 있는 것으로 주거 층인 듯싶다. 3층의 우측 한쪽에는 1919년 03월 21일 손병희 대통령 그리고 이봉창, 윤봉길 선생 등 우국지사의 역사관을 관람하였다. 다행히 관계 여로의 커다란 관심과 도움을 받아 독립투사의 면모를 대내외로 알리는 "독립 기념관"이 유지되었단다.

  16시 07분 임시청사를 나온 노변에는 자전거 오토바이 행렬의 쉴 새 없는 행렬을 따라 진풍경이다. 우리에게 배정된 관광버스를 타고 출발한 버스는 좀 더 정돈되고 깨끗한 상해의 중심거리 남경로(南京路)를 따라 상해 시청을 좌로 하고 상해 도서관을 지나 인민광장으로 가는 길이란다. 100여 미터 좌측 멀리 낯익은 한국의 삼성의 간판이 보이는 저곳에 한국의 신세계 백화점에서 운영하는 신세계 백화점이란다. 이곳 시내는 특히 지하에 물이 많아 고가도로(高架道路)가 대체로 발달 된 도시다. 시내 고층 건물마다 눈에 띄게 걸려있는 빨간 글씨의 대형 프랑 카드는 10월 01일 중국의 대명절로 꼽는 국경절(国庆节)은 중화인민 공화국의 건국 기념일로, 매년 10월 01일이다. 1949년 10월 01일 마오쩌둥이 천안문 광장에서 중화 인민공화국 정권 수립을 선포한 데에서 유래되었다고 한다. 1949년 12월 02일 중앙 인민정부가 매년 10월

01일을 국경절로 기념하는 내용의 결의안을 채택하면서 국경일로 지정되었다. 중국에서 이날은 1년에 2번 맞는 1주일간의 황금주가 시작되는 날이기도 하며 중국과 홍콩, 마카오에서도 이날을 기념한다. 중국 정부는 불꽃놀이와 콘서트를 비롯한 국경절 행사를 주관하며 경축하는 진풍경이란다. 얼마를 지났을까 우리의 버스가 정차하여 걸어서 한 오 분 걸어오르니 많은 현지인 이 벅적대는 모습과 함께 언제나 누런 흙탕물이 흐르지만, 강을 오가는 많은 배는 활기가 넘친다는 황푸 강(黃浦江) 길이 114Km 상해 시내를 가로지르는 황푸강(黃浦江)은 중국의 장쑤 성 남동부를 흐르는 상해를 지나 우쏭(吳淞)부근에서 양쯔 강(揚子江)으로 흘러든다.

상하이는 원나라 때인 1291년 처음으로 현(縣)이 되어 1,600년대까지는 도로라고 할 만한 길이 열 갈래밖에 없는 작은 시골 마을에 불과했단다. 당시 상하이는 작은 쑤저우라 불리 우는 샤오슈저우(小蘇州)로 불리 우기도 했는데 사람들이 그 별명을 자랑스럽게 여겼다고 한다. 상하이는 1840년대 중국이 강제 개항된 뒤 변방에서 중심으로 떠오르기 시작했다. 하지만 상하이 곳곳은 개항 후 1854년부터 100년 동안 서구 열강의 조계지(외국인 치외 법권 지역)가 됐다. 1920년대에는 만연한 부패와 마약, 성매매 때문에 아시아의 매춘 지라는 모욕적인 별칭을 얻기도 했단다. 하지만 그 아픈 역사는 발전의 원동력이 되어 상하이는 무역의 중심지가 되면서 경제 발전을 거듭했다. 당시 세워진 근대 유산은 오늘날 고스란히 격

조 높은 도시의 인프라가 됐으며 그 부분에 능력을 발휘한 덩샤오핑(鄧小平)이 능력 있는 사람이 먼저 부자가 되라는 선부론(先富論)을 내세우며 탄력을 받았으며 그는 "중국의 미래는 상하이에 달려 있다"며 상하이를 가장 발전한 도시 중 하나로 만들겠다고 선언하여 한때는 홍콩과 광둥(廣東) 성에 제1의 경제 도시 타이틀을 빼앗겼든 상하이는 그 결과 1990년대에 다시 과거의 영광을 되찾은 상하이는 극심한 빈부 격차를 불러오기도 한 사회주의 국가의 한복판에 거대하게 치솟아 세계가 주목하는 도시가 되었단다.

이 강을 중심으로 강 건너 동쪽을 푸둥(浦東) 서쪽을 푸시(浦西)로 한다. 푸둥은 원래는 허허벌판이었다. 그때 "푸둥에 집 한 채 있는 것보다 푸시(浦西)에 침대 한 칸이 있는 것이 났다"는 말이 있을 정도의 빈촌(貧村)인 푸둥(浦東)의 외탄의 길이는 약 1.7㎞ 정도이며 다양한 건축양식이 이곳에 밀집되어 세계 건축 시장을 방불케 할 정도라는 관람 지였고 물건을 사라고 외치는 잡상인 사진을 촬영하는 등 벅적대는 강변 건너엔 중국에서 최대의 건물로 자랑하는 푸둥 컨벤션센터 그리고 국제 회의장이 있다는 드높은 원형 건축 높이 468m의 세계에서 세 번째 높고 아시아에서 제일 높다고 한다. 263m 지점에 전망대가 있는데 바닥이 유리로 되어있는 곳이 있어서 재미있는 구경을 할 수 있는 곳으로 TV 방송 송신탑인 등 팡민주(東方明珠)며 중국의 전통 불탑 같은 모양을 한 88층 진마오(금무: 金茂)타워 는 중국인 좋아하는 숫자 8을 이용 하여 외각의 기둥이 8개 내부 기둥도 8각형으로 각층이 아래층보다 8분의 1씩이 작아진다. 주소는 스지다다오(세 기대도: 世紀大道)88호 1998년 8월 8일 완공했다. 고층 탑(高層 塔)인 칭다오(靑陶)의 유명한 도시 푸둥 건너 황 푸 강변의 이곳 명소는 황 푸 강을 사이에 두고 국제 무역 센터며 컨벤션센터를 비롯하여 금 무대 화평 반점 피사탑 등 내놓으라 하는 굴지의 고층 건물에 밤8 시부터 9시까지는 의무적으로 형형색색의 야경조명을 밝혀 관람객을 유치한다고 하니 굴뚝 없는 산업의 상술에는 능수능란한 나라라고 아니할 수가 없다.

 칭다오(靑島)의 유명한 도시 푸둥 건너 황푸 강 변에서 관람을 끝내고 버스에 탑승한 우리 일행은 특별히 함께해주신 지구촌 여행사 사장 장희태 씨의 중국에 관한 설명을 들었다. 630m의 남포 대교를 따라 공항으로 이동하는 시각은 19시 30 분발 장자제행 비행기를 타기 위해서였다. 공항에 도착하여 절차 중 일체의 액체 물품은 기내 반입을 금지하는 탓으로 휴대하는 액체 약병까지도 안내자가 거두어 화물 편의로 탁송시켰다. 한 시간 넘게 기다린 우리 일행이 탑승한 비행기는 어둠이 깔린 중국 상공을 날아가는 중 기내 음식을 제공해주었다. 한 시간 오십 분 걸려 도착한 공항의 활주로에는 10여 대의 동방/남방 항공 등 자국 내 비행기가 10여 대 계류 중인 장 가계 국내 공항 (중국어: 张家界荷花机场, 張家界荷花机場, (영어: Zhangjiajie Airport)이였다. 중화 인민공화국 후난 성 장자제 시에 있는 국내공항에 도착했다. 트랩에서 내린 우리 일행이 화물을 찾아 청사를 나오니 2박 3일간 우리를 현지 안내를 해줄 현지 안내할 여자분이 우리를 버스에 안내했다. 안내자의 인사와 안내 방송을 들으며 한적한 도로를 따라 4~50여 분 불빛이 어울려진 조그마한 도시 속 4성급 호텔이라는 장 가계 國際 酒店(국제주점 :호텔) 이곳 시내에선 제일 큰 호텔이란다. 로비에서 방 열쇠를 받아 7층에 여장을 풀고 잠자리에 들 여고 하니 자정이 다 되는 시간이다

여행 둘째 날(2003년 09월 30일)

이곳 장가계는 중국 호남성(湖南省)서 북부에 있는 동경 109도 04~111도 20도 북위 28도 52~29도 48에 위치한다. 년 평균기온 16℃ 총면적 9,516㎢ 총인구 153만 8천 중 약 69% 정도 토족, 가족, 묘족, 등 소수민족이 살고 있다. 이곳 시에서 가장 고급이라는 호텔 방에는 한국에서 그 흔한 시계 하나 보이질 않고 밤새 나온 TV에 자막 시간마저도 나오지 않는다. 가져온 휴대 전화기마저 주파수 대역이 달라 먹통이 되어 버려 기상 시간 때문에 가지고 오지 않은 손목시계가 아쉬웠다. 몇 차례 잠을 설치고 밝아오는 창을 보면서야 기상하여 창문을 열고 밖을 보니 희뿌연 연무 속에 한국에서 TV에 중국과 북한이 압록강을 끼고 있는 현장에 와있는 듯하다. 100여m 강폭에 그리 많지 않은 물이 흐르고 강 건너에는 3~4층의 중국 고유의 다세대 주택이 아직 잠이 덜 깬 듯 풍경을 보면서 오늘 하루의 일정을 준비하고 실에 딸린 욕실 샤워를 마치고 쫓기는 듯 일층 한 쪽에 마련된 뷔페식으로 아침

식사를 끝냈다. 가벼운 휴대품만 준비한 후 08시경 호텔 앞에서 출발하는 관광버스에 오르니 연길 대학 관광학과 4년을 졸업했다는 투명한 목소리 한국어로 안내한다. 아줌마 안내양이라는 자기소개와 포장길이면서도 덜컹거림이 심한 관광버스 내의 안내 방송을 들으며 시내를 돌아 나갔다. 잠시 후 한적한 농촌 들녘에는 벌써 가을 추수가 끝나고 볏단 가랑인지 짚 가랑인지 경지정리가 되어 있지 않은 들녘에 무덤처럼 군무를 이룰 뿐 한가로운 농 녘 그대로이다.

안내 방송에 따르면 이곳은 사억 년 전 바다였으나 세월이 흐르고 기상 이변으로 퇴화하여 지금의 형질로 변화되었다고 한다. 이곳은 대체로 경사가 심한 언덕과 골이 깊은 골짜기가 많은 산등성이에는 그리 오래되지 않는 수목이나 이제 심은 듯한 왕대 나무 묘목이 듬성듬성 내일을 기약하듯 심겨있다. 희뿌연 안개 사이로 한가롭게 농부들의 일하는 모습은 자연 그대로였다. 이곳 주택들은 단층이 아니고 대체로 2~3층 건물에 처마가 많이 나오지 않은 북쪽 지방의 특성에 대부분 1층은 창고 또는 헛간으로 사용한다. 2층이나 3층이 주거용으로 앞마당이 거의 없고 담장 또한 없는 것이 대부분이라고 한다. 들녘이라고 해도 넓은 들이 아니고 경지 정리 역시, 구경 할 수도 없는 두렁 진 산 들녘을 지나 한 시간 남짓 편도 일차로인 S자형 굴곡 길을 따라 버스가 달렸다. 도착한 곳은 조그마한 관광버스가 많이 주차되어있고 빨간색 노란색이 유별나게 상가가 많은 상점 앞으로 관광객이 많은 곳에 우리 일행을 하차시켰다. 이곳 입구에서 걸어서 약 25분 걸으면 유람선을 탈 수 있는 선착장에 도착하게 된다고 한다. 높은 절벽 산이 눈앞을 가로막고 웅장함과 신비가 연출 되는 이곳은 비록, 해맑은 날씨는 아니지만, 황토 연무 안갯속에 햇볕이 나와도 답답함은 어쩔 수 없는 스모그현상 그 자체였다.

  우리 일행과 다른 관광객이 포장된 관광도로를 따라 조금 오르니 어느새 구닥다리 대나무 의자를 두 개의 장대로 얽어 만든 의자 틀 가마를 들이대며 우리 돈 2만 원(중국 돈 약 12,000원)을 달라고 한다. 키도 크지 않는 깡마른 현지 가마꾼들은 우리 일행을 태우기 위해 혈안이 되어 소리소리 요란스럽다. 저절로 감탄사를 연발하게 하는 오르막 도보 코스 한쪽의 절벽에서 낙차를 이루며 떨어지는 보봉 호수에서 인공으로 만들어 떨어지는 폭포수가 장관이다. 20여 분 걸어 산비탈을 돌고 돌아 333계단 올라가니 산속에 커다란 호수가 보인다. 바로 목적지 보봉 호수란다. 애초 이 호수는 해발 55m 지점에 있는 수력 발전용 땜이었으나 지금은 길이 총 2.5㎞에 넓은 곳은 150m에 깊은 곳은 119m 제일 얕은 곳이 72m에 도마뱀의 형상으로 생겼다. 현지 호수에는 "와" 라는 물고기가 살고 있다고 안내자가 일러준다. 지금의 댐을 만들기 위해 불과 20~30m 폭을 댐 둑으로 막은 천연 댐에 가까운 땜으로 지금은 이렇게 유람선을 띄워 관광객을 유치한다. 이곳에 우리 일행도 30여 명이 탈 수 있는 지붕이 되어있는 유람선의 선상 의자에 앉아 잔잔하고 흑 진주색 물 위를 스쳐 가는 수면 위에 유람선의 안내방송의 안내자가 가리키는 곳을 보니 산 중턱에 공작새가 앉아 있다 하여 공작새 바위라고 한다. 수상 우측 쪽 조그마한 수상의 집에서 유창한 중국 고전 가요를 불러 우리의 시선을 끌게 하는 멋진 중국 의상의 미인 아가씨를 지나치니 총각 내가 노래로 흥을 돋웠다. 저 멀리 호수 건너편엔 아담하게 자리한 보봉 호텔의 호수 가에 하얀 건물이 물 위에 그림자가 유난히도 아름답다.

  배가 지나는 한시 방향 높은 산 위에 매년 음력 8월 15일 밤 보름달이 두꺼비 입처럼 생긴 곳에 걸리는 때를 보려고 관광객이 많이 몰린다는 두꺼비 바위가 눈에 들어온다. 틈틈이 시간의 공백을 메꾸느라 우리 일행에게 지명된 사람에게 시켜 보는 노래자랑도 박자에 맞추어 흥겨웠다. 30여 분의 유람선 관광을 끝내고 내려오는 코스는 우람한 바위 사이로 1m 20 정도 폭의 계단 길로 모두 가지런한 돌로 다듬은 보도블록이다. 올라가는 길옆에 인공 폭포수가 떨어지는 아래쪽엔 때때로 공연을 한다는 무대가 있고 폭포를 배경으로 두고 사진 한 커트 찍는 것도 빼놓을 수 없는 관광의 한 페이지다. 감탄사를 화두 삼아 돌아본 보봉 호수를 뒤로하고 버스로 20여 분 이동하여 안내된 곳은 화려하지도 않고 웅장하지도 않은 2층 짜리 100여 평 되어 보이는 질서 있게 찻잔과 차 재료가 전시 되어있다. 서너 군데 나지막한 탁자 앞에 귀엽게 생긴 조그마한 통나무 의자들이 10여 개씩 키를 맞대고 놓여있다. 茶 (차)에 대한 설명을 듣고 시음을 할 수 있도록 준비되어있고 우리 일행을 맞이하는 코너는 고풍을 풍기는 40대의 조선족 아줌마의 능숙한 우리말로 차(茶)에 대한 설명이다. 진행되는 동안 조그마하고 예쁜 주전자에 불꽃도 보이지 않는 전기스토브에 물을 끓여 열변한 차를 넣어 조그마한 다기 잔 의로 차를 음미하고 우리 일행이 가장 인기 있는 것은 역시 보양 강장 노화 방지 등에 좋다는 일 엽차를 저마다 1~2통씩 구했다. 일 층으로 이동한 일행은 10여 명씩 둘러앉아 식사할 수 있는 회전형 원탁 식탁에 안내되어 돼지고기 볶음과 탕수육에 한식이 겸비되어있는 점심을 들면서 한국에서 가져온 잎세 주를 반주 삼아 곁들이는 맛은 사뭇 달랐다. 사모님이 준비해온 김치 된장 고추에 젓가락이 가는 것은 길들 입맛 탓이리라! 이곳 중국에 여행객을 맞는 대형식당가는 주로 당에서 운영하는 탓으로 경쟁의식이 없어 한가함을 더해준다.

식당 앞엔 갖가지 현지 과일을 파는 조그마한 노상 과일 점이 하나 있을 뿐. 우리 일행이 인원을 점검하고 버스에 탑승하였다. 이동하여 안내된 곳은 해발 1,270m까지 설치된 케이블카로 등반하는 곳은 천자산(天瓷山)은 무릉원 서북쪽에 자리 잡고 있는데 장가계 공원 삭 계곡과 더불어 삼족 정립 태세를 이루고 산세가 높아 주위의 산봉우리들을 내려다보고 있다. 천자산은 명나라 홍무 연간의 향 왕 천자(향 대곤)가 이곳에서 의병을 모아 명나라를 반대한 것으로 하여 이름을 얻었다. 이곳엔 100개에 가까운 천연적인 관람대, 2,000여 개의 돌 봉우리 여러 개의 폭포와 샘물이 있다. 그 중에도 운해. 돌

파도, 동설, 노을이 제일 장관이다. 천자산에서 내려다보면 기이한 산봉우리들이 천군만마인 듯 기세당당한 감을 준다. 주요 경치로는 어필 봉, 서해, 천자 각, 신당만, 대관 대, 선인교, 장군 암, 신병집회 등이 있다. 천자산은 삭도를 타고 오를 수도 있고 남 천문으로 오를 수도 있다는 관광이다. 넓은 주차장은 평소의 관광객을 가늠하는 규모지만 오늘따라 밀리지 않는 탓으로 안내자가 나누어준 입장 카드를 받아 즉시 한국의 지하철 입장 하듯 지문 인식을 한 카드를 넣어 열린 문을 통과하였다. 놀라운 것은 이 카드 하나로 내일까지 남이 사용할 수 없도록 지문 인식(認識)을 시켰다는 것이다. 이곳 중국의 기발한 운영체제에 감탄하는 우리 일행 어르신의 말씀이다. 계단을 따라 얼마를 올랐을까? 수백 명이 몰려도 몇 겹의 갈지자형으로 줄서기를 위한 줄 칸막이는 바쁜 시간을 단축했다.

한국에 전라북도 무주에 설치되어있는 6인승 케이블카와 유사한 탑승 칸에 우리 일행이 나누어 타고 장엄(莊嚴)하고 화려하게 펼쳐지는 풍치와 전경에는 감탄사가 절로 나온다. 1,270m의 상봉에 내려 잠시 관람과 사진을 촬영하고 조금 걸어서 이동한 우리는 그 높은 상봉에서 기다리고 있는 미니버스에 옮겨 타고 7~8분 걸려 이동한 곳은 서기1995년 도에 개방되었다는 하룡공원은 중국의 10대 원수 중의 한 명인 하룡 장군을 기념하기 위해 세워진 곳이다. 또한, 공원 입구에 있는 "하룡 공원"이라는 네 글자의 이름은 1995년 3월에 강택민

총서기가 직접 쓴 것이다. 해발 1,270m 천자산 풍경구 안에. 한 하룽공원에는 이 지역 출신 장군으로 대장정 당시에 국민 당을 진압한 중국 혁명사의 영웅 하룽(賀龍. 허룽) 장군의 거대한 동상이 서 있다. 중국의 10대 원수 중 한 명인 하룽 장군의 동상 높이는 6m 무게는 9t으로 동상 옆에는 애마(愛馬)가 있는데 근래 100년 동안 중국에서 만들어진 가장 큰 동상이란다.〈동상 GV 작성자: 힐링〉

높은 곳에서 걸어서 10여 분 내려다보는 이곳이 억필봉이란다. 관람을 위한 곳인지 팔각형의 그리 크지 않는 건물이 올려다보는 곳에 버티고 서 있고 이곳저곳에 우리 일행이 보일 때마다 일천 원. 오천 원. 일만 원을 어색함 없이 외쳐대는 현지 상인들이 많다. 경치가 좋아 사진 한 장 찍는 사이 어느 틈에 찍었는지 열쇠고리에 찍은 사진을 넣어 천원만 달라고 귀찮게 하는 현지 상인들의 약삭 빠른 상술. 조금 더 이정표를 따라 숲 샛길을 다달으니 팔 척 동상이 나온다. 이름하여 중국에 유명한 하룽 장군의 동상은 공원 내에서 가장 눈에 띄는 곳은 하룽 동상이다, 그 외에도 병기관, 하룽 전시관 등이 있어 관람하고 시끌벅적 물건 사라고 외치는 잡소리를 뒤로 하고 다음 여행지를 위하여 대기하고 있는 25인승 미니버스에 올랐다. 꼬불꼬불 무등산 산장 길을 연상하며 40여 분 좁다란 산비탈 포장길을 기술 좋게 비껴가는 능숙한 운전 솜씨다. 사방팔방을 보아도 풍치와 경치가 지루한 줄 모른 체 달리는 버스를 손을 들며 세우는 현지 산속인들을 그냥 지나치는 것을 볼 때 민가가 군데군데 흩어져 있음을 방증한다.

얼마를 달렸을까 정돈된 상점이 보이고 주차장이 개방된 곳에 내려 이동한 곳은 유일하게 외국(美國: 미국)자본을 끌어들여 2,000년에 미국사람들에 의하여 개발되었다는 곳에 도착하였다. 멀리서만 보았든 우람하게 솟은 봉우리에서 골짜기로 수직으로 326m 설치된 엘리베이터 2001년 중국과 수교가 좋지 않아 한때 관광이 중단되었다가 얼마 전에 재개방되었다고 설명한다. 안내자의 안내를 따라 엘리베이터에 우리 일행 전원이 탑승한 지 2~3분 만에 내려서는 것은 기암절벽 속으로 3/1이 묻혀있는 우람함 그대로였다. 엘리베이터에서 내려서 올려다보면 깎아지른 듯한 기암괴석 자태는 인간의 힘으로는 만들려도 만들지 못했으랴! 잠시 후 우리 일행을 탑승시켜 20여 분 후 이동한 곳은 10리를 돌아 덜그렁 그리지만, 속도가 느린 괘도 열차에 탔다. 절묘한 자기 부상열차를 타고 또다시 올려다보는 장관을 연출하는 비경은 어떻게 저런 웅장한 바위틈에 수백 년 노송과 수목들이 버티고 있는 장관이다. 먼 산봉우리가 잘 보이는 곳에 돌아선 역처럼 관광객을 하차하여 휴식과 관람을 5분여 다시 돌아 내려오는 레일 옆 움막 체에 전기 변전실이 몇 군데 눈에 띈다. 부상열차의 관람을 뒤로하고 또다시 바뀐 관광버스에 굽이굽이 돌아 숙소로 돌아오는 차길 마다 조금은 아쉬운 장면이다. 편도 일차로의 시멘트 포장길이 된 것은 남아도는 십오억 인구의 일자리를 위해 도로도 터널도 기계 작업보다는 수작업 위주의 공법으로 건설한 터널을 통과할 때의 일이다. 겨우 버스 한 대 통과 넓이 탓으로 양방향 운행이 금지하여 통제원도 먹고살게 인민을 위한 하나의 술책들 이것이 오늘날의 중국 현실이다.

　길 아래 산골짜기를 막아 인공 댐을 만드는 곳을 보면서 얼마를 지났을까 도로변에 신축 공사 현장에는 포클레인이 대기하듯 서 있고 삽이나 연장을 든 인부들이 부산하게 작업을 하는 것이다. 절반은 수작업이나 다름없는 레미콘 차량 대신 시멘트 믹서기가 작업 중이며 콘크리트 펌프카가 눈에 보이나 인력 시공으로 어려운 곳만 기계로 해결하는 것이다. 인력 위주의 지혜로운 개발정책은 그러했기에 세계에서 주목받는 강대국으로 현존하는 것이 아닌지 생각해본다. 한 시간 남짓 장가계 시내로 들어온 버스는 아침 관광길에 나섰던 버스였고 그리 복잡하지 않은 3층 건물 앞에 하차한 일행이 오후 5시 20분경 들어간 곳은 한국 관광객이 주종을 이룬 마사지를 받는 곳이다. 벽에 기댄 TV도 한국 화면이 주축이며 모든 분위기가 한국어로 잘 통용되는 50~60여 명이 동시에 피로해 마사지를 받는다는 마사지실 이었다. 비행기로 한 시간 버스로 아홉 시간 걸려야 올 수 있다는 조선족이 많이 살고 있다는 길림성에서 중학교 때부터 실습하고 배웠다는 20대 초반의 갓 어린 소년 소녀들 이곳에서 마사지를 해주고 돈벌이를 하고 있다. 단체일행의 일정이었기에 어쩔 수 없이 내생에 처음 받아 보았으나 어쩔 수 없이 같이하는 내 심정은 해방 후 미군에 매달려 우리 국민이 힘들었던 생각이 머리를 스친다. 먼 훗날 이 소년 소녀들이 성년이 되고 나면 지금의 이 실정을 무엇이라고 표현할까? 아무튼, 한 시간 정도 시간이 걸려 받는 마사지는 피곤함에 젖은 신체에 생기를 주는 느낌은 싫지 않은 시간이었다.

각자가 우리 돈 삼천 원의 팁으로 그 애들의 밝은 표정을 보면서 오후 6시 그곳을 나와 대기하던 버스로 10여 분 이동하니 어젯밤 투숙했든 장가계 국제호텔(zhangjib jib lnternational hotel) 중국 호남 성 장가계 시 수정구 삼각 평 42호에 돌아왔다. 여장을 푼 우리 일행은 저녁 7시경 일층 식당에 준비된 뷔페식 저녁으로 끝내고 그냥 방으로 들어가기에는 아쉬웠는지 몇몇의 동의에 따라 시내 야시장 관광을 요청했다. 쉬어야 할 안내자와 버스 기사의 도움으로 15~6분 시내로 이동 주차에서 내렸다. 나는 잠시 신발 점에 갔으나 중국어 아니 현지어에 대화가 되지 않아 안내자를 앞세워 두 켤레의 중국산 나이키 신발을 샀다. 그사이 앞서간 일행이 되돌아오는 것은 형편없고 별 볼 일 없는 야시장이라며 되돌아오는 것이었다. 일행과 우리를 내려준 주차장에 왔을 때는 대기하리라 여긴 기사님이 찾을 수 없었다. 기다리다 못해 몇 분은 택시로 숙소로 가자는 의견까지 대두하는 상황에 한참만의 시간에 기사님이 돌아왔다. 다시 버스는 우리의 숙소로 돌아오는 길 돌이켜 생각하니 어지러운 길거리엔 현지인들의 떠드는 소리 역겨운 음식 냄새 질서없는 요란스런 거리가 이 점잖은 어른들에게는 어울리지 않는 그대로였을 것이다.

셋째 날 여행 (2003년 10월 01일)

새벽 5시 30분 어제보다는 좀 더 안정된 기상 시간 삼 일째인 오늘은 이 호텔에서 짐을 챙겨 관광버스에 실어야 했다. 빠듯한 오늘의 일정을 위해 06 : 30분 아침 식사를 하고 대기한 버스에 탑승한 시각은 07 : 30분 얼핏 어제 달리는 코스를 따라 30여 분 달린다. 버스는 이제는 달라진 풍경을 접수하며 산골 계곡 등성이를 돌아 상당히 높은 지대를 따라 달리다 또 내리막을 달려 도착한 곳에 하차하였다. 이곳이 오늘의 관광이 시작되는 멋진 바위들이 양쪽으로 병풍처럼 펼쳐져 있는 산수화 속을 거니는 신선이 되는 느낌을 연출하는 금편계곡이란다. 이곳은 어제와는 정반대가 되는 천지산에서 내려다보는 반대쪽 계곡을 따라 약 7.5㎞의 도보 관광 코스다. 어제의 내려다본 전경은 사물에 휩싸인 시야라면 오늘은 빼어난 절경을 하늘 속에 두둥실 묻어 놓은 서양화의 그림에서나 보았던 기암 절경이다. 길을 따라 걷는 사이 오늘이 중국의 국경절이었기에 많은 현지인의 오가는 관람대열에 도보 행군을 하였다. 가끔 통일된 복장으로 미화 요원이 눈에 띄었다. 이곳의 거리는 함부로 쓰레기를 버리거나 구석진 곳에 가 실례를 하는 사람도 또한 흔히 한국에서 보는 무리무리 모여 앉아 음식 판을 보는 것조차도 구경할 수 없다. 그랬기에 마냥 깨끗함을 지탱하는 관광지를 보면서 이런 것들은 본받아야 할 관광문화가 아닌가 생각된다. 도보 여행이 비록 힘든 관람이지만 빼어난 절경 탓인지 평탄한 계곡의 편안함 탓인지 낙오자 없이 예정된 시간에 맞추어 금편계곡 관광이 끝났다. 점심시간이 되어서는 우리 일행이 한자리에 집결하여 얼마를 기다리고 휴식을 취하고 있었다. 도보가 끝나는 주차장에서 또 다른 버스에 옮겨 타고 어제 낮에 식사했든 식당으로 안내되었다. 오늘 식사 시간대에는 이틀간 열심히 촬영차 따라다니든 현지 비디오카메라 영상물을 식당의 TV 화면에 시청하게 해주었고 우리 일행이 여행이 끝나고 출국 전 본인 의사에 따라 3만 원에 배부해주기 위해서란다.

식당에서 그리 멀지 않은 곳으로 이동한 곳은 관광 때마다 빼놓을 수 없는 보석관광이 40여 분 동안 진행되었다. 또다시 버스로 이동하는 동안 나는 차 창밖 전개되는 전기외선설비를 유심히 관찰하니 이곳의 전압은 220v/ 380v 전압으로 주파수가 50㎐ 기에 정밀도가 있어야 하는 전기 제품은 한국에 맞지 않는다. 이곳 배전설비는 한국에서 흔히 보는 체신 주크기의 시멘트 전주에 상단에 저압선 네 가닥이 설비되어있고 농촌 주택으로의 인입은 단상이 설비되어있다. 그리 웅장하지도 요란스럽지도 않은 선로 따라 가끔은 최근의 설비인지 우리나라의 특 고압을 연상하는 애자(髣瓷) 설비로 보아 이만 이천 볼트(V)전선로인 듯싶다. 어느덧 전기 설비에 정신을 파는 사이 오후 일정에 들어 세계에서 두 번째로 큰 용암동굴로 1983년 8명의 현지 농민에 의하여 발견되었다는 약 10만 평 넓이에 7,640m의 길이 속에 800여 m는 황룡 동굴(黃龍洞

窟)이다. 동굴 속에서 배를 타고 관람하는 수직 높이가 160m, 황룡 동굴은 4개 층으로 구분되며 총면적이 자그마치 48만㎢ 나 되는 지하 도시이다. 동굴 안에는 광장, 석순, 석주, 산, 호수, 폭포 등 땅 위에 있을 것들이 땅속에 다 있는 셈이다. 높이가 19.7m 되는 정해 신 침이라는 종유석은 중국 인민 보험회사에 인민폐 1억 원 한국 돈 180억 원의 보험에 들었다고 한다.

주차장에서 내려 10여 분 이상 동굴 입구까지 가는 길은 그 어느 곳보다 현지의 잡상인이 밤(栗) 이나 선물을 사라고 아예 우리 일행을 따라붙은 찰거머리들을 뿌리치고 동굴 입구에 도착하니 어제도 편리한 지문 인식(指紋 認識)으로 대열을 지어 입장하고 제주도에서나 보아왔든 동굴 속 관광 어둠 속에서 빛을 밝히는 조명등은 내가 전기를 아는 사람이 아니고서도 느낄 수 있는 약한 전선으로 위험천만 가설된 조명 설비를 보면서 한심한 안전 불감의 현실을 보여주고 있다.

4층까지 약 7㎞를 관람하는 동굴 속 얼마를 걸었을까 시냇물이나 강물에서처럼 배를 타기 위해 대기한 무리 속에 우리의 차례에 보통정원 2~30여 명이 탑승하였다. 동력선 보트에 승선관람 중 천장에 매달린 석순 촛대처럼 솟아있는 석순 역시 물기를 품고 있는 것은 자라고 있는 활생 석순(活生 石筍)이란다. 자연의 신비가 가져다준 장관의 기치를 보면서 땅덩이가 커서일까? 신비의 기암괴석에 기적의 동굴에 모두가

231

감탄사가 내내 가슴을 덮친다. 동굴 관람이 끝나고 버스로 돌아오는 양쪽 편에 온통 선물 코너가 즐비하다. 더욱이 눈에 띄는 것은 석순, 괴석 등 내 눈을 유혹하는 것이 하나둘이 아니지만 잠시 중국의 골동품 인지 그곳의 생활품인지 미니 향로(香爐)가 눈에 띄어 우리 돈 5천 원에 흥정했든 물건을 3달러(1 : 1200)에 달러 개념이 어두운 그 사람은 냉큼 받아버리는 것이 아닐까 봐 결국 3천6백 원에 산 향로를 싸들고 앞서 버린 일행의 걸음걸이에 맞추느라 바쁜 시간의 순간이었다.

인원을 점검하고 출발한 버스가 도착한 곳은 그리 멀지 않은 중국에 한방이 유명한 탓인지 한방 보약 쇼핑센터다. 이곳 역시 많은 관광의 유경험자들이신 어르신들은 열심히 설명을 듣고 무료 제공해준 시음 맛으로 끝내고 어느 한 분 사지 않은 미안함을 느낀다. 오후 5시경 우리 일행이 시내에 돌아와 안내된 곳은 어제 받은 발 마사지 일정이다. 받는 우리도 해주는 소년 소녀들도 하루 사이 친근감일까 좀 더 정겨운 분위기 속에 마사지를 끝내고 오늘 저녁 식사까지 다시 장가계 호텔 식당에서 저녁 식사를 끝냈다. 이제는 귀국을 위해 이곳 장가계 시내를 떠나야 하는 일정에 따라 오후 7시 40분경 장가계 국제공항(國際空港)으로 이동되었다. 20시 30분 상해행 비행기 시간에 맞추어 공항에 도착하였을 때는 비록 국내선 공항이지만 중국내 각 지역 28개소가 넘는 각지 여행객 손님 탓인지 수많은 여행객과 자국 내 사람들이 객실을 가득 메웠다. 대기실에 앉을 의자가 모자라 바닥에 자리를 깔고 앉는 사람 의자 난간에 기대어있는 사람 만원사례의 진풍경이다. 알고 보니 이곳 중국의 공항은 비행기 사정에 맞추어 비행기가 출발한다니 우리의 예정된 비행기도 예고 방송 하나 없이 출발 소식이 없어 20여 평 남짓한 공항 내 커피숍에 자리하고 앉았고 2시간 이상을 지체한 후에야 상해행 입장을 시작하여 탑승 대열에 합류했다. 그렇게 지연되어도 항의하거나 소란을 피우는 사람도 불만을 피우는 사람도 없는 이곳은 당연한 듯 누구 한사람 지연사유를 캐묻는 사람도 없어 이상한 생각이 들기만 하였다. 로마에 가면 로마법을 따르라는 말이 실감나기만 했다. 우리 일행이 탑승한 비행기는 상해에서도 서쪽에 있다는 홍 국 국제공항인데 이곳은 주로 국내선 비행가 이착륙한다는 그리 크지 않는 공항이다. 우리가 기거할 호텔에서 약 버스로 20여 분 거리에 있다. 장가계에서 2시간 정도 소요되는 탓에 밤 12시가 넘어서 도착 되었다. 공항에서 나온 버스는 곧장 시내로 접어들어 숙소인 강홍 호텔에 마지막 여장을 풀고 잠자리에 드니 새벽 2시가 다 되어서였다.

넷째 날의 여행 (2003년 10월 02일)

어제 비행기 지연으로 비록 짧은 밤이지만 피곤함에 젖어 깊은 잠자리마저 설치고 새벽 5시 30분 모닝콜에 깨어 기상하였다. 귀국하는 비행기 시간이 09시 30분이지만 이곳 강 홍 호텔에서 푸둥 국제공항까지 평상시는 한 시간 거리지만 중국의 국경일이고 아침출근시간이 겹쳐 조금 일찍 서둘렀다. 호텔 3층에서 있는 뷔페식 식사로 아침을 먹고 07시 30분 공항으로 이동하는 버스에 탑승했다. 이제는 고국행 비행기를 타면 모든 여행 일정은 끝나는 것이다. 공항으로 이동하는 동안 회장님의 장가계 여행의 고별인사 그리고 현지 안내자와 지구촌 여행사의 사장님 등 아쉬운 작별의 인사 노고에 대한 박수 등으로 이어졌다. 장동철 사장님의 배려로 나에게도 여러 어르신 사모님께 감사의 인사를 할 수 있는 배려가 있었다. 이번 여행에 동반한 저로서 훌륭한 어르신들께 누가 되지 않았는지, 불편하게 하지는 않았는지 심히 염려됩니다. 덕택으로 좋은 여행이 되어 오래 기억에 남을 것입니다. 이렇게 감사의 인사를 대신하였다. 푸둥 국제공항에 도착하니 까다로운 출국 절차를 마치고 비행기를 탑승할 수 있었다. 예정된 시간보다 한 시간이 빠른 한국시각 12시 20분경 고국의 땅 광주 공항에 도착하여 각자 자기의 여행가방을 찾았다. 헤어지는 3박 4일의 중국 장가계, 여행을 무사히 마치며 이 글을 먼 훗날 기억을 위해 두서없이 여행기로 대신 합니다 .

서기 2004년 1월 여행기를 정리하면서. 정 찬 열(記)

일본 북큐슈 온천 여행기
(후쿠오카, 벳부, 아소, 구마모토)

여행 일정 : 2007년 2월25일-2007년 2월28일(3박 4일)
여행 단체 : 봉황 초등학교 37회 모임 (졸업 45주년)
참석자 명단
B DongChil(L JungHee) B SoYeun / J ChanYoul(S JeongAe)
K JaeOk (L OkJa) / Y OhHan (P OkHin)
H SukDong(L MyungBok) / S SeukSung(K MungNim)
S YoungYoul모친+Y MeRan / S JeaHee(K YuongOok)
H KeeMun (K KungKuok) / K YyungYoun
H KiHwan(C KyeongHee) / J EunSuk
(서성희 업무상 불참)=총23명

동행여행자 : 최창은 씨 부부
전북 환주군 삼례읍 석전리143-2 (국제관광여행사 대표)
국제관광 전화 : 063-291-3434 / 011-659-4964
김 정옥 씨 부부 (이상 4명 합류하였음)

주관 여행사 : (주) 모두 여행사 "정옥녀" T:225-0210
　　　　　　 광주 -부산 : 천사관광 "강승표"062-514-1004
　　　　　　 부산-일본-부산 : 뉴-카멜 리 아호 (시속 45km/22,000t급)
　　　　　　 부산-광주 :소리투어(조이트래불)최금호:T, 018-621-8770
　　　　　　 일본 내 관광버스: 35인승 YKC -352
　　　　　　 안내 현지 안내인: 광주시 북구 두암동 출생 32세 "나형권"

여행 경비 : 1인 여행비 399,000원(동반 시 1인 회비에서 지원)

* 불참석 회원 4명에게 지원금 50% 환급 협의
* 당 여행 회비는 전 회원 공희 10만 원 각출키로 합의

여행선택 : 1안-규수 문화탐방 4일(콘 도) 319,000원: 소리 투어
2안-규수 문화탐방 4일(통나무콘도) 329,000원 참 좋은 여행사
3안-북 규슈 크루즈 4일 399,000원(주)모두 여행사
4안-북 규슈 크루즈 4일 429,000원(주)모두 여행사
(상기 여행 상품도 출발 일자에 따라 금액이 수시 변함)
* 3안으로 선택하고 20명 초과로 1명 할인받았음

산업화한 환경과 옛것이 함께 공존하며 일정치하에 자기네 문화를 접목도 많이 하였고 지리적으로 우리나라와 가깝다. 기후 역시 크게 차이가 없으며 정치, 경제, 문화적으로 밀접한 관계를 맺고 있는 나라다. 일본을 관광하기로 선택한 것은 3~4년 전부터 회의가 있을 때마다 논의가 되었다. 애초는 금강산 관광으로 거론 이 되어 매년 10만 원씩을 여행 회비로 별도 갹출하였다. 최근 경색되고 있는 금강산 관광에 대한 여론도 종합하고 몇 회원의 미납 한계가 엇갈려있는 터였다. 그래도 다수 회원의 의견이 비용이 적게 드는 가까운 일본여행을 추천 끝에 비용의 절감을 위한 3안을 선택하게 된 여행이다. 우리는 흔히 일본을 일컬어 가깝고도 먼 나라라고 한다. 가깝다는 말은 일본과 우리나라 사이의 지리적 거리를 말하는 것일 것이고, 멀다 함은 두 나라 국민 정서 사이의 간격을 뜻하는 것이 아닐까 한다.

18명의 회원 중 해외 출장으로 어려움이 있는 손행칠 회원과 탈퇴 의사를 표한 박병준 회원을 빼면 16명의 회원이 함께 해야 했다. 그중 "홍석준, 박응규, 최종구" 회원이 가정 사정상 참석하지를 못했다. 또한, 건강상 문제로 참석하지 못한 김

기송, 회원 역시 함께하지 못한 아쉬움 속에 결의하였다. 부부 참석을 원칙으로 50%를 회비에서 지원하자는 결의가 되었다. 지금부터 이번 23명의 회원이 참가한 3박 4일의 여행을 기록하고 저 한다. 2006년 현재 인구 1억2천6백만에 한반도의 1.7배인 약 38만 평방㎢에 순수한 일본민족 98%이며 일본만이 특유한 신도종교 가 있다. 일본은 불교 문화에서 유교로 가지 않고 그들의 독특한 신사라는 종교시설을 발전시켰다. 살아서 눈으로 본 모든 대상 중 자신들에게 영향을 끼친 대상은 다 신의 반열에 올려놓고 숭배하는 것이 일본인이다. 얼핏 절과 구별이 되지 않는 것이 일본의 '신사'이다.

종교가 약 800여 종류가 있으며 그중에 신도와 불교 기독교가 우의를 차지한다. 일본 남북으로 2,800㎢에 걸쳐 네 개의 주요 큰 섬과 4,000여 개의 작은 섬으로 이루어진 나라다. 크게 분류하면 혼슈. 시카고, 규슈, 홋카이도, 중 규슈로 선택한 것은 지금의 계절에 적합한 최 남쪽에 있는 곳이 적격이라고 판단되어서였다. 4개의 추천 상품 중 택일 된 곳으로 10명의 남자회원과 11명의 여성회원이다. 그중 효도가 지극한 서영렬 회원의 모친과 배동칠 회원의 딸이 합류되어 23명의 회원이 여행 일정에 함께하였다. 고향 쪽에서 12명 서울에서 11명이 나누어져 출발하다 보니 결국 광주~부산, 서울~부산의 비용추가가 비용의 증가로 회비지출이 늘어나게 되었다. 부지런하게 추진에 노력해준 김형년 총무의 노력과 협조해준 회원님들의 덕택에 무사하고 즐거운 여행이 되었음을 깊이 감사드리며 기행문의 장을 피력하고 저 한다.

[2007년 03월 4일 여행에 함께한 정찬열 올림]

2007년 02월 25일(여행 첫째 날)

광주의 남구 봉선동 아파트 앞 남부경찰서 삼거리에서 천사 관광에 집사람과 함께 탑승한 시간은 오전 11 : 30분경 45인 승 천사 관광버스에는 낯모른 여행객이 대부분의 앞 좌석을 차지하고 있었다. 고향 봉황에서 탑승한 우리 회원 대부분이 뒤쪽에 자리하고 있어 우리 부부 역시 뒤쪽의 비어 있는 곳 좌석에 자리하였다. 관광버스출발지인 광주역 광장에 12시가 넘어 도착하니 또 다른 4명의 여행객과 우리의 여행을 맡았던 '모두 여행사' 정옥녀 사장을 만나 여행 경과 이야기를 들을 수 있었다. 12시 20분 광주역을 출발한 관광버스가 광주 시내 를 벗어 날쯤 미모의 30대 아가씨가 마이크를 잡고 자기소개 를 한다. 앞자리에 마이크를 잡은 소리 투어 회사 안내자와 낯모른 60대 초반의 관광객들이 소리 투어 여행객으로 나주 문평면에서 30여 명 차지하고 있었다. 다음 소개를 받고 나온 거의 같은 또래의 몸이 여릿한 아가씨는 일본 현지안내자라 며 본인 소개를 하였다. 우리 일행에 까지도 소리 투어라고 적인 가슴에 다는 배지를 나누어주며 일본도착 배에서 내리 기 전까지는 소리 투어로 모든 것을 함께 해달라는 부탁이다. 숫자 적으로 열세인 우리가 그만 더부살이 출국 여행이 시작 되고 만 것이다.

남해 고속도로를 따라 남강휴게소에서 각자가 알아서 하는 점심과 휴식시간을 취하고 2~30여 분 후 출발하였다. 잠시 후 버스 내에는 춤추고 노래하는 한국 관광 차내 전형적 놀이로 이어지고 부산항 국제여객 터미널에 도착한 시각 16시 30분경이 되었다. 터미널 이 층 대기실에 대기하는 동안 17시 50분에 도착한다는 KT-X 호로 서울에서 14시 30분에 출발한 11명의 서울에서 출발한 우리 팀은 더욱 늦은 18시 30분경이었다. 어느덧 부산-일본을 오가는 새-카멜 리 아호에 탑승객이 여유롭게 빠져나간 후의 시간이었다. 그 틈에 출국 절차를 마친 후 30여 분 대기실 내 면세점을 돌아보고 필요한 물건들을 샀다. 500여 명을 넘게 실은 이만이천 톤급 대형선박에 탑승 후 23시경에야 부산항 제5 부두를 서서히 미끄러져 나갔다. 탑승하는 우리 일행만의 별도 다인실을 배정받지 못한 불편을 감수해야 했었다. 그때 마침 나와 연락 끝에 우리 회원들의 얼굴이라도 보겠다고 찾아와준 부산에 거주하는 손 행칠 회원이 알려주었다. 선박에 탑승 후 선내의 사무장과 안내자의 협조를 받으라는 것이었다. 우리는 다행히 여자분들이 합숙소 310호와 남자회원들이 합숙소인 304호를 별도로 배정받았다. 우리에게 여행을 대비한 토의를 하는 시간과 불편 없는 출항 길에 선내의 저녁은 선내방송의 안내에 따라 하였다. 거대한 선박 동체는 어둠과 파도를 가리며 태평양 바다 위를 떠나는 첫날의 여행은 피곤함에 지쳐서 잠자리로 이어졌다. 선박의 엔진 소리와 부디 치는 파도 소리와 동체의 흔들림을 자장가 삼아 유람선 여행은 시작되었다.

2007년 02월 26일 (여행 둘째 날)

새벽 6시 40분 아직 여명이 트지는 않았지만, 일본의 "하카타 항" 부두의 밝은 조명의 불빛에 우리가 타고 도착한 유람선이 정박해 있음을 느낄 수 있다. 저마다 일찍 일어나 선내를 맴도는가 하면 20여 명이 이용하기에는 비좁은 선내 샤워 시설에 욕탕의 샤워기로 머리를 감았다. 우린 남녀의 서로 다른 객실을 이용한 탓으로 아침준비며 갈아입는 옷가지를 가족을 찾아 준비하는 동안 혼잡을 피하려고 여행 그룹별로 식사시간 안내 방송에 따랐다. 우리 일행 조반은 07시 30분에야 시작되었고 넓은 국그릇에 두세 가지의 반찬은 그래도 우리 입맛에 맞춘 탓인지 누구 하나 불평 없는 아침 식사였다. 한국에서 별도 준비한 김치며 부족한 입맛을 맞추는 데는 아침 식사에 곁들이는 한국산 소주 한잔은 조반 반주로 하는 사람이 있었다. 아직 은 입국순서를 시작도 하지 않는데 무엇이 급한지 먼저 아침 식사를 끝낸 많은 사람은 조급한 심정으로 크지 않는 로비에 길게 열을 맞추어 순서를 기다리고 있었다. 이곳 일본이라는 나라는 자기들 나라의 기준대로 시간에 얽매이지 않고 정상 출근 시간에 맞추어 입출국 절차를 밟는다. 그래서 선박 여행 역시 어젯밤 부산항에서 늦게 출발하고 선내에서 시간에 맞추어 조반까지 일정표가 짜이는 것이란다.

크게 까다롭지 않고 소란 없이 입국절차가 30여 분 기다려 하카타 항 대기실에 내려가니 덥수룩한 머리와 헌칠한 30대의 젊은 사내가 우리 일행을 기다리고 있었다. 23명의 일행이 거의 다 모이고 또 다른 일행 역시 저마다 안내자의 지시로 거의 다 대기실을 나왔었다. 그런데 4명의 또 다른 인원이 와야 한다기에 우리는 탑승할 버스를 요구하여 4~50여 미터 떨어진 주차장에 대기한 길가에 초록색 외면에 YKC 글자가 크게 쓰인 40인승 관광버스를 안내받아 그곳으로 이동했다. 5~60대쯤으로 보이는 운전기사님이 어디선가 우리 일행을 발견하고 수래 차에 끌고 온 우리의 여행용 가방 짐을 관광버스 짐칸에 실었다. 그리고 버스에 올라 자리에 앉고 기다리기를 10여 분 배에서 내리는 여행객이 저마다 갈 길 찾아 한산해질 무렵에야 낯선 4~50대로 보이는 두 쌍의 부부가 함께 합류했다. 안내자가 버스에 올라 27명의 인원 점검이 끝나고서야 버스는 "하카타 항"을 빠져나왔다. 주위 환경이 낮 설지 않음은 국내서 자주 보는 현대라는 회사글자가 붙은 컨테이너며 건물 생김이나 주위환경이 우리 한국과 큰 차이가 나지 않았다. 일본이 한국을 지배하는 시절 일본 건축물들을 한국에 접목해 놓은 것도 그 한 축이라 생각이 든다. 눈에 띄는 건축물이 규모 면에서 우리의 문화재와는 비교되지 않을 만큼 웅장했고, 아주 조금은 섬세했기 때문이다. 우리의 왕궁이나 양반가의 건축물은 폭이 대체로 크지 않다. 즉 넓은 공간을 가진 건축물을 보기 어렵다.

마이크를 잡고 자기소개를 하는 안내자는 우리 고장 광주의 북구 두암동에서 태어났고 부모님도 그곳에 계신다는 32세의 나현권은 일본 유학생이란다. 일찍 일본에서 살아온 경험으로 한때는 한국에서 일본어 학원 강사로 일도 했다고 전한다. 이렇게 안내자로 일하기 시작한 것이 이년 반이 되었다며 전라도 사투리가 포근함을 더해주었다. 그제까지 관광객을 떠나보내고 우리가 온다는 연락과 우리의 안내를 해달라는 여행사의 뜻으로 하루를 더 기다려 오늘 우리와 인연이 되어 만나게 되었다고 전한다. 우선 연령상으로나 지역 출신이 호남이라서 2박 3일의 함께하는 안내가 안도 된다는 것이다. 대체로 우리나라 풍경과 크게 다르지 않은 아담하고 정렬함이 엿보이는 건물 이곳이 규슈(구주) 일본말 '하카타라'하는 이 도시는 광주광역시와 비슷한 인구 120만이란다. 차창 밖으로 가장 인상적인 것이 묘지를 인가에 가까이 두지 않는 일본의 공동묘지이다. 눈에 띄는 것은 한국처럼 묘지가 없는 대신 주택가 한가운데 있기도 한다. 보통 주거지에 자리 잡은 경우가 많아 묘지를 별로 의식하지 않는 것 같았다. 예전에는 사람이 죽게 되면 절. 안방, 봉한 묘(납골묘), 등 세 곳에 신을 모시다가 대부분 지금은 위패만 집에 두고 화장한 시신을 눈에 보이는 봉안묘에 안치한다는 것이란. 일본은 철저하게 화장 문화가 자리 잡은 나라라고 한다. 그리고 이곳에 전개되는 아담한 농촌 주택은 대부분이 2층 주택이다. 그리 높지 않으며 층 높이가 낮은 아파트들이나 큰 고층 건물이 없는 것은 1년에 평균 4,000여 번씩 오는 크고 작은 지진 때문이라고 말한다.

얼마를 달렸을까? 차창 밖 좌측 시야에 들어오는 공항은 "후쿠오카공항"이란다. 공항 건물 주차장에는 낮잠 자듯 수많은 차량이 주차되어있다. 이곳 일본은 차량의 보유 대수는 많지만, 소형차들이 대다수고 실리만을 중시하는 일본인들은 주 중에는 한산하고 길가에 주차된 차를 보기 어렵다. 거의 운행을 자제하고, 많은 사람이 자전거를 타고 이동 수단으로 하는 것이 보편화하여 있다. 그 또한 이유가 이용하는 도로 곳곳마다 유료통행료가 대부분이고 통행료 비싸기가 만만치 않다. 택시의 기본료가 590엔(한화 약 육천오백 원) 그래서인지 영업용택시가 그리 흔치 않음을 볼 수 있다. 일본에는 차량의 번호판이 4종류가 있는데 600cc 이하 경차는 노란색 바탕 번호판은 자가용이다. 하얀색 번호판은 600cc 이상 또는 대형차량 영업용이며 600cc 이하의 영업용은 검은색 번호판으로 구분한단다. 또한, 대다수 차량의 운전석이 좌측에 있는 것이 우리나라와 다르다. 그리고 자전거 타는 모습을 유심히 보니 우리와 다소 다른 독특한 형태가 보였다. 즉 안장을 밑바닥까지 내려 자전거 타는 모습이 약간 달라 유심히 살펴보니 이것도 남을 위한 배려임을 알게 되었다. 사람이 있으면 언제든지 바닥에 발을 내려 상대방이 안전하게 보행하도록 하려는 배려가 있어 보였다.

차량이 얼마를 달렸을까 08시 40분경 안내자의 안내를 따라 우리 일행이 주차장에 내려 편도 일차로의 포장된 노변 길을 따라갔다. 250여m 좁다란 인도 옆 가로에는 선물 가게가 우리의 시선을 끌지만, 이곳 일본의 가게들은 대부분 9시가 넘어서야 가게 문을 연단다. 이곳저곳에 이제 막 꽃망울을 터

트릴 듯 매화꽃이 우리나라보다 기온의 포근함을 말해준다. 크고 작은 선물 가게와 잡화전이 늘어선 노변을 따라 목적지에 도착했다. 콘도 레이(鳥居)를 만나게 되고 그 앞에 소가 앉아 있는 동상을 보았다. 안내자의 설명인즉 이 소가 끄는 마차에 "스가하라노미치자네" 유체가 실려 나가는데 이 우마차가 이곳에서 갑자기 멈추어 꼼짝 달 삭을 안 했단다. 그 소가 죽은 후 그 소를 이곳에 묻었다는 태재부천만궁(太宰府 天滿宮 : 다자이후 텐 만구)시인이자 학자이며 철학자였던 관원 도진(菅原道眞) : 가와라노미치자네, 845~903)를 학문의 신으로 모신 신사다. 왕의 친애를 받아 일찍 높은 벼슬 지위에 올라 많은 사람의 시기와 질투를 못 이겨 갑자기 다자이후의 관리로 좌천이 되어 귀향을 오게 되었다. 그 후 얼마 있지 않아 '다자이후'에서 운명을 하게 되었는데 그가 죽는 날 매화나무가 교토와 규슈 등지에서 날아와 하룻밤 사이에 육천 그루의 꽃을 피웠다는 전설 속에 그를 좌천 시키는 데 가담한 인물이 모두 이유를 알 수 없는 병고로 죽게 되어 그를 모시는 "태제부천만 궁"을 짓게 되었다.

▶태제부천만 궁

▶학문의 신을 모신 신사

▶관원도진

또한, 이 동상을 지나 안쪽으로 들어가면 아치형으로 만들어진 다리가 나오는데 이 다리를 '다이코바시'라고 부른다. 이 다리를 건너면 현세와 내세를 연결한다고 해서 이곳에서 사진을 찍는 관광객을 많이 만나게 된단다. 오늘날까지 본전 (중요 문화재) 앞에 있는 매화 (도비 우매:飛梅)라고 불 리우는 매화나무가 바로 이 전설을 대변하고 있다. 이곳의 다리 밑 연못에는 거대한 거북이와 자라가 살고 있고 큰 잉어들이 유유히 노는 모습이 여유롭다. 안쪽에 자리한 이 건물은 희노 끼 라는 나무로 지붕을 하였으며 더욱 유명한 것은 평성 14년 (1960년대) 화재로 인해 재건축한 건물이란다. 우리 일행이 이곳 본전 앞에서 기념촬영을 하고 각자 선물 가게가 즐비한 거리를 따라 이동을 서두르며 주차장에 대기한 버스에 탑승한 시각 오전 10시를 알리는 시간이다. 작은 액세서리나 생활용품들을 들여다보면 참 좀스러운 민족이구나 하다가도 거대한 건축물이나 불상을 보면 규모에 압도당하게 될 때가 많아 의식에 혼란과 당혹스럽게 되기도 하는 게 일본인이다, 겉으로 본 일본인의 친절한 모습과 얼핏 스치는 냉정한 내면을 대하면, 일본인의 두 얼굴 중 어느 게 참 일본인의 모습인지 알기가 어렵다.

다음 목적지 구마모토로 이동하는 차 속에서 안내자는 일본 전체에는 한국의 도에 반하는 현이 43개가 있고 이곳 규슈에는 8개의 현이 있으며 일본사람들은 나이가 많고 적음을 떠나 열심히 살지 않으면 않되 는 것은 집값 땅값이 너무 비싸고 물가 역시 비싸서 대부분 맞벌이 부부가 대다수란다. 달리는 차 창가에 곧고 푸르게 진행되는 푸른 숲은 곧고 성장 속도가 빠른 삼나무에 지진에 강하고 도움이 되는 대나무밭이 많다고 한다. 일본에는 삼나무가 많고, 삼나무의 특징은 곧은 수형이다. 다듬지 않고 그냥 기둥으로 써도 전혀 문제 될 것이 없다. 그리고 거대한 삼나무가 일본에 널려 있다는 사실이다. 어떤 것은 높이가 50m도 넘어 보였다. 널린 거대한 삼나무를 별로 가공하지 않아도 곧은 목재를 얼마든지 쉽게 구할 수 있으니, 건축물의 칸 크기는 마음만 먹으면 얼마든지 크게 만들수 있다. 삼나무는 성장 속도가 빠르고 곧으나 재질이 약하고 꽃이 필 때는 꽃가루가 많이 날려 많이는 식재 되었으나 실패작의 하나라고 한다.

한참을 달리는 버스는 고속도로 나들목에 접하고 곧바로 요금 소에 접어드는 것으로 편도 이 차선이 전개되는 고속도로인 듯싶다. 차창 밖으로 들어오는 아담한 건물들과 농지 전답을 생각 없이 보고 있으면 한국과 크게 다르지 않은 것 같다. 하지만 농촌주택 대부분 이층집이 대부분이며 습기가 많은 기후조건 때문에 전통 농촌가옥 대부분이 일 층은 주로 주방과 거실로 사용하고 이 층은 주로 침실로 사용하는 것이 주를 이루고 있다. 또한, 달리는 차량 역시 우리나라와는 반대로 운전석이 우측에 있어 당연히 좌측 차선을 이용하는 통행방법이다. 이곳 고속도로에는 125cc 이상의 오토바이는 고속도로를 허용하기에 이따금 지나가는 오토바이를 볼 수가 있었다. 전개되는 가로풍경을 눈요기 삼아 11시가 되어 규슈 지방에서 세 번째로 큰 도시며 일본의 3대 성의 하나인 구마모토 성

(能本城)에 도착했다. 구마모토 현의 현청으로 1607년 개축된 성(城)으로 임진왜란을 일으킨 "가토 이요마사"가 7년에 걸쳐 완성한 일본에서 손꼽히는 성이다. 정치경제를, 중심으로 덴쇼 16년(1588년) '가토 기요마사' 북반구 19만5천 성의 영주로서 약 오백 년 전부터 성이 있는 도시로 발전해 왔다. 현재 인구는 약 63만 명으로 흔히 불의 도시로 불리 우며 두 가지 모양의 돌담으로 불리는 경사가 완만한 성이 있다.

'구마모토 성'(能本城)은 돌담과 경사가 심해서 세월이 흐른 뒤에 증축된 것을 알 수 있고 또 하나의 돌담축조는 소화

▶구마모토 성(能本城)

▶운젠 공원

35년에 외각을 복원한 지상 6층 지하 일 층의 돌담 축조 위에 높이가 약 30m에 이르는 건물이다. 입구 쪽 우측에 서 있는 소천수각은 지하 일 층에 지상 4층이 19m나 되는 건물이다. 내부에는 '가토가 호소카와가' 서남 전쟁(메이지 10년:1877년)의 자료가 전시되어 있다. 광장 우측 큰 기와 건물을 둘러싸여 철재 빔으로 복원공사를 하는 곳은 "혼 마루어전" 고희로마(큰방)으로 축성 400년이 되는 2007년에 복원 완성될 공사가 마무리 작업에 한창이다. 우리가 올라가 본 대천수각에서 백여m 떨어져 모양이 비슷한 천수 각은 "우 토야구라"(宇土櫓)는 다층애구라 망루란다. 지하 일층 지상 오층 규모로 다른 성곽에 비하면 천수에 필적할만한 곳으로 이곳이 난공불락의 거대한 요새임을 알 수 있는 지역이란다. 구마모토(능 본성)를 관람하고 나오는 시각 12시 30분 하늘이 맑고 춥지 않은 좋은 날씨라며 감탄스런 말을 안내원은 말한다.

아무튼, 유럽의 5개국 동남아를 두 차례 중국을 3~4번 이번 일본여행을 찾아온 나에게는 언제나 일기가 좋아 어려움이 없는 것은 이것도 다행으로 기분 좋은 것인 듯싶다. 능 본성을 나와 5분 정도 그리 멀지 않는 현지 중식 식당 일 층으로 아담하지만 가지런한 테이블이 줄을 서서 정연하다. 그리 높지 않은 칸막이가 여행객들의 편 가름이라도 하듯 분주하게 준비에 바쁜 아가씨들이 그렇게 많지 않다. 식사하는 사람들 사이로 우리 일행도 한쪽에 자리하고 120여 가지 뷔페가 입맛 따라 찾는 식객을 유혹하는 중식 시간 준비해간 소주는 최고의 맛이었다. 맛을 보아야 한다며 한 가지씩만 소반에 가져와 배불리 먹었다. 잠시간의 휴식 중에도 직업의식에 빼놓을 수 없는 일본의 전력설비는 한국이나 다름없는 콘크리트 전주다. 6,600V의 일차 배전 전압 설비는 당연히 100V 2차 전압 그리고 인입구에 붙어있다. 전력량계(계량기)부착 내용의 형태며 인입구 D V 전선에 전봇대 위에 압착 퓨즈 등 우리나라가 일본의 설비가 차이가 없다. 그러나 현재 우리나라는 동력 380V에 전등 설비 220V로 배전설비 잘되어있는 것으로 내심 생각이 드는 것은 한국기술력의 질주라고 말하고 싶다.

이곳 일본에는 우리나라에 연구 과제로 시험단계에 있는 '학 조 바루'(地熱 發電所)가 기당 5만㎾급 3기로 15만㎾가 발전 중이란다, 우리 일행이 점심을 끝내고 다음 여행지를 위해 탑승한 시각 14시 30분 편도 일 차로의 좁다란 차로를 따라 30여 분 산등성이를 따라간다. 차창밖에는 몇 군데 산불이라도 난 듯 희뿌연 연기가 피어오르는데 이곳들이 화산이 타고 있는 활화산의 연기란다. 산등성이 저 멀리 10 여기의 풍력발전기가 돌고 있는 곳을 보며 놓칠세라 카메라에 담았다. 꼬불꼬불 산자락을 맴돌 듯 15시 20분경 1,200M 고지 능선에 다다르니 넓은 주차장이 나온다. 안내자의 안내 마이크는 전광판의 화산 관람 가부를 알리는 전광판을 보며 오케이란다. 이곳 아소 산은 세계최대의 '칼데라로' 이루어진 화산이다. 아소 산의 면적은 380㎢로 동서 18㎞, 남북 24㎞, 둘레 128㎞이다.

아소의 폭발은 3천만 년 전부터 계속되고 있으며, 현재의 모습은 10만 년 전에 있었던 대폭발로 만들어진 것이다. 나카다케, 다카다께, 네코다케, 에보시다케로 이루어져 있으며 현재에도 계속 많고 작은 폭발이 일어나고 있다. 일본 최초의 국립공원으로 현재에도 높이 1,328㎞, 폭 1.1㎞, 깊이 100㎞의 나카다케는 용암을 내뿜고 있어 살아 있는 아소 산의 신비를 느낄 수 있다.

아소 산 정상까지는 1959년 세계 최초로 활화산에 설치된 91인승 대형 로프웨이로 올라갈 수 있다. 평소에는 15~20분 간격으로 성수기에는 6~15분 간격으로 운행되며, 높이 108m의 정상까지 약 4분이면 도착할 수 있다. 화산활동이 심상치 않을 때는 관광명소는 수시로 변하는 일기와 바람의 방향에 따라 관광을 허락도 하고 전광판에 NO라고 써 있으면 아쉽게도 이곳 주차장까지 왔다가 되돌아가기도 한다며 우리는 행운이라고 안내원의 설명이다. 버스에서 내려 케이블카를  타는 곳은 불과 100여M 15시 40분에 밀리지 않는 순서 따라 케이블카를 타기 전이다. 이곳 케이블카는 1958년 세계 최초로 활화산에 설치하였으며 이곳 주차장에서 화산 입구 앞까지 높이 108m를 4분 만에 연결하는 91인승 대형 케이블카다. 평소에는 15~20분 간격으로 성수기에는 6~15분 간격으로 운행되며 최근까지 폭발했든 이곳 아소 산은 세계 최대의 칼데라로 이루어진 화산이다. 면적은 380㎢ 동서 18㎞ 남북 24㎞ 둘레가 128㎢로 이루어져 있고 3천만 년 전부터 계속되고 있다. 현재의 모습은 10만 년 전에 있든 대폭발로 만들어진 것이란다. 로프웨이 정상에 내려 도보로 3분여 나무판자쪽 울타리가 관광객의 관망소로 대략 300여 m 떨어진 거대한 분화구속에 진청색 물 색깔에 무럭무럭 피워 오르는 연기가 바람에 흔들려 뚜렷한 초점을 맞출 수 없는 본연과 화산에서 풍기는 유황 냄새가 살아 풍기는 곳을 열심히 카메라에 담는다. 흐린 듯 차가운 기온변화에 그리 오래 있고 싶지 않은 듯 폭발하고 굳어진 분화구 높은 능선을 따라 설치된 등반길을 15~20여 분 걸어서 내려온다.

길가에는 불그스름한 화산석과 이따금 듬성듬성 키 낮은 이름 모른 풀 포기 나뭇가지를 보면서 주차장에 가깝게 와서야 눈에 띄는 철쭉 군락이 쓸쓸한 돌밭을 감싸주고 높은 지대의 차가움이 몸에 닿는 듯 느껴져 우리 일행은 누가 말 안 해도 모두가 버스에 탑승했고 일행을 태운 버스는 올라왔던 산길을 따라 내려오는 동안 올라올 때는 뚜렷하게 보이지 않았던 아소 산의 신(神)이 수확한 쌀을 쌓아 두었다는 "고메즈가" 언덕 표고 높이 954m에 자리한 주위의 언덕이 목초로 덮여 아름다운 부채꼴 형태의 동쪽의 산을 내려다보며 17시경에 도착한 곳은 오늘 밤 우리의 숙박 지며 온천욕을 할 수 있는 해발 550m에 자리한 곳 멀리서 보면 꼭 에스키모의 집을 연상케 하는 돔형 막사가 즐비하게 위치하고 3층 정도 조금 큰 건물과 요란스런 장식 전구와 주차장이 있는 아소 온천 관광지에 도착 저마다 가방을 끌고 안으로 들어서니 안내인과 안내자가 일본어로 주고받더니 건물 밖 돔 막사 앞에서 배정된 숙소인 돔 막사를 안내받아 바로 앞에 대기 중인 25인승의 두 대의 셔틀버스에 나누어 타고 3~4분 후 도착한 B단지 우리 부부가 오늘 밤 투숙할 292호에 도착하였다.

출입문을 따고 안으로 들어가니 3개의 싱글 침대가 가지런하게 놓여 있고 탁자며 TV, 폭신한 긴 의자 그리고 작지만, 샤워실과 화장실까지 딸린 호텔과 다를 바 없는 시설이었다. 우리 일행이 너도나도 웃음을 자아낸 것은 다음 계획에 있는 온천욕을 하기 위해서였다. 숙소에 준비된 일본식 가운만을 입고 셔틀버스를 타고 우리가 처음 내려 안내받은 건물에 있는 곳으로 오라고 한다. 너도나도 처음 대하는 가운 걸이에 저마다 속옷을 입은 사람 안내에 따라 입은 사람 서로가 웃음을 자아내게 한다. 순회하는 셔틀버스를 타고 온천에 들르니 뜨거운 열기와 색다른 여러 개의 노천탕과 열기가 40도 정도의 유황 냄새가 싫지 않았다. 일본에서 처음 만나본 특이한 온천욕에 1시간 30여 분을 즐겼다. 온천탕에 연결된 건물 2층의 부패 식당에서 종류가 다양한 저녁 식사를 했다. 20시가 다 되어 우린 서로 숙소로 돌아가는데 한사코 온천욕을 더하자는 아내의 요청에 따라 한 시간 30분을 약속으로 서로 다른 탕을 찾아 들어갔다. 이곳 온천탕에 내부 관리하는 남탕도 불구하고 마스크만을 쓴 일본 여자가 스스럼없이 드나들며 관리를 한다. 한국에서는 볼 수 없는 낯설은 풍경은 우리 일행의 여담 거리였다. 약속된 시간 내에 샤워를 끝내고 대기실 이곳저곳을 돌아다보니 한쪽에 즐비한 전동안마의자가 여러 대 놓여 시험 삼아 투입구에 100엔을 투입하니 조작 버튼 따라 시원스런 안마에 마사지함이 더없이 좋아한다. 그럴 수밖에 없는 것이 일본 하면 전자제품의 세계 선두주자에 더욱이 의자형 안마기 하면 세계적으로 수출을 많이 하기 때문이기도 하다. 잠시 후 성희 친구부인과 함께한 집사람 모두 만족을 연발하며 두 차례 30여 분을 즐기며 300엔으로 구매한 시원한 생맥주 또한 샤워 후의 속풀이였다. 피로와 갈증을 풀고 가벼운 마음으로 숙소를 찾아 셔틀버스를 타고 숙소를 찾아 일본 여행지의 첫날밤도 하루 관광의 피로 속에 잠이 든 것이다.

2007년 02월 27일(여행 셋째 날) 화요일

돔 막사의 하룻밤도 06시의 모닝콜에 기상하여 하루 여행의 시작을 위해 여장을 준비하고 여행용 가방을 챙겨 밖으로 나오니 어두운 하늘빛도 아닌데 밖에는 약간의 비가 내리고 있다. 07시경 순회하는 셔틀버스를 타고 어제저녁을 먹었던 식당으로 모여 뷔페식 조반으로 식사하고 밖을 나왔다. 아직 비는 그치지 않았지만, 이동하면 그치는 날씨란다. 주차장에서 보이는 저 멀리 산언덕에는 화산 연기가 이색적으로 피어 오름을 볼 수 있다. 08시경 우리 일행은 호텔 앞 주차장에 대기한 버스에 각자의 가방을 화물칸에 넣어 실었다. 해발 500여 m의 아소 온천 숙박지를 뒤로하고 좌우로 전개되는 대체로 깔끔하게 정비된 논밭 전경이 눈에 들어온다. 좌측의 먼 산 중턱에 화산 연기가 감싸고도는 전경을 보면서 마주 오는 큰 차량 들이 지날 때마다 위험하게만 느껴지는 꼬불꼬불한 산길을 따라 달린다. 가끔 자위대의 군용 차량과 관광버스만이 이따금 지나칠 뿐, 나무숲은 거의 없고 초원 같은 언덕을 보면서 달린다. 계속되는 산길의 지루함을 달래기 위해 마이크를 잡은 안내자의 유머로 분위기를 잡는다. 그러면서 "남자의 성(性)과 불"에 빗대는 유머를 늘어놓는다. 잠시 옮기자면 10대를 번개 불에 빗대는 것은 언제 일어났다 꺼질지 모른다./20대는 성냥불: 문지르기만 하면 불

▶워터프론트 지구

이 붙기 때문이다./30대는 장작불: 화력이 세기 때문이다./40대는 화롯불: 뒤적거릴수록 오래 탄다./ 50대: 담뱃불-빨아야 잘 타기 때문이란다./60대: 촛불-후~불기만 해도 꺼진다. /70대: 반딧불-불

▶벳푸팔탕 [別府八湯]

도 아닌 것이 타지도 않는다.라는 끼 있는 유모 어에 앞 좌석 사모님들의 배꼽 잡는 웃음 속에 흥에 겨워 이어지는 "여자의 성(性)과 과실"에 비유하는 내용을 옮기자면 / 10대: 호두-까기도 힘들고 먹을 것도

없다. / 20대: 밤-구워서 먹고 삶아서 먹고 생으로도 먹는다. / 30 대: 귤-어디서나 까기도 먹기도 쉽다. / 40대: 수박-칼만 대면 저절로 벌어진다. / 50대: 석류-저절로 벌어져 보기는 좋으나 신맛에 먹기 힘들다. / 60대: 모과 -물도 없고 맛도 없는 것이 떨떠름하기만 하다. / 70대: 토마토 - 과일도 아닌 것이 과일인척한다. 유머 감각이 뛰어난 타고난 안내자의 체질이라고 해야 할까? 꼬불꼬불 차도의 산길은 꼭 제주도 한라산 횡단 길에 초목만 널려있는 초원을 가는 착각 속에 2시간 10분을 달려 저 멀리 아래쪽 산 중턱이 한눈에 들어온다. 작고 아름다운 도시며 열대림 사이로 온천 연기가 곳곳에 피어오르는 이곳이 온천의 도시 오이타 현 벳푸 시 인구는 12만6,854명(2003년 현재)이다. 인구밀도는 1,013.78명/㎢이다. 시가지는 화산성 선상지와 그 기슭에 이어지는 충적토지에 전개되며, 주위는 쓰루미산[鶴見山], 다카사키 산[高崎山] 등 화산으로 둘러싸여 있다. 시의 남쪽에 벳푸 등 4개, 북쪽에 가 메카와[龜川] 등 네 개의 온천이 있다, 이른바 벳푸 팔 탕[別府八湯]이 라는 온천 고을을 이룬다. 이들 중, 벳푸온천이 천량(泉量), 교통지형 등 조건이 좋아 가장 번창하기 때문에 온천을 전체를 대표하는 명칭이 되었다. 이곳 온천수는 2,848개로 세계 제일이며 용출량은 하루 136,571㎘로 일본에서도 제일 유명한 곳이란다.

벳푸 온천은 벳푸, 묘반, 하마와 키, 시바세키, 칸나와, 칸 카이지, 호리타, 가 메가와, 등 8개의 온천으로 이루어져 있다한다. 우리의 목적지는 우미(海)지옥 혹은 바다 지옥으로 황산, 철 때문에 바다색과 같은 청색 푸른 바다 우미(海)지옥 온천이다. 깊이는 120m에 섭씨 98도나 되는 열탕으로 5분 만에 달걀이 반숙되어 버린다. 동행한 전북 전주에 사는 최 사장의 배려로 근처 가까운 곳에 20여 분의 족욕 체험 시간에는 반숙 달걀을 먹어보기도 한 시간이었다. 바다 지옥의 관광을 끝내고 10여 분 벳푸의 시내를 이동하여 도착한 시각 11시 40분경 한국인이 운영한다는 면세점 코너의 주차장에 하차했다. 주차된 후 우리 일행이 면세점 안으로 들어가니 한국의 쇼핑점으로 착각하듯 점원들은 한국의 아가씨들과 아르바이트한다는 유학생이 대부분이다. 대화가 잘 통하니 어려움 없는 쇼핑을 할 수가 있었다. 태평양 전쟁 때 세계에서도 유일하게 인간생체실험으로 의약품 발달이 앞서간다는 안내한다. 일행모두가 의약품 판매대가 성황이었다. 세상은 넓고도 좁은 것이다. 전자제품 판매대에서 대화하다 보니 광주 남구 진월동이 집이며 나의 친구 양성식 씨 아들 친구란다. 전남 장흥이 고향이라는 김민수라는 유학생을 만나 더 많은 이야기도 하고 내가 구하려 했든 일본 주화수집에 숙제를 풀었다.

12시 20분경 저마다 쇼핑을 끝내고 차량에 탑승하니 차량이 이동한 것은 10여 분 후였다. 수많은 뷔페식 음식점에서 이제는 우리 일행도 능동적으로 접하면서 안내자가 서비스로 전해주는 맥주잔에 더욱 즐거운 점심시간으로 이어졌다. 배불리 먹은 점심시간도 14시경, 차량에 올라 10여 분을 바닷가

쪽으로 도로를 따라 달린다. 바닷가에서 그리 멀지 않은 주차장에 차를 세우고 큰 도로 위로 지나는 육교를 건넛산 중턱에 자리한 대분 시(大分 市) 서쪽 해발 628m에 자리한 동물원이다. 대략 1,200여 마리의 일본산 야생원숭이들을 가까이서 관찰할 수 있는 코스로 만들어 놓았다. 고기산 자연 동물원 벳푸 시와 오이타시 경계에 있는 다카사키 야마 산 해발고도 628m에 있다. 이곳에서는 에도 시대부터 야생원숭이가 살았다고 하며, 공원은 1952년 11월 03일에 개장하였다. 이곳에서는 원숭이 약 2,000마리가 우두머리의 통솔 하에 대략 500~800마리씩 세 무리로 나뉘어 있단다. 교대로 산기슭에 있는 절의 경내까지 먹이를 찾아 내려오는 등 나름의 집단 사회를 만들어 생활하고 있다고 한다. 이것을 토대로 동물에게도 사회관계나 같은 구조가 있다는 연구 발표가 잇달아 나와서 이곳도 세계적으로 이름을 알리게 되었다.

▶자연 동물원　　▶고기산 자연 동물원　　▶희카시야 폭포

관람료를 지급하고 입구에 들어선 우리에게 안내자의 주지 사항은 첫째: 원숭이에게 먹이를 주지 말 것. 둘째: 만지지 말 것, 셋째: 놀리지 말 것이라는 주의 사항이다. 이들 원숭이는

257

두 개의 무리로 나누어져 매일 지정된 원숭이 집합 장소에 모습을 나타내는 야생원숭이로 서로 충돌을 피하려고 가장 큰 원숭이 무리부터 먼저 집합장소에 모인단다. 현지 사육사인 일본인의 안내에 따라 먹이를 주며 이동하는 모습을 보여주면서 어느 한 모성애 강한 원숭이는 자기가 낳은 원숭이 새끼가 죽었는데도 1년 6개월을 품에 끼고 다니더라는 것이다. 원숭이 관람을 끝내고 주차장에 내려서 신칸센 전차선로 밑을 지나 주차장에 버스에 탑승한 시각 15시 30분이다. 다음 여행지로 가는 차창밖에 오랜만에 내가 궁금했던 3~4명의 바닷가에 낚시꾼을 보았다. 문득 낚시재료를 살까 하여 안내자에게 혹시 낚시재료를 구할 수 있느냐고, 하니 얼마 전에도 어느 광관 객이 문의하였으나 찾지를 못했다는 것이다. 탑승한 차는 20여 분도 채 못 달려 각종 피부병이나 아토피 무좀 류머티스성. 근육통. 신경통에 효과가 있다고 선전하는 "유노하나" 유황 산지에 도착했다. 유황을 채취한다고 해야 오를까? 지하에서 올라오는 독특하고 강력한 콧속을 매섭게 하는 분출되는 유황 연기가 김처럼 서리게 하는 곳이었다. 많은 유황 관련 관광 상품을 진열 판매하지만, 실효성이 크지 않으니 현혹되지 말라는 안내자의 안내가 있었다. 따라서 누구도 유황 제품은 관람으로 끝내고 10여 분 만에 다시 버스에 오르려니 또다시 멎은 비가 내린다.

변덕스러운 기후를 보며 우리가 16시경에 오늘의 마지막 관광코스는 "희카시야" 폭포로 관광을 위한 곳으로 이동했다.

질주는 차창밖에 이어지는 전경과 농촌 들녘을 끼고 가는 좁다란 포장도로를 따라 눈앞에 산이 가로막고 있는 듯한 산골로 접었다. 10여 분 그리 넓지 않은 주차장이 한산한 곳 조그마한 매표소 건물 앞에 안내판과 덜렁하니 자판기 두어 대가 눈에 띄었다. 차내에서 그토록 자랑삼아 얘기하든 늙은 할머님이 담요로 하반신을 감싼 채 앉아 웃음을 잃지 않는 표정으로 우리를 맞이하였다. 주차장에서 내려 깨끗하고 맑은 산골물을 따라 골짜기로 오르니 80여m의 높은 암벽 위에서 떨어지는 그리 많지 않은 물주기의 폭포수였다. 너무 물이 차가워 물고기 한 마리 살지 못한다는 폭포수의 낙차를 배경 삼아 사진촬영을 하였다. 오든 길을 따라 주차장으로 내려왔을 때는 시간이 늦어가는 탓일까 또 다른 관광객은 볼 수 없다. 아마도 우리가 마지막이라며 조금 아래 민가에 사신다는 노년의 할머니는 관리하고 정부에서 생활비를 받는단다. 이 할머니도 오늘의 관람을 마감하고 집으로 들어가실는지 외롭게 홀로 남은 할머님께 부디 건강하시고 오래오래 사시라는 우리 일행의 예의 밝은 인사를 올리고 탑승한다. 우리를 태운 버스는 17시가 다 되어서야 시내로 향했다.

이동이 시작된 지 30여 분 산골을 돌아 나와 시내에 들어서니 크지 않는 도롯가에 제법 큼직이 보이는 도시가 보였다. 낮은 산언덕과 강을 끼고 크고 작은 건물 학교 공업단지 등이 눈에 들어오고 이곳 역시 집단화된 납골당은 빼놓을 수 없는 전경이었다. 저물어가는 어둠 속에 서서히 밝혀져 오는 전등

259

불과 시내의 가로등 밝은 불빛을 야경 삼아 1시간 30여 분을 달려 오늘 저녁밥은 일본 전통 음식을 맛보기 위한 일식당이다. 안내되어 한쪽 방에 우리 일행만을 위한 식사 자리가 준비되어있었다. 우리 일행이 자리를 앉자마자 심부름하는 아가씨가 부지런히 음식을 날라 왔다. 맛을 보니 맵고 짭짤한 입맛에 익숙한 우리 일행은 일식은 별로인 듯, 그러나 한 번쯤은 먹어보는 일식이었다. 불평 없는 음식은 조그마한 단무지 쪼가리 몇 개만 추가해도 추가 요금이 나오는 일본 음식 문화를 체험했다. 잠시 후 이동한 숙소는 단체 일반 투숙에 일천오백 엔 숙박료에 잘 지어진 5성급 특급 RIGA HOTEL이다. 23층의 높은 건물에 신칸센 열차 타는 홈과 연결된 이 호텔 이 층 로비에서 방 배정 카드를 받아보니 방은 14층의 1401호부터 배정되었다. 모두가 배정받은 호실에 여장을 풀고 마지막 일본의 밤을 멋있게 보내자는 생각 속에 형년 친구가 투숙한 1410호에 다 모였다. 안주는 한국의 컵라면 두 병의 한국 소주를 돌리며 담소를 나누다. 특별한 묘안이 없어 20여 분 후 각자의 객실로 가려고 헤어졌다.

그 후 나를 포함 몇 친구의 의견 끝에 재희, 오환, 동칠, 석동 친구 5명은 가벼운 차림으로 호텔 밖을 나갔다. 누구나 이곳에 낯설은 우리는 호텔과 연결되어있는 신칸센 열차역사로 네온 불빛야경을 구경삼아 돌아 나갔다. 골목의 현지선술집이라도 들려 보자는 의견 끝에 상가와 술집들이 보이는 골목 안으로 들어갔었다. 벌써 문을 닫은 곳이 대부분인 골목에서 나이가 어린 젊은이가 주인처럼 느껴지는 선술집 비좁은 공간에 우리가 앉아야 할 의자도 없는 말 그대로의 선술집이란다. 서툰 일어, 서툰 영어까지 동원하여 바루라고 하니 주인과 뜻이 전달되어 일본의 전통주 청주 한 잔씩을 우리나라 종이컵 크기의 유리컵 한잔에 300엔에 주문했다.

일본의 영어로 재미있는 점은 미국에 대한 동경심에 비해 영어는 서툴다는 점이다. 일본식 영어 발음은 해괴하기까지 하다. 영어발음 커피 하면 알아듣지 못한다는 게 이상한 생각이 들었다. 그렇게 서툰 발음과 곳곳에 엉터리 발음의 일본식 영어가 널린 나라가 일본이다. 안주는 '아부래 기' 같은 안주를 120엔에 매입하여 한 점씩 먹고 나면 부족한 안주에 술을 마셨다. 우리는 다시 거리로 나와 행여 더 재미나는 구경거리가 없을까 생각하다 24시 마트를 들렸다. 내가 남은 200엔으로 현지 술 2병과 소시지를 구매하여 제법 쌀쌀한 밤길을 돌아 숙소로 돌아왔다. 인적이 드물어가는 신칸센 역사를 지나 호텔 1410호에 벨을 눌러도 대답이 없다. 아마 아내가 잠이 든 모양이다. 우리는 다시 호텔 한쪽의 물 치 창고에서 마트에서 산술과 안주로 2~30여 분 담소를 나누었다. 일본의 각자 침실로 돌아가는 RIGA HOTEL에서의 이틀째의 밤은 새벽 1시 30분이었다.

2007년 2월 28일(여행 넷째 날) 수요일

평소의 습관 탓에 다섯 시가 조금 못되어 잠이 깨어 버릇처럼 화장실이며 샤워를 하니 또 빨리 일어나 소란이라고 아내가 말한다. 나는 낙서처럼 기록한 여행기를 준비하느라 모닝콜 06시인 아침 시간이 아쉬움 속에 호텔에서 제공되는 뷔페식 조반을 먹었다. 오늘이 여행일정의 마지막 목적지를 위한 08시경 호텔 2층 로비에 다 모였다. 그래도 즐거운 여행의 담인지 다시 왔으면 하는 농담 어린 이야기도 흘러 들렸다. 회장인 나로서 그리고 이 여행의 안내자로서 다소는 안도함이 있을 뿐이다. 20여 분 후 고속도로에 접어들었으나 한결같이 서두르지 않는 버스 기사나 주위에 주행하는 모든 차가 경적을 울리거나 추월을 서두르는 것을 보기 힘든 일본이다. 우리 국민이 많이 본받아야 할 점이라고 생각한다. 유난히 많이 눈에 띄는 논밭 산야 속으로 지나는 송전탑 사이로 집단화된 촌락들이 여유롭게 전개된다. 차창을 따라 1시간 10여 분 "복강" 요금소를 들어서니 3일 전 일본여행의 첫 기착지였든 바다와 선박들이 늘어선 후쿠오카의 하카타 항에 정박해있는 카멜 리 아호를 가이드가 안내하니 시선에 들어온다. 09시 35분경 항구에서 그리 멀지 않는 마지막 관광지 "오호리 공원"은 후쿠오카 성의 해자(성 주위에 둘러 판 못)를 이용하여 만든 공원이다. 호수에는 작은 섬이 떠 있다. 이들 섬과 호수를 연결해주는 다리가 3개소 놓여 있다. 이곳은 1927년 중국의 서 호[西湖]를 본떠 만들었다고 한다. 호숫가에 일본 국보인 간 노와 노나 노 쿠쿠 오[漢委奴國王]를 전시하고 있는 후쿠오카 미술관과 일본식 정원이 있고, 동쪽 옆 후쿠오카성터에는 헤이와다이구장, 쇼와 도리 건너편에는 벚꽃으로 유명한 시민공원이 있다.

　호수공원은 물 가운데 섬처럼 공원이 있고 오리 유람선이 차가운 바람 속에 손님을 기다리며 움집 해있다. 한산한 호수공원에는 그렇게 많지 않은 오리와 갈매기가 노니는 호수를 걸어나가 건너 쪽에 대기한 차량에 탑승이 아쉬운 일정이다.

▶오호리 공원 내 정자

▶워터프론트 지구

▶카멜 리 아호 선내

서비스로 한 곳을 더 보여 드린다는 후쿠오카 타워는 후쿠오카 '워터프론트 지구' 시와 '드모모치'의 중심부에 있으며, 1989년에 건립하였다. 지진이 두려운 이 나라에서 높이 234m 로 일본에서 해변에 세워진 타워 가운데 가장 높다. 타워건물 외관은 약 8,000장의 반투명 거울로 덮여 있다. 타워전망대로 올라가는 엘리베이터 역시 유리로 만들어져 있어 건물 외부를 살펴볼 수 있다. 시내를 내려다볼 수 있는 전망대는 지상으로부터 116m 지점과 123m 지점에 있으며 워터프론트 지구, 하카타만 등을 한눈에 바라볼 수 있다. 전망대 유리 벽면에는 후쿠오카 시내 주요 건물들의 위치가 표시된 이곳은 신도심 매립지로 지진 때문에 고층건물이 많지 않은 현실 때문에 더욱 명물인 듯싶다. 고층건물을 배경 삼아 단체촬영도 하고 좀체 느끼지 못한 차가운 바람에 우리 일행들은 볼 것이 없다는 듯 차량으로 가버린다. 일본인이 집을 보면, 주변을 아름답게 가꾼다. 자신이 보는 것도 중요하지만, 밖에서 보는 타인의 눈을 의식 하는 측면이 크다고 하겠다. 길가 쪽에 화분이나 꽃으로 장식하거나 울타리에 많은 정성을 들인 흔적이 보인다. 부두까지 그리 멀지 않는 차창밖에는 유명한 '잘' 호텔이며 지붕이 시커먼 돔구장이 유난스럽다. 일정에 따라 우리 일행이 귀국을 위한 '카멜리 아호'에 출국절차를 밟고 탑승을 하고 나니 11시가 조금 넘은 시간이다.

여행 올 때와는 달리 우리 일행이 배정받은 방은 다소는 적지만은 그래도 우리 일행만 함께할 수 있는 307호를 택했다. 3박 4일의 일정을 소화하고 기상특보조차 알지 못한 체 하카타 항을 뒤로하고 떠나는 2만2천 톤급 "카멜리아 호"는 넓은 태평양을 항진했다. 태풍 예보나 항해길은 지난 출국 때와는 달리 이렇게 큰 선박이 무척 흔들림이 심하여 멀미에 약한 대다수 여행객이 구토와 멀미에 혼란스런 시간이 계속되었다. 출발 후 3시간이 좀 더 지나서일까 나는 대마도가 보인다며 선실이 술렁일 때 잠시 대마도를 볼 수 있을까 하여 선실 5층 갑판 위에 나가보았다. 희뿌연 시야에 섬 자락만 보일 뿐, 뱃멀미에 강한 편인 나 역시 속이 다소 매스꺼워 짐을 느껴져 객실에 들어와 누워 있으니 다소 안정이 되었다. 대다수 일행이 누워 있는 한 시간여 남짓 애초 18시에 부산항 국제여객

터미널에 도착하려던 여객선은 20여 분 늦은 18시 20분경 도착하였다. 도착 후 40여 분이 다 되어서야 관광객들의 입국절차에 세관 검사 등을 끝내고 터미널 대기실로 모이게 했다. 우리 37회 회원들은 부산 자갈치 시장으로 우리를 태우러 온 관광버스로 이동했다. 저녁 식사도 하며 한 번쯤 들려보려는 자갈치 시장구경은 서울로 가야 하는 친구들의 열차 시간 때문에 보류하기로 했다.

서울과 전라도로 헤어져야 하는 시간 타임에 맞추어 총무가 주문에 온 횟감을 서울방면과 전라도 방면 별로 나누어주었다. 시간이 허락한다면 자갈치 시장에서 한자리 술도 마시며 한자리해야 하는데 아쉬움이 남는다. 서울로 가야 하는 동창생들은 헤어짐의 인사를 했다. 수고들 많았다고, 친구들 잘 가거라! 전라도로 가야 하는 우리 일행을 기다리고 있는 소리투어(봉황면 욱곡 마을 고(故) 최길언 씨의 막내아들) 최금호 기사의 관광버스에 탑승하였다. 남해고속도로를 달려 두어 시간 섬진강 휴게소에서 준비한 횟감을 안주 삼아 간단한 휴게소에서 구매한 회장국으로 저녁 식사 겸 횟감으로 간단히 때웠다. 23시가 조금 넘어서 광주역에서 3박 4일의 아쉬운 인사로 모든 일정을 마치며 헤어지는 인사를 나누었다. 훗날 잃어버린 시간을 다시 한번 되짚어 보는데 조금이라도 도움이 되었으면 하는 마음으로 여행기를 적어보았다. 부족한 문장력을 너그럽게 받아주시고 이 글을 읽는 모든 분에 항상 즐거움과 건강이 그리고 이번 여행을 함께해주신 회원 여러분의 가정에 행운이 있기를 기원합니다.

2010년 11월 27일 탈고 정리함 [2017. 01. 18 재정리]

2009년 정도회 태국여행

일 시 : 2009년 03월 23일~ 03월 27일 (3박 5일)
장 소 : 방 콕,파타야(왕궁/수상가옥/전통 마사지/산호섬/농눅 빌리지 등)
행사비 : 예정가격 80만원
        (행사 전 일정 개인 경비 외 없음/행사 추가는 별도)
여행사 : 모두투어 서울 여행센터(Choi Mun Ho 사장 T:010-3308-5030)
참석명단 : K, Soon il(I, Young Soon) / K, Soon Nam(K, Young Im)
          K, Soon juong(N, Jun Ja) / P, Jung Gyu(J, Mun Suk)
          S, Young Yeul(U, Soon Sim) / Y, KueyRae모(모79)
          S, Hui Chul (K, Min Sun) / J Moon Suk (S, Jung Lyel)
          J, ChanYul(S Jun gAe) / C, Young Bong
          H, Jum Young(K, Jung Hee) / B, Jong Bok
          E, jo Hyung / 총원 23명

2009년 03월 23일 월요일(여행 첫째 날) 맑음/구름

봉황에서 출발하는 회원이 탑승하여 10시에 출발하는 광남 리무진 관광 차량 28인승이 서구 매월동 공구 단지 사거리에서 6명의 부부회원이 탑승한 시각 10시 50분이다. 호남 고속도로를 달려 정안 휴게소 2층에서 16명의 회원이 휴게소 이층 식당에서 점심을 먹고 안성에서 서해안 고속도로 따라 영종도 인천 국제공항에 당도한 시각은 오후 3시 30분경이다. 서울에서 먼저 나온 영렬, 문석 회원 두 부부와 서로 인사가 끝나기 바쁘게 지금 강원도 춘천에서 사업상 살고 있는 중규 부부가 도착하여 서로의 반가운 인사를 나누었다. 몇 회원과 나는 여행지에서 사용하기 위한 휴대전화 로밍신청을 위해 잠시의 시간을 내어 KT 대리점을 방문했는데 최신형 핸드폰 은 자동로밍이 된다 한다. 집결지에 합류하여 광주의 서울여 행 센터 최문호 사장의 안내에 따라 여행 가방 탁송과 출국절 차를 하고 입국장으로 들어가 한 시간쯤 청사 내의 면세점에 서 필요한 물품을 사고 22번 게이트로 이동하였다. 우리 일행 380여 명이 탑승할 수 있는 대한항공 747 점보 여객기에 탑 승한 시각 17시 03분경 대부분 한국 여행객이 자리를 메꾸었 다. 기체가 서서히 이동은 10여 분이 지나서였고 내가 앉은 55J 석 유리창 쪽으로 햇볕이 저 안쪽 객석으로 투과된 햇볕 이 돌아가는 것은 동체의 이동을 알리며 환송의 불빛이 비치 는 것이다.

17시 30분 천천히 이동하던 동체가 굉음을 발산하며 얼마 후 이륙한 비행기는 기수를 남서로 돌리며 점점 멀어져 가는 서해대교와 안면도 상공을 지난다. 기내 TV 화면에 나타나 는 고도 97,531M 시속 807㎞가 안내되며 잠시 후 군산 상공 에서 서남서쪽으로 기수를 돌리니 망망대해 서해로 이어지며 기체에서 품어대는 굉음이 귓속으로 울려 꿀꺽 침을 삼키니 다시 높아지는 고도 고막 증이다. 언제부터 바뀐 대한항공 승무원의 연푸른 제복에 목에 감은 넥타이가 예전 같지 않지만, 승객을 위한 서비스에 바쁘게 움직이는 8~9명의 여승무원이 위생 물수건을 돌리며 분주한 시간이다. 기내에서 찾아든 서울 경제신문을 펴보았지만 좁은 공간에 한쪽 팔을 쓰지 못한 내게는 신문을 보기에는 적절하지 않았다. 앞 좌석 뒷주머니에 꽂아있는 쇼핑 안내서를 보니 발렌타인 30년 산 700㎖ 시장 가격 93만 원이 면세 3십4만2천 원이다. 승무원이 밀차에 날라다 준 한 캔의 맥주와 음료수 그리고 안주를 받아 함께하는 이 시간이 새삼 감회를 느낀다. 창밖을 보니 기체 날개 위에 그어놓은 중국 공해 해상의 희뿌연 하늘과 일직선으로 수평선 사이에 파란 창공의 하늘이다. 현재 시각 18시 40분 승무원이 날라준 소고기 야채 밥과 돼지고기 닭고기를 재료로 한 기내식이 원형 용기 속에 든 보드라운 백색의 연한 두부와 과일까지 먹었다. 창밖을 보니 불그스레 어두운 운무는 저물어 가는 상공의 황혼이 한 폭의 그림이다.

얼마쯤 시간이 가고 저무는 어두운 창공은 구름 한 점 없는 밤하늘에 저 멀리 밀려가는 희미한 별빛을 보면서 눈가에 밀려드는 식곤증에 이기지 못해 스케치하던 기행문을 적다 말고 억지 잠을 청해본다. 얼마를 지났을까 어슴푸레 깬 잠에 창 아래를 내려다보니 밝은 불빛이 밀려가며 수많은 불빛이 밤하늘의 별빛처럼 자꾸만 밀려간다. 언제 바뀐 시간인지 두 시간이 멈춘 듯 현지시각 21시 28분을 안내한다. 모니터에 고도 3,400 peed에 시속 596㎞를 날아 머지않아 목적지 방콕 수완나품 공항이 가까워짐을 알 수 있다. 잠시 후 안내방송은 모든 전자 제품을 꺼주시고 의자를 바로 하고 안전띠를 매 주라는 방송에 이어 서서히 내려 보이는 불빛이 가까워지고 또 다른 굉음에 맞추어 기체는 활주로에 미끄러지듯 내려앉는다. 우리를 태운 비행기가 서서히 청사 쪽으로 이동하고 동체가 멎기가 바쁘게 성급하게 일어서는 승객들 일순간 약속이라도 한 듯 모두가 내릴 준비에 여념이 없다. 깨끗하고 산뜻한 수완나품 국제공항은 인천 국제공항의 1.5배 크기의 제법 규모가 큰 공항으로 2006년 9월 28일 새벽 3시를 기해 이전 업무를 본단다. 기존 방콕의 돈므앙 국제공항은 전세기 편이나 VIP. 저가항공을 제외한 정규 편 공항 업무가 이곳 수완나품 공항으로 이전되었다고 한다. 우리가 탄 비행기도 이곳으로 도착하여 꼼꼼한 입국 절차와 비행기 표를 확인하고서야 길고 긴 에스컬레이터로 이동하였다. 여행 가방을 찾고 공항 출구에 도착해서야 최문호 사장을 공손히 맞이하며 호화스럽고 고급스러운 2층 관광버스에 안내한 현지시각 10시 12분이다.

전원이 탑승 후 인원 점검을 하고 나서 본인은 23년째 이곳 태국에서 안내자 업무를 종사하는 김내영(호칭 : 김 부장)이라고 인사를 한다. 검게 그을린 조그마하고 앳되어 보이는 소녀를 소개하며 태국 현지 안내자(태국은 자국의 안내자만이 관광 안내를 함) 낫 씨라 소개한다. 이곳 태국은 전 세계적으로 유명한 관광국으로 외국 관광객에게만 이층버스를 허용한단다. 관광안내 역시 여행지마다 현지 안내자만이 안내할 수 있는 정책 때문에 불가불 본인은 통역인으로 활동하나 불법으로 안내할 경우 태국 관광청으로부터 많은 벌금을 물린단다. 그리고 이곳 태국에서 조심해야 할 몇 가지를 소개한다. 첫째 이곳은 차가 우선이니 길거리에 차를 조심하고, 둘째 석회성분이 많은 수돗물을 그냥 마시지 말고, 셋째 귀중품을 조심하라며 귀중품을 안전하게 꼭 앞으로 메라고 당부한다. 넷째 여권을 조심해야 한다고 재차 강조한다. 이곳 태국(본명: 타이=Thailand)의 수도 방콕을 소개하자면 동경 100도 29 북위 13도 45 타이 차오프라야 강 약 30㎞ 상류 왼쪽 연안 면적 1565.2㎢에 2007년 현재 인구 8,160,522명이란다. 홈페이지는(http://www.bma.go.kr.th/)이며 타이어로는 끄룽텝(krung Thep : 천사의 도시의 뜻)이라고 한다. 기후는 전형적인 열대 몬슨 기후에 속하며 1년 중 가장 더운 4월의 평균 기온이 30도 최저기온인 1월은 25.6도로 일교차는 하루 평균 10.2도란다. 연 강수량의 대부분은 5~10월의 우기에 속하며 남쪽 해상에서 불어오는 남서 온수의 영향을 받는다. 11~2월의 북동 온순 계절에는 강수량이 적고 대기는 서늘하고 1년

중 가장 쾌적하여 관광하기에 좋으며 3~4월은 지배적인 계절
풍은 없으나 여름에 들어서는 계절이라 더위가 심해지는 계
절이다.

　타이는 동남아시아의 인도차이나 반도중앙부에 있는 나라
이며 19세기 유럽 열강의 압박 속에서 사법 행정제도 개혁
과 함께 근대화 실행과 영국과 프랑스의 대립 구도를 갖게
되었다. 북서쪽으로 미얀마 북동쪽으로 라오스 동쪽으로 캄
보디아 남쪽으로 말레이시아 타이완(대만)과 국경을 접하고
서쪽으로 안다만 해 남동쪽으로 시 암만 해에 접한다. 제2차
세계대전 중에는 일본과 동맹을 맺어 연합군 측과 갈등을 빚
었으나 식민지화 위기를 벗고 1932년 입헌군주국으로 발족
1939년 국호를 시 암(Siam)에서 현재의 타이로 변경하였다.
타이의 정식 국명은 타이왕국(kingdom of Thailand)이고
"프레타트" 타이 또는 "므엉타이"라고도 하는데 주민의
80%를 차지하는 타이족을 가리키기도 한다. 우리를 태운 차
량이 방콕의 무수한 가로등 불빛을 따라 수많은 차량과 오토
바이 자전거의 행렬과 신호 따라 다리를 넘어 30여 분 달리
니 우리의 첫날밤의 여정지. "몬티엔 호텔" 정문에 차가
정차해 내리는데 급히 달려와 집사람을 반기며 찾는 젊은이
그가 바로 처 외종 이모님의 딸에 아들인 문현성 당 37세 처
외 조카가 기다리고 있다.

　내게는 말로만 들어왔고 초면이지만 집사람과는 구면으로

대화는 자연스럽게 집사람 차지였고 조카는 3~4년 전 다니던 무역 회사에 태국 담당을 하다 지금은 본인 혼자 무역(유통)업을 한단다. 그런대로 잘하고 있다며 로비에서 배정받은 방 열쇠를 받아 함께 708호에 들어가 함께 이야기를 나누었다. 10여 분 후 조카가 가져온 열대과일 선물은 우리 일행이 한자리의 담소를 위한 술자리에서 나누어 들었다. 모처럼의 여행이며 내게는 사고 입원 후 감회도 새로워 한국에서 가져온 소주를 좀 마셨는데 그만 이식을 위한 허벅지의 가려움과 붉은 반점과 가려움 때문에 고통받는 잠자리가 되었다. 간밤처 외 조카도 보내고 친구들과의 여흥으로 잠자리에 든 시각은 1시가 넘어서였다. 아침 6시 30분의 모닝콜은 5시가 조금 넘어 일어난 나에게는 조금은 무리였다. 호텔 1층 식당에

서 먹는 아침 현지호텔식은 우리 입맛에 별로였으나 그런대로 조반을 끝냈다. 방에 들어가 간밤에 강변에 어울려진 방에서 내려다보이는 전경을 한 폭의 사진에 담아보았다. 아침 8시에 '몬티엔 호텔' 앞에서 출발하는 오늘 일정을 위하여 짐을 챙겨 호텔 로비에 열쇠를 반납하고 오늘 하루 관광 여정에 오른다.

2009년 03월 24일 화요일 맑음/ 최고 37℃

인원을 점검하고 모두가 이상 없음을 확인한 08시 12분에 낯설은 이방인이 안녕하세요? 쩌는 왕궁 안내인 최^민수입니다. 한국말이 조금은 서투르지만 쨰~ 선을 따 하^게 습니다. 로 시작하며 이곳 법률상 한국인 안내자는 전혀 안내에는 참여할 수 없단다. 하여 아예 김 부장은 버스에서 내리고 촌놈 타입의 태국인 안내자가 왕궁을 가기 위해 길고 높은 다리를 건너며 차오프라야 강을 사이에 두고 강남에는 높은 건물이 많고 강북의 바닷물에는 꼬기가 많다며 서툰 한국말로 농담까지 하는 재치를 보인다. 지금은 이곳 태국은 방학 중이라 크게 교통이 혼잡하지 않다는 것이다. 그 옛날 베트남 전쟁 당시 월남전에 참전할 때 보았던 다낭(월남의 도심)시가지를 떠오르게 하는 2~3층 건물이 오밀조밀하고 도로에는 크고 작은 갖가지 자동차에 사람을 태운 용달차 오토바이를 개조한 택시 많지 않은 오토바이와 자전거가 분주하다. 시가지 간판의 대부분이 붉은 바탕에 노란 글씨에 조금 색다른 것이 있다면 인력 자전거가 드물고 아오자이(긴치마)를 입은 긴 머리 아낙들이 없다는 것이다. 도로변 인도에는 개량 공사를 위한 토목 공사가 눈에 띄며 시멘트 사각형 전신주엔 어지럽게 엉켜진 전선들이 시선을 어지럽게 한다. 대부분의 일반 버스는 에어컨이 없이 창문을 열고 달린다. 이곳의 물은 석회성분이 많아 이물로 양치질하는 탓에 이곳 사람들은 치아가 빨리 상해서 치과 병원이 많고 치술(齒術)로는 세계 최고를 자랑하며 값이 싸기 때문에 치과 치료를 위한 원정 치료가 많다고 일러준다.

20여 분 달리던 차량이 아직 분주하지 않은 도로변에서 하차하고 안내자의 차량 통제에 따라 길을 건너 표를 받아 제시하고 들어가는 곳이 방콕에서 유명한 王宮(왕궁) 이란다. 총면적 21만 8천㎢ 사각의 울타리의 둘레가 1,900m에 달하여 장대한 규모를 자랑하는 왕궁은 방콕이 수도가 된 1782년에 지어지게 시작했단다. 왕족의 주거를 위한 궁전, 왕과 대신들의 업무를 집행하기 위한 건물, 에메랄드 불상이 안치된 왕실 전용사원, 차오프라야 강 서쪽 새벽 사원에 인접한 곳에 있는 "톤부리" 왕조가 끊어지게 되었단다. "짝 그리" 왕조를 세운 라마 1세는 민심을 수습하고 왕권의 확립과 '야유 타야' 시대의 영광과 번영을 재건하고자 강 건너 현 위치로 遷都(천도)를 결심하였고 1782년 왕궁 일부가 준공되자마자 바로 이곳에서 라마 1세의 성대한 대관식을 거행하였다. 왕족의 거주와 궁전의 업무를 위한 "두씻쁘라샷"과 "프라마하온티연" 건물이 제일 먼저 준공된 건물이다. 또한, 이곳 "보름 피만"의 남쪽에 있는 "붓타랏따나 싸탄"은 균형이 잘 잡힌 건물이며 내부에 수정으로 된 불상을 모셔 놓은 것으로 유명하다.
또한, 서쪽에 있는 뾰족한 지붕을 한 "마희선쁘라샷"이라는 건물이 서 있는데 라마 4세가 그의 부친인 라마 2세의 유해를 모셔놓은 곳이라고 한다. 왕궁의 북쪽에 있는 에메랄드 사원은 왕궁과 직접 연결된 통로가 있는 왕실 전용 사원이며 태국 최고의 사찰로 유명하며 에메랄드 불상은 높이 66㎝ 폭

48.3㎝ 크기로 "붓 싸 복"이라는 태국 전통양식의 목각 옥좌
에 가부좌한 상태로 안치되어 있다. 태국 국민에게 본존불로
서 숭배되어 일 년 삼 계절(하기. 우기. 건기) 중 계절에 맞는
승복을 입고 계절이 바뀔 때마다 태국 국왕이 손수 불상의 승
복을 갈아입히는 예식을 수행한단다.

　대웅전 옆 상층 테라스에는 첫째 부처님의 진시 사리를 모
신 황금빛 둥근 탑, 둘째는 둥근 탑 옆에 있었으며 몬 돔 건
축양식에 따라지어 진 장서각이다. 정교한 자개 장식의 책장
에는 불교 성전이 잘 보존되어있으며 성전에는 마른 열대 식
물 잎에 기록되어있단다. 셋째는 라마 4세 때 만들어진 "앙

코르와트”석재 모형 물이며, 넷째는 현 ‘짝 그리’ 왕조 왕들의 입상 조각상들을 모셔놓은 건축물 들이다. 상층 테라스의 건물과 건물 사이에서 볼 수 있는 것은 청동 코끼리와 신화에서 유래된 반인 반 조의 부조물들이다. 그중에서도 청동 코끼리는 왕위 계승을 할 때마다 발견됐다는 태국의 신성한 흰 코끼리를 상징한다. 한 시간 남짓 왕궁을 관람하고 안내자의 안내를 따라가게 된 곳은 왕궁에서 그리 멀지 않으며 갖가지 현지 과일이며 생필품 그리고 느끼한 냄새가 풍기는 골목을 5분여 지나 강변 선착장이 나왔다. 이곳이 수많은 관광객을 태워 새벽시장과 수상 시장 관광객을 태우는 유람선 선착장이다. 타이 灣(만)으로 흘러드는 메남 강이라고도 한 이 강의 총 길이는 372㎞ 북쪽 라오스 산지에서 발원 한 핑, 왕, 용, 난의 4대 지류가 나콘사완 부근에서 합류한 다음 차이 나이트 이남에서 몇몇 분류로 갈라지면서 삼각주를 이룬다. 이 삼각주는 타이에서 가장 중요 한 곡창지대로 세계적인 쌀의 산지이다. “차오프라야 강”은 크게 농산물 등의 수송과 사람들의 왕래에 있어서 중요한 구실을 해 왔으나 근래에는 육로 운송의 발달로 기능이 떨어져 홍수조절 수력발전 관계 등을 목적으로 종합 개발이 진행되고 있다.

우리 일행도 여행사의 안내를 따라 목재와 철재가 결합한 의자가 장착된 유선형 유람선에 탑승하여 하구에서 32㎞에 강폭이 100여m 정도인 연록 빛 물색을 띠며 강 양쪽 대부분이 수상 건물이 자리하나 “차오프라야 강” 상류로 거슬러 올라간다. 이곳 역시 환경을 중시하는 정부 시책에 지금은 많은 강변을 콘크리트 축대 벽을 건설 방콕 시내 전경과 조금 전에 보았든 왕궁의 지붕 그리고 선박 건조물 등 열심히 안내 설명에 열을 올리지만, 한국 발음이 서툴고 유람선의 엔진 소리 스쳐 가는 다른 배의 엔진 소리에 결국은 눈으로 관람하는 관광에 불과하다. 진로를 바꾸어 하류에 갔을 때는 한때 유명했다는 새벽시장과 수상 가옥들이 물 위에 기둥을 받쳐 들고 관광을 위한 소수의 남은 건물 그리고 표본으로 팔고 있는 선상의 과일 장수들 눈에 들어온다. 세계는 지금 환경을 위한 옛

풍물이 사라지며 조금 더 하류로 가니 선상 밖 물속에 노는 팔뚝만큼 한 수많은 고기를 안내자는 꼬기 반 물 반이라며 물고기가 많음을 안내한다. 우리 일행 역시 와

~ 하는 탄성의 기쁨도 잠시 출발했든 선착장에 도착하여 차량 탑승을 위하여 오밀조밀 상가를 걸어 나와 대기 중인 이층 버스에 탑승하니 왕궁을 안내하던 안내자는 헤어질 인사를 안^영이 가십 시요! 라

는 인사를 한다. 탑승을 확인한 차량은 이곳 방콕 시내를 벗어나 가끔 눈에 띄는 고층 아파트며 특 고압 송전탑을 뒤로하고 계속되는 노변의 간판 탑에 일본 유명 회사의 광고탑과 요란스럽지 않은 공장 옆 열대 수와 평야 촌을 관망한다. 태국의 고

속도로를 달리든 차량이 요금소를 지나 산업도로를 따라가는 곳은 해변 휴양지 파타야로 이동 중이다.

　영업용 차량이 tax이라고 차량 위에 달고 운행 중인 영업용 차량은 태국에서는 이곳 방콕뿐이란다. 이곳에서는 한국의 쏘나타가 삼천오백 만원 ~ 사천만 원 정도이며 이곳 사람들은 "유 내설(由來說)"{(착한 일을 많이 하면 좋은 곳에 태어나고 나쁜 일을 많이 하면 나쁜 곳에 태어난다는 일명 환생 설(還生 說)}을 믿고 있다. 잘살려고 노력하지도 않아 대부분의 재벌 갑부의 80%는 중국인이 차지한단다. 한국의 6.25 전쟁 당시 유일하게 한국의 참전국이었고 세계 식량(쌀) 자급자족하는 삼대 국(미국. 태국. 베트남)이며 유럽에서나 동남아에서 많이 생산되는 "안남미 쌀"의 과다한 생산을 억제하기 위하여 기후 조건으로 일 년에 3~4모작도 가능하나 2모작 이상은 짓지 못하게 한단다. 예전에는 한국을 능가하는 선진국이었지만 지금은 한국에 뒤진 후진국이란다. 차량이 얼마를 달렸을까? 한국 교민이 많이 사는 곳에 있는 한적한 식당 앞에 내려 한정식으로 이른 점심으로 식사했다. 서둘러 차량에 탑승한 시각 11시 40분 우리의 차는 방콕과 빳따야를 연결하는 고속도로를 80여㎞ 달려 현지 시각 한 시경 잠시 휴식과 휴양지에서 일회용으로 사용할 값싼 슬리퍼나 모자 등을 샀다. 휴게소 매장에서 십오 분 후 다시 차량에 탑승하여 앞을 살펴보니 그동안 보이지 않은 저 멀리 먼 산이 보인다. 반갑게 느껴진다.

마이크를 잡던 안내인은 이곳 동양의 하와이 파타야에 서양인이 즐겨 찾는 "5 S"를 아시냐 고한다. 첫째: Sun(태양)/둘째: SEA(큰 바다의 길이 56km)/ 셋째: (미소=Smail), 눈과 눈이 마주치면 반갑다는 인사와 두 손을 모아 입 위에 모으며(와이 :안녕하세요) 씨 와이-카(여자에게) 씨 와이-컷(남자에게) 코 큰 컵(고맙습니다) /넷째: Sex(서양인들의 5~60대 사람들의 제2의 인생을 만끽하며 휴가를 즐긴다./다섯째 : Setopel(영국 프랑스 포르투갈, 미얀마, 말레이시아 등이 유전(油田), 다이아몬드 에메랄드 등의 자원이 많아 예전에는 탐을 했었고 지금은 저렴하게 사는 즐거움으로 찾는단다. 타이 남부에 있는 관광 휴양도시 빳따야는 방콕에서 동남쪽으로 145㎞ 떨어진 곳에 있는 휴양지로 40년 전만 해도 작은 어촌이었다. 이곳은 베트남 전쟁 때 우타자 외에 미국 공군기지를 건설하기 위하여 병사들이 왕래하며 휴가를 즐기러 오기 시작하면서부터 오늘날 아시아의 휴양지의 여왕라고 불릴 만큼 국제적인 휴양지가 되었다. 아름다운 모래사장 청정하고 따뜻한 바닷물과 연중 내내 윈드서핑 수상스키 스노클링 스킨다이빙 제트스키 바다낚시 등 각종 해양스포츠를 즐길

280

수 있고 밤의 여흥과 갖가지 음식 풍부한 과일 쇼핑센터 등 천연의 얼굴로 관광객을 즐겁게 해주기 때문에 유명해진 것이다.

14시 05분여에 도착한 곳은 세계의 유명 건물을 축소해놓은 미니어처 미니 시 암 관광에 입장했다. 너무나 축소된 조잡한 조형물 탓일까? 무더위 탓일까? 우리 일행 역시 안내자가 설정해준 30분의 관람에 몇 곳만 들려 사진 몇 판을 찍고는 나무 그늘에 긴 의자에 앉아 잡담과 농담으로 시간을 보내고 차량에 탑승한다. 지금 시각 오후 14시 40분 7~8분여 거리에 있는 안마 시술소는 조용한 곳에 자리한 800여 년의 역사를 자랑하는 세계적으로 알려진 태국 하면 알려진 전통안마체험이다. 우리가 들어선 안마 소는 군부대의 병사처럼 복도를 중앙에 두고 양쪽 낮은 마루 위에 아담하게 깔린 하얀 커버를 뒤집어쓴 매트 위에 보드라운 베개 그리고 잠옷처럼 생긴 상, 하의를 부부가 한 조로 되어 커튼을 치고 갈아입었다. 전면 커튼만 열어두고 마루에 걸쳐 앉아 놓인 대아의 물에 발을 담그고 대기하니 우리 일행의 숫자에 맞추어 똑같은 유니폼에 파란 명찰을 달고 들어오는 30~50대쯤 들어 보이는 여자안마사들이다. 남남북녀라 했든가 뜯어보면 선량하고 순박해 보이지만 미색을 말하기에는 거리가 있는 것 같다.

각자 우리 일행에 발을 씻기고 물기를 닦더니 베개를 베고 누우라며 몸짓으로 전하여 그에 따르니 편한 자세에 높은 천장과 넓은 실내에 세 개의 어두운 매입 등 불빛이 분위기를 자아낸다. 누가 시작하라는 신호라도 보낸 듯 왼쪽 다리부터 시작하는 일련의 노련한 솜씨에 모두가 몸을 맡기고 가끔 터져 나오는 짓궂은 농담과 의사소통이 서로 다른 대화로 실내 분위기를 웃음바다를 만든다. 나만이 오른팔의 상처 때문에 특별 요청으로 사전에 부탁 된 재치를 발휘한 안마사의 요령과 양쪽 벽에 설치된 에어컨의 시원함 속에 두 시간의 전통 마사지다. 이구동성 시원하고 만족의 표현들이 한마디씩 아쉬운 표정 속에 별개로 개개인이 지급하는 우리 돈 4천 원의 팁은 불만 없는 만족한 시간이었다. 만족스러운 전통 안마는 결국 라가 부 쇼와 야간 씨티 투어 두 가지에 60$를 추가 50$를 부담하는 조건으로 두 시간의 전통 마사지를 내일 일정에 회장인 최영봉과 김순남 총무의 추진으로 회원 동의로 협의를 보았다. 안마소에서 10여 분 걸려 2일간의 우리의 숙소가 될 the Jain(더 자인) 호텔로 이동하였다. 방 배정표를 받아 특별히 바다가 잘 보이는 쪽 2층으로 할애 되어 우리 내외는 2052호를 찾아 객실로 들어갔다. 넓은 공간에 이중 침대와 싱글 침대로 3명의 가족이 들어갈 수 있는 방이다. 실내에 연출 된 분위기에 창문 커튼을 걷어보니 한 폭의 그림 같은 바다, 그리고 수평선과 저 멀리 풍경에 취해 있을 때 호텔 안내 보이들(짐꾼)이 가져다준 2개의 여행 가방을 받아 놓았다.

채 땀 식힐 시간도 없이 17시 50분까지 호텔 앞에 대기한 차량에 탑승하여 이동한 곳은 빳따야에서 유명하다는 바닷가재 요리에 먹음직스러운 해산물 저녁 식사 자리다. 1시간 30분의 여유를 주며 실컷 맛을 즐기라는 안내자의 배려 속에 뷔페 조리대에 바닷가재가 나오기가 바쁘게 가져와 초밥과 함께 즐기며 외부에서 주류나 음식의 반입을 금지하는 이곳 사정을 피해 생수병에 한국산 소주를 담아 가져와 곁들이는 맛으로 배를 채웠다. 19시 40분경에 탑승한 일행을 태우고 10여 분 만에 이동한 곳은 세계 3대 이색 쇼 중의 하나인 100% 여장 남성들이 펼친다는 "알카자쇼" 관람으로 그리 넓지 않은 건물 앞에 수많은 인파와 차량. 안내자의 안내에 따라 의자 번호가 적힌 입장권을 받아들고 5분여 현지 안내자가 "낫 씨"를 따라 밀치듯 들어간 내부는 무대가 거창하고 극장처럼 반원 배치로 된 의자에 자리한다. 잠시 후 사회자의 연출에 맞추어 커튼이 거치고 굉음의 반주 속에 시작된 화려한 여장 남성들이 펼치는 이색 쇼 중에도 한국 한복에 장구를 치며 부르는 아리랑의 쇼는 감기려는 눈이 번뜩 뜨인다. 밤 9시가 되어 객석을 메운 관객과 함께 밖으로 나온 연출자들 사진의 모델이 되어주고 돈을 받는 기발한 발상이다. 밤 9시 30분경 하루의 피로를 달래는 호텔 방으로 들어와 시원한 샤워에 피로를 풀며 저 멀리 바다 건너 장관을 이루는 야경을 본다. 오늘 하루의 못다 기록한 기행문을 적다 말고 내일 아침 6시의 모닝콜을 기약하며 밤 11시경 넓은 침대에 하얀 시트 속으로 관광 2일째의 밤은 깊어만 간다.

2009년 03월 25일 수요일 (여행 셋째 날)

습관처럼 되어버린 아침 기상은 모닝콜이 알리는 시간보다 한 시간이 이른 새벽 5시 샤워를 마치고 가벼운 아침 준비를 하고는 거실 베란다에 나갔다. 희뿌연 연무 속에 분주히 오가는 고깃배 간밤 바다 불빛이 어구에 드리웠든 전경이 지금은 열대 수가 풍치를 이루는 이곳의 정취도 더없이 느껴지는 고요한 아침이다. 이제야 기상을 알리는 모닝콜이 요란스러워 전화수화기를 들어 놓고 대강의 몸단장을 끝내고 더 자인 호텔 식당으로 내려가 집사람이 집어준 현지식 음식들을 받아 들고 식탁에 자리하였다. 조금은 익숙해진 식사를 끝내고 다시 호텔 방에 가서 오늘 하루는 가방을 이곳에 두고 가벼운 차림으로 호텔 앞에 대기한 차량에 탑승한다. 07시 30분 어제 저녁 안내인이 안내해준 오늘 일정 산호섬으로 달리는 창밖의 풍경은 대부분 2~3층 건물들의 상가와 주택이 늘어선 볼거리 좋은 시가지를 7분여 이동하였다. 배를 타면 주의해야 할 사항을 열심히 들으며 설명이 채 끝나기가 바쁘게 바다가 보였다. 바닷가에 접한 도로에 정차하여 내리기가 바쁘게 바닷가 모래밭에서 10m 물 위에 정박한 쾌속 요트 선에 탑승하였다. 빠른 속력을 금시 도착한 곳은 바다 위에 정박한 커다란 갑판 위의 낙하선 유람 선착장에 내렸다. 선박이 끄는 고공 낙하 선의 탑승은 출발대에 희망하는 회원들의 낙하산 유람(별도 비용 10$) 하는데 몇 차례 권유해도 무섭다던 집사람이 윤순심 여사가 타는 것에 안도하고 타본다. 생전에 저런 모험유람에 나마저 들뜬 느낌도 잠시 우리 일행 몇 사람이 체험을 끝냈다.

다시 우리를 실은 요트에 옮겨 타니 저 멀리 섬 쪽으로 물방 아를 찧으며 질주하든 쾌속선은 10여 분 후 하얀 모래밭과 작 열하는 태양이 짙푸른 초록색 바다 수많은 비치 파라솔이 운 집된 "산호섬"이다. 살다 보니 내게도 꿈에서 그리던 이런 곳 에 여행 올 수 있다는 것이 들뜬 마음이다.

한여름의 해안풍경을 연출 하는 곳에 가느다랗고 보드라운 모래가 발바닥을 자극하는 산호섬의 바닷가 어느 틈엔가 우 리를 태운 쾌속선은 멀어져 가고 탄성과 환호가 엇갈림으로 우리 회원들은 저마다 물놀이를 즐긴다. 하지만 내게는 체험 할 수 없고 눈으로만 즐겨야 하는 머~언 수평선을 동무할 뿐, 친구들이 어울려 노는 모습으로 만족해야 하는 아쉬움도 11시 10분쯤에 끝이 났다. 다음 일정을 위한 쾌속 요트에 몸 을 실어 꽤 먼 산호섬과 불과 15분여 걸려 육지로 배에서 내 려 대기한 이층 버스에 탑승했다. 11시 40분경에 이동한 곳은 점심을 먹기 위한 한정식 식당이다. 한국의 관광객들도 많고 우리 교민이 많은 태국에는 한국과 다를 바 없는 한식당도 많 았다. 점심을 끝내고 가벼운 휴식도 잠시 14시 10분경에 도착 한 곳은 태국 정부에서 평소에 할머니의 소신에 따라 정처 없 이 떠도는 나그네들을 모아 일터를 제공하고 공원을 만들어 180여만 평의 대지 위에 꽃 농장을 만든 85세의 할머니의 이 름을 딴 '농룩 빌리지'로 이동한다.

태국 민속촌인 농룩 빌리지 내의 열대 식물원과 아치를 만들어놓은 것은 작은 화분으로 작품화한 것입니다. 이곳은 개인이 운영하는 민속촌으로써 엄청난 벌판에 코끼리 쇼, 호랑이 쇼, 악어 쇼 등을 관람할 수 있게 되어있고 직원만 해도 천여 명이 넘는다고 합니다. 대체로 보면 모든 식물이 분재 식으로 이루어졌으며 아주 다양한 모습들로 장식화되어 있습니다. 달리는 차창 밖으로 계속 이어지는 야자 숲속에 잘 정돈된 정원과 열대숲 너무 좋아 일행의 단체 사진을 촬영하고 안

내자가 안내한 고가로 된 관람 로를 따라가다 너무나 좋은 풍경을 놓치기가 아쉬워 사진을 촬영하고 다음 이동한 곳이 코끼리 체험(타기)에 부부가 한 조가 되어 한정된 체험 코스를 도는 시간 10 여분 그리고 움막에 준비된 열대 야자수 열매의 시원한 그러면서도 코카 리스 맛을 연상하는 맛에 갈증 탓인가 하나를 더 청하니 안내인 김 부장 왈 두 개를 먹는 사람은 처음 보았다며 가볍게 먹어치우는 날 보고 더욱 놀란 표정이다. 15시 20분경 이동한 곳은 꽃 농원을 거쳐 태국의 민속 공연이 있지만, 우리 일행이 흥미를 느끼지 못해 다음 코스인 코끼리 쇼 관람장이다. 축구장 절반 크기에 "ㄷ"자 형 계단식 콘크리트 의자에 만

석이 된 공간을 다음 순서를 기다려 편한 기다림 끝에 코끼리가 의자에 올라서기 축구공 골인 하기 앞발 들어 재주 하기다. 더 명물스러운 것은 물감과 붓으로 그림을 그려 현장에서 경매하는 등 말 못하는 동물에 숱한 훈련이 돈벌이의 수단으로 이용되는 현실을 관람했다.

 17시 20분경 탑승한 차량은 복잡하지 않고 여유로운 시내 전경을 보면서 15분여 만에 들린 곳은 코브라 농장 입구에 들어서자 반기는 사람은 보통의 체격에 거무스레한 건강한 외모로 50대 초반으로 보이는 한국어에 유창한 서울 태생 한국 사람으로 이곳에서 생활하는지도 어언 30년이 된단다. 약 장수가 아닌 특유의 뱀 장수 안내인 이곳 코브라 농장을 소개하며 10여 평 남짓 실내에 등받이 없는 플라스틱 원탁 의자에 자리한다. 우리에게 뱀의 자랑이며 현지의 뱀 꾼을 시켜 코브라의 날렵하게 다루는 솜씨를 소개하고 마침내는 선택된 나에게 생전 처음 뱀을 목에 걸게 하고 다음은 만지라는 권유에 꿈틀하는 감각은 나 자신도 놀랬다. 다음은 코브라 쓸개 하나에 대략 5$ 간다는 귀한 약품을 우리에게 나누어 먹여 도주고 난생 먹어보지 않은 한약재 맛인 뱀탕까지 시식게 한다. 설명 끝에 가뜩이나 그냥 나가기엔 민망스런 분위기 속에 남편의 건강을 위해 김정희 여사의 쓸개 구매(95개들이 42만 원)에 한숨 돌린 일행이다. 상술에 능란한 분위기를 유도하느라 덤으로 5개와 뱀 고춧가루 2병 보너스에 2병을 추가하는 상술을 지켜본다. 어느덧 어둠이 짙어 오는 시간을 따라 10여 분

차량으로 이동한 곳은 M.K 숯기 특식이라는 어묵과 산나물 해물류가 곁들여진 난생처음 먹어본 메뉴. 음식점 전 종업원이 홀 내 이곳저곳에 자리하고 손님을 위한 노래와 율동으로 흥을 돕는 건 또 한층 이채롭다.

식사 후 차량탑승을 위해 음식점 밖을 나오는데 우리의 현지가이드 "낫" 씨와 현지 경찰의 소란스러 웅성거림은 우리 일행이 버스에 탑승 후 김 부장의 설명에서야 알 수 있었다. 이곳 태국은 현지 안내인(낫 씨)만이 차량이나 관광 안내를 할 수 있고 김 부장의 경우 현지 안내인의 통역만 할 수 있는데 그만 우리 안내인이 하는 것이 들통이 난 것이다. 일찍이 중국과 일본은 아예 통역자도 없애고 한국어를 숙지 못해 한국통역인 만이 유보 중이나 머지않아 한국인 통역도 없애고 자국민의 보호와 이윤을 극대화한단다. 단속은 결국 타협으로 끝났지만, 벌금을 물리기 위한 단속이란다. 달리든 차량이 10여 분을 이동하여 차량이 멎은 곳은 어제 최 사장과 타협이 이루어진 2시간의 정통 안마 시간이다. 물론 똑같은 2시간의 전통 마사지이지만 장소가 다르고 사람이 다른 탓도 있지만, 어제처럼 상처 때문에 현지인을 통해 별도의 부탁도 했었지만, 너무나 대조적이다. 아픈 상처에 도움이 되지 않아 옆자리에 함께한 집사람의 안마사와 교체하는 이변을 하며 두 시간의 안마가 끝나는 대로 차량으로 탑승하였다. 이동한 곳은 봐도 후회하고 안 보면 더 후회한다는 애로 이즘이 동영상에서나 볼 수 있는 성인나이트쇼다. 환갑이 된 지금 거부할 것도 회피할 것도 없다는 생각과 전원이 참여하는 일정에 동참했다. 다음 코스인 파타야의 압구정동 살아있는 노천 빠 송태우의 1.5㎞의 허가가 난 유흥가 제2의 인생을 즐기고자 유럽의 노장 내가 가장 많이 찾고 즐기는 음악이며 춤 노래 등이 얽혀있는 베트남의 밤거리를 돌아본다. 우리나라의 용달차처럼 생긴 적재함 양쪽에 사람이 타게 만든 나무의자로 설치된 태국의 영업용 차량의 탑승이다. 우리의 숙소인 더 자인 호텔까지의 이동은 밤 11시가 다 된 시각으로 셋째 날의 여행은 깊어만 갔다.

2009년 03월 26일 목요일 (여행 넷째 날) 맑음 /스콜

어제 밤늦게 까지의 일정과 오늘 계획에 맞추어 오늘 아침의 차량 탑승시간은 여유가 많은 10시로 되어 있다. 대부분 회원이 각자 자기의 시간을 갖는데 우리 부부 역시 평소의 습관대로 새벽 6시경에 일어나 출발 준비를 하고 07시경에 호텔 식당에서 현지식으로 아침을 한다. 방에 올라가 양치질과 가벼운 차림을 하고 가뜩이나 걷기 운동을 좋아하는 집사람과 나는 방에서 바라다보이는 바다가 저 멀리 방파제로 연결된 부두를 가기로 하였다. 호텔에서 바다로 이어진 뒷길을 따라 초여름의 더위를 방에서 가져온 우산으로 대신하고 걸어 나가는데 정작 내가 예견한 대로 방파제로 연결된 도로가 연결되지를 않았다. 험난한 오솔길은 더위 속에 흠뻑 땀에 젖고서야 바른길을 찾았고 차량 하나 정도 넓이의 방파제를 따라 부두에 도착하니 조그마한 미니 항구다. 대체로 넓은 바다지만 파도가 없이 잔잔했고 부두 끝 낡은 건물에는 당구대가 설치되어 아마도 부두 노동자들의 휴식처인 듯싶다. 낚시꾼이 많으리라 생각하는 것은 착오였고 한 사람의 낚시꾼만이 몇 대의 릴대로 낚시하고 있다. 이곳에는 낚시는 별로라는 느낌에서 몇 장의 사진만 찍고 돌아서 그리 멀지 않은 거리지만 흠뻑 땀에 젖은 산책이었다. 10시경 일행들과 함께하기 위해서 옷을 입으려니 너무 더위가 가시지 않음은 초여름 날의 무리한 산책길이었다. 오늘은 이곳 파타야의 여행도 뒤로하고 방콕으로 이동하며 몇 군데 여행 일정의 계획에 따라 이틀 밤을 지낸 "더 자인 호텔"에서 방을 비워줘야 한다. 10시경에 짐을 챙겨 버스에 탑승하니 모두 편안한 밤 되었습니까? 라며 안내인이 마이크를 잡고 인사를 한다.

마이크를 잡고 이어지는 내용은 이곳 태국은 살기 좋고 편안한 곳이기에 나이 드신 분이나 노후의 편안함을 위해서 실버타운에 가장 많이 입주해 있단다. 그러나 웃고 왔다 울고

간다며 이 나라는 모든 외국 사람이 이곳에서 살려면 의무적으로 가정부 2명을 두어야 하는 정책 때문에 돈이 많이 있어야 하는 어려움이 있지만, 특히 돈 많은 부자는 고국의 겨울을 이곳(23도~28도)에서 사는 것을 자주 볼 수 있다고 한다. 차창 밖의 바깥 풍경을 바라보며 얼마 지나지 않아 소박한 도시에 차량이 이동하는 곳은 라텍스 공장 견학이다. 차량에서 하차하자 50대 정도의 한국어에 유창한 분이 나와서 공손한 인사와 안내를 하여 조그마한 강의실로 들어갔다. 고국에서 오신 분들이 반갑다며 순천이 고향이고 이곳에 발령되어 30여 년이 넘고 이곳은 G. M LATEX로 영국에 본사를 둔 한국 법인으로(natural rubber foam) 100% 천연 라텍스를 함유율 96% 이상의 천연 라텍스 공장이란다. 일반 합성 제품들과 달리 화학 약품을 이용한 고무 냄새의 중화 및 제거를 일절 하지 않는다고 자랑한다. 그래서 천연 향이 미약하게 남게 된다며 참고로 합성의 경우 식빵 냄새 비슷한 고소한 냄새가 나며 인공 화학성분 향이 첨가를 통한 다른 냄새가 날 수 있음을 강조한다. 독일의 LGA와 ECO(품질 검사기관)에서 인증을 받은 믿을 수 있는 제품으로 라텍스가 인체에 좋은 점을 열변을 토한다. 물론 그동안 전해 들은 장점과 마침 20년이 되어가는 우리 집의 침대 교체가 걱정되는 때에 믿음을 강조하고 현지 구매의 이점을 살려 5㎝ 두께의 라텍스 한 매와 베개 2개에 90만 원에 결정하여 샀다. 30만 원을 계약금하고 잔액은 귀국하여 입금한다는 계약서와 보증서를 받고 곧바로 포장된 제품을 받아 싣고 그곳에서 그리 멀지 않은 점심을 위한 한정식 식당으로 이동하였다.

아담한 정원이 열대 파초와 빨간색 이름 모른 꽃이 10여m 입구를 단장하고 요란스럽지 않은 일층건물 입구에 "본가" 라고 간판이 걸린 한인 식당이다. 60대 듬직한 남자주인 반가워 하지 않지만, 서양식보다는 김치나 된장만 보아도 입성에 맞은 우리네 식성 탓이다. 그런대로 불평 없이 식사를 끝내고 노변에 대기한 차량에 이동하는 다음 일정은 호랑이 동물 농장으로 이동하는 데는 한 시간 이상이 걸린다. 오랜만에 최문호 사장이 마이크를 잡고 야한 농담을 한다. 어느 날 고추가 월급을 올려 달라니 고용주가 올려 달라는 이유를 물으니? 항상 깊고 습한 곳에서만 일을 시키고 시와 때를 가리지 않고 공휴일도 없으며 야간에도 물만 뿌리라 하니 어렵고 힘들어서라고 하자. 사용자 측의 이유를 보면 어떠한 경우라도 8시간 이상을 일하지 않았고 정기적으로 제때에 일하지 않았으며 우리 작업장보다 다른 작업장을 보며 언제나 만족하도록 일하는 것이 몇 차례에 불과하다. 단순 반복 작업에 불과 한데도 이직을 하려 한다며 누가 좋아서 월급을 올려 주겠냐는 참 웃기는 야담이다. 산업도로를 질주하는 편도 3차로에 중앙에 분리된 공원이 사고 위험이 덜하고 아름다운 꽃도 피고 푸른 열대 가로수가 주~욱 뻗은 야자수가 눈을 즐겁게 한다. 노변을 따라 설치된 간격이 짧은 사각 시멘트 전주에 설치된 설비로 보아 22.9㎸인 듯 트고(特高) 핀 애자며 7~8개로 된 현수애자가 질서 있게 설비되어 있다. 창밖으로 보이는 광고탑 글씨가 다르고 열대 수가 다를 뿐 한국의 풍경에 크게 벗어나지를 않는다. 얼마를 달렸을까 2차로로 벗어나고 U턴 하던 차량이 이 층 관광버스 몇 대가 서 있는 주차장에 자리하고 들어서니 이곳이 악어 농장과 호랑이 서커스를 하는 곳에 당도하니 13시 05분경이 되었다.

나누어준 입장권을 건네고 들어가니 목에 걸 번호표가 지급되고 숲속에 간간이 지어진 건물에는 언젠가 한국의 SBS. TV의 세상에 이런 일이란, 프로그램에도 나왔던 돼지와 호랑이가 한 우리에 사는 것이며 호랑이 젖을 먹고 사는 돼지 새끼 그리고 돼지들의 경주하기며 사육사의 지시에 따라 숫자 번호를 물어 집는데 위에 올려놓기를 한다. 이렇게 미련하다는 돼지도 길을 들이니 지능이 생기는 것을 보았다.

10여 마리의 호랑이가 사육사의 지시에 따라 묘기도 보이고 불을 무서워한다지만 길을 들이니 이렇게 관광 자원으로 바뀌고 독이 있어 무섭다는 전갈을 얼굴도 예쁜 여인네가 몸에 붙인 채 서 있는 광경이다. 비릿한 냄새에 1년이면 40만 개를 부화한다는 악어 농장을 한 시간 이상 관람하고 나오는데 이곳 역시도 약삭빠른 사진을 찍어 수많은 관람객의 구별을 목에 걸게 나누어준 번호표를 보고 사진을 찾게 한다. 우리 돈 4천 원을 받아내는 약삭빠른 수완을 안내자인 김 부장이 일러주어 그냥 나온다. 우리 일행이 버스에 올라타고 다시 방콕 방향으로 달리기를 3~40㎞ 오후 2시 45분이 되는 시간이다. 도로변에 있는 파인애플 농장은 파인애플 재배지이기

294

도 하지만 아무래도 판매장인 듯싶다. 여행사 측의 배려인지 먹기 좋게 준비된 과일을 먹고 싶은 대로 실컷 시식하게 하는데 당도가 높고 꽤 먹음직하여 너도나도 배불리 먹었다. 휴식의 시간을 갖고는 다시 차량에 탑승하니 이곳 열대 기후에서 만날 수 있는 스콜이 내려 흠뻑 젖은 도로변을 쉴 새 없이 달리고 달려 망망 고속 평야 도로를 30여 분 달렸다. 이 근교에는 한국 교민이 가장 많이 살고 있고 교민들이 운영한다는 매장을 들른 시간 오후 3시 30분경이다. 휴식도 겸 가짜를 팔지 않는다는 안내자의 안내와 관광객에 이곳에만 특별히 있는 앵 속(아편 원료의 식물) 꿀 등을 선전을 듣고 매장을 돌아 몇 분의 구매가 소량이지만 끝냈다. 탑승한 차량이 얼마 가지 않아 편도 3차로의 고가도로에 진입하니 이것이 한국에 비교하면 고속도로란다.

고속도로 요금소에 진입하면 이곳에서부터 방콕까지는 약한 시간 걸리는 도로 양쪽에 큰 공장과 높은 건물이 전개되고 고속도로변에 눈에 띄게 많이 보이는 것은 일본인들이 세운 공장과 광고탑 간판들이다. 이따금 전개되는 작은 냇물을 끼고 건물들이 운집해있음을 보면서 어느덧 17시 20분 시내에 53층에 있는 보석매장을 들렀다. 그때 속이 거북하고 견디기 힘들어하는 정님 여사의 불편해함과 거북함 때문에 화장실을 찾다가 엇갈리는 행방으로 어수선했든 시간에 묻혀 일행들의 보석 관람과 막내딸을 위해 몇 번 망설이다 막내딸 선물을 샀다. 그곳 높은 건물에서 보석도 관람하고 설명도 들으며 휴게실에서 내려다보이는 방콕 시내의 야경을 보는 즐거움에 어느덧 2시간이 지난 저녁 07시 50분에 53층 보석층에서 내려와 번창한 시내를 20여 분 지나 차량이 도착한 곳은 푸짐한 일식 뷔페식당이다. 우리의 소주를 반입할 수가 없어 그곳에서 두 홉들이 참이슬 소주 한 병에 1만 6천 원을 지급하고 먹는 자리다. 푸짐한 음식은 태국에서의 마지막 식사 자리를 감명 깊게 한 저녁 식사 자리였다. 저녁 9시경 탑승한 차량이 40여 분 걸려 도착한 곳은 방콕의 수완나품 국제공항이다. 출국절차를 마치고 출국장에 들기 전 모든 화물을 탁송시키고 3일 동안 함께 해준 모두 여행사 현지 한국 안내자의 친절함을 끝으로 헤어져야 했다. 현지 시각 10시 40분에 출발하는 비행기 탑승에 열을 지어 밟는 바쁜 일정에 대한항공 747 제트여객기에 탑승하니 체 5분도 되지 않아 이륙을 위한 동체가 이동을 시작한다. 창 아래로 내려다보이는 방콕 시내의 야경은 맑은 가을밤을 수놓은 드넓은 창공에 비할 수가 없었다. 한참을 날아 기체 고도가 멀어지면서 불빛도 어두움으로 변하고 여객기 날개 끝에서 반짝이는 불빛만이 계속되었다. 귓전을 메우는 굉음의 소리에 나도 모르게 깊은 잠에 취하여 여정의 피로와 꿈속에 젖어 든다.

2009년 03월 27일 금요일(여행 마지막 날) 맑음

그동안 여행했던 태국은 동남아시아 인도차이나 반도 중앙 서부 지역에 있는 국가로 수도는 방콕이다. 옛 이름은 시암(Siam, 1856~1939). 국민의 75%가 타이인이며 14%는 중국인이다. 종교는 불교가 95% 이슬람교가 5%이다. 국민 총생산(GNP)가 인구보다 훨씬 빠르게 증가하고 있다. 다른 동남아시아 국가들보다 위생 상태가 양호한 편으로 인구는 약 6,700만 명으로 평균수명은 약 66세이다. 면적은 513,120㎢로 남북으로 1,500㎞, 동서로 800㎞가량 뻗어 있다. 열대 몬순성 기후이며 수도는 방콕으로 입헌 군주제이다. 북서쪽으로 미얀마, 북동쪽으로 라오스, 남동쪽으로 캄보디아와 타이만, 남쪽으로 말레이시아, 남서쪽으로 안다만 해와 접해 있다. 편치 않은 좌석에 부대끼며 피곤 속에서도 잠에서 깨운 시각 새벽 4시경 좀 이르지만, 아침 식사로 기내식을 주기 전 밀차로 실어 건네주었다. 승무원의 음료수와 주스를 돌리기 때문이었다. 내가 자리한 후미의 J54 석은 유리창으로 나타나는 불빛을 감지하며 주문받아 날라 온 기내식을 등받이 탁자를 펴고 일순간 기내는 음식점으로 변해 너나 할 것 없이 허기진 배를 채웠다. 5시가 다 되어가는 때에는 어림잡아 제주도 상공인 듯싶다. 고도를 알리는 모니터에는 1,000피트에 시속 780㎞를 알리는데 아마도 목포 상공인 듯싶다. 일순간 계속되는 창밖에 멀리 바라다보이는 육지의 불빛을 내려다보며 서서히 고도가 낮아진다. 한국시각 새벽 5시 30분경 잠시 후 비행기는 인천공항에 착륙할 예정이오니 안전띠를 매 주시고 등받이를 바로 하여 주시고 모든 전자제품은 꺼주시기 바랍니다.고 하며 기내방송을 영어로도 반복하고 고도를 낮추던 비행기는 미끄러지듯 활주로에 내려앉는다.

5시간의 앉은 시간이 지루함일까? 대다수 승객이 비행기가 멎기가 바쁘게 통로에 일어서 나갈 순서를 기다리고 밀치듯 떠밀리듯 대어진 트랩 통로를 따라 공항 청사로 내려갔다. 출국 절차를 끝나는 대로 화물 수송대에 실려 나온 가방이며 짐을 찾아 청사 밖으로 나와 우리 고향으로 안내할 버스로 이동하기 전 서울과 춘천으로 가야 할 친구들과 함께 떠날 사모님과 헤어져야 할 인사를 나누었다. 광주와 고향으로 내려갈 리무진에 몸을 싣고 영종도 인천 공항을 빠져나오려는 새벽 시간이었다. 바다 끝 저 수평선 멀리 붉게 떠오르는 맑은 태양을 보고 모두가 탄성에 안도의 함성이 나오는 새벽 시간이었다. 우리를 태운 리무진 버스는 서해안 고속도로를 따라 말없이 달리고 포근한 자리에 안락한 의자는 우리의 피로를 덜어주었다. 10시가 조금 넘어 타협 끝에 안내된 곳은 군산 시내로 접어들었다. 군산 부두 변에 자리한 일억 조 횟집으로 안내된 우리 일행은 점심이라기에는 이르지만, 이곳에서 술도 마시며 이른 점심을 배불리 먹었다. 또다시 광주로 내려오는 버스 안에서 마이크를 잡은 나는 이런 여행에 함께한 나 자신의 기쁨에 감사의 메시지와 이 여행으로 애써준 정도회(正道會) 회장 최영봉 총무인 김순남 그리고 뒤에서 애쓴 친구들 비록, 영업이지만 많은 배려를 아끼지 않은 서울 여행센터 최문호 사장에게 감사의 박수를 보내고 인사를 했다. 우리의 인생길이 불행 끝에는 기쁨이 기쁨 끝에는 불행이 있다고 했다. 그 옛날 당나라에 난세(亂世)에 영감님이 삶을 말하는 世(세상 세) 翁(할아버지 옹) 之(뜻 지) 馬(말마) 즉 "새옹지마"와 같은 나 자신의 인생길과도 같다. 지난 큰 사고를 당한 끝에 오늘은 이렇게 친구들과의 즐거운 해외여행을 다녀온 현실이 반가운 마음에서 두서없는 여행의 마감을 표하며 광주에 도착하니 12시가 다 된 시각 출발 때 승차한 매월동에서의 광주 일행이 내렸다. 이렇게 3박 5일의 태국 여행은 작별을 고하고 헤어졌다.

  * 편집 후기

이 글을 읽어주신 독자님에게 진심으로 감사를 표합니다. 평소에 작문이나 문예에 자질이 있는 것도 아닌 저로서 짧은 여행이다. 누구나 인상에 남은 몇 군데만 머릿속에 맴돌 뿐 실감을 일으키거나 다시 한번 생각하는데 도움이 될까 하여 여행 중 보고 느끼는 대로 열거했을 뿐입니다. 두서가 없는 부분이나 맞춤법이 다소 틀리더라도 너그러운 마음으로 읽어주시기 바랍니다. 저로서는 지난해 2월 4일 22,900V라는 특고압 장애 사고로 오른팔을 쓰지 못하는 여행일정에 숙련되지도 않은 왼손 속필이 이해 가지 않는 줄거리가 많아 돌이켜 생각하는데는 저희 집사람의 도움을 받아 어렵게 기행문 작성을 하였습니다. 기행문을 마감하는 어제 신문이나 TV에서는 태국의 붉은 시위대가 방콕 시내에 몰려나와 "탁신 친나왓" 전 태국 총리를 지지하는 독재저항 민주주의 연합전선(DUD)이 8일 수십만 명이 참여한 대규모 시위를 벌여 태국의 정국불안이 심화하고 있다고 한다. 뉴스와 빳따야에서 열릴 예정인 아세안 정상들의 회담이 끝내 열리지 못한다는 뉴스를 접할 때 지난해 반 탁신 시위대의 공항 청사를 접수 우리나라 관광객이 귀국을 제때에 못하여 마음 불안한 가운데 이번 여행이 천만다행으로 우리들의 무사한 3박 5일의 여행은 크나큰 축복이라 믿어 생각해 봅니다. 끝으로 이 기행문을 끝까지 애독해주신 독자 여러분과 회원 여러분의 가정에 건강과 행운이 가득하시기를 기원하며 끝을 맺습니다.

참고 견적(1) : 하나투어 나삼균 회원 추천
@여행비 : 85만 원 (광주 지점 허준호)
(불포함사항) : 알카자쇼/2시간 전신 맛 사지(40$ 약 6만 원)일 회
　　　안내자와 기사 팁(1인당 30불)/파인애플 농장 및 야자시식 없음
　　　한국 인솔자 없음)

참고 견적(2) : 노랑 풍선 조수진 추천
@ 여행비:299,000원(1억 여행자보험포함)
(불포함 사항) : 알카자쇼/안내자, 기사. 각 팁 외 왕궁입장료(약 6만 원)
　　　마사지 2시간(약 6만 원)/공항 세금(표: 약 6만 원)/
　　　코끼리 트래킹 약 2만 원) 야자, 파인애플 시식/외국항공에 탑승하고
　　　인솔자가 없으며 현지 안내자와 통역을 안내 함

참고 견적(3) : 온라인투어 정영문 추천
@ 여행비: 379,000원(발 마사지 1시간 포함)
(불포함 사항) : 안내인 기사 팁 (약 6만 원)/
왕궁 안내자 팁(15,000원) 알카자쇼/ 전통마사지 2시간(약 6만 원)
공항 세금(6만 원) 야자. 파인애플 시식 없음,
국제선 항공, 한국 안내자 없음

*참고로 해외여행은 금액의 기준보다는 비행기의 국적 호텔 음식값이 좌우되고 특히 현지 안내자도 중요하지만, 여행사 인솔자가 함께하며 그때그때 애로 사항 해결이 여행의 즐거움이 된다는 것을 알 필요가 있다.

서기 2009년 04월 10일 鄭 燦 悅 올림

봉황37회 중국 운남성
(昆明/石林/九香洞窟) 3박 5일

日時 : 2013년 03월 07일~03월 11일,

주관 여행사: (주)온라인투어(02-3705-8131)

곤명 현지 여행사 가이드 김성엽 (연변 출신 80년생)

경력10년 곤명(昆明) 현지 가이드3년

여행 비용 : 1인당 804,000원

(항공권 전 일정,(2인1실)식사, 전용차량, 가이드, 입장료, 여행자보험,

기사, 가이드 팁,1회 발 마사지./숙박 호텔: 운남 금화 국제 주점/

운남성 곤명시 북경로96호 /

TEL : 0871-3543355 / http//:ynjihua-hotel.com

旅行者名單(단체관광)

S Young Youl+H Seok Hwang=2103 / K Jae Ok (L Ok Ja)=2104

K Hyung Youn (P Hyoung Sim) =2107 / P Eung Kyu(Y YeonJa)=2110

B Dong Chil (L Jung Hee) =2115   / S Jai Hee(K Young Sook)=2116

S Sung Hee (J Eun Suk) =2204   / Y Oh Han (P Ok Hin)= 2206

J Chan Youl(S Jeong Ae) =2208 / H Ki Hwan (C Kyeong Hee)=2209

H Seok Jun (H Jeong Ja) =2212   /H Suk Dong(L Myung Bok)=2215

S Hyung Chil(H Gi Myeong)=2216 / K Jung Sim +S In Soon = 2308

J Byeong Soon+ S Jung Lyei + H Yang Rye =2106

C Jong Ku(J In Sun)=2309

총 인원 (남=16명/회원부인=12/여성동창5명) 33명

2013년 03월 07일 목요일 날씨 흐림(여행 첫날)

개인택시를 12시 50분에 호출하여 광주 종합버스 터미널에 도착한 시각은 13시 15분 경이였다. 13시 50분에 이곳 광주에서 출발하는 인천공항행 우등고속버스표 9명분을 예약해야 하는 것은 19시까지 도착해달라는 일정도 맞추기 위함이다. 우등고속이 막차이며 다음 차는 심야 우등으로 요금의 편차도 문제가 되어 1개월 전에 9명분을 예약했는데 3월 5일부로 1,300원이 인상된 편도 32,300원이 돼버렸다. 그래도 일찍 구매한 보람 속에 출발시각 10분 전에 9명 전원이 차질 없이 설레이는 마음으로 공항버스에 탑승했다. 13시 50분 정각에 서해안 고속도로를 따라 대천휴게소에서 20분간 쉬었다. 또다시 달리는 버스가 공항 근처를 다다를 무렵 창밖에는 온통 안개가 시야를 가린다. 공항 활주로 유도등 불빛이 인천공항에 다 왔음을 알 때는 버스는 3층 게이트 앞에서 탑승한 손님을 하차하여 주었다. 여행 가방들을 챙겨 공항 3층 청사로 들어가 전 회원 33명이 도착한 시간은 20시 30분 경이였다.

온라인투어 직원의 인원을 확인한 후 3층 수화물 탁송 계산대에서 여행 가방을 수화물 접수처에서 탁송시켰다. 가벼운 마음들이 술렁이므로 변할 때는 중국에서 돌아와야 하는 동방항공 MU2004기가 인천공항의 안개 때문에 착륙하지 못하고 끝내는 김포공항으로 착륙해버린 탓이다. 결국, 내일 아침에야 시간도 확정되지 않은 채 지연된다는 것이다. 몇몇 회원들은 취소해버리고 돌아가자고 하는 사람도 있었지만, 단체 여행은 비자 발급이나 모든 것이 전체가 취소는 있을 수 있지만 한두 명의 취소는 되지 않는다고 한다. 결론에 따라 불란과 소란은 늦은 시간 탓과 이곳 인천공항 주변 여건상 공항순환 버스 다섯 정거장에 있는 몇 채의 건물이 있는 신도시 대형 찜질방에 신세를 지기로 했다. 회원들은 집 나서면 고생이라는 말들을 하면서 여행 첫날의 시간은 불편함 속에 하룻밤을 인천공항 부근에서 보냈다.

2013년 03월 08일 금요일 날씨 구름(여행 둘째 날)

여행객 대다수가 똑같은 불편 속에 아침 여명을 가르는 06시경 정식 식당도 아닌 찜질방에서 해주는 아침밥은 서로가 감내해야 할 불편이 진행되었다. 06시 40분 출발하는 순환버스에 우리 일행은 탑승하여 인천공항 출국장에 도착한 시각은 07시경이었다. 쿤밍(곤명)행 비행기 출발을 알리는 안내판에는 09시 20분 출발 소식에 다소는 간밤의 피로도 잊은 채 출국을 기다렸다. 어젯밤 우리를 안내해주고 떠난 주간여행사 직원은 누구 하나 얼굴이 보이지 않아 가장 애타는 총무를 하는 영렬 친구의 당황이 계속되었다. 기다리다 못한 우리 회원들이 출국 절차 비행기 표를 직접 접수하고 불평과 불만 속에 쫓기듯 어렵게 탑승구로 들어섰다. 300여 명이 거의 탑승한 우리를 태운 동방항공 비행기 MU2004 기종으로 이곳 인천공항에서 3,200㎞에 약 4시간이 소요된다는 안내를 한다. 항공기이륙 전 기내의 유의사항과 안전사항을 영어와 한국어로 기내방송하며 인천공항의 짙은 안개로 출발이 지연됨을 양에 해주시라는 안내를 한다. 09시 40분에 인천공항 활주로를 미끄러지듯 상공으로 우리들의 불편한 심기를 하늘로 싣고 날아오르기를 10여 분 후 구름층을 벗어나 따스한 햇볕 속으로 쿤밍(곤명)을 향해 질주하고 있다. 한 시간가량을 지난 시각 비행기가 정상을 유지하니 기내식을 나누어준다. 누구하나 불평 없이 식사를 끝내고 대부분 두어 시간의 단잠을 깨우는 것은 기내방송에서 잠시 후 곧 곤명(쿤밍) 공항에 도착한다는 방송이다. 닫혔던 기내 창문과 커튼을 열어젖히니 산허리 곳곳에 올망졸망 논밭과 담수호가 눈에 들어온다. 쭉쭉 뻗은 고속도로며 잘 정비된 들판과 하얗게 들어낸 하우스 등은 네 시간이 다 되어가는 13시 30분경 쿤밍(곤명) 공항 활주로에 무사히 도착한 것이다.

한국에서부터 안내자가 동반하지 않은 불편을 감수하며 수화물을 찾아 쿤밍(Kunming) 공항을 빠져나와 "봉황 37회 동창회"라는 피켓을 든 젊은 청년을 따라나섰다. 42인승 버스에 탑승한 차량은 33명의 정원을 확인한 후 차내 마이크를 잡은 현지가이드는 유창한 한국어로 여러분 안녕하십니까? 하며 말하는 음성은 여성도 아닌 중성의 목소리가 특이하다. 중국의 비행기는 항상 믿을 수가 없다는 유모 어로부터 시작하여 우리의 불편한 심기를 위로 한다. 이곳 쿤밍(昆明)은 중국(中國) 서남쪽 변방에 위치하며 베트남, 미얀마, 라오스 삼국과 국경(國境)을 접하고 있다고 한다. 이곳은 윈난 성에 속한다며 원난 성(雲南省)은 남한 면적의 4배에 해당하는 면적에 인구 약 4,500만여 명이란다. 26개의 소수민족 중 동남아 문화가 85% 인도의 남방문화가 15%를 점유하며 생활을 하고 있단다. 중국인들의 머릿속에 오색찬란한 화려한 성으로 각인 될 만큼 아름다운 도시로 성도(成道)는 쿤밍 시(昆明市)로 약 2,400여 년의 역사를 지니고 있다. 기원전 초(楚)나라의 한 장수가 군대를 이끌고 와서 지배한 뒤 한(漢)나라를 거쳐 1274년 원대에 쿤밍 현(昆明縣)이 설치되었다. 쿤밍(昆明)이라는 이름은 이 일대에 살고 있던 부족(部族)의 이름이며 1919년 중국 지역을 공식적으로 분할 정리하면서 원난 시(雲南市)가 생기고 1922년 정식으로 쿤밍 시(昆明市)라 칭해졌다고 소개한다.

곤명(昆明)은 태평양 전쟁에는 토호들의 수중에 있었으며 일본(日本)의 동남아(東南亞)침략의 교두보로도 이용되었다. 면적이 21,111㎢로 삼면이 산으로 둘러싸여 있고 날씨가 온화하여 연평균 일조 시간이 2,400여 시간으로 '춘성(春城)'이라는 아름다운 이름으로 불린다. 해발 1,894m의 운귀 고원(雲貴高原)에 자리 잡고 있어 사계절이 모두 봄처럼 따뜻하여 한겨울 철에도 최저 기온이 영하1도이다. 지금의 아침 온도는 영상 4도 정도로 온화한 탓에 겨울이면 이곳 중국이나 한국 축구 선수들의 동계 훈련의 적지로 유명하단다. 또한, 7월 중 최고 온도는 29도이며 언제나 꽃이 만발하고 산이 푸르다. 대게는 5월부터 10월 사이에 집중적으로 비가 오며 이

기간의 강수량은 평균 1,500㎜ 정도이다. 동백꽃이 만발한 2월이 쿤밍(昆明)을 여행하기에는 가장 좋은 시기라며 지금은 가뭄이 지속하여 담수호의 물도 줄어 가뭄을 받고 있다. 이런 자연환경(自然環境)에 어울려 수많은 명승고적(名勝 古蹟)이 자리하고 있는 중국(中國) 최고의 여행지다. 주택이나 아파트, 호텔 또한, 난방시설이 되지 않아 쿤밍(昆明)을 찾는 손님들에게 가장 애로를 느끼는 부분이 있다. 여러분의 불편을 해소하기 위하여 사비를 들어 숙소인 호텔 침대에 전기장판을 깔아 드린다며 우리들의 박수를 유도하는 재치를 발휘하는 것이다.

그리고는 작년부터 달라진 중국 여행의 여권(旅券)관리는 개개인이 하며 단체 비자는 한사람이 잘 보관해달라고 부탁한다. 본인은 (주)온라인 투어 쿤밍(昆明) 현지여행사 안내인 김성엽(80년생) 연변 출신으로 여행 안내 경력 10년으로 여러분을 모시게 되어 반갑다는 인사를 한다. 그러면서 중요한 소지품은 작은 가방에 담아 목에 걸어 가방이 앞으로 향하게 하여 도난이나 분실을 예방하도록 강조하는 것은 이곳의 치안 질서가 어지러움을 말해주는 대목이다. 달리는 차창 밖의 대체로 잘 정비된 도로며 2~3층의 고가교차로며 도시철도 지하도로가 정비된 듯 전기, 통신선로가 보이지 않고 가로 등주만이 정렬되어 깨끗한 거리의 변신이었다. 더욱이 놀라운 것은 중기며 건설 장비들이 중국에서도 가장 발달하고 내수판매가 높은 곳이란다. 현지시각 14시 50분경 쿤밍(昆明)에서의 점심은 현지식(現地食)으로 유명한 쌀국수인 미시엔(米線) 메뉴란다. 이것은 쌀을 발효시켜 희고 부드러우며 시원한 감촉을 주는 면발과 닭기름 국물, 음식 재료가 따로 나와서 각각 그것들을 기호에 맞게 첨가해 먹는 음식이다. 일명 쿼치아오미엔(過橋米線) 이라고도 하며 윈난 음식(雲南 飮食)을 대표할 정도로 유명하며 현지 돈으로 5원~100원의 천차만별이란다. 우리의 점심시간은 30여 분 15시 25분에 관광버스에 올라타고 비행기의 하루 늦은 도착으로 안내인이 나름대로 짜여 진행한 것을 양해해 달라는 주문이다. 우리 일행 역시도 그 안내인의 뜻에 따르기로 하였다.

서산 용문(西山 龍門)

첫 번째 코스는 서산(西山)에서 가장 장관이라 할 수 있는 용문(龍門)으로 시간이 많으면 걸어서도 갈 수 있단다. 우리 일행에게 선택된 건 10여 분 전동 카를 타고 도착하여 두 명이 함께 타는 리프트 카 탑승장이었다. 리프트 카를 타고 20여 분 오르는 산악의 전경은 절벽에 영웅이 마치 웅크리고 앉아 있다가 공중으로 비상하는 듯한 기세를 느낄 수 있는 달천 각(達天閣:하늘에 닿는 누각) 용문(龍門) 풍경 지구다. 한참을 오르는데 굵은 빗방울이 이마를 적시는데 그 빗방울의 깨끗함은 이곳이 오염되지 않은 환경을 여실히 보여준다. 얼마 후 비는 멎어 리프트 카 종점에 도착하여 지금부터는 걸어서 30여 분 연출된 장관을 관람하는 시간이다. 롱 먼은 청대인 1840년부터 1853년까지 13년에 걸쳐 만들어졌으며 70여

명들의 석공들이 밧줄에 매달려, 생명의 위험을 무릅쓰며 돌을 파내어 그 피와 땀으로 석실(石室), 신상(神像), 돌다리 등이 만들어졌단다. 용문(龍門)에서 정상(頂上)을 쳐다보면, 오백 리 정도 떨어진 전지의 아름다움을 마음껏 감상할 수 있다. 삼천 각(三天閣)을 지나다 보면 별유동천(別有洞天)이라 적혀진 석문(石門)을 볼 수 있는데, 이것이 나한상 절벽 상에 있는 용문(龍門) 풍경구이다. 돌로 된 터널을 지나다 보면 첫 번째 석실(石室)이 나오는데, 절벽 위로 새겨진 그림이나 글 따위들이 알아보기는 쉽지 않지만 참으로 아름답다.

그 앞으로 조금 더 내려가다 보면 보타(普陀)관광지구가 나오는데, 사람들이 만들어놓은 절벽 사이로 터널이 있으며, 마치 굽이쳐 돌아가듯 만들어져 있고, 높이는 비교적 높은 편이며 절벽 위로 창문 같은 것이 있다. 아래로는 연못이 있는데, 이것 또한 매우 아름답고 놀라워 관광객들의 시선을 끌 만하다. 또다시 30여m 가다 보면 두 번째 석실(石室)인 자운동(慈雲洞)이 나오는데, 그 뒤로 방과 같은 홀이 있다. 이곳 벽 위로 송자 관음(送子觀音)이 조각되어 있어 앞부분의 홀에는 마치 절벽을 그 위로 걸쳐 놓은 듯하다. 앞으로 굽이친 부분에 전지가 자리 잡고 있다. 또다시 5분여 진행하다 보면, 높이

세워져 있는 듯한 용문(龍門)이 보이며, 골목을 지나면 달천각(達天閣)이 나온다. 이곳에는 문방(門坊), 평대(平臺), 석도(石道), 석실(石室), 신상(神像), 향로(香爐), 촉 안(燭案), 공품(供品), 등이 있고 모두 암석(巖石) 위로 조각이 되어 있다. 한참을 용문에 정신이 팔리다 안내인이 지목하는 바다처럼 드넓은 눈앞의 전경은 한 폭의 그림 같은 곤명호수다. 중국 최대의 담수호로 진주양식의 최대기지로 탈바꿈하고 있단다. 한참을 걸어 내려오니 대략 한 시간 30여 분이 걸려 내려왔다. 우리를 기다리는 소형 전동 카에 10여 분 달려 우리가 타고 온 버스에 몸을 싣고 이동한다.

꽃 박람회로 유명한 화훼시장
그리고 한원 다도관(翰苑茶道款)

이곳은 홍콩, 마카오, 싱가포르, 태국, 일본 등으로 수출되고 동남아 지역의 주요한 수출 생산지의 기본을 보여주는 화훼시장으로 안내되었다. 그리 크지 않은 꽃들은 생화보다 인조 꽃다발이 생화처럼 선보이는 관람을 마치고 저녁 현지식으로 안내되었다. 버스 안에서는 이곳의 음식들은 기름기가 많으므로 너무 많이 먹지도 말고 약간 부족한 듯 드시되 입맛에 다소나마 도움을 주기 위함이다. 이곳 쿤밍(昆明)에서는 귀한 집에서 직접 담근 김치와 버섯 무침을 식사 때마다 올려 드리겠다고 한다. 모두가 좋아하며 또다시 안내인에게 박수로 보답한다. 우리 일행이 윈난(雲南)에 한원 다도 관을 찾은 것은 안내인의 안내 계획에 의한 것이었다. 이곳 쿤밍(昆

明)이 산지(産地)인 오룡 차(銕觀音), 야생차(苦丁茶), 화차 (三七花茶), 완전 발효 흑차(普洱茶) 등이 유명하다. 그중에 서도 보이차(普洱茶)의 유명세는 그냥 넘길 수가 없어 다수 (多數)의 우리 일행이 미용과 다이어트, 위장, 간 보호, 당뇨 와 혈압(血壓)에도 좋단다. 인체의 열을 조절할 수 있다는 전 통(傳統)의 발효차(醱酵茶)는 특히 수면에 시달리는 집사람, 혈액순환 장애로 고통받는 점을 중시하여 나 역시도 샀다. 진 실(眞實)이 어디까지 인지 궁금 속에서 말이다.

남평 보행로(南平 步行 街)와
윈난(雲南) 영상 가무(歌舞) 쇼

현지 시각 19시에 저녁 식사를 끝내고 쫓기는 듯 서둘러 시 내로 이동한다. 이어지는 순서는 쿤밍(昆明)의 명동거리이자 최대의 번화가(繁華街)의 남평 보행 가(南平步行街)의 거리 다. 예전에 화려했던 번화가는 초라하게 변해있고 새로 단장 된 쿤밍(昆明)의 번화가라 해도 한적한 광주에 충장로 거리에 비유해야 적절한 표현일까?

20여 분 안내자의 안내에 따라 걸어서 다음 계획에 따라 찾 아간 곳은 1인당 30불 하는 쿤밍(昆明)에 오면 빠뜨릴 수 없 는 영상 가무 쇼다. 천지 창조를 시작으로 두 번째 기우제, 세 번째 소수민족의 전통(傳統) 무용(舞踊)과 생활 형태를 춤과 소리로 표현한다. 공연에 사용하는 도구들은 그들의 실생활 에서 쓰이던 것을 그대로 사용하고 있다. 출연진의 70% 이상 이 전업 배우가 아닌 실제 소수민족 거주지에서 뽑혀온 사람들이 소수민족 전통문화와 현대 무용이 결합한 윈난 영상(雲南 映像)에서 가장 볼거리는 "월광 무(月光 舞 : 달빛 춤)"이다. 네 번째 성지순례 그리고 다섯 번째에는 그 유명한 장예모 감독이 기획한 공연(公演)으로 윈난 성(雲南省)의 공작 춤이었다.

오늘따라 이 공연의 예술 감독인 50대 중반인데도 30대의 미모를 자랑하는 "양리핑"이 직접 출연한 행운의 날이란다. 공연 중 촬영은 할 수 있어도 카메라 플래시를 터뜨리는 것을 금지하는 줄을 모르는 체 사진을 찍다가 나는 제재의 수난을 받기도 했다. 2시간에 걸친 아름다움이 극에 달한 영상 가무 쇼였다. 22시에야 공연까지 끝마친 강행을 한 하루의 일정은 공연장에서 10여 분 관광버스를 타고 이틀 밤째의 숙소로 정해진 23층의 윈난 성(云南城), 쿤밍 시(昆明市) 북경 로(北京路) 96호(号)에 있는 500여 객실이 있는 곳이다. 4성급 호텔 윈난(雲南) 금화 국제주점 객실 2,208호를 배정을 받아 방에 들어서니 고풍(古風)은 어느 호텔에 버금가나 너무 오래된 불편한 시설이었다. 깨끗하게 잘 정돈된 침상들은 어젯밤 사우나에서 지치고 4시간의 비행기 그리고 도착하자마자 안내자의 안내를 따라 강행군한 피로였다. 몸을 씻고 막 잠자리에 들려는 11시 40분경의 총무 영렬 친구의 부름마저 거부한 체 잠자리에 든 하루였다.

2013년 03월 09일 토요일 날씨 맑음(여행 셋째 날)

시차가 한 시간 늦은 호텔 객실 어둠 속에서 시간을 가늠하기 힘든 탓에 몇 차례 휴대폰의 시간(時間)을 본다는 것은 잠을 설치는 결과를 초래하였다. 코드 없는 샤워기며 수세식이 되지 않은 화장실(化粧室) 등 오른팔의 장애로 시달리는 내게는 불편이야 많지만 7시경에야 밝아왔다. 아침 6시 30분에 호텔 내 아침밥이 준비가 더디지만, 성격 급한 우리 일행 대다수가 5층 식당에 모여 앉아 07시 25분까지 관광버스에 탑승해야 하는 시간은 객실에서 차분한 시간이 많지 않았다. 분주하게 아침을 서둘러 먹고 차량에 탑승하자 인원점검을 끝낸 안내인은 간밤에 전기장판 덕택에 잘 주무셨냐는 인사부터 시작한다. 아침 시간 때 차를 타기 전에 이곳 주위를 둘러보았다. 금화호텔 주변의 도로는 지하철 공사에 전기의 지중화 공사가 한창이고 교통질서가 문란하다고 한다. 그래서 조금만 늦게 나오면 20여 분 거리를 한 시간도 더 걸리기 때문에 여러분의 피로를 무릅쓰고 아침 일찍 서두르는 것이라고 양해를 구한다. 인원 점검이 끝나고 출발하는 관광버스는 쿤밍(昆明) 이틀 째의 여행이 시작되는 것이다.

루난스린(路南石林)= 윈난 석림(雲南 石林)오늘 첫 번째 여행 코스는 쿤밍(昆明) 시내에서 약 120㎞ 떨어져 있는 루난스린(路南石林)이라고도 하는 윈난 석 림(雲南石林)이란다. 시원하게 포장된 도로변의 농촌(農村) 정경은 유난스럽게 말하는 안내자의 경험담은 한 번도 한국에 와본 경험도 없지만, 방송을 듣고 재치 있는 논리로 이야기한다. 자꾸만 눈에 들어

오는 시야의 농촌(農村) 전경은 한국 날씨로 4월 초순쯤에나 있을 법한 수형(樹形)도 정비 되지 않은 채 배꽃(梨花)이 만개 되었다. 복숭아꽃이며 가뭄에 시달린 듯한 완두 콩밭이 곳곳에 전개(展開)되기를 한 시간 반쯤 지나 목적지 윈난 석림(雲南石林)에 도착하였다. 붉은색 접 복숭아꽃이 석림(石林)의 운치를 더해주고 있다. 이곳에서 석림(石林) 입구까지 현지 돈 25원(왕복) 하는 전동차를 탈 것인데 이번 여행비(旅行費)에 빠져있지만, 추가 돈을 받지 않고 석림 관광을 시켜 드린다며 안내인이 감당한다고 한다. 그렇게 모두가 환영에 박수를 유도하여 우리 일행들의 큰 박수를 받는다. 이곳 윈난 석림(雲南石林)은 쿤밍 시(昆明市) 동쪽에 있는 천하제일의 기괴한 경관을 자랑하는 곳이란다. 이곳은 2억 칠천만 년 전 바닷속이었던 석림(石林)은 이후 탄산칼슘의 성분이 많아 지각 변동을 거치며 해발 1,750m의 고도를 자랑하며 기상천외한 다양한 돌들이 생겨났다고 한다.

높이는 일반적으로 5~10m, 가장 높은 것은 30~40m에 이르며 대략의 넓이는 평균 약 5㎞의 대소 석 림은 핵심으로 가장 다채로운 모양들의 돌들이 모여 있는 곳이다. 석 림(石林) 부근에 유명한 관광지가 많아 2007년에 유네스코 세계자연유산(世界 自然 遺産)으로 지정되었단다. 전동차(電動車)에서 내려 안내인의 안내를 따라 안으로 들어가니 기괴한 돌들이 대석 림(大石林), 소석 림(小石林) 길 남쪽으로 400㎢ 나 되는 서울 면적의 절반 정도 구역에 연회색 산림과도 같은 수백 개의 2~3층 돌탑 같은 커다란 돌들이 놓여 있다. 홀로 서 있는 것도 있고 가로 세로 엇갈려 하나로 이어진 것도 있다. 그중 유명한 이 자정 석림(돌 숲 석림)은 면적이 12㎢이고 기괴한 돌들이 천하제일의 기이한 풍경이라고 일컬어진다. 이곳은 석림 호수, 대석림, 소석림, 리자원, 등 몇 개의 부분으로 구성되어있다. 당 승석(唐僧石), 팔계석(八戒石), 장군석(將軍 石), 오 공석(悟空石), 관음석(觀音石), 사승석(沙僧石), 사병 석(士兵 石) 등이 있고 종석(宗石)이라는 돌은 두드리는 위치에 따라 여러 음의 다른 소리를 내는 것이 특징이란다.

관광 여정은 석림 풍경구에서 제일 아름다운 곳이며, 돌기둥, 석벽, 돌 봉우리가 온갖 자태로 기이함과 아름다움을 우리

의 시선을 사로잡았다. 수많은 인파 등과 서로가 좋은 장소에서 사진을 찍으려는 진풍경은 단체 관람으로 한 컷의 사진을 찍어보겠다고 한자리 모이는 것조차도 어렵게 진행(進行)되었다. 저 위쪽 석 림(石林) 위에 지어진 누각(樓閣)의 전경을 찾아 가보는 석굴(石窟) 또한 꼬불꼬불 작은 길을 따라 걷노라면 미궁 선경(迷宮 仙境)에 들어선 듯한 황홀함에 감탄을 금치 못하였다. 그곳에서 나와 연못을 낀 웨 호(月湖) 경관은 또 하나의 작품에 매료되어 50여 분의 관람이 진행되었다. 이곳 관람을 끝내고 점심을 먹기 위하여 중식(中食) 집으로 이동했다. 오늘도 둥근 원탁에 마련된 오리구이 점심은 안내인이 곁들여주는 김치와 버섯 무침 그리고 친구들이 준비해온 한국의 고추장은 미키한 중국요리(中國料理)의 맛을 개운(開運)하게 하는데 한몫하였다.

점심이 끝나기가 바쁘게 서둘러 이동한 곳은 윈난 석림(雲南石林)에서 그리 멀지 않은 "구향 동굴"로 엘리베이터를 타고 지하로 내려가면 잔잔한 협곡에서 뱃놀이와 종유석과 석순들이 장관을 펼치는 동굴이란다.

구향동굴(九嚮 洞窟): "구향동굴"은 쿤밍(昆明) 시내에서 약 90㎞ 떨어져 있는 중국 최대의 석회암(石灰巖) 동굴지대(洞窟 地帶)로 그 면적이 200㎢나 되며 중국에서 제일 규모가 크다. 종유(從遊) 등 경관(景觀)이 기묘한 동굴(洞窟) 굴락지로 "종유 동굴박물관"이라고도 부른다. 아쉬움이 있다면 석순이 거치고, 종유석이 아름답지를 않으며, 죽어 있는 상태의 석회암 동굴(石灰巖 洞窟)이란다. 이곳이 한국 사람들에게 더욱 매료되는 것은 배우 김희선이 중국(中國)의 명배우(名俳優) 성룡과 함께 "신화(神話)"라는 영화를 이곳에서 촬영(撮影)하였다고 영화 포스터 사진들이 안내판에 게시되어 가이드가 안내하는 것을 뒷받침하여주고 있다. 구향동굴(九嚮洞窟)의 관람을 위해 우리 일행이 안내자의 안내에 따라 도착한 시각 14시 50분 동굴(洞窟) 내로 들어서니 지금 이 순간에도 석순이 자라나고 있는 듯한 느낌을 본다. 찬란한 조명이 더욱 신비스런 모습으로 느껴지는 것은 이 넓은 기이한 경관이 수억 년 전으로 우리의 머릿속을 되돌리게 한다. 조금 더 진입하니 그곳 민속 공연단들이 춤을 추고 노래를 부르는 모습 속에는 이곳 이족(異族)들의 오랜 풍습과 전설들이 우리가 이해할 수 없고 노랫말의 의미를 모르니 그저 그럴 것으로 추측만 해본다.

민속공연을 잠시 보다가 사람들이 진행하고 우리 일행은 그 모습을 따라 계단 길로 오르내리면서 관광버스 안에서 가이드가 말하는 경남 남해(慶南 南海)의 다랑논을 연상시키는 동굴 안의 올망졸망 연출된 다랑논의 모습이다. 아무래도 자연이 이루어지지 않은 인공적인 손길로 만들어진 느낌을 받는다. 계단을 오를 때는 가마꾼들이 모여 있으면서 호객을 한다. 만원! 만원! 하면서 말이다. 3백여 계단으로 된 곳을 오르려면 오르는 것이 무척 힘들어서 노약자나 걷기가 힘든 사람들은 이 가마를 이용하는 것이 좋다고 한다. 가마를 타려거든

가이드에게 이야기하라고 하는 생각이 머리를 스친다. 가마 꾼들이 만원이라고 하고서는 도착지에 이르면 이만 원을 요구한다는 것이다. 두 사람의 가마꾼이 한 팀인지라 가마꾼 한 사람당 만 원에 두 사람분 2만 원을 요구하는 것은 의사소통이 되지 않은 상태에서 각자 주관적(主觀的)인 생각으로 하는 말에 결국은 피해를 보는 경우가 다반사이기 때문이다.

조금 더 지나니 박쥐 동굴이 나오고 그 동굴을 지나면 동굴(洞窟) 밖이 된다. 이 구향동굴(九嚮洞窟)은 6억 년 전부터 형성되었다고 하니 6억 년 전의 모습을 현대에 사는 우리에게 전해주는 역사의 공간(空間)이라는 생각이 든다. 다소는 급한 경사를 오르는 것이 나에게도 쉽지는 않다. 헉헉 숨이 차며 계단을 오르다 보니 종유석과 석순들이 오색의 불빛에 비쳐 아름답다고 표현하기보다는 신기한 감탄사(感歎詞)가 나온다. 이어지는 풍경을 플래시를 터뜨려 사진에 담기는 역부족인 것 같다. 박쥐 동굴을 지나면서 보니 천장에 붙어 있는 석순(石筍)들이 마치 박쥐가 천장에 매달린 듯한 모습에서 지어진 이름인 것 같다. 특히 이곳을 풍취 석만(風吹石彎)이라고도 부른단다. 이것은 동굴(洞窟) 속의 기압(氣壓) 변화로 기류가 형성되고, 동굴 천정에 맺힌 물이 오랜 기간에 걸쳐 작용하여 종유석과 석순이 지금의 모습으로 되었다고 한다. 한국에도 제주도며 강원도에 동굴이 있지만 역시 대국(大國)인 중국(中國)에 있는 장자제(장가계) 코스에 황룡 동굴(黃龍洞窟)이며 구향 동굴(九嚮洞窟)에 비유할 수가 없는 것을 느낀다.

2000년 4월에 준공(竣工)했다는 높이 53m의 엘리베이터를 타고 아래로 내려가니 선착장(船着場)에 관객들이 줄을 지어 서 있다. 우리 일행도 그곳 입구에서 나누어준 노란색 구명(求命)조끼를 입고 순서를 따라 가이드의 안전설명은 관심 없고 12~3명이 탈 수 있는 조그마한 나룻배에 올랐다. 벼랑에는 음취 협(蔭翠峽)이라고 큼직하게 새겨져 있다. 이곳은 원래 하나의 신으로 이여져 있었으나 '카몬스트' 지형인 이곳에 지하 수맥(地下水脈)이 흐르면서 동굴(洞窟)이 되었다가 그것이 무너져 내려 현재와 같은 협곡(峽谷)이 이루어졌다고 한다. 서서히 나룻배가 움직이는 것은 현지의 부부 같은 남녀가 뱃머리 올라 열심히 노를 젓더니 젊은 여인네가 중국풍의 귀에 익은 유창한 노래를 부른다. 우리 일행의 박수를 받더니 더욱 흥이 나서 몇 곡의 노래를 부르기에 팁으로 2,000원을 주었더니 감사합니다, 하면서 계속하여 분위기를 따라 또한 우리 동반자가 팁을 주어 즐거운 분위기의 나룻배 놀이는 20여 분 넘게 하였다. 이 협곡(峽谷)의 물의 깊이는 14.5m 정도에 그리 넓지 않은 600여m 길이에 물은 많이 혼탁하여 석회성분이 탓인가? 그러나 운치 좋은 협곡의 경관(景觀)이었다.

협곡(峽谷)의 뱃놀이를 끝내고 계곡(谿谷)처럼 폭포수 물소리에 맞추어 한참을 걸어 내려가니 동굴 밖의 햇빛이 우리를 반기고 10여 분 걸어나간다. 안내자의 인원 점검이 끝나고 이동하는 곳은 250여m에 이르는 에스컬레이터를 타고 구향동굴(九嚮洞窟) 입구 방향으로 간다. 곧이어 2명이 한 조가 되어 타고 가는 관람코스는 어쩌면 힘들어하는 구향동굴(九嚮洞窟)내의 피로를 한꺼번에 풀어주는 느낌이다. 에스컬레이터 종착(終着) 출구에서 걸어서 5분여 우리가 타고 온 관광버스에 오르니 상당히 피로감을 느낀다. 이렇게 힘들고 어려운 이국땅 여행코스에 참으로 자랑스러운 한 친구가 있다. 표현이 잘못됐을는지 모르겠지만 어쩌면 시한부(時限附) 인생을 산다 해도 과언이 아닌 건강이 좋지 않은 아내를 여행에 동행하는 친구 말이다. 행여 마지막이 될 수도 있다며 휠체어까지 한국에서부터 싣고 다니며 힘든 여행 코스에 함께 동행하며 부인을 위해 최선을 다해주는 윤오환 친구의 자랑스러움이 말이다.

16시 50분경 우리를 탑승시킨 버스는 들에는 농부들이 부지런히 일하는 농촌 전경(前景)을 끼고돌아 한 시간 반가량 달리며 안내인이 몇 가지 이곳에 관한 이야기를 전해준다. 이곳 쿤밍(昆明) 시내의 아파트값은 56㎡에 8천만 원에 꽤 비싼 집을 샀다는 자랑도 곁들인다. 한참을 달린 차량은 안내 가이드의 부인이 부장으로 근무한다는 열대 고무나무가 있는 인도의 주산지와 이곳 남부지방에서도 자라는 고무나무에서 추출된 액으로 만든 정품을 싸게 판다는 라텍스 공장에 안내되었다. 머리를 짧게 자른 젊은 홍보부장의 설명 끝에 분위기상

서로의 눈치만 살피더니 그래도 새로 개발된 라텍스 이불이며 몇몇 친구들의 구매 덕분에 생기가 난 가이드의 표정을 본다. 그곳 근처에서 제공된다는 한국식 식탁의 저녁 식사 자리에서는 삼겹살이며 이곳 사람들은 잎 상추를 먹지 않은 다는데 우리 입맛에 맞는 삼겹살 구이 식사자리가 푸짐하게 진행되었다.

식당 옆 농산물(農産物)전시장에서 대다수 한사람이 중국에 여행 왔을 때마다 사가는 농산물이다. 참깨며 잣, 등을 샘플만 보고서 가이드에게 주문하라며 5kg들이에 3만 오천 원인데 3만 삼천 원씩으로 대다수가 산다. 그렇게 시간을 30여분 우리 일행이 관광버스로 이동하는 것은 오늘의 일정의 마지막 스케줄인 쿤밍(昆明) 시내에 있는 발 마사지를 받기 위해 도착한 시각은 현지시각 19시 20분에 도착했다. 가이드의 기분이 흐뭇한 탓일까 40분 받기로 된 발 마사지를 가이드의 사비를 들여 1시간 30분 받는 전신 마사지로 우리의 마음을 충족시켜주는 여유를 부린다. 현지시각 21시 20분경 오늘 하루의 여행도 끝나는 숙소인 금화 호텔로 들어갔다. 호텔에 들어간 일행 중 몇몇 사람들이 그냥 지나칠 수 없다며 나도 함께 자리하자는 제의에 함께 했다. 장애(障碍)의 후유증으로 그토록 자제해왔던 술자리를 밤 한 시가 되도록 함께했다. 많은 이야기를 주고받으며 내일을 위한 생각도 해야 했기에 2,208호의 숙소를 찾아 오늘 하루의 일정을 끝내는 하루였다.

2013년 03월 10일 일요일 날씨 맑음(여행 넷째 날)

오늘 아침은 다소 바쁘다, 오늘은 숙소에 둔 여행용 가방들을 챙겨 나와야 하는 쿤밍(昆明)에서 마지막 날이기 때문이다. 현지시각 5시 50분의 기상보다는 좀 더 일찍 서둘러 가볍게 샤워를 하고 6시 30분부터 시작되는 호텔식 조반을 먹었다. 아내가 챙긴 가방을 끌고 7시 50분에 관광버스에 모두가 함께 탑승하였다. 쿤밍(昆明)에서 동북쪽으로 7km 떨어져 있는 밍펭산(名峰山) 위에 위치한 도교 사원인 "금전(金殿)" (태화궁: 太和宮)이란다. 1602년 명나라 때 지어진 도교 사원으로 중국(中國)의 4대 동전(銅殿:구리로 만든 전당) 중 하나로 보존(保存)이 가장 잘된 동전이다. 계단에 오르니 태화 궁(太和宮)이라는 현판(現版)이 보인다. 문안으로 들어서니 또 하나의 문이 있다. 영성 문이다. 그 안으로 들어서니 정원이 조성되어 있고 양편에 건물의 안내판이 있다. 또 하나의 태화 궁(太和宮)이라는 건물도 있다. 이것이 진짜 태화 궁(太和宮) "금전(金殿)"이다. 오늘날 "금전"으로 부르는 태화 궁은 원래는 동전(銅殿)이라고 했다고 한다. 건물의 기둥과 지붕은 물론 대들보와 문까지도 청동으로 만들어졌기 때문이다. 이 건물이 건축될 당시 청동빛이 마치 금빛처럼 보여 "금전"이라고 불렀던 것이 오늘날까지 "금전"으로 부른다는 안내판의 내용이다.

"금전(金殿)"의 다른 이름은 태화 궁(太和宮)으로 쿤밍(昆明)은 명봉산(名峰山)에 있다. 1602년 운남(雲南) 순무 진 용

321

빈이 무당산에 있는 태화 궁(太和宮) 진무 전을 모방해서 건축했단다. 명나라 1367년 "금전"을 명봉산에서 계족산으로 옮겨 그 후 청나라 1671년에 오삼계가 이곳 명봉산에 "금전"을 중건(中建)하였다. 이 "금전"은 중국에 현존하고 있는 최대의 동전(銅殿)이며 진무 의상과 진무 칠성 보검, 오삼계 대도, 가 보존한다. "금전"의 작은 연못 가운데는 여인상이 하나 서 있는데 이 여인이 진원 원상이라고 한다. 그녀는 나이가 들어가면서 젊은 여인들과 왕의 총애를 다툰 것이 현명하지 못한다는 것을 알고서 불교에 귀의(歸意) 하였다고 한다. 우리 일행도 작은 연못 상 위치에서 사진 촬영에 가장 좋은 곳이라는 가이드의 안내에 따라 금실 좋은 부부 사이는 서로서로 기념사진을 찍고서 밖으로 나오니 11시가 조금 넘은 시간이다. 현지식을 먹기 위한 식당인 상선 주류(商仙酒類)라는 식당으로 안내되었다. 가이드가 보충해준 김치와 버섯 무침과 일행들이 준비해온 고추장 등으로 현지식과 함께 불편하지 않은 점심을 먹었다. 우리 일행이 다음 코스를 위에 버스에 탑승하고 인원을 파악 후 출발하는 시각 11시 45분 시내의 거리는 한산한 일요일이다.

위엔 통스(圓通寺):정차한 버스에서 내려 10분여 걸어서 다음 코스인 1,200여 년의 역사를 가진 쿤밍(昆明) 최대의 사찰 위엔통스(圓通寺)에 도착한 시각은 12시 10분경이다. 위엔통스(圓通寺)는 쿤밍 시(昆明市)의 북쪽 원통 가(圓通街)의 중간 부분에 있으며 위엔통스(圓通山)으 남쪽 자락에 위치한다. 쿤밍(昆明)에서 가장 큰 사찰(寺刹)로 당나라 때 세워졌으며 이곳에는 관세음보살이 없으며 석가모니(釋迦牟尼)가 있고 그 옆에는 간 왕과 그 아들이 모셔져 있는 것이 특징이다. 황룡과 청룡이 그려져 있는데 이것은 명(明)나라 때 황제(皇帝)가 보름 동안 피신해 있을 때 보존된 것이란다. 처음에는 부타뤄쓰(補陀羅寺)라고 했으나 원(元) 나라 때인 1301~1319년 중건되면서 현재의 명칭인 위엔통스(圓通寺)로 바뀌었다.

청(淸)나라 초기에 팔각정을 세웠으며, 각종 건물이 보수되었다. 지금은 성 불교협회(省 佛敎 協會)가 자리하고 있다. 연못을 중심으로 하여 좌우 대칭으로 건물이 지어져 있는데,

천왕 전(天王殿), 원통보전(圓通寶殿) 팔각정 등이 자리하고 있다. 특히 팔각정(八角亭)은 원통보전(圓通寶殿) 앞 연못 위에 지어진 아름다운 건물로 내부에 천수 관음상(千手 觀音像)과 옥 불상(玉 佛像)이 있다. 원통보전 뒤편 에는 태국의 건축양식인 동 불전(銅 佛殿)이 있는데 안치된 동불상은 태국의 국왕이 선물한 것이란다. 12시 30분경 위엔통스(圓通寺) 관람을 마치고 교통이 혼잡한 이곳에 우리의 관광버스의 주차가 불편하여 쫓기는 듯 탑승하여 이동한 곳은 다음 이동 장소인 취 호 공원으로 이동한다.

취호 공원(公園):12시 35분경 호수에 있는 4개의 섬이 다리로 연결된 취호 공원에 도착하여 호반의 경관을 조망하는 데는 10여 분에 불과했다. 오늘의 일정표에 있는 중국 윈난[雲南] 성 쿤밍[昆明] 시에 있는 시립 박물관으로 1951년 문을 열었다. 청동기시대부터 중세시대까지 역사에 관한 유물을 비롯해 종교와 자연사, 윈난[雲南] 지역 소수 민족의 유품 등 다양한 주제로 전시하고 있다. 종합 박물관으로 주요 전시물은 1972년 이가산 고묘군(李家山 古墓群)에서 발굴된 청동기를 비롯해 윈난[雲南] 성 일대에서 발굴된 공룡 화석 등 자연사(自然史) 관련 유물(遺物) 등이다. 3층 건물의 박물관은 층별로 2개씩 모두 6개의 전시 공간으로 구성돼 있다. 특히 윈난[雲南] 성의 상징으로 기원전 300년경 제작된 황소의 꼬리를 물고 있는 호랑이 동상인 뉴후퉁안[牛虎**铜案**] 원본이 있는 것으로 유명하다. 윈난 성 박물관(雲南城 博物館)은 유물이 별로 없다며 취호 공원 건너편에 있는 일정표에 없는 윈난 육군 강무당(雲南 陸軍 講武堂)으로 안내되는 시각은 12시 45분 경이였다.

윈난 육군 강무당(雲南陸軍講武堂): 청일 전쟁에 패배한 청나라 정부는 신 군을 확대 개편하기 위하여 1985년 리홍창이 북양 무비 학당(北洋 武備學堂)을 만들어 신 군을 편성하고 중국 전역으로 이를 보급한다. 윈난(雲南)에서는 1899년 육군 무비학당(陸軍 武備學堂)이 설립되어 이 학교가 바로 윈난 육군 강무당(雲南 陸軍 講武堂)의 전신이다. 이 학교의 졸업생 중에는 한국의 제1대 국무총리 겸 국방부 장관을 지낸 이범석(李範奭: 당시 가명 李國根), 월남 임시정부 주석 무해추(武海秋), 조선 인민군 총사령관 겸 조선민주주의인민공화국 부주석 최고 인민회의 상무 위원장을 지낸 최용건(崔庸建) 원수 등도 이 학교 출신이다. 이 군사 학교가 바로 윈난 육군 강무당(雲南 陸軍 講武堂)이다. 1909년에 설립되어 1395년까지 26년간 모두 8,313명의 졸업생을 배출했다. 1935년 이후에는 이곳이 중앙 육군 군관학교(中央 陸軍 軍官學校) 쿤밍 분교(昆明 分校)가 되었다. 그 후 중앙 육군 군관학교 쿤밍 분교 즉 황포 군관학교(黃布 軍官學校) 쿤밍 분교(昆明分校)가 되었다가 1938년 1월에 다시 황포5 분교로 개칭하였다.

이범석(李範奭)이 윈난 강무단(雲南講武團)에 들어갈 때는 비밀리에 들어갔다. 그때 나이 15세(1916년) 때 중국으로 와서 상해에서 한국 독립운동의 지도자인 신규식과 손중산 간의 연락원을 맡았다. 당시 상해에 망명해와 있던 한국 임시정부는 중국에 군사 인재를 키워 달라고 요구한다. 이범석(李範奭)은 바로 이런 경로를 통하여 윈난 강무단(雲南 講武團)으로 오게 되어 손중산이 당계요 장군에게 부탁하여 이범석(李範奭)을 비밀리에 입학하게 해준다. 당시에는 조선 월남의 혁명 청년이 강무당(講武堂)에 입학한 것은 기밀사항이었고 당계요만 알았고 교장도 교관도 이 사실을 모르고 있었다고 한다. 1919년 일본 점령군에 오랫동안 점령당했던 조선 국왕 고종이 서거하여 장례식 때 대규모 3.1운동이 벌어진다. 이범석(李範奭) 등은 급히 반일(反日)사업에 뛰어들기 위하여 당계요 에게 서신을 보내어 우리가 윈난(雲南)에서 배운 실력을 이때 공헌하지 않으면 언제 공헌할 수 있겠습니까? 이번에 각하께서 우리가 귀국하도록 동의한다면 조국독립에 우리 민족은 당신의 은덕을 영원히 기억할 것입니다.

그리하여 이범석(李範奭)은 학교를 떠나게 되었고 중국 동북으로 가서 중국 조선국경 지역에서 유격대를 조직하고 항일운동을 벌인 그때 나이가 20살이었다. 그가 지휘한 가장 유명한 전투는 1920년 10월의 청산리 전투(靑山裏戰鬪)였다. 일본군 수천 명을 사상시켰다. 이것은 한국 독립사상 대표적인 전투였으며 1948년 대한민국 임시 정부수립 후 초대 국무총리 겸 국방부 장관이 되었다. 그는 윈난 강무단(雲南 講武

團)을 떠날 때 약속을 잊지 않고 감사하는 마음을 가지고 대한민국 성립문(成立文)에서는 중국에서 이미 고인이 된 당계요 장군의. 이름을 거명하며 감사한다. 당 계요 는 88명의 대한민국(大韓民國) 건국 훈장(建國勳章) 수여자 중 한 사람이다. 또한, 윈난 육군 강무당(雲南 陸軍講武堂) 출신으로는 한국 최초 여자 비행사도 태윤 강무당(講武 堂) 출신이며 1940년 한국 공군을 창설하고 1967년 작고한 권기옥도 윈난 육군 강무당(雲南陸軍講武堂) 출신이다.

윈난(雲南) 민속촌(民俗村): 중국은 한족(漢族)을 비롯하여 56개의 소수 민족이 집합된 다민족국가였다. 그중에서 윈난에서 상주하는 소수 민족의 수가 52개 민족에 거주하는 인구수가 5,000명 이상 되는 소수민족이 26개나 되어 윈난은 소수민족 천국이라고 해도 과언이 아니다. 윈난(雲南) 민속촌은 다양한 소수민족들의 풍습과 전통 가무를 볼 수 있는 윈난성(雲南城) 쿤밍 시 남쪽 8km 떨어진 곳에 있고 그 면적은 약 135ha(2,000무)입니다. 남쪽은 전지, 북쪽으로는 유구한 역사 쿤밍, 서쪽으로는 저명한 서산 풍경구가 있어 풍경이 아름답다. 1992년 2월 18일 이곳 민속촌을 조성할 당시 민속촌 내에는 윈난(雲南) 26개 민족 중 8개 부족 마을에. 민속촌 내에는 1:1의 비례로 민족의 마을이 있는데 지금 이미 따이족, 백족. 이족. 나시족, 기노 족, 라고 족, 보랑 족, 와족 등8개 민족의 마을이 건설 되어 있다고 한다. 2007년 10월 01일에 요족, 푸미족, 만족, 아창족, 리수 족, 후이족, 몽골족, 경파 족, 하니 족, 독룡 족, 등 계속 증가하여 현재까지 2,000무(약

135ha)의 광활한 면적에 각각의 26개 마을로 확장되어있고 민족 단결광장(民族 團結 廣場), 민족 가무(民族家務) 연출청, 민족 박물관, 민족 초상관 등이 있는데 원난 민족의 일종 비춤이다.

　민속촌에 들어서면 각 마을이 정연히 있고 민족 특색이 서로 다르게 농후하다. 원 속에 원이 있고 마을 밖에 마을이 있다. 그리고 각 곳에 아름다운 장식이 되어있고 민족 고유의 노랫소리를 들을 수 있어 사람들로부터 인간 선경으로 불리고 있다. 또 민족단결 광장, 민족 가무 연출 청, 대형 수상 부천 및 막 영화, 풍미 음식점, 유람선 부두 등 시설이 있고 크고 작은 호수가 만들어져 운치가 더하며 그곳에서 낚시하는 모습은 한국에서도 볼 수 있는 것과 다름이 없다. 민속촌 내에는 관광객이 무료로 사용할 수 있는 관광차가 있다. 이렇게 민속촌을 만들어 소수민족들의 자부심과 긍지를 심어주면서 부가적으로 관광을 통해 그들의 삶을 이해하고 경제적 이득을 창출한다. 또한, 중국 고대 소수민족 사를 돌아보며 그 생활상을 엿볼 수 있었다. 시간이 허락한다면 전체 마을을 돌아보고 싶지만, 시간이 허락되지 않아 8~9개 마을만 돌아보는 것은 다소 아쉬움으로 남는 부분이다.

　약 3시간에 걸친 민속촌 여행은 계속해서 걷는 관람이다 보니 피곤함에 지쳐 현지시각 16시 50분에 대기 하는 차량에 탑승하니 50여 분 걸렸다. 시내로 가는 여정은 모두가 피로에

지쳐 도착한 곳은 이곳 쿤밍 호(昆明 湖)의 최대 양식장에서 양식하여 직접 키우고 가공하여 판매하고 있다는 진주보석 매장이었다. 넓은 매장에는 한국말에 능통한 홍보원의 설명과 점원들의 상술 속에 사지 않을 듯한 분위기도 정이 많고 잘 따라주는 분위기는 몇 사람들의 구매가 이루어졌다. 약 40여 분의 시간이 지나고 이제는 이곳 쿤밍에서도 마지막 현지식으로 이름난 버섯 샤부샤부로 안내되어 4개의 둥근 식탁에 나뉘어 앉았다. 우리 일행은 오후에 걷기도 많이 한 고됨 속에 40여 분에 걸쳐 배불리 저녁밥을 먹고 이제는 이번 여행의 마지막 스케줄인 발 마사지만 남았다. 주관 여행사의 부탁 때문일까 아니면 첫날의 비행기 연착으로 인한 탓일까 아무튼 재치 있는 현지 안내인의 마사지를 한다는 업소 "운천 수사(雲天 殊舍)"로 가는 관광버스 내에서 그동안 많은 협조로 무사히 마친 37회 여행객 여러분에게 감사하다는 인사를 했다. 오늘도 20불 한다는 발 마사지를 충분한 시간도 있는 우리에게 가이드의 사비로 전신 마사지로 서비스해드린다는 한마디에 힘찬 박수를 보낸다. 쿤밍(昆明)에서의 피로를 함께 털어버리고 우리 일행이 쿤밍(昆明) 비행장에 도착한 시각은 현지시각 자정이 조금 못된 시간에 도착하였다. 얼마 전에 구

329

매하여 배달되어온 농산물(참깨, 잣 등)을 인계받고 항공권 입장까지 끝내준 안내인과 2박 3일의 아쉬운 정을 서로 나누고 우리는 이곳에서 헤어지는 시간이었다.

2013년 03월 11일 월요일 날씨 맑음(여행 다섯째 날)

출국 절차를 끝낸 일행이 새벽 2시에 출발하는 게이트에 대기하는 손님은 우리가 마지막인 것을 느끼는 것은 출국 심사대 모두가 마감 정리에 부산하다. 예정된 우리를 태우고 갈 MU2003 비행기에 탑승한 시간 01시 40분 예정된 02시의 비행기는 어둠을 가르고 서서히 쿤밍(昆明)을 굉음을 내며 이륙하였다. 얼마 되지 않아 기내식이 배정되었고 식사가 끝나자 모두가 잠이 드는 것은 당연한 상황이었다. 대다수가 단잠으로 피곤에서 깨어날 때는 인천공항이 가까워지는 기내안내방송을 듣고서였다. 어둠을 뚫고 고국에 돌아오는 이곳 현지시각은 쿤밍(昆明)보다 한 시간이 이른 새벽 7시가 다 되어서였다. 입국절차를 마치고 화물까지 찾고 보니 어언 8시가 다 되어 서울에 있는 회원들과 헤어지는 4박 5일의 일정은 아쉬운 악수가 헤어짐이었다.

고향 광주에 9명의 회원은 아침 8시 40분 인천 공항발 광주행 우등고속을 이용하여 광주종합터미널에 도착하니 12시 30분이었다, 또다시 이곳에서 봉황으로 서로가 헤어져야 하는 4박 5일 여행이었다. 최초 내가 추천하여 정해진 장소 쿤밍(昆明) 여행은 첫날의 비행기 지연으로 불편이야 있었지만,

모두가 후회 없는 분위기 속에 무사하게 끝난 것을 제외하면 그래도 만족한 여행이었다. 우리 부부도 택시를 불러 집으로 돌아왔다. 이 여행기를 쓰면서도 비록 현지안내인의 현지역사 소개가 거의 없어 인터넷으로 자료를 찾고 그때 기억을 더듬어 갔다. 한쪽 팔의 장애(障碍) 중에 시끄러운 관광버스 내의 녹음자료 그리고 현장을 사진에 담아 참고삼아 훗날 여행의 기억을 길이 남기고자 나름대로 번뇌를 감수하며 기행문을 마치렵니다. 부족하고 잘못된 부분 너그럽게 양해하시고 기행문을 참고하시고 추억을 되살릴 수 있기를 기대합니다.

서기 2013년 03월 17일 기행문을 정리하며 鄭 燦 悅 記

남유럽 여행기
[남 프랑스, 모나코] 10박12일

  아들을 낳아 결혼시키면 사돈네 식구가 되고 딸을 낳으면 비행기를 탄다고 했던가?

  을미년 7월 11일이 아내의 회갑 일이다. 옛날 같으면 환갑 잔치로 온 동네 사람들을 초청하여 회갑 잔치를 벌였다. 100세 시대를 넘보는 오늘날에는 환갑잔치는 먼 나라 얘기가 된 지 오래다. 우리에게는 1남 2녀의 자녀를 두었다. 결혼한 자녀 중 큰아들과 큰딸에는 두 손녀와 한 외손자를 두었고 막내딸만 과년의 나이로 직장에만 열중이다. 국가 직 공무원인 막내딸은 옛날 같으면 노처녀지만 오늘날에는 보통 넘기는 나이다. 직장 동료들의 권유로 사귀는 남친이 있어 머지않아 혼례를 올릴 예정이다. 오래전부터 자녀들이 월급에서 조금씩 저축을 하여 크고 작은 부모 행사에 보탬이 되었다. 그런데 이번엔 엄마의 회갑에 자녀들이 부모들의 경비를 대고 우리 내외를 두 딸이 함께하여 2주간의 휴가를 내어 동반여행을 가자는 것이다.

살 짜기 사양을 해보았지만, 속마음은 흐뭇하고 반가웠다. 나 역시 남편의 도리로 아내에게 회갑 기념으로 특별히 해준 것이 없으니 말이다. 두세 차례 권유에 못 이긴 척 고맙다며 승낙을 했다. 내게 물었다. 어디로 가는 것이 좋을 것 같으냐 하고. 물론 우리 부부가 해외여행을 그동안 8번이나 다녀왔으니 흔히 알려진 나라는 대부분 다녀온 편이다. 함께 가겠다는 두 딸의 적당한 날짜 문제가 관건이었다. 애들의 제의는 요즘 TV에 많이 소개된 유럽 쪽(남프랑스+스페인+포르투갈+모나코)이 좋지 않겠느냐는 제안이다. 1992년에 서유럽 5개국을 다녀왔고 애들의 비용문제도 있어 그냥 일주일 정도로 가자고 했다. 한사코 기왕 가실 거면 10박 12일의 남유럽으로 가자는 것이다.

아들애도 함께하려 했지만, 직장에서 시간과 신입사원들의 면접도 봐야 하므로 시간을 내지 못했다. 모처럼의 가족이 함께할 수 있는데 아쉬움이다. 평소에 꼼꼼한 큰딸이 알아보고 서두르는 탓에 우리 부부는 그냥 따르기로 했다. 그리하여 일개월 전 잡힌 날이 다가왔다. 아직 유효기간이 남은 여권을 보내주고 네 명의 가족이 12일간의 여행에 필요한 커다란 가방의 크기 문제 해결이다. 그리고 귀국하는 날과 맞물린 셋째 형님 칠순 잔치가 경남 산청에서 있어 우리 형제네 온 가족과 합류할 수 있는 대안을 찾아 딸애의 RV차량으로 내가 사는 광주에서 인천공항으로 가는 것이 가장 효과적일 것으로 결정했다. 11월 10일 12시 출발하던 중부 지방에 흐리고 비가 내렸다. 수원 부근에서부터 정체되던 고속도로 경인 고속도로까지 시간이 꽤 오래 걸렸다.

인천 대교로 승용차가 올라서자 옅은 안개가 끼어 있었다. 불현듯 지난 2월에 안개로 인해 105중 충돌 사고 사건이 떠올랐다. 복잡한 구간에서는 그래도 경력만은 내가 많은 운전을 했지만, 다소는 긴장되었다. 우리가 사설 주차 회사와 사전에 만나기로 한 공항 8번 라운지를 찾는 데는 자가운전으로 처음 찾다 보니 많이 헤매었다. 하지만 여행사와 약속된 한 시간 전에 공항 안에 들어섰다. 딸애와 약속한 여행사 직원과 미팅을 하여 출국 전 탑승 절차를 무사히 끝냈다. 밤 11시 40분에 출발하는 아랍 에미리트 항공에 탑승하고 서서히 활주로를 이륙한 시간 이튿날 0시 30분이었다. 이렇게 캄캄한 밤을 날아가는 비행기도 한국에 불빛을 뒤로 한 체 날고 있었다. 탑승한 비행기는 눈 안데, 귀마개 이어폰과 모포를 지급해 주었다. 무사히 이륙하여 기쁘기도 하지만 함께하지 못한 아들이 못내 아쉽다. 아쉬움이 커서일까? 모두가 잠든 기내에서 감기지 않은 눈만 토끼 눈이다.

얼마를 날았을까 기내식도 주었다. 이륙한 지 10시간이 되어 활주로에 착륙준비를 한다. 아부다비 공항이란다. 모두가 아직 여명이 오는 시간에야 공항 휴게실에서 뜬잠을 설친다. 3시간 후에 아부다비에서 출발하여 밀라노 공항으로 갈 비행기로 갈아탔다. 4시간 예정한 비행기는 현지시각 15시 30분이 되어서야 여행용 짐을 찾고 우리를 기다린 현지를 함께할 신형 벤츠 리무진 관광버스에 탑승하였다. 그곳 공항에서 3시간을 걸려 프랑스 니스에 도착 둘째 날밤을 사전 예약된 호텔에서 잠을 잤다. 3일째야 여행이 시작되는 것은 아침 6시의 모닝콜에서부터다. 여행 가방을 버스 짐칸에 맞기고 탑승한 우리 여행객은 우리를 포함하여 남자가 5명에 여자가 29명이다. 세상살이 각박하다 해도 우리나라에서도 그렇고 여상 상위 시대가 되어버린 것을 실감한다. 몇 년 전만 해도 해외여행을 나가면 특별한 국기를 들고 가이드가 메가폰을 가지고 설명하고 따라오세요! 모이세요! 했다. 그런데 지금은 여행객마다 무선으로 통용되는 무선전화기 하나씩을 지급해주고 관광지를 설명해주는 시대가 되었다. 참 편리한 세상이다.

  우리를 맞이한 가이드는 간단한 몇 가지의 프랑스 현지 인사에 관한 소개를 한다. 낮때의 인사는 봉쥬루 저녁부터 아침까지는 봉슈라 라고 한다. 또한, 남자한테는 봉슈무슈 여자들에게는 봉슈 마담 아침에 기사한테는 봉슈르밴 이렇게 두어 번 따라 하게 교육을 한다. 프랑스의 요리는 지방에 따라 독특하며, 일부 지방 요리는 세계적인 명성을 얻고 있다. 대표적인 것으로 마르세유의 해산물 수프인 부야베스, 리옹의 소시지의 일종인 '앙두예트' 알자스의 양배추 절임 요리인 '슈크루트', 보르도의 오리 가슴살 요리인 '마그레 드 카나르' 등을 들 수 있으며 포도주들이 곁들여진다. 수도원은 우리나라의 사찰이 중요한 의미가 있는 것과 같은 맥락으로 신성과 세속을 갖춘 건축물임을 가이드가 안내한다. 니스해변을 시작으로 영국인들의 산책길로 알려진 '프론 나드네 장글레' 그리고 모나코로 이동하였다.

모나코는 면적이 1.95㎢로 2.9㎢인 여의도 보다 작은 나라다. 바티칸에 이어 두 번째로 작은 초미니 도시국가이지만 유엔 가입국으로는 제일 작은 나라이기도 하다. 또한, 공식적으로는 세계에서 가장 높은 인구밀도를 가진 독립국으로 거주인구는 36,371명이나 된다. 그중에 프랑스인이 47%, 이탈리아인이 16%, 기타 21%이며 모나코 시민권을 가진 모나코인은 단지 16%에 불과하다. 이들 시민권자에게는 모든 납세의무가 면제된다. 종교는 가톨릭, 공용어는 프랑스어이고 군대

▶모나코공원

▶모나코

▶니스해변

는 없으며, 112명 규모의 국왕 근위대와 130명 규모 경찰이 조직되어 있다. 따라서 병역의무도 없다. 국가 전체가 관광지화되어 있어 국가를 운영하는 데 필요한 모든 경비를 관광과 카지노 수입 등으로 충당할 수 있어서 국민에게 세금을 부과하지 않을 뿐 아니라 프랑스를 제외한 모든 외국 기업에도 세금을 면제해 주는 조세 천국이란다. 왕궁, '모나코 대성당' '앙티브 해변 항구' 성벽을 끼고 있는 '피카소 미술관'을 관광하였다.

　다음 방문 한 곳은 프랑스 남부 있는 "칸 느"(프랑스어 Cannes,/kan/)다. 니스 남쪽 지중해 연안에 위치하는 인구 6만 9000명이 사는 유명한 휴양 도시이다. 매년 5월에는 유명한 국제 영화제인 칸 영화제가 열린다. 칸 영화와 패션에서 세계의 유행을 선도해 나가는 곳이기도 하다.
　'칸'은 일 년에 300일 이상 각종 행사가 열리는 국제 회의장 건물의 계단에는 빨간 융단이 깔렸었다. 2002년 칸 영화 제

▶히랄다탑과 시내전경

▶크루아재 대로

▶세비아 대성당 지붕

감독상을 받은 임권택 감독, 전도연, 박찬욱 씨도 바로 이 붉은색 카 팻 을 밟았다고 합니다. 이 건물 내에 들어가면 바닥 곳곳에 칸 영화제를 빛낸 실베스타스태론, 아놀드 슈왈츠 제네거, 소피 마르소 등 스타들의 손도장을 찾아보라고 하는데 이날따라 내부를 들어갈 수가 없는 것이 무척 아쉬움으로 남는다. 다음 장소로 이동하여 '크루아제대로' '팔레데페스티발 에데 콘 그레' '노트르담 드레스 페랑교회' 등을 관광하였다. 마르세유에서 홍합찜이 주가 된 현지식으로 저녁을 먹고 3일째의 밤을 보냈다.

남유럽 여행기 [스페인]

아침 식사를 호텔식으로 마치고 스페인 '마르세유 항구' '노틀 담 성당' 빈센트 반 고흐의 도시 아를로 이동하였다. '생트롬비 성당' 및 구시가지 그리고 '원형 경기장' '에스파스 반 고흐정원'을 관광하였다. 그리고 다음 여행지 바르셀로나로 저녁때 이동되어 추천 선택 관광인 야경 분수 쇼는 비록 유럽의 최초의 분수 쇼가 시작된 곳이라지만 요즘에는 흔히 보는 분수 쇼가 아닌가 싶다.

우리가 여행 4일째 스페인으로 갔는데 가던 날 프랑스에는 130여 명의 목숨을 앗아간 테러사건이 발생했단다. 만약 우리가 하루만 늦게 프랑스에 체류했다면 여행에 다소 차질이 있었을 것인데 스페인 땅으로 넘어왔으니 천만다행이다. 스페인 문화 중 이슬람교도의 문화는 스페인 문화에 상당한 영

▶원형 경기장 앞

▶바르셀로나 분수쇼

▶알카시르 야경

향력을 끼쳤으며 711~1,400년대까지 그 영향력이 유지됐다. 스페인어가 라틴어와 아랍어의 영향을 많이 받은 것은 이 시대 때 이뤄진 것이다. 중세에는 유대인의 유입으로 또 다른 문화의 융합이 시작되기에 이른다. 이슬람교도와 유대인의 영향력은 1,000년~1,422년 동안 벌어졌던 국토회복운동에 따라 상실됐으며 이때부터 기독교 세력이 스페인을 장악한다. 이는 스페인이 로마 카톨릭 국가가 됐음을 의미했다. 스페인의 문화에는 역사적 관계뿐 아니라 지중해와 대서양을 낀 해양국가라는 점이 주요 이유가 됐다.

스페인은 산업 국가이자 선진국 이며 대부분을 빼고는 해안가에 유지한다. 대표적으로는 유럽에서 가장 활기차고 쇼핑가와 생기 넘치는 밤 문화며 스페인에서 가장 맛있는 음식의 도시다. 바르셀로나, 빌바오, 말라카, 사라고사, 살라망카 등에 분포한다. 한편 스페인의 건축 양식은 다채로운 문화적 특성으로 심지어는 일부 시의 특정 부문이 유네스코 세계유산으로 지정되기도 했다 한다. 이탈리아에 이어 두 번째로 세계 유산이 많은 스페인은 건축물의 뛰어난 예술성을 인정받아 그 수를 늘릴 수 있다고 요약된 안내를 한다. 지중해 연안에 자리 잡은 바르셀로나는 유럽에서 가장 활기찬 도시라고 안내 가이드가 말하면서 구시가 지에는 중세 궁전들과 광장 들이 있고 혁신적인 현대 미술과 장식미술 작품을 볼 수 있는 장소가 많다고 한다. 우리 일행은 바르셀로나에서 투숙하고 시작된 여행 5일째다.

특색 있는 바르셀로나에 가면 누구나 천재 건축가 가우디 (1851~1926)를 추억한다. 이 고집스러운 건축가 지은 구엘 공원, 이며 생 트롬 피 성당은 유구한 역사를 그대로 간직한 웅장하고 아름다움에 매료되기도 하였다. 또한, 몬주익 언덕에는 몬주익 성이 있고, 근처에 스페인 마을, 미로 미술관, 까딸루나 미술관이 있다. 또한, 바르셀로나 올림픽 주 경기장이 있어 황영조 선수가 2002년 바르셀로나 올림픽에서 금메달을 목에건 체육관이며 경기도에서 직접 만들어 세운 황영조 선수의 기념 공원이 먼 이국에 있다는 게 자랑스러웠다. 프랑스는 파리와 마르세유를 중심으로 형성된 이슬람 공동체들은 회화·음악·무용·문학에 이바지했다.

땅이 넓은 특성상 관광지와 관광지의 이동 거리가 지루함 속에 길 중앙의 가로수가 아름다운 람부라스 거리를 관람했다. 람부라스 거리는 북쪽의 카탈루냐 광장에서 남쪽 항구와 가까운 파우 광장까지의 약 1㎞ 거리를 말한다. 거리 주변에는 꽃집이나 애완 동물가게, 액세서리 가게가 있다. 관람 후 한 시간 정도를 관광버스로 이동하였다. 카탈루냐 지방의 '몬세라트'에 있는 수도원으로 1,200개 톱니 모양의 산이라는 뜻으로 산의 높이는 1,236m이나 수도원은 해발 약 725m 높이 정도에 위치하여 있다. 이곳 수도원 성당에는 검은 성모상이 있는데 성모상의 오른손에 들려있는 황금 구슬을 만지면서 소원을 빌면 이루어진다고 해서 많은 사람이 긴 줄을 서서 기다리고 있는 명소다. 산악 바위 암벽에 자리한 '몬세라트 성당'은 오를 때 꽤나 경사가 있어 스릴 넘치는 궤도 열차를 탔다. 내려 올 때는 케이블카를 이용하여 산 주위의 꿈같은 경치를 관망하며 내려 올 수 있는 것은, 다행히 성수기가 아닌 탓에 곧바로 이동 수단을 이용할 수가 있었다. 그리고 거기서 스페인에서 탑승한 현지 여자분 가이드와 작별을 하였다.

▶황영조기념비

▶바르셀로나 거리

▶몬센트라 철로

350㎞를 달려 발렌시아로 이동하여 시간이 늦은 탓에 호텔식으로 저녁을 때우고 TRYP 호텔에서 잠을 잤다. 여행 6일째 아침 8시에 탑승하여 발렌시아에서 그라나다로 이동하며 끝없이 펼쳐지는 포도나무며 올리브 생산지는 계속되었다. 크게 밀리지 않은 고속도로에 휴게소 휴식을 취하고 두 번째 휴게소 레스토랑에서 현지 중식을 먹었다. 유명 관광지도 중요하지만, 고속도로변 손에 잡힐 듯 저 먼 곳에 자리한 자연의 위대한 전경들을 보는 것 또한 관광이다.

500㎞를 달려간 관광버스가 어느 도시가 내려다보이는 탑이 있는 작은 동산에 머물렀다. 이곳이 그라나다인데 이곳 관광을 안내할 57세에 충북 보은이 고향이라는 엄성룡 씨가 탑승한다. 30여 분 걸려 시내로 들어가 현지식으로 저녁을 먹고 호텔로 안내되었다. 일요일인 오늘 알함브라 궁전의 일정이 있으나 일요일 오늘은 휴장한단다. 평소보다 일찍 호텔에 들어간 탓에 2시간 가까운 자유 시간엔 우리 가족은 여유로운 시내 관광을 할 수 있었다. LOS 호텔에서의 7일째 출발은 현지관광 장소의 시간 때문에 9시 30분에 출발하였다.

스페인의 마지막 이슬람 왕조인 나스로 왕조의 무하마드 1세 알 갈리브가 13세기 후반에 창립하기 시작 하여 증축과 개수를 하여 완공한 "알함브라 궁전"이며 '알바이신 지구'의 특색 있는 명소는 입이 다물어지지 않았다. 800여 년간 이베리아 반도를 지배하고 있던 회교도의 최후의 성터로 이슬람

문화의 흔적이 남아 있는 그라나다 왕국(스페인 : Reina de Granada)은 카스티아 연합 왕국이 레콩 키스타를 완료한 1492년부터 하비에르 데 부르고스의 스페인 국토분할 때문에 스페인의 여러 주로 분할된 1833년까지 존재했던 지역 구분이다. 그라나다 "왕국"의 왕은 곧 카스티야 연합 왕국의 왕이 겸했으며, 카스티야의 왕은 이런 식으로 여러 나라의 왕위를 겸직했다. 터키의 이슬람 사원 건축은 페르시아의 영향을 받아 시작되었고 그 후 13~14세기에는 시리아의 영향을 받았는데, 점차 그들 나름대로 독창적인 돔과 기념물을 발전시켰단다.

오스만 튀르크의 건축가들은 대형 돔 1개와 반원형 돔 4개 사이에 조그만 돔 4개를 두어 균형을 이루었다. 가장 탁월한 예는 터키 에디르네의 셀림 사원(1575 완공)인데 커다란 중앙 돔과 가는 뾰족탑이 있다. 다시 이동하여 2013년 모 TV 방영 꽃보다 할배로 유명해진 관광지란다. 헤밍웨이가 "누구를 위하여 종은 울리나"를 집필한 "론다"의 도시다. 또한 '론다'의 구시가지와 신시가지를 이어주는 1793년에 건설된 100m 절벽을 아치형으로 이어준 '누에 보 다리'이다. 그 다리 아래로는 '구아달레빈'이라는 조그마한 강이 흐르고 있었다. 그곳에서 관광과 사진을 찍어두고 5분여 걸려 이동한 곳은 지금은 경기를 일 년에 한 번밖에 하지 않아 내부가 닫힌 '투우장' 외관 등을 관광 후 또다시 두 시간 걸려 세비야로 이동하다.

유럽에 성당중 세 번째 큰 1402년부터 약 1세기에 걸쳐 건축된 '세비야 대성당' 12세기 말 이슬람교도 아르모아드 족이 만들었다는 '히랄다탑' '알사카르 외관' 등 스페인 관광을 하였다. 저녁때 선택 관광으로 2010년 유네스코에 등재된 에밀레 집시 춤으로 유명한 '플라맹고 쇼'(1인 80유로)를 관람하고 호텔식으로 저녁을 먹고 Exe Gran 호텔에서 투숙하였다.

▶누에보 다리

▶론다 투우 경기장 앞

▶세비아 성당

남유럽 여행기 [포르투갈, 스페인]

여행 8일째는 유럽 서해의 가장 최서단 포르투갈 땅 끝 마을, '카보다로까'를 관광하니 한국에 해남 땅 끝 마을이 연상된다. 그곳에서 한 시간 걸려 '리스본'으로 이동하였다. 포르투갈에서 가장 큰 도시 리스본에 있는 1515~1521년에 건설된 나비가 물 위에 앉아 있는 것처럼 보이는 마누엘 양식의 3층탑인 '벨렝 탑'의 일 층은 스페인이 지배하던 시대부터 19세기 초까지 정치범 감옥의로 사용되었다 한다. 16세기 포르투갈의 영광을 자랑하는 관람으로 '제로니 모스 수도원'은 1983년에 유네스코 세계유산으로 등록되었다고 한다. 원래 이곳은 겨울철 2개월은 우기인데도 2주 전까지 비가 내렸다는 데 우리들의 축복인지 계속하여 맑은 날이 계속되었다. 여행 중 날씨가 좋은 것도 큰 복중의 하나이다.

한 시간 30분 걸려 "파티마"로 이동 '파티마 성지'(대성당 지구의 공원)를 관광하고 파티마의 Cruz Alta 호텔에서 숙박했는데 너무 시설이 엉망이여 우리나라 모텔 수준 이였다. 여행 9일째 200여 ㎞를 이동하였다. 다시 "살라망카"로 이동 '마이로 광장' 스페인 마드리드 서쪽에 있는 '살라망카 대학'에는 한국의 유학생이 현재 5명이 연수중 이란다. 이곳에서 관광을 끝내고 210㎞를 "마드리드"로 이동하였다. 스페인의 원조는 지중해 연안에는 북부 아프리카인들이 거주했던 것으로 보이며, 고대 그리스인과 페니키아 인들이 동부 및 남부 해안을, 그리고 카르타고인돌이 남동부를 차지했다. 그 후

로마인들이 처음으로 반도 전역을 정복했다. 로마의 몰락 이후 반달족과 서고트족 등 게르만계 민족이 이동해왔고, 711년 아랍인의 침입 이후 8세기에 걸쳐 아랍의 지배하에 놓였다(이슬람교) 그러나 이후 유럽의 영향력이 커지면서 스페인은 프랑스·이탈리아·포르투갈 등 인접 국가와 유사한 지중해 유럽 국가가 되었다.

거의 5세기에 걸친 통합과정을 거치면서 생활양식과 문화적인 전통에서 일부 차이가 있지만, 인종적·문화적으로 통합되어 집시를 제외하고 눈에 띄는 소수 민족은 없다. 그라나다·마드리드·바르셀로나·무르시아 등의 도시에서 비교적 큰 집시 공동체가 발견된다. 따라서 현재 인종집단의 구별은 언어를 통해서만 확인되었단다. 늦은 시간에야 호텔식으로 저녁을 때우고 Alcala Plaza 호텔에서 숙식하였다. 여행 마지막 10일째 아침 일찍 서둘러 천 년의 도시 톨레도는 270년에

▶파티마성당

▶스페인 광장

▶톨레도 도시전경

걸쳐 완성된 스페인에 고딕 양식으로 지어진 '톨레도' 대성당이다.

　톨레도는 스페인 문화를 가장 잘 대변하는 곳으로 간주하여 시 전역이 국립기념지로 선포되었다. 도시가 암석지대에 건립되었기 때문에 소코도베르를 중심으로 펼쳐진 시가지가 좁고 구불구불하며 경사가 가파르고 지면이 울퉁불퉁한 것이 특징이다. 타호 강에는 2개의 다리가 놓여 있다. 북동쪽에 있는 알칸타라 다리는 중세의 산세르 반도 성 기슭에 놓여 있는데, 이 성의 일부는 로마 시대와 무어 왕국시대에 건축되었다. 북서쪽에는 13세기에 세워진 산마르틴 다리가 있다. 성벽은 대부분 무어인이나 그리스도교도들 때문에 축조되었지만, 서고트족이 축조한 것도 있다. 1085년에 알폰소 6세가 관례로 사용했던 푸에르타비에하데비사그라(10세기)를 비롯하여 여러 시대에 걸쳐 건축된 출입구들이 잘 보존되어 있다. 이슬람교의 영향을 받은 중요한 건축물로는 흥미로운 십자궁륭을 갖춘 비브알마르돔(크리스토데라루스, 10세기) 모스크와 라스토에르네리아스 모스크, 무데하르 양식(스페인과 이슬람의 혼합 건축양식)의 유대교 회당들인 산타마리아라블랑카 시나고그(12세기)와 엘트란시토 시나고그(14세기, 일부는 세파르디 박물관으로 쓰임), 무데하르 양식의 교회들인 산로만, 크리스토데라베가, 산티아고델아라발, 산토토메 교회가 있다. 이곳을 관광하려면 예전에는 많은 시간을 걸려 걸어서 올랐으나 지금은 5~6회(총연장 531m)를 갈아타는 에스컬레이터

가 설치되어 시간 절약과 관람객의 편의 시설이 놓인 것이란
다.

성당관람을 끝내고 톨레도 시내의 여러 곳에는 장식용 칼들
이 보기 좋게 진열된 곳을 볼 수 있다. 이곳은 고대로부터 이
어져 온 칼 세공이 유명 한다고 한다. 또한, 영화에 서만 보았
던 각종 다양한 총이 진열 되에 실제 판매되고 있다. 상가 내
에 인형 동상이며 총과 칼을 취급하는 입구에 나이가 많이 드
신 할아버지가 시계 수리 할 때 쓰는 돋보기를 쓰고 열심히
금을 세공하고 있다. 이분들이 금을 세공하는 장인(匠人)들로
관광 사업을 위해 직접현장에서 금을 세공하는 것이다. 몇 곳
의 상점들을 들렸지만, 우리의 정서에 맞지 않고 무기류는 가
지고 입국하기 힘들어 누구 한 사람도 관람으로 끝내고 레스
토랑으로 이동했다. 현지식 점심을 하기 위해 이동한 곳에는
Hostel Palacios 라고 하는 간판이 우리 일행을 맞이했다. 한
시간가량의 점심을 끝내고 톨레도를 빠져나가 주차장으로 가
는 데는 15여 분 정도 시간이 걸렸다 여행은 무어라 해도 날
씨가 좋아야 차질 없는 관광을 하는 데 이곳이 우기 때인데도
계속하여 날씨가 좋았고 평균 15~20도를 유지해준 탓에 두
꺼운 겨울옷은 한 번도 입어보지 못하고 짐만 되었다.

엘그레꼬의 '오르가스' 백작의 장례식장으로 유명한 '산토
토메 교회' 등을 관람하였다. 다시 "마드리드"로 귀환하여 스
페인 회화를 세계에서 가장 많이 소장하고 있으며, 이탈리아

와 플랑드르 미술의 걸작 등 유럽의 다양한 회화 작품들도 소장하고 있는 '프라도 미술관'을 관람했다.

마드리드에서 근대적인 편의시설(전등·전차)이 맨 처음 갖추어진 곳으로 이탈리아 베네치아의 산마르코 광장에서 열리는 새해맞이 축제와 비슷한 행사가 열린다. 성탄절 한 달 전부터 크리스마스 행사를 하는 이곳에는 시내 중심가마다 크리스마스트리며 대형장식행사가 한창이다. 오늘 저녁 식사는 한식으로 음식점 앞에는 눈에 반가운 가야금이라는 한글표기에 영문으로 Korean Gallery Restaurant로 태극문양의 간판이 반긴다. 오랜만에 김치에 된장국 상추쌈에 되지 볶음 한정식은 먼 이국 나라에서도 항상 한식은 우리의 미각을 반갑게 한다. 17시 35분 탑승 마드리드 시내를 거쳐 늦은 시간에야 호텔에 도착하였고 우리가 호텔에 도착한 시간 밤

19시 30분이었다. 그동안 2박 3일을 함께해온 현지 가이드에게 작별인사를 나누고 내가 한국에서 가져온 팩 소주 2병을 건네주었다. 비록 한국에서는 몇 푼 안 되지만, 외국에만 나오면 우리 돈 15,000원 정도이니 돈을 떠나 향수를 그리는 술(酒)이니 좋아한다. '푸에르타델솔'을 끝으로 10박

▶성가족 성당

12일간 여정은 스페인의 마드리드 공항에서 11월 20일 아침 8시 50분에 출발 현지시각 19시 30분에 아부다비 공항에 도착하였다.

▶밀라노 공항

　그곳에서 약 3시간 정도를 대기한다. 아부다비 발 인천 행 비행기를 19시 30분 예정된 시간에 탑승수속을 하였다. 길고 긴 장거리여정은 인천공항에 한국시각 11시 45분경에 도착을 한다고 하니 내 마음이 점점 분주하여지기 시작했다. 공항에서 사설 주차장에 맡긴 차를 오게 하여 오늘 내 위에 형님의 칠순 잔치를 하는 경남 산청으로 이동하였다. 생각하면 함께

▶노틀담거리

하지 못한 아들에게 미안했다. 다만 2주의 휴가를 내고 여행경비까지 써가며 함께 하는 두 딸과 우리 부부가 함께하는 남유럽 여행을 하는 것은 진정한 행복이라고 스스로 위안을 해 본다.

2015년 11월 21일 10박 12일의 여행을 끝내면서

37회 월남 다낭, 호이안 투어

1962년 3월에 봉황 초등학교 37회 졸업생이 모임을 만든 해는 1973년 무렵이었다. 그러나 초대 회장인 누실 마을에 이광섭 얼마 되지 않은 회비를 써버리고 잠적해 버린 것이다. 그 후 몇 명 뜻있는 사람들이 주축이 되어 창호지로 동창 회칙을 만들과 벼 한 섬 값인 4천 원씩을 회비로 15~6년 전에 고인이 된 서병수 친구가 주동이 되어 만든 유서 깊은 봉황 초등학생 모임이다. 어언 고희를 얼마 남겨두고 고희(古稀)기념 여행비를 별도 징수하여 5회에 특별회비 50만 원씩이 되어 추진 결정된 베트남의 다낭과 호이안(HoiAn 3박 5일 일정으로 현재 김재옥 회장과 배동칠 총무가 결의된 사항을 여행사와 협력하여 추진된 여행 참가 회원들이 선납한 특별회비 50만 원에 85,000원을 본 회비에서 지원금 포함하여 585,000원 결정한다. 그리고 37회의 여성 동창 5명과 정회원 부부들 7명은 각자 부담으로 585,000원을 내기로 했다. 그리고 공통 경비와 옵션으로 선택된 선택 관광비는 현지에서 결의키로 하여 진행되었다.

참여 회원 명단(23명)
K Jaeok(L Okja)=회장 / P Eungkyo(Y YeonJa)
총무B Dongchal(R JungHee) / J Chan youl(S Jeongae)
K Hyungyoun(P Houngsim) / S Youngyeul / Y Ohhan
H Seokjun(O Jeongja / S Insoon/ Junglyel
H Seokwang / H Sukdong / C Jongku / J Insun
J Byeongsoon / J Jungsim / H Yangrye
(현지 선택 관광=바나나 힐 60$ + 후에 전동 카 20$ +
안내자와 기사 팁 50$+각 10$=140$ 별도 지급)

2016년 11월 17일 (목요일) 흐림 (여행 첫째 날)

오늘 16시 30분까지 인천공항 3층 M단지에 집결하라는 안
내문자가 총무로부터 날라 왔다. 이곳 고향에서는 부부동반
여섯 명이 인천공항으로 가야 했다. 혹시나 인천공항 도착하
는 우등고속에 차질이 있지나 않을까 하여 며칠 전 인터넷으
로 12시 정각에 출발하는 광신 고속 6명의 좌석을 예약해두
었다. 우리 부부는 두 개의 여행용 가방에 여행 준비물을 넣
어 11시에 집을 나섰다. 늦가을 햇살이 엷은 구름에 가려 집
을 나서는데 아파트 앞 주차장에 유난스럽게 3쌍의 까치 떼가
가깝게 날며 요란한 배웅을 한다. 아파트 앞 큰길에서 택시를
타고 광주 고속버스터미널로 이동하는데 색 바랜 느티나무
가로수 잎이 우수수 떨어져 앞서가는 차량에 축복의 잎을 몰
고 간다. 고속버스터미널까지는 불과 20여 분 출발하는 1번
홈으로 내자를 보내고 나는 매표소로 나가 내 이름으로 예약
해둔 여섯 장의 표를 구매했다. 그리고 홈 쪽으로 갔는데 벌
써 봉황에 두 친구 내외가 기다리고 있었다.

12시 정각이 되어 출발한 리무진 우등고속버스는 16명의 승객을 태우고 광주 터미널을 출발한다. 들녘에는 사료 둥지로 변한 짚단만 눈에 띌 뿐 가을 추수가 끝난 황량한 들판이다. 아직 이별하지 못한 단풍들 그리고 동네 앞을 지키는 노란 은행나무가 유난스럽다. 장성군을 지난 버스는 서해안고속도로를 이용하기 위해 전북 고창으로 내달린다. 서해안 고속도로에 진입한 고속버스는 막힘없이 내달려 1시간 40여 분 고속버스는 서천(시흥) 상 휴게소에서 15분간 정차를 한다. 점심을 먹지 못한 우리 일행은 시간이 매우 급하여 간단한 유부우동으로 점심을 대신하고 차에 오른다. 2분이 늦어 다른 승객들에게 미안하기도 하였다. 우리가 승차한 고속버스가 인천공항에 당도한 시간은 10분이 지연된 15시 40분에 공항에 도착 서편 끝 쪽에 먼저 와서 기다리는 서울에 동창회원들과 합류를 했다.

인천공항 M 카운트 앞에 오늘 출발할 전 회원이 다 모인 시각은 17시가 다 된 시간이었다. 예전 같으면 주간 여행사 직원이 우리 여행객에 찾아와 인사와 함께 여권을 수집해가는 것이 통례였다. 그런데 지금은 M 카운트 뒤쪽 끝 편에 각 여행사가 회사의 상호를 걸어두고 해당 업무를 안내하는 정도였다. 우리를 담당하는 "보물섬 투어" 담당자 조하정 과장 역시 총무를 불러 여권을 수거해오게 한 다음 여행객에게 회사의 명찰과 함께 여행 예정상황이 안내된 서류봉투를 건네주고 우선 화물을 탁송하라는 것이다. 우리 일행은 각자 가지고 온 여행용 가방을 수화물 탁송 대에서 탁송을 시키고 출국 절차와 함께 보안 검색을 끝내고 출국대기실로 들어갔다. 그때 시간이 대략 17시 40분경이었다. 각자 받아든 여권과 수화물 표 그리고 비행기 표와 기내에 가지고 들어갈 가벼운 가방이나 짐들이었다. 2016년 11월 17일 오후 7시 05분 탑승 19시 35분에 출발한다.

우리를 태우고 가는 아시아나 항공 OZ755편은 19시가 되어서야 50번 게이트에서 탑승을 시작했다. 사방은 어둠이 짙게 깔리고 공항 내 조명 불빛이 환한 19시 35분에야 서서히 이륙을 시작한다. 이곳 인천 공항에서 다낭 국제공항까지 총 2,981㎞ 거리에 4시간 25분이 걸린다고 안내를 한다. 동체가 서서히 뒷걸음질하던 동체는 높은 엔진 소리와 함께 인천공항 활주로를 벗어나고 있다. 30여 분이 지나고 기체가 고도를 유지 할 때쯤 기내식이 제공되었다. 캄캄한 밤을 기해 날의는 비행기는 시차 관계로 2시간이 늦은 현지시각 22시 40분에 다낭공항에 도착하였다. 이곳은 국제공항이라고 해야 먼저 왔던 대한항공의 동체가 눈에 띨 뿐 광주공항 정도의 한산한 공항이었다. 몇십 년 전에나 있는 트랩에서 내려 공항버스를 타고 비행기 터미널까지 이동했다. 답답하게 이루어지고 있는 입국 절차며 보안 검색 그리고 화물 운송 대 역시 한국에서 보기 힘든 회전 구형 트랩이었다.

입국 절차와 함께 짐을 찾고 나서 공항대기실로 나갈 무렵

깡마른 현지인이 서툰 한국 발음으로 '모두투어'를 외치고 있었다. 알고 보니 이곳 베트남여행 Guide는 현지 사람만이 하게 법이 정해져 있단다. 우리 일행이 그 안내자를 따라 한참을 가니 42인승 우리나라의 현대마크가 달린 버스가 기다리고 있었다. 그곳에 탑승하고 나니 한국어에 능통한 50대 후반 정도인 Guide 임호 이사가 우리를 반기며 안내한다. "안녕하세요? 반갑습니다. 앞으로 3박 4일 동안 여러분과 함께할 현지 Guide입니다." 이 나라 관광 정책에 따라 여행지 현장에서는 베트남 현지안내자가 하게 되고 본인은 여행안내 겸 버스 내에서 많이 여러분을 도와줄 충북 진천이 고향이며 27년 전 태국에서 Guide를 시작으로 2년 전부터 이곳에 온 임호 안내자라며 정중히 인사를 한다. 밤늦은 시간에 이곳 베트남을 찾아오시느라 수고가 많았습니다. 우리는 모두 박수로 화답했다. 지금부터 약 20여 분 후인 12시 40분이면 우리가 3박 4일간 잠자리와 아침 식사를 해야 하는 한 리버 다낭(Song Han) 호텔에 잠시 후 도착합니다.

2016년 11월 18일(금요일) 흐리며 곳에 따라 비
[여행 둘째 날]

모닝콜이 되지 않은 탓인지 새벽 5시 무렵부터 동료들이 투숙한 옆방이 요란스럽다. 나 역시 5시에 일어날까 하다 늦은 출발 예정도 있어 5시 40분경에 일어나 샤워를 하고 아침 준비를 서두른다. 나는 여행기를 쓰기 위해 그동안의 내용을 왼손잡이의 서툰 글씨로 여행기 초안을 정리하다 보니 호텔 방

전화벨이 울린다. 형년 친구가 식당에 모든 친구가 식사를 끝냈는데 우리 부부만 안 보인다는 것이다. 7시가 좀 넘어서야 식당으로 갔었고 우리 일행 중 동칠 친구만 보인다. 식사를 끝내고 7시 40분경 남자 회원들이 일정과 선택 관광 문제를 토의하기 위해 홍석동 친구가 있는 1406호로 모두 모였다. 나는 동창 친구 들게 주기 위해 가져온 동인지 "세월을 잉태하여" 책 보따리를 가지고 가 나누어 주었다. 그리고 우리 남자 동창 회원들이 한자리 모여 선택 관광에 꼭 포함해야 할 부분과 할 수 없이 부담해야 할 현지선택 관광에 포함해야 할 문제를 내가 제의를 했다. 바나나 힐 60$+후에 전동 카 20$+Guide 및 기사 팁 50$를 결의하고 나머지 선택 관광을 가지 않은 대신 Guide에게 각각 10$씩을 특별 팁으로 주자는 결의를 본 것이다.

회의를 끝내고 우리가 투숙한 1,306호 실로 들어오니 아직도 출발하기에는 한 시간이 넘게 남았다. 나는 기록 하던 정리를 다시 시작한다. 아침 호텔에서 바라본 다낭 시내의 전경이 한눈에 들어온다. 저 멀리 다낭 앞바다 그리고 높다랗게 건물들이 올라가 예전에 보았던 붉은빛 기와지붕이 가려지고 하얀 벽면이 시야를 가린다. 하늘은 잔뜩 낀 구름이 간밤에 비를 뿌린 모양이다. 다낭은 우리나라 시간보다 2시간 늦다. 어젯밤 호텔에서 정해진 객실을 안내해주며 내일은 오실 때의 피로도 있고 하니 늦잠도 주무시고 6시 30분부터 8시까지 호텔 3층 식당에서 식사를 하고 10시에 호텔 앞에 주차해 둔 어젯밤 공항에서 타고 온 차량에 탑승하시라고 한다. 이곳 다 낭은 베트남의 중심부 강 하구에 있는 동쪽으로 태평양 이 있 는 여행관문의 도시란다. 다낭 북쪽으로는 후에(투안호아: Thuan HOA) 고대의 수도의 유적이 있으며 남쪽으로는 17 세기 유적을 그대로 간직한 호이안(Hoi An) 이 자리 잡기 때 문이다. 이렇게 늦은 출발의 속셈은 아무래도 다른 곳에 있는 듯싶다. 사실 인터넷으로 예약된 보물섬 투어의 일정표나 여 행 확정표를 보면 실속 있는 곳을 대부분 선택 관광으로 만들 었고 일정표대로라면 첫날부터 해발 1,487m의 국립공원 바나 힐을 가게 되어있다. 선택 관광에 들어있는 60$의 바나 힐 케이블카를 타지 않는다면 걸어서 오르든지 아니면 자유 시간이 되어야 한다. 첫날부터 기분 잡치는 여행 계획표이다. 40여 년 가깝게 Guide 생활을 한 눈치 빠른 사람이 우리에게 타협 시간을 준 것이다. 10시 10분전에 관광차에 오르니 이미 회원이 탑승하고 자리를 잡아 우리 부부는 가장 후미 좌석에 자리를 잡고 앉았다. 여행 주간사인 보물섬 투어에서 우리에 게 배정된 42인승 버스의 차에 시원한 맥주와 물을 가득 넣어 둔 Guide(임호: 1961년생=56세)가 안내한다. 이곳 다낭(성 한)은 참파 왕국의 수도 미손 유적과 동양 최대의 백사장과 함께 역사적 항구 도시이다. 10월부터 3월까지 우기(雨期)란 다. 산과 강과 바다가 함께 이루어진 베트남에 중심에 있는 도시란다.

출발하는 차량에서 Guide가 안내한다. 일정대로 간다면 케이블카를 타기 위해 너무 많은 시간을 빼앗기기 때문에 모든 일정을 바꿔가며 가장 합리적 여행을 해드리겠다는 안내를 한다. 그러면서 오늘의 처음 코스는 다낭 근교에 있는 마블 마운틴(오행 산) 관광을 하겠다고 한다. 우리가 지나는 이곳은 우리나라처럼 한강이 다낭 시내를 흐른다. 우리가 지금 건너고 있는 이 다리가 한강 다리라서 일명 강남이라고도 한단다. 도로가 넓게 뚫리고 관광 명소의 자리를 서서히 잡혀가고 있는 곳이란다. 이곳에 크게 건축물이 올라가고 있는 대부분이 호텔을 짓고 있다고 전한다. 그리고 이곳 다낭의 바다는 6~8월이면 부산 해운대 못지않게 많은 관광 인파가 북적거린다며 다낭 해수욕장의 길이는 45㎞로 매우 길다. 이곳 베트남의 남과 북의 길이는 1,750㎞이며 해안선의 길이는 총 3,200㎞인데 한국에서 이곳 다낭까지의 길이가 3,700㎞란다. 이곳 베트남에는 외국 자본을 끌어들이기 위하여 1986년 외국 문호개방 정책을 결정했단다. 이곳에 진출하려면 자국민 51%의 지분을 포함하여 법인으로 설립하고 만약 100% 운영을 하려면 지분 공증을 세워 운영한단다. 한 시간 넘게 이동하면서 서두에 말씀드린 관광 정책상 현장에서는 설명할 수가 없어 먼저 설명해 드린다며 관광 안내코스를 곁들여 설명한다.

베트남에는 마블마운틴(오행산)으로 물(水)산, 나무(木)산, 땅(土) 산, 금(金)산, 불(火) 산을 상징하는 다낭의 가장 아름다운 마블마운틴(대리석 산)을 관람한다며 우리에게 월남상징 모자인 '농' 모자를 하나씩 나누어준다. 버스가 정차한 곳은 수산으로 400년 전 이 나라 임금이 국민의 안위와 근심 걱정을 한 망(望) 강대(전망대)를 돌아보는 코스로 15세기까지 강성했던 참파 왕국의 거점이었던 산 전체가 대리석으로 이루어져 있단다. 다낭 시민들에게는 신앙의 땅으로 믿음을 받아온 산으로 대부분 대리석으로 되어있어 마블마운틴 산이다. 오른쪽에 엘리베이터가 있지만, 중간에 가파른 156계단을 10분에 오른다. 습기가 많고 무더운 탓인지 숨이 헐떡거림은 나만이 아닌 것 같다. 다낭 시내가 한눈에 보이는 전망대를 필수로 투이 손산(물의 산: 水山)에는 2개의 절과 동굴이 있다. 한쪽에 초록색 넓은 잎에 연노랑 무늬가 박힌 식물과 선인장이 이곳저곳에서 시야를 반긴다. 삼태사(땀 따니 사원: Tam Thai Pagoda) 절 입구 문은 중앙에 상부가 둥근 큰 문과 양쪽에 좀 더 작은 개방 된 문이 우릴 반긴다. 내부에 들어가니 중앙에 왼손을 치켜든 남자 미륵상과 양쪽에 예쁜 선녀 미륵상이 멋진 화병 꽃을 배경 무늬로 서 있다. 우리로 따지면 대웅보전 격인데 다소곳이 두 손 모아 합장을 하고 있다. 어딜 가나 화단에 분재해놓은 듯 잘 꾸며진 정원에 열대식물이 다채롭다.

경전 속 불교 식물로 협죽도 과와 상록 활엽수가 주를 이룬다. 이곳에 '따가라' 불리는 일명 삼우화(三友花) 또는 '크레이프 재스민'으로 불리는 꽃은 홀 꽃이지만 밤에 더욱 향기가 난다고 전한다. 일명 사막의 장미라고 불리는 협죽도과 '아데니움 오베숨'은 분홍색 서양 난 꽃처럼 보이는데 대부분 사원 앞에 자주 보인다. 다음은 하늘로 통하는 문이라는 '현궁 관'의 글귀를 보면서 안으로 들어가니 석회 암석이 둘러싸인 굴 끝쪽에 조그마한 불상을 모신 곳 앞에 두 개의 촛불이 켜있다. 또 한곳에는 해수 관음보살상으로 예쁜 여성 보살 부처상 앞에 화병과 그림 족자가 놓여있다. 커다란 배불뚝이 불상에는 많은 사람이 배를 만지면 복이 들어온다 하여 오른손으로 세 바퀴 돌리고 머리를 손에 올려 소원을 빈다고 한다. 마지막 동굴에는 감탄사가 연발된 후엔 콩 동굴(Huyen khong Cave) 넓은 공간에 그리 크지 않은 불상이 커다란 굴 안에 자리잡고 있다. 동굴 한 중간높이에 중간크기의 부처님의 좌 불상이 아래를 향한 듯한 불상에 중압감을 느끼며 동굴 한쪽에서 하늘이 보이는 구멍이 뚫려 밝은 빛이 들어오고 있다. 40여 분 후 동굴을 나오며 계단을 따라 내려오니 온몸에 땀이 밴다.

우리가 모두 기진맥진하여 차량에 탑승 후 에어컨 타령을 연발한다. 우리 일행이 버스를 타고 이동하는 시간은 11시 12분이다. 우리를 안내해준 Guide는 식당에는 언제든지 다른 일행들보다 빨리 가야 기다리지 않고 새로 준비된 음식을 먹을 수 있다며 우리에게 빨리 가자는데 대한 동의를 구한다. 주위에는 고풍스러운 아담한 호텔이 몇 군데 눈에 들어온다.

이런 호텔은 하룻밤에 우리 돈 40~50만 원씩 하는데 주로 신혼 여행객이나 특별한 손님을 받는다고 일러준다. 오늘 점심도 애초는 현지 뷔페식으로 되어 있지만, 우리 입맛을 고려하여 한국인이 운영하는 한식집을 안내했다. 비록 타국에서 먹어보지만 그래도 한식으로 곁들어진 점심은 미각을 사로잡았다. 40여 분 식사를 끝내고 걸어서 5분쯤 이동한 곳은 한국인이 운영하는 전문 커피 판매점이다. 점심 전 차내에서 커피 생산량이 예전에는 브라질이 제1위였는데 지금은 이곳 베트남이 커피 생산과 수출 1위라고 알려준다. 그러면서 이곳에서 가장 맛있는 커피를 우리에게 무료로 제공한다며 제품을 사라고 하는 것은 아니라고 알려준다. 커피 점에 들어서자 손님들이 앉기 좋은 의자에 조그만 잔으로 입맛만 볼 수 있는 향기 좋은 커피를 한 잔씩 권한다. 그리고는 건장한 젊은 사람이 우리의 개량 한복을 입고 나와 예전에는 충청도가 고향이며 풋볼 선수였는데 커피가 좋아 이곳에 주저앉게 되었다고 한다. 그리고는 여러 가지 커피에 관해 설명하니 우리 일행 중에도 몇 사람이 이곳에서 커피를 구한다.

우리가 다음으로 이동한 곳은 한 시간씩 받는다는 맛 사지집으로 이동한다. 이곳 역시 남자 회원들과 여성회원이 분류되어 안으로 들어간다. 우리가 들어간 1층 방에는 편하게 누울 수 있는 의자 겸 옷가지를 넣을 수 있는 의자와 따뜻한 물이 담긴 대야가 놓여있다. 잠시 후 일시에 우리 숫자에 맞추어 이제 23세부터 30세 되는 앳된 아가씨들이 들어온다. 우리 한국 관광객을 많이 상대했는지 서툰 발음으로 대화를 손짓까지 해가며 시간을 소일한다. 당연히 시원하고 좋은 건 설명이 필요 없다. 다소 아쉽기는 하지만 개별적인 팁 2$씩을 주고 다음 여정을 위해 우리 일행은 관광버스에 14시 10분경 탑승한다. 이곳에서 호이안까지 가는 시간이 40여 분 걸리는데 시간이 아까우니 공부를 해야 한다며 A4용지 인쇄물 한 장씩을 나누어준다. 용지에는 베트남 어를 배워보자는 내용과 여행 시 주의사항 그리고 베트남 소개며 베트남의 특산품 등이 간략히 소개되어 있다. 베트남 언어 중 안녕 하세요=씬 짜오, 화장실= 냐베신, 감사 합니다= 깜언, 밥=껌, 물=느억, 안녕히 계세요= 땀비엣, 이 쑤시게=땀, 등 간단한 내용이다. 베트남의 소개로는 1802~1945년까지 의무 왕조의 나라였으나 1945년 이후부터 공산당 하나뿐인 사회주의 공화국(Socialist Republic of Vietnam)이란다. 북으로는 중국, 서북으로는 라오스, 서쪽으로는 캄보디아에 인접한 나라로 언어는 베트남 어 국토 면적은 약 33만㎢로 한국의 1.5배 면적에 현재 인구 약 1억 명 정도로 현재의 수도는 하노이란다. 주요 수출품으로는 쌀이 세계 1위, 커피 생산량이 세계 1위, 천연고무가 세계 2위 석유생산량이 아시아에서 4위의 나라로 주요 특산품으로는 노니(NO NI), 계피, 게르마늄, 목청 꿀, 상황버섯, 천연 라텍스 등이라고 상세한 내용까지 기록된 유인물이다.

내가 가장 선호하고 가보고 싶은 곳이 Ho I An이 궁금했다. 그런데 2~3년 전부터 패키지 상품으로 베트남이 뜨고 있었다. 문제는 1971년도 파월 당시 2~3주간의 파월교육을 끝내고 나면 포항에서 열차에 몸을 싣고 부산으로 이동 바닷가 부산항 제 3부두에서 2만 오천 톤급 업셔호를 타고 6박 7일의 망망대해를 따라 다낭 항에 도착했다. 그리고 부대 배치에 따라 각 전선으로 군용 트럭에 실려 간다. 나는 호이안에 있는 청룡부대(2629부대) 통신대대 부대장 운전사인 동기 장선주가 몰고 온 통신대장의 짚 차에 실려 Ho I An으로 배속되었다. 근무 중 질병으로 인한 호이안 시내에 있는 미 육군 호이안 병원에 일주일간 치료 때문이었다. 그러나 45년이 지난 지금 많이도 변한 것도 것이지만 한국인 안내 Guide가 그 현장을 모르고 이곳 언어소통이 되지 않기 때문에 접근하여 알아볼 수가 없다. Ho I An은 도시 전체가 유네스코 세계문화 유산으로 지정되어 17세기 옛날 모습을 고스란히 간직한 구(久) 시가지의 여러 고택을 둘러보면서 월남전 때에 어떻게 고택들을 지킬 수 있는가 의문이 든다. 마이크를 잡은 Guide는 현지에서는 설명할 수 없다며 우리가 도착해야 할 Ho i An에 대한 이야기를 한다. 이곳 베트남 여행정책도 한국인의 관광객은 현지여행지에서 참여할 수가 없고 현지에는 자국(自國) Guide가 인솔 안내하게 만들어졌단다.

이곳 다낭에서 남쪽으로 약 30㎞ 차로 약 40분 걸리는 고대의 항구도시 호이안(Ho i An)은 17세기의 옛 모습을 고스란히 담고 있는 곳이란다. 16세기 무역도시의 고풍스러움이 살아 숨을 쉬는 거리로 세계문화유산으로 지정됐다. 베트남 시민들이나 베트남을 잘 아는 여행자들은 한결같이 최고의 여행지로 Ho i An을 꼽는다. 다른 대도시처럼 아오자이를 휘날리며 달리는 오토바이의 물결도 없고 줄지어 세워진 빌딩도 없지만, Ho i An은 깨끗하게 잘 정돈된 시가지에 옛 모습을 잘 보전한 매력적인 도시이다. 유네스코에 지정된 구시가지 전통거리는 차량통행을 막고 있어서 여유롭게 둘러 볼 수 있으며, 아직 옛날 목조 건물의 모습을 그대로 유지하고 있다. 해상 무역항으로서 다양한 문화가 공존했던 지역인 만큼 세계 각국의 고대 건축 양식이 곳곳에 남아 있다. 첫 번째 들른 곳은 일본 사람들이 왕래가 활발해지면서 1593년 일본인들이 세웠다는 목조지붕에 있는 다리로 일본인 거리와 중국인 거리를 연결해주는 역할을 했다 한다. 개와 원숭이 조각상이 다리의 양 끝을 지키고 있으며, 다리 위에는 항해의 안전을 기원하고자 하는 절이 있다.

다음은 그 옛날 베트남에 이주한 중국 화교들의 특징을 알 수 있는 입구가 좁은 쩐가 사당을 관람하였다. 19세기 중엽 풍홍 이라는 무역상이 자신의 상점으로 지은 곳으로 전체적으로 베트남, 중국, 일본 스타일이 혼합된 품위 있는 2층 목조 건물이다. 집안은 물건을 진열하는 곳과 창고, 주거지, 제단으로 각각 구분되어 있습니다. 현재는 8대째의 주인이 거주하고 있다. 한국 Guide가 차내에서만 안내하고 나니 박물관, 광조회관(관운 장 사당), 은 1885년 중국 광동 지역의 무역 상인들이 지은 건물이다. 회관 벽 내에는 삼국지의 주인공인 유비, 관우, 장비의 그림들이 걸려 있고, 제일 안쪽에는 제사를 지내는 제단이 설치되어 있다. 매년 음력 1월 16일에는 중국 사람들이 모여서 제사를 지낸다는 곳이었다. 다음 이동한 곳은 다낭이나 Ho i An 시가지에 주로 내보낸다는 목공예마을을 이동하기 위하여 투본 강 투어에 나선다. Ho i An 시내 쪽과는 반대 방향의 강변이다. 강물의 색깔은 탁한 황토물이 흐르는 것 같지만, 수질은 좋다고 한다. 배를 타고 느끼며 스치는 바람은 비록 구명조끼에 더위가 엄습해도 얼굴이 시원한 바람 속에 강가에 널려진 전경이 다채롭다. 물 위를 달려 찾아간 곳은 목공예 마을이었다. 나름대로 나무 조각을 섬세하게 하여 만든 목조 공예품을 시내 상점에 내는 곳이란다.

다음 이동한 곳은 도자기 마을로 이동하였다. 섬세하게 여러 가지 모형 동물들을 만들어 뭔가 사기에는 조잡하였다. 이곳저곳에서 나름대로 자기 일을 열심히 하고 호객은 하지 않았다. 한국의 Guide 자기의 띠에 맞추어 각자 하나씩 집으라고 한다. 우리 집사람이 양띠인데 이곳은 양띠를 대신하여 고양이 띠로 집었다. 우리의 투본 강 투어에서 각자 선물로 준

다기에 집어 들으니 작아도 '호루라기' 소리를 내어 어린 외손자 선물로 제격이었다. 도자기 마을을 지나니 우리의 버스가 탑승을 기다리고 있었다. 우리 일행이 3시간 정도에 거쳐 여행을 마치고 이동한 곳은 호이안의 한적한 곳에 있는 한식 뷔페로 저녁 식사를 하려는 (CK BUFFET RESTAURAG) 이었다. 많이 걸은 탓일까? 이국에서의 한식 맛 탓일까 모두 맛

있다며 먹어치운다. 참 세상은 넓고도 좁다 했는가. 우리 일행 응규 친구가 그곳 식당을 운영하는 사람을 잘 아는 사람이라 며 서로 반갑게 인사를 하지 않은가. 친구 이웃집에 살았던 사람인데 1년 전부터 보이지를 않았다고 한다. 그런데 이곳에 와서 세를 얻어 식당을 운영한다는 것이다. 식사가 끝나고 40여 분 걸려 다낭에 있는 우리의 호텔로 이동했다. 호텔에 도착하니 19시 50분이었다. 몇몇 친구들이 시내 구경을 가자 고 서둘렀다. 우리 부부와 나는 감기 기운을 이유로 샤워를 끝내고 자리에 일찍 들기로 한 것은 비행기에서의 피로가 아 직 남아 있어서였다.

2016년 11월 19일 (토요일) 비/흐림 [여행 셋째 날]

어젯밤에 일찍 잠에든 탓으로 5시경에 일어나 보니 간밤에 내린 비가 아침까지 내렸다. 샤워를 하고 6시경에 호텔 3층에 있는 식당에 나가 일찍 식사했다. 오늘은 베트남 최초로 유네 스코에 등재된 후에 관광을 위해 7시 30분에 우리의 차가 출 발을 한다. 20여 분이 채 못 되어 편도 3차선 시내를 빠져나 간 우리가 탄 버스는 바다를 끼고 달린다. 이곳에는 비가와도 비닐 옷을 입고 오토바이를 타고 어린애까지 앞에 앉히고 비 닐이 어린애 호흡을 막히는 것 같아 자꾸 눈이 그곳으로 간다. 바닷가를 따라 달리면서 점점이 떠 있는 작은 고깃배도 보고 해변 모래사장 위에 있는 고무 함지박 같은 어선들이 모래사 장까지 접근할 수 없을 때 이것을 타고 나가 잡은 생선들을 옮겨오는 것이라고 한다. 다낭과 후에의 경계가 되는 해발

1,172m 높이인 산의 중턱에 해당하는 485m의 고갯길을 넘어가는 HAI Van 고개는 베트남에서 가장 높고 긴 고갯길로 유명하다. HAI Van 고개는 세계 10대 비경 중 하나이며 여행자가 꼭 가봐야 할 50곳 중 한 곳이란다. HAI Van 고개는 바다(HAI)와 구름(Van)이라는 베트남어로 해운(海運)이라는 뜻으로 주말이 된 오늘 오후는 오토바이 행렬이 가득 메운단다. 구불구불한 비탈길 노변에 허름한 임시 건물들이 많은데 그곳이 젊은이들이 찾는 카페란다. 한참을 거슬러 해발 900m를 오르면 다낭 시내와 짙푸른 해안가를 한눈에 감상할 수 있다는데 오늘따라 기상여건이 좋지 않아 전경이 잘 보이지를 않아 아쉽다.

이곳 HAI Van 고개는 베트남의 북쪽과 남쪽의 경계이기도 하며 기후가 달라지는 것도 느낄 수 있다고 한다. 예전에는 교통량이 많아서 막히기도 했는데 2005년 HA I Van 터널이 뚫리면서 한산한 도로가 되었다고 한다. 대형 화물 차량과 오토바이 위험물을 실은 차는 지금도 이 도로를 이용해야 한단다. 구불구불 이어진 구간을 올라 HA I Van 고개에서 잠시 쉬어 간다며 버스에서 내렸다.

베트남 전쟁은 1973년 프랑스 파리에서 평화 협상이 성사되어 미군과 평화 군이 철수하였고 베트남전쟁은 사이공 함락이 있었던 1975년 4월 30일까지 계속되었고 전쟁 종료 이듬해 1976년 베트남 사회주의 공화국이 수립되었다. 나는 1970년 3월에 해병대 사병으로 입대하여 1971년 7월에 호이안 청룡부대 통신부대에 근무 중 1972년 3월 3일 한국으로 후송되어 그때 당시 말만 들었던 하이반 고개를 큰 감회로 지나칠 수밖에 없다. HA I Van 고개에는 프랑스가 통치할 때 만들었다는 망루와 베트남 전쟁 당시의 벙커들이 있는데 남과 북의 전쟁이었던 베트남 전투에서 가장 중요한 고지였던 곳이라 치열한 전투의 흔적들이 남아있는 것을 볼 수 있다. 진주를 파는 상점에서 한국산 담배 한 보루에 4만 오천 원하는 담배가 이 나라는 세금이 없어서 일만 원에 구매할 수가 있다. 너도나도 한 사람당 두 보루 이내를 가져갈 수 있다고 하니 피우지 않은 담배를 모두 사기에 여념이 없다. 그곳에서 커피도 마시고 주변도 돌아보다가 후에로 향하였다. 고갯길을 넘다 보니 후에 쪽으로 연결되는 아래쪽 바닷가를 끼고 꾸불꾸불 난 철로가 보인다. 멀리 보이는 긴 다리를 건너면 유명한 리조트 단지가 있는 랑꼬 비치이다. 그 높던 산에서 내려가니 2005년 도에 일본 사람들이 투자하여 굴을 뚫어 개통했다는 자동차 전용 도로와 만나게 된다. 한 시간 반 정도를 달려 도착한 곳이 후에를 가기 전에 조금 일찍 서둘러 10시 45분경에 점심 식당으로 향한다. 오늘 점심 메뉴는 주꾸미 삼겹살 두루치기 한식(韓食)으로 모두가 만족하게 먹었다.

옛 베트남의 수도 후에 도착한 시간은 11시 20분경에 도착했다. Guide가 표를 사 입장하니 15분여 걸린다. 이곳 후에는 구름이 끼었으나 습기가 많아 후덥지근함이 견디기 힘들게 한다. 이곳 땅은 다낭의 2배의 면적을 갖고 있으나 인구는 약 80만 명에 불과하단다. 그러나 이곳 왕궁은 걸어서 구경한다면 하루를 다녀도 구경을 못다 한단다. 그래서 이곳에서 우리 일행은 20$ 추가되는 전동차 4대를 배정받아 4~5회에 걸쳐 오르고 내리기를 반복하여 1시간 30분 만에 관람을 한단다. 출발 전 설명은 이곳 왕궁은 190만 평의 넓은 면적을 베트남의 왕이 중국의 자금성을 본떠서 지은 성으로 베트남 마지막 왕조의 황궁이다. 인근 8개 마을 사람들이 동원되어 만들었다고 전하며 13대 왕까지 있었으나 1~4대 왕까지는 정통 왕족이었으나 4대 왕이 후사가 없어 3명의 양아들을 두어 5~6대 왕은 오래가지 않아 살해당했단다. 그래서 이곳에 없으며 마지막 13대 왕도 프랑스로 추방당하여 90세의 일기로 프랑스에서 고별하여 이곳 능에 없다고 전한다. 여러분 이곳 전동차는 여성이 운전하나 한번 탄 자리를 꼭 지켜 주시고 그것(도둑)이 많으니 휴대전화기나 귀중품은 꼭 잃지 말라고 Guide는 당부한다.

후에는 1802년부터 1945년까지 140여 년간 번성한 응우옌 왕조가 거주했던 곳으로 곳곳에 유적지가 있는 문화 도시다. 베트남 전쟁 때 미군이 집중적으로 공격을 가하여 1만 명 이상이 죽고 수많은 유적지가 파괴되어 일부만 관광이 허락되고 있으며 아직도 복구하고 있지만, 매우 더디다고 한다. 다음은 이곳에 오면 꼭 봐야 할 곳이 후에 왕궁, "티엔무 사원" 민망 황제 능 세 곳이란다. 티엔무 사원은 중국 불교의 흔적이 많이 묻어나는 사원으로 특히 남방 불교의 색채를 많이 띠고 있다. 절 입구에는 21m 달하는 빛바랜 팔각형의 7층 석탑이 강물을 굽어보며 자리 잡고 있다. 탑의 좌우에는 탑비와 범종이 자리 잡고 있으며, 탑의 각층에는 불상이 안치되어 있다. 우리 일행은 다행스럽게 한국의 광주 하남공단 삼성전자에서 2년을 근무했다는 베트남 현지 Guide(자칭 한국명: 김태환) Guide의 재치 있는 유모와 웃기는 한국말로 재미있게 왕궁과 티엔무 사원에 대한 설명을 들을 수가 있었다. 정문 맞은편에 높다랗고 커다란 베트남 국기가 게양되어 펄럭인다.

두 번째 장소로 이동하니 황제의 즉위식이나 사신 접대 등 여러 행사가 거행된 태화전이라고 한다. 내부에는 왕좌의 옥쇄가 황금빛을 자랑하며 안치되어 있다. 아마 우리나라로 치면 경복궁의 근정전 같은 곳이라고 해야 할 것 같다. 이곳저곳 빈터만 남아있는 곳이 전쟁으로 파괴되고 남은 자리라고 한다. 응우엔(Nguyen)은 베트남에 가장 많은 성씨로 베트남에 마지막 왕조도 응우엔 성을 가진 왕족이었다고 한다. 뜨겸탄 이라는 곳은 왕궁의 중심에 자리한 곳으로 황제와 황제의

가족이 생활하던 곳으로 꼬리가 길지 않은 황금용이 버티고 서있다. 곳곳에 연못은 왕궁을 더욱 운치 있게 돋보였다. 황제가 머물던 장소를 오르는 계단에는 석상으로 된 용(龍) 모양의 계단난간이 실감을 더 해주었다. 계 성전에서 바라본 천장 문양은 수많은 용의 상이 뒤엉켜 매우 인상적이었다. 계 성전에는 청동에다 금박을 입힌 카이딘 황제의 동상이 있고 동상 아래 18m 깊이에는 황제의 유골이 있다고 한다. 황제가 사용했다는 책상과 의자를 끝으로 카이딘 황제 능의 또 다른 절경을 만나 볼 수 있었다.

후에 관광을 끝내고 14시 20분경 탑승하여 다낭으로 돌아오는 길은 하이반 고개를 넘지 않고 2005년 일본 사람들이 개통시킨 편도 1차로 6.3㎞ 하이반 터널을 통과한 탓으로 오후 4시 40분경 다낭에 도착할 수 있었다. 이 하이반 터널 공사의 'B' 구간인 2.41㎞ 구간은 우리나라의 동아건설과 베트남의 송다건설이 합작으로 이뤄낸 공사다. 돌아오는 길 Guide는 1963년 6월 11일 베트남 정부가 불교를 탄압하고 시위자를 학살한다 하여 1인 시위로 소신공양(燒身供養)하여 1975년에 이 나라를 독립시킨 '티엔무 사원 틱광득' 고승에 관한 이야기를 전해준다. 이분은 하늘색 오스틴 승용차를 타고 며칠을 이동해 호찌민(당시 사이공)에 도착해 자기 몸에 기름을 부어 시신은 5분 9초 동안 탔지만, 심장은 살아있어 지금도 살아있다고 믿는다. 이 나라에 70%를 차지하는 소승 불교(한국은 대승불교)들은 믿고 있으며 지금은 하노이 불교사원에 안치

되었다고 한다. 그 이야기를 들으니 이명박 정부 때 4대강 사업을 반대하며 경북 군위군 지보사 소속의 당시 47세의 문수 스님의 소신공양(燒身供養)이 떠오른다. 16시 40분경 다낭 시내에 도착한 우리 일행은 청해라는 한식당에서 두루치기 샤부샤부로 저녁 식사를 맛있게 먹으며 일찍 끝냈다.

일 년 전 사고로 조금만 기상이 좋지 않아도 운행하지 않는다는 송탄 강(한강) 유람선 관광이 오늘은 허용되어 예약되었단다. 강변 넓은 선착장에 도착하니 다낭 시내가 온통 저녁 불빛이 찬란하다. 5~6대의 유람선이 대기하여 관광객을 태우거나 운항 중이며 우리 일행도 모두 구명조끼를 입고 전망 좋은 이 층 갑판에 탑승했다. 한강 유람선은 다낭의 중심을 따라 흐르는 한강(송탄 강)에서 후진국이라는 관념을 깨고 이곳 3개소의 다리 위를 호화찬란하게 조명 불빛이 운치 있는 야경이 우리들의 눈을 압도한다. 우리나라 한강과 극히 대조되는 부분이다. 세 개의 다리 중 상부에 있는 용 영상의 장식물용의 입에서는 공휴일 9시에는 붉은 불빛을 토해내는 연출이 장관이라 안내한다. 상부 다리를 돌아오는 50여 분의 유람선 관광을 끝내고 돌아오는 길 선진국 대열이라는 우리나라 관광의 아쉬움을 이구동성으로 이야기한다. 호텔로 돌아온 우리 남자 회원들은 아직 미결정된 타협들과 37회 회의를 간단하게 끝내고 각자 방으로 돌아갔다. 얼마 후 1406호에서 저녁 술자리를 하자고 전화 연락을 받았지만, 술을 먹지 못해 사양하고 샤워를 하고 잠자리준비를 한다.

2016년 11월 20일(일요일) 구름/맑음[여행 넷째 날]

오늘은 이곳 호텔에서 방을 빼주어야 하는 날이다. 간밤에 정리하다 둔 가방을 정리하고 06시 30분 호텔 3층에서 각자들이 가져 온 김치며 김 등을 가져와 나누어준다. 해가 거듭할수록 세계 어느 곳에 가나 예전보다 수준 높은 호텔식을 제공함을 피부로 느낀다. 조식을 끝내고 잠시 호텔에서 다낭 시내를 바라보며 시(詩) 한수를 써본다.

다낭의 아침 / 글 정찬열

바다 안개 배회하는
베트남의 다낭만 항구도시
바다 건너 검은 산자락 안개를 품고

회색빛 바다 위에
가는 길 재촉하며
점찍은 어선들 아침을 시작한다.

예측할 수 없는
하늘의 조화에
비가 내리고 햇빛도 얼굴 내미는

송한 호텔 13층에서 바라보는
통일을 딛고선 다낭의 도심
붉은색 지붕들이 자취를 감춘다

44년 전 내가 파월 당시
화려하면서도 한적했던 도심이
거대한 공룡으로 탈바꿈하고 있다.

월남의 도심

자전거에 아오자이는
발 빠른 오토바이 모두 내주고
죽순처럼 들어서는 고층빌딩들

동남아시아의
꿈틀대는 용처럼
승천을 위해 눈을
베트남에 땅 다낭시가지

〈20161120 아침 다낭 호텔 기(記)〉

오늘도 07시 30분 우리 일행은 1층 로비에서 Room Key를 반납하고 가방을 싣고 차에 오른다. 10여 분 후 우리의 차는 바다를 끼고 시원한 아침 바람을 가른다. 아침 일찍 그 물을 당기는 무리 소형 어선을 타고 들어서는 어선들을 뒤로하고 수많은 오토바이 행렬과 경주하듯 달린다. 다낭의 떠오르는 관광지 바나힐(Bans Hills)산을 버스는 구불구불 한 산허리를 올라간다. 다낭 시내에서 약 한 시간 만에 도착하였다. 노련한 Guide의 안내로 우리 일행은 밀리지 않고 곧바로 5,043m인 세계에서 두 번째 긴 케이블카를 탈 수가 있었다. 바나 힐은 해발 1,487m 정상에 지어진 테마파크(놀이 공원으로 다낭지역에 36도의 무더운 철에도 15~26도 정도를 유지 할 수 있도록 선선했기 때문에 150여 년 전 프랑스에 지배를 받던 시절에도 프랑스 인들의 휴양지로 개발한 곳이다. 당시 프랑스인들에 의해 무거운 짐을 베트남 사람들이 일일이 등에 지고 이곳까지 오르내렸다는 아픈 역사도 지니고 있다. 케이블카와 그곳의 시설 이용료를 포함하여 60$이 추가된 곳이다. 울창한 원시림 같은 케이블카 아래로 펼쳐지고 아래로 내려다보면 다낭 시내와 바다가 산 넘어 멀리 한눈에 들어온다. 혹시나 고장이 나면 어떨까? 멈추면 어떻게 하지? 아직 베트남의 기술력을 별의별 생각이 머릿속에 맴돈다.

케이블카 아래로 내려다보이는 아기자기한 계곡에 하얀 폭포들이 물줄기를 토해낸다. "ARI BANK"라는 둥그런 바나나를 연상하는 누런색 독 같은 6인승 케이블카를 8분여 타고 내려 또다시 10인승 케이블카로 갈아탄다. 20여 분간의 케이블카 산행 산 정상부에 유럽풍의 건축물들이 보인다. 아직 후진국을 면치 못하지만, 관광에 대해서는 투자를 많이 하고 많이 받는 베트남 관광 인프라에 대해서 선진국 못지않음을 느낀다. 또 하나 우리가 타고 가는 케이블카 외에 또 하나의 케이블카는 운행하지 않고 서 있는 것이 아마도 교대용인 듯싶다. 산 정상부에는 구름이 잔뜩 끼어있다. 구름 속에서지만 몽환적으로 변하는 산세의 아름다움을 감상할 수 있었다. 짙은 구름이 산세를 가리다가 확 트이고 이러한 상태를 계속 반복

한다. 산지대가 높아 선선하면서 이슬비를 맞는 구름 속의 도심을 관광하는 것 같다. 산 정상에 수많은 놀이공원과 거대한 불상 이 있는 사원 등이 있다. 유럽풍이 솟아올랐다가, 갑자기 회전하며 떨어지는 놀이기구며 2명이 1조가 타는 빙글빙글 돌아가는 회전 그네를 우리 부부는 타봤다. 아찔하고 긴장감 넘치는 기분이다. 갖가지 정원에 피어난 꽃이며 배가 불뚝 나온 포대 불상 등 다채로운 실내 시설과 유럽과 아시아의 퓨전 음식을 즐기며 다양하고 풍부한 특산품 기념품까지도 쇼핑할 수 있는 종합 레저 힐이라고 말할 수 있다. 우리는 그 속에서 2시간의 자유 시간을 즐기고 다시 케이블카를 타고 바나 힐 주차장으로 내려온다.

다시 우리 일행은 관광버스에 몸을 싣고 다낭 시내로 내려와서 이른 점심을 한 식당에서 먹었다. 그리고는 식사 후 바닷가 잔디밭에 야자나무가 많이 서 있는 곳에 30분간의 바다를 즐기는 여유시간을 주었다. 저 멀리 파도를 가르며 조그만 대바구니 배를 타고 바다를 즐기는 사람들이 눈에 띈다.

이곳은 맑은 햇빛이 야자수 그늘을 찾게 할 즈음 오후에 갈 곳인 바다가 손짜 반도 '링엄사(CHUA LINH UNG)' 뒤쪽 하늘에는 한국에서도 보기 드문 반 토막 무지개가 우리의 눈을 사로잡는다. 바닷가 휴식을 끝내고 14시경 우리 일행의 마지막 여행코스를 가기 위해 버스를 탑승했다. 다낭 시내에서 약 10분 거리에 있는 손짜 반도 '링엄사(CHUA LINH UNG)' '로미케비치'를 바라보며 마을을 지켜주는 사원으로 유명한

링엄사는 베트남에서 가장 크고 높은 약 68m의 해수 관음상이 우뚝 서 있다. 이 해수 관음상은 태풍을 막아 달라며 다낭 시장과 시민들이 함께 세운 것으로, 해수 관음상을 만들고 난 뒤부터는 해마다 몇 번씩 오던 태풍이 드물게 온다는 설도 있다. 2층으로 된 사원의 지붕이 초록색 지붕 위에 상부나 테두리가 하얀 용머리의 꼬리로 지붕 끝이 특이한 사원 내에는 베트남 전통의 신을 숭배하는 신사가 있다. 또 한 채의 우람한 사원 내에는 향불을 짙게 피며 열심히 불공을 드리는 곳에 가벼운 삼배를 하고 경내를 살피고 나왔다.

다시 다낭 시내로 들어온 차량은 애초 계획이 1923년 프랑스 인들이 세운 천주교 성당으로 중세 유럽풍의 세심한 장식과 희미한 분홍색이 아름다운 대성당 건물이다. 다낭 건축물의 심 볼 적인 존재이기도 하단다. 내부에는 스테인드글라스로 신비롭게 채색된 유리창을 감상할 수 있다고 하는 데 오늘이 주일이다 보니 예배시간이 되어 내부 공개가 금지된다 하여 그냥 Guide의 설명으로 대신했다. 16시경에 강을 끼고 시내로 이동한 곳은 여러 가지 월남의 특산물과 주류 등을 파는 매점에 들렀다. 거기에는 커피며 베트남의 2대 왕의 이름을 따 제조된 민망 주 등 기념품 가게를 들렀다. 대부분 해외를 많이 다녀본 회원들 몇 사람이 술과 액세서리를 사는데 30여 분 소일하였다. 그다음 코스는 거대한 다낭 시청 건물 인근에 있는 국립 박물관 건물 안으로 들어갔다. 시작은 작은 어류 표본과 다낭의 자연에 관한 것이었다. 다낭 박물관이 단순한

역사박물관이 아니라 다낭에 관한 종합 박물관임을 전시하고
있다. 이어서 선사시대가 시작되었다. 청동기 시대 등에 관한
자료가 알뜰하게 전시되어 있었다. 그 중심은 기원전 1,000년
전부터 200년까지 베트남 중부와 남부에서 번성한 사후인 문
화(Sa Huynh Culture)에 관한 것이었다. 토기가 주류를 이루
었는데, 큰 것은 독무덤이고, 작은 것은 독무덤과 함께 묻힌
생활용품 도기였다. 안내문에 발굴 시기와 장소가 적혀있다.

　주로 1976년에 탐미(Tam My)에서 발굴된 것이었다. 이때
북부에서는 청동기를 중심으로 한 동선문화(Dong Son Cult
ure)가 퍼져 있었다. 그 시기는 사후인 문화와 때를 거의 같이
하는 기원전 1,000년부터 100년까지다. 선사시대가 끝나고
철기 시대에 접어들어 화폐, 그릇, 농기구, 무덤, 등 각종 전시
물을 구경하면 뜻밖에 수준이 높았음을 느낄 수가 있었다. 이
어서 프랑스 강점기 물건도 다수 볼 수 있었다. 프랑스와의
전쟁이 어떤 식으로 전개되었는지 모형으로 설명되어 있었다.
그리고 강점기 때의 일상으로 담은 흑백 사진과 독립투사에

관한 전시자료가 전시물들이 우리나라를 연상하며 볼만 했다. 근대 다낭의 풍경이 모형과 사진으로 전시되었지만 조금은 이해하는 데 어려움이 있었으나 풍습이 다름을 이해할 수 있었다. 2층에는 각종 무기가 전시되어 있었고, 베트남 전쟁의 참상이 다양한 방법으로 전시되어 있었다. 다낭 일대에는 미국, 한국, 등이 이곳을 통해 베트남에 발을 들였고 나 역시 이곳 다낭 항을 통해서 청룡부대 호이안으로 이동했으니 말이다. 둘러보는 동안 우리 마음이 소극적으로 변했으나 우리나라는 표시가 적어 그나마 다행이었다. 일 층으로 내려와 광장 한쪽에는 다양한 분재들이 전시되어 있었으나 좀 더 관리를 잘했으면 하는 아쉬움을 곳곳에서 발견할 수 있었다.

16시 30분에 차량에 탑승하여 이동한 곳은 라텍스 공장이다. 모든 것을 나름대로 개방하려는 Guide는 이곳 라텍스 공장에서는 판매마진의 30%를 여러분에게 양보한다고 한다. 세계 라텍스 생산 2위이며 세계 최고로 인정받은 프랑스 공법으로 생산 현재 유럽과 일본으로 수출하는 이곳에서 라텍스를 살 사람은 사라고 권장하며 10여 분 이동하니 공장 주차장에 도착했다. 때마침 10여 년 전 우리 부부가 태국 여행 시 5㎝ 두께의 라텍스를 구매 지금까지 써왔는데 지금은 쿠션이 없고 다 된 것 같아 새로 구매키로 의논하였다. 공장에서 나오셔 자회사의 라텍스에 대한 좋은 설명이 끝나고 우리는 75㎝ king Size에 큰 베개 하나와 개인용 베개 둘을 사고 재옥 친구가 구매하였다. 20시가 되어 차량으로 이동한 곳은 이곳에서 마지막 저녁 식사를 위하여 15분 정도 이동하여 아담한 2층의 한식집에서 고기구이 쌈을 하며 한국산 소주도 곁들이며 시간을 보냈다. 이렇게 차분한 것은 예정시간에 들어 있는 40$의 선택 마사지를 생략하고 나니 밤 12시 05분에 탑승할 비행기 시간이 여유가 있어서였다. 식당에서 나와서도 여유의 시간을 다낭 시내의 백화점 구경시간으로 Guide가 만들어주어 눈으로 구경이지만 이곳 다낭의 백화점을 돌아보고 한 시간 정도의 시간을 보냈다. 우리 일행을 다낭 공항에 내려준 시간은 22시경이었다. 태국 공항의 대기실은 국제공항이지만 무척 비좁았다.

2016년 11월 21일(월요일) [여행 마지막 날]

시간표를 보니 우리 비행기 탑승시간이 세 번째였고 좁은 공항이 번잡했다. 밖에는 지금 비가 오나보다. 우리 일행이 여행 가방을 탁송시키고 지루하게 대기하다 탑승한 시간은 비행기마저 연착되어 21일 0시 20분에 4번 게이트를 이용하여 탑승했다. 현지 바깥 온도는 24도 2,981㎞를 달릴 비행기가 150여m 이동을 하여 아시아나 항공 다낭 발 인천행 Oz756 비행기 서서히 이륙을 한 시간은 0시 55분이었다. 캄캄한 밤 굉음을 내면서 비행기가 고도를 오르니 다낭의 가로등 불빛도 얼마 아니 되어 자취를 감춘다. 곧바로 태평양 상공을 날아가는 탓이다. 피곤해 모두가 휴식하는 한 시간이 지났을까 기내식이 배식 되었다. 내일 새벽 한국시각 06시 55분에 인천 공항에 내리면 아침 식사도 어정쩡하여 모두가 기내 식사를 하고 잠에 취한다.

 탑승 후 다낭시간 4시간 20분(한국 시각 6시 20분)에 환한 불빛이 창밖으로 나타난다. 짐작하건대 제주도 상공(上空)인 듯싶다. 현지시각 6시 15분 아직 여명이 터 오르는 시간에 저 멀리 동쪽 바다 위가 밝은 획을 연출한다. 잠시 후 인천공항에 도착하겠다며 비행기 고도가 낮춰지며 착륙을 시도한다. 10여 분 후 탑승 기에서 내려 공항 열차를 타고 공항에 도착 보안 검사와 입국절차 그리고 가방 등을 찾고 나와 3박 5일의 여행을 마친 우리 일행은 각자 헤어질 인사를 나누었다. 올라 올 때 함께 왔던 봉황 두 친구 내외는 09시 30분에 나주까지 가는 KT-X 열차 편으로 간다며 헤어졌고 우리 부부만이 3층 고속버스 승차장에서 08시 30분 우등고속을 탑승했다. 조용하고 안락한 우등 고속버스는 편한 자리에 잠에 취한 3박 5일의 베트남 여행을 무사히 끝내고 돌아 왔다.

2016년 11월 28일 3박 5일 37회 동창 여행 기(記)

짓눌린 발자국

정찬열 문집(수필)

초판 1쇄 : 2017년 5월 30일

지 은 이 : 정찬열

펴 낸 이 : 김락호

디자인 편집 : 이은희

기 획 : 시사랑음악사랑

인 쇄 : 청룡

연 락 처 : 1899-1341

홈페이지 주소 : www.poemmusic.net

E-Mail : poemarts@hanmail.net

정가 : 15,000원

ISBN : 979-11-86373-73-6